想得太多，梦得太多，我糊涂；
想得太少，梦得太少，我盲目。
想低声说句不在乎，
可会飞的心总是在高处。

我爱我家·珍存集
①

梁左 等著

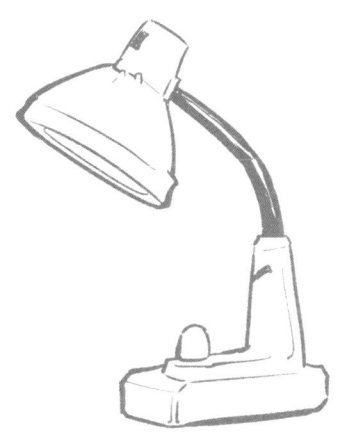

长江出版传媒 长江文艺出版社

北京长江新世纪文化传媒有限公司
www.cjxinshiji.com
出品

目 录

序 / 英达

第1集	发挥余热（上）	001
第2集	发挥余热（下）	014
第3集	我们的愚人节	024
第4集	也算失恋	034
第5集	亲家母到俺家（上）	046
第6集	亲家母到俺家（下）	058
第7集	骗子	070
第8集	既然曾经爱过	082
第9集	灭鼠记（上）	092
第10集	灭鼠记（下）	104
第11集	无线寻踪（上）	126
第12集	无线寻踪（下）	138
第13集	奖券的诱惑（上）	149
第14集	奖券的诱惑（下）	161
第15集	初次下海	175
第16集	毁我爸一道	188
第17集	不速之客（上）	198
第18集	不速之客（下）	209
第19集	大气功师	219
第20集	心中的明星	230

第 21 集	女儿要远航	250
第 22 集	原则问题	262
第 23 集	双鬼拍门（上）	272
第 24 集	双鬼拍门（下）	283
第 25 集	爱你再商量	292
第 26 集	电视采访	306
第 27 集	健康老人（上）	317
第 28 集	健康老人（下）	329
第 29 集	202 动态	341
第 30 集	再也不能这样活	351
第 31 集	在那遥远的地方（上）	373
第 32 集	在那遥远的地方（下）	385
第 33 集	近亲（上）	396
第 34 集	近亲（下）	407
第 35 集	潇洒走一回（上）	417
第 36 集	潇洒走一回（下）	428
第 37 集	死去活来（上）	438
第 38 集	死去活来（下）	449
第 39 集	都不容易（上）	460
第 40 集	都不容易（下）	472

序

我没预料到《我爱我家》会成为经典，成为日后我自己都难以超越的一生之巅。我认为它只是我的一个尝试，练手，导演生涯的开始而已，尤其是当我的理想人选相继离去，最初投资纷纷退出的时候，我告诉自己"失败是成功之母"。

一切从梁左的加入开始改变。

梁左带来的不仅是人设的调整、喜剧的技巧和新奇的故事，更重要的，是他带给了我信心。当我拿着我们的剧本去请教他，弱弱地问"够逗嘛"？梁师推了推鼻梁上的眼镜，漫不经心地说："包袱够密了。"

他的居高临下使我信心倍增。现场观众的爆笑和各路明星的加入证实了梁左先生的预言。虽然他已离开多年，但是当我整理这本书，再次逐字重温当初他写下的这些精彩绝句的时候，我意识到：我们还在消费着他的遗产。他的思维方式和语言风格，依然统治着我们今天的喜剧。

《我爱我家》成就了一众喜剧明星。不仅那些公认的笑星参演本剧，留下了自己的代表之作，更有多少原非谐星的优秀演员客串我家，向世人展示了自己的喜剧才能。不夸张地说，当今喜剧天空中那些耀眼的明星，有几人不曾是家迷、超粉和死忠？多少大咖都是看着《我爱我家》长大，走上喜剧之路的。

《我爱我家》还发掘、培养了一批喜剧编剧，多少当今运筹票房的龙头巨擘，都曾在我家试水、实习，是我家编剧们的才华和心血，奠定了中国情景喜剧的现实主义风格，干涉过现实，鞭笞了丑恶，揭露伪科学，讽刺不道德，外迎"漫威死侍"，内存"葛优瘫躺"，给广大观众提供欢乐，为中华语言丰富词汇，且伴随着三十年来每个社会热点、新闻话题，永远有我剧金句神评曝出，堪称大师不死，经典永恒。

三十年后再读《我爱我家》，依然为该剧的精彩之处击节叹赏，喷饭折服，同时才明白自己当年是何等幸运，竟无意间聚起这样许多精英，出道即成如此一座再难逾越的巅峰！我愿借此剧集出版之际，告诉我那天国微笑的师哥梁左：我们共同开拓的这条情景喜剧路上，我还在踽踽前行。只是没了你的同行，我走得好难。

但我不会放弃。超越《我爱我家》，是我终身努力的目标。

是为序。

2021.5.11

第 1 集　发挥余热（上）

编　剧：梁　左

〔晚，傅家客厅。

〔圆圆自饭厅上，打开电视。志国自饭厅上。

圆圆　爸！动画片哪个频道啊？

志国　看哪门子动画片儿啊？看连续剧！

〔志国手动换台，圆圆用遥控器换台。志新自饭厅上。

志新　（回身向饭厅）小张！今儿这菜做得可有点儿咸啊！

小凡　（自饭厅上）二哥！霸着鸡腿儿一人儿吃，能不咸吗你？人家一礼拜才见一回荤腥……嗨嗨嗨——《动物世界》！《动物世界》……

志国　行了行了！看什么《动物世界》……

和平　（自饭厅上）哎哎，咱爸今儿怎么回事儿啊？从单位一回来就打蔫儿，饭也没吃就到楼底下溜达去了，这大冷天儿的……

志新　可能是添什么心事儿了……哎，是不是今儿跟单位巧遇哪位中年丧偶的女同志了？

和平　说话不着调……

志新　你看，咱妈可去世两年多了——咱爸论条件，论身体，要为这事儿烦恼，那还不要多正常有多正常？

小凡　咱爸这岁数，不至于！

圆圆　爱情不分老少，人生没有单行道。

和平　嘿嘿嘿！这孩子哪儿学那么些乱七八糟的呀？志国，管管她！

志国　还不都是你们招的？咱爸上了一天班儿，累了，下去散散步，你们就说咱爸要给咱找一后妈，这都哪儿跟哪儿啊！

圆圆　小姑，你说大人为什么都这么愿意上班儿啊？

小凡　呃，也不是每个大人都愿意上班儿，比如说……你二叔——他在家闲了三年他都不着急！

志新　（不爱听了）谁闲着了？我多忙啊！我现在挂着俩单位，在三个公司任副总经理，我比谁不忙啊？

小凡　啊呸！你忙？……咱爸他们单位，好几次都想把爸的办公桌从局长办公室给请出去了……

和平　（向志国）我说你爸也是，反正也退了，挨家享两天清福不好么？还每礼拜上单位去"顾问"两回。顾什么问啊？弄得人家还得车接车送。给国家省点儿汽油好不好？

〔保姆小张自饭厅上。

志国　老同志嘛，工作需要嘛！

和平　算了吧你啊！你爸呀，纯属老糊涂了！

〔傅老恰在此时上，听到和平的话一怔。小张先发现。

志新　还不光是老……

〔小张咳嗽示意，志新发现傅老。

志新　（假装没看见，继续说下去）那是他们别人！我看我爸是越老越明白！

小凡　根本不可能……

〔志新使眼色，小凡也发现傅老。

小凡　呃……那是绝对没错儿！我……我就同意二哥这观点！

志国　我就反对你们……（发现傅老）谁反对你们我就反对谁！

和平　（不解）哎哎，你们今儿都怎么了？你们平常不是老说咱爸……

志国　（急拦）没！没有！根本没有！和平，你在背后不也总说咱爸是个明白人吗？是吧……

〔志国向和平频递眼色，和平浑然不觉。

和平　我那是哄着他玩儿呢！

圆圆　唉呀，妈！（暗指）——爷爷……

和平　（没看见）爷爷怎么啦？爷爷有缺点就不许人说呀？！（发现傅老）……可不嘛——有缺点你说，没缺点你说什么呀？真是，不是我批评你们，背后爱议论老人儿这毛病，你们该改改啦！太不像话了！要不是咱爸是明白人，不往心里去，要换了别人，那……哟，爸来啦？

〔众人假装刚发现傅老，纷纷起身恭敬搭话。

和平　爸，爸，赶紧坐着您……

傅老　怎么着，是不是又哄着我玩儿呢？

和平　您瞧您说哪儿的话呀……儿媳年幼无知，说话没有深浅，还望公公海涵。

　　　（扭身欲走）

傅老　（会错了意）好啦好啦，不必下跪！

和平　谁给您下跪？我给您盛饭去……爸，虽说工作离不开您，您也得注意身体呀！（向饭厅下）

傅老　离不开我？（发作）离不开我怎么今天把我那个办公桌给搁到……搁到妇联那屋去了？！

志新　您什么时候开始主持妇联工作啦？听着新鲜呀！

傅老　倒没有正式明确，就说让我先借在那儿办公。我刚一进门，就看见一个女工跟办公室的几个人在一起嘀嘀咕，嘀嘀咕……我让她把话摆在桌面上来说，她说她那话不让我听，只能讲给妇联同志"她们娘家人"听……什么娘家人婆家人？全国一盘棋嘛！后来说是她丈夫打了她，把这个胸口抓得青一块紫一块的——（模仿女工）"你们这儿要不是坐着一个大老爷们儿，俺就脱下衣服来让你们瞧一瞧……"妇联的那几个女的说话也欠妥：（模仿妇联工作人员）"不碍事儿的大姐，老傅咱傅局长也不是外人嘛。"你们猜那个女工说什么？（模仿女工）"别说是副局长，就是正局长俺们也不能随便让他瞧！"你瞧你那个鬼样子嘛！哪个正局……愿意瞧你嘛！

〔和平端酒菜自饭厅上。

圆圆　爷爷，要长得好看您是不是就愿意瞧了？刚才二叔还说您想找一个……

和平　圆圆！不许胡说啊！（向傅老）爸，您说您也是，您上人家妇联那屋办公，反正您……反正您是够没劲的！

志新　关键是群众影响不好！别回头您临了儿老了老了，再弄出点儿作风问题……您在咱们这一片儿威信可是挺高的……

傅老　好好好！明天我就给局里打个报告——坚决不到妇联那屋去！

志国　（试探地）彻底退下来？

傅老　要不然——我再到"计划生育"那儿去忍忍？

〔晨，傅家饭厅。

〔傅老坐在饭桌旁沉思。小张自厨房端饭上。

小张　（四川口音，向客厅喊）哟嗬，吃饭啰！（回厨房）

志国　（上）爸。

傅老　……昨天我想了一整夜，痛下决心——退！退！退！坚决彻底退下来！工作再需要，局里再挽留，我也不干啦！让他们年轻人去干嘛，没有经验可以慢慢积累嘛，我们不都是二十几岁就独当一面了吗？你们为什么

第1集 发挥余热（上）

离开我们老同志就不行呢？退退退！坚决地退！他们真的要是再三地挽留……当然啦，从整个大局出发，我也不是不能考虑……

志国　（连忙）爸！爸……这您放心，他们只会欢送，绝不会挽留。

傅老　（伤心地）真的不会吗？

〔和平上。

志国　绝对不会。我在机关里待了十几年了，我太清楚啦！老实说吧，像您这种情况——过了六十五岁了，又不明不白地让您在局里混了这么两三年了——这要在我们机关啊，早打发啦！

和平　什么叫"打发"呀？你把咱爸当要饭的啦？（向傅老）爸，他们那儿不要您，咱们这儿要您，欢迎您回家主持日常工作——也让我松快松快，把我给累死了……

〔志新上。

傅老　（不满地）怎么叫"不要我"呢？现在要我的地方多得很嘛！人大、政协的一些老朋友，企业界的一些新朋友，包括咱们家属委员会的余大妈，甚至于国管局、中办的一些老同志——都说让我退下来之后到他们那里去发挥余热嘛！

和平　哟，爸，您从局里退下来，上中央发挥余热？头回听说……

志新　您去街道也不合适啊，我把话说头里！

傅老　怎么不合适？小余都能干我不能干？

志国　爸，关键是您级别太高，没人能领导得了您！您想啊，那街道主任顶多是个股级干部吧？

和平　股级！股级……

志国　让您向她汇报工作，您受得了吗？

〔圆圆上。

傅老　那倒也是……不过也可以给我找一个相应的职务嘛！

圆圆　哎爷爷！我先声明啊：您干什么我都不反对，可千万别到我们学校当辅导员！我们学校辅导员都一百二十多位了！

傅老　你这话倒提醒了我：教育下一代我是责无旁贷嘛！再说，他们总会自然减员的……

和平　爸！当然，党和国家有很多工作都离不开您，可是咱家更离不开您啊。家有千口，主事一人——您不做主谁做主啊？

〔小张自厨房端菜上。

傅老　那倒是，你妈妈去世之后，咱们家里是缺一个当家人，早就该治理整顿啦！

小张　（向和平）大姐，你上次不是说以后让我当家做主，买菜做饭都由我总负责……

志新　嘻！你那是使唤丫头拿钥匙——当家不做主哇……

小张　二哥哥，你这个说法我可就不同意喽！解放都四十多年喽，我怎么又成了丫头了？我们这个行业，叫作"家庭服务员"，属于劳动人民。劳动人民当家做主嘛！我不做主哪个做主喔？

志国　小张小张！那是国家大事归你做主，我们家里这点儿事儿你就……

小张　大哥，国家的事情我都能够做主，就不要说你们家这点小事情喽！

和平　嘿，我说小张，你别在这儿跟我们裹乱行不行？我们这儿哄着爷爷……你瞅你把我也弄乱了吧？我们这儿正劝爷爷回来，领导家庭的日常工作呢！

傅老　不要说领导嘛，保障后勤工作嘛！

小张　爷爷，您老一回来我往哪里放？我不能没得上任就下台哟！

傅老　这个……我们可以集体领导嘛！我在一线真抓实干，你退居二线当当顾问嘛！

小张　我刚刚十八岁就退居二线当了顾问，好让人心酸哦！（感慨摇头下）

·006·

第1集 发挥余热（上）

〔傍晚，傅家客厅。

〔志新在玩游戏机。志国、和平、圆圆上。

圆圆　二叔！（戴上一个猪八戒面具）嘿嘿……

志新　哈，圆圆回来啦？

和平　哎哟，好家伙，外面这人啊……

志国　买了一趟东西，好，遛了一下午。

志新　赶紧赶紧——吃饭！就等你们呢！

和平　吃饭啦？

志国　（向里屋）小凡！吃饭啦。圆圆洗手！……

〔傅老身穿中山装腰系围裙，自饭厅上，小张跟在后面。小凡自里屋上。

傅老　等等……坐下坐下！晚饭之前我们抓紧时间开一个短会。小张，你做一下记录。

小张　还是叫小凡姐记好喽！等会儿您讲完了我还得补充两句。

小凡　我不管！我天天在学校学中文，一看见你们那中国字儿我就犯晕！要不我用英语记？你们看不懂……

志新　爸，您主持工作才一星期，可都开三回会了！您是开会开上瘾了吧？

傅老　怎么啦？

圆圆　爷爷，我可以请假吗？功课还没做完呢。

傅老　不许请假！开短会很快嘛。我先说几句啊。（拉开架势）自从我主持家庭工作以来，这个……有一个星期了吧？主要是搞了一些调查研究，发现我们这个家里呀，问题很多，积重难返，一定要花大力气、下大决心来整顿！首先就是要开源节流，在家庭日常生活支出方面要从严控制。第一步要大力削减支出，比如说小凡和圆圆的零花钱。第二步……

小凡　（急了）哎，别呀爸！我一个月才一百块零花钱，够干什么的呀？我正

· 007 ·

|||要求增加呢,您倒给削减了?您要是把我逼急了,我可敢上医院卖血去!

傅老　不是这个意思嘛……

圆圆　爷爷,我一天才一块钱零花钱,还给我往下减啊?您要把我逼急了……我也不说什么了,反正让您后悔一辈子!

傅老　怎么搞的嘛!改革嘛,总要有一个阵痛的过程。怎么一触及到个人利益就坐不住了?一触即跳嘛!

志新　圆圆,小凡,爷爷给你们削减多少,二叔给你补多少——二叔有钱!

小凡　要说还是我二哥心疼我。

圆圆　哼,那是,我二叔比我爸爸都强!

傅老　(向志新)第二步就要说你!你仗着没有工作,长期不往家里交钱,白吃白喝,这可不行!以后每个月交给我一百块钱,包括伙食费、住宿费、还有房租……

志新　哎哎,爸,爸……怎么冲我来啦?

和平　(奉承地)您这个——高!

傅老　(向志国夫妇)还有你们俩!每月上交的比例也要有所提高,起码要交上一个人的全部收入——连工资带奖金。

和平　爸,爸……这全在您一句话!

傅老　至于小张嘛,已经自己主动地提出每月减薪五元来支持我的改革,精神十分可嘉,值得大家学习嘛!

圆圆　想不到小张阿姨早就背叛我们了……

小张　(辩解)我是没得法子嘛!哪个和钱有仇嘛?你们上班上学都不在家,爷爷天天给我做工作,我实在受不了喽……算喽!花五元钱,买个清静!

和平　爸!我觉着吧,咱们人虽然离了休,可是这思想不能离休……

傅老　(警觉地)什么意思?

和平　我那意思是说哈——您瞅您这刚离休一个礼拜,您这资产阶级思想就趁虚而入，沾染上了"一切向钱看"的这恶习，撕去了所有温情脉脉的面纱……志国，最后这句话是马克思说的吧？我记得在兵团时候你教我的呀？

志国　对，见于《共产党宣言》……哎爸，您要这么多钱干嘛呀？

傅老　还是"取之于民，用之于民"嘛！我准备加速我们家基本建设的步伐，为提前进入小康做好充分的准备。

众人　（众说纷纭）哦！我知道了，您想给咱家这电视……我也有好几年没添衣服了……您要是买股票……随身听……（乱作一团）

小张　大家不要乱！注意会场秩序！（向傅老）我没啥子要求，把扣我那五元钱还我就是喽……

傅老　看看看看，一触及到个人利益就全都扑上来了！你们刚才说的这些，当然都要做……

〔众人又争相发言。

傅老　（提高声音）可是现在——还不能做！现在我们家的当务之急，是有几项重点工程要立刻上马！比如说，要装一个太阳能热水器……

和平　哎哎，咱家现在有一电热水器，挺好使的，您换什么太阳能啊？

傅老　那已经落后了！现在能源紧张，提倡使用太阳能嘛！我打听了一下，一般家用的，可以供四口人每天洗个热水澡没有问题。我们家的人口多了一点，所以我订购了一台可供二十人的——小型公共浴室用的。价格也很便宜，无非相当于一台"画王"嘛！安装也很简单——在楼顶上铺设，把窗户打掉，上水道改线，下水道拓宽。我已经联系好了一个农村包工队，一个半月之内保证完工……

〔众人闻言大惊，七嘴八舌表示反对。

傅老　（提高声音）等这个浴室建成以后，我们就可以四口人同时洗啦……从而彻底地解决了我们家洗澡难的问题！

小凡　爸！咱们家拢共就这么几个人，洗澡也不难哪，您干嘛要四个人同时一块儿洗呀？

傅老　节约用水嘛……

志新　那您打算跟谁一块儿洗呀？反正让我跟您一块儿洗够别扭的……

众人　谁不别扭啊？我们也别扭啊……别扭死了……

傅老　我当然是……自己洗啦！你们可以分男女自愿结合嘛！实在要是不行，也可以让老郑、你余大妈他们几家都来我们家洗澡嘛——反正太阳能也不花钱。

和平　哎哟，还不花钱哪？一个"画王"都出去啦！

圆圆　唉，我算明白了，爷爷就想把咱家改成一澡堂子，卖票收费，对不对？

志国　爸，爸……您看大家的意见这么不统一，是不是您这工程暂缓上马，再做可行性的研究啊？

傅老　有这个必要吗？议而不决，等于不议！第二项工程，我准备把我们家的地全都换成木质地板，这个……

和平　爸，咱家这花砖地挺好的，您换什么木质地板哪？

傅老　我不光要换地板，还要在下面打上龙骨——就是垫起来一层。这样，万一我们家要是有客人留宿就很方便啦，可以打地铺嘛。以前咱们这个花砖地太凉，打地铺容易受寒……

和平　爸！咱一年来多少回客人呢？就是来了客人咱也可以支行军床啊！再不济咱可以给人家介绍到招待所去，咱何至于为他们还打个木板地呀……

志新　爸，我看咱就甭铺这地板了。真要来客人，您把我轰出去！

小凡　我可以去学院！

圆圆　我住同学家！

志国　我到单位值班去！爸，我看您这工程也可以下马啦，是不是？您看……您底下还有什么工程？

第1集　发挥余热（上）

傅老　唉呀，搞一点改革是很不容易的啦，处处遇到阻力！下一个工程，我准备把我们家的家具全都处理掉！

众人　啊？！

傅老　请木匠重新打一套新的！还有，我准备把我的卧室和客厅之间这两面墙统统打掉！……

众人　啊？！

傅老　这样我们家的客厅就很气派啦！还有，我准备把西面的阳台砸掉！

众人　啊？！

傅老　在南边再重新盖一个！这样就可以解决我们家长期的西晒问题啦。我还打算……

和平　爸！爸……哎哟，您饶了我们成不成啊！（逃下）

志新　爸，我说您还是去妇联上班儿吧，甭跟家折磨我们了！（也逃下）

小凡　爸，我可先声明啊，咱们家要是搞这么大工程，我就不在家住了，我去学院住去！

圆圆　哎，小姑！带上我吧，求你了……

〔小凡领圆圆逃下。

小张　我也想重新找个工作——你们家的活我实在干不了喽！（逃下）

志国　爸，您看咱们这事儿是不是……再研究研究吧您！（也下）

傅老　（向他们背影）晚啦！来不及啦！明天就要动工啦！……（追下）

〔翌日晨，傅家客厅。

〔和平、小张打扫卫生。急促的门铃声和敲门声起。

和平　哎哎！来啦！小张开门去……（门铃声、敲门声愈响）谁呀？怎么这么没礼貌啊？你摁门铃就别敲门啦……

〔三个民工上。

工人甲　（山西口音）公共浴室是在这儿不？

〔傅老、志国、小凡、圆圆自里屋上。

和平　您找谁呀？

工人甲　（看见傅老）啊，没错！就是这个老同志交的定金！来，伙计们，那个上水道、下水道，连窗户带门——先给我砸！（向里屋闯）

〔众人急拦。

志国　爸，您说句话呀！您不能看着国家财产这么毁于一旦哪！

傅老　工人同志们，我们家这个事还没有最后研究好……

工人甲　哦，没商量好啊？好，你们先商量商量，我们可不等，我们是包工活儿啊——走！

小凡　哎哎……你们回去吧，我们不施工了！

工人甲　不施工？那定金都交啦……

和平　哎哟爸，您怎么连定金都交了？（向工人）定金我们不要了，你们回去吧……

工人甲　定金要不要你们去找领导，我们是干一天工拿一天钱——砸！

〔众人急拦。又两个民工上。

工人乙　（山东口音）哎，你们这儿是铺地板吧？（看见傅老）噢，对对对，是这个老同志你给的钱——咱们先铺哪屋啊？要不先铺这个过道儿里咱们练练手艺？来呀，把这个花砖地给我统统地砸喽！

〔众人急拦。又三个民工上。

工人丙　（河南口音）打家具的是这儿吗？（看见傅老）是这个老同志交的钱！您是先打床啊是先打桌子？来呀，（指着屋里的家具）把这些废东西都给扔出去！

〔众人急拦。又两个民工上。

工人丁　（河北口音）是谁找我们来凿墙的呀？先凿哪面儿啊？是三面都凿了

啊，还是留下一面？来来来，先把这三面墙凿了再说。哎，想着给人家留下个门……

圆圆　哎哟，我看不用留了——墙都凿了还留门儿干嘛？！

〔志新自里屋上。

志新　哎，这大早上起来满屋子都什么人啊……

〔又闯进一个扛着大镐的民工。场面混乱失控。

志新　（断喝）都给我住手！你们是憋着要毁我们家是吧？我跟你们拼了我！

〔志新冲进饭厅，抄了把饭铲子冲出，欲与众民工拼命。

志新　我跟你说……走！出去！

〔志新挥舞饭铲，追打众民工，场面乱成一片。

傅老　（向和平喊）快！……匪警……打电话……110！

【上集完】

第 2 集　发挥余热（下）

编　剧：梁　左

〔时接上集，傅家客厅。

〔傅老环视一片狼藉的客厅。志国搀和平上。

和平　（可怜兮兮地）爸……

傅老　不像话！

和平　（不悦）嘿！

〔圆圆、小凡架着志新自里屋上。

志新　（心虚地）都……都走了吗？

小凡／圆圆　走了。

志新　（又来了精神，喊）有本事别走啊你们……

傅老　唉呀……你们是怎么搞的嘛！

志新　什么叫我们怎么搞的？您是怎么搞的啊？！今儿亏了我在家——七个打我一个……

傅老　教训啊教训！错误和挫折教训了我们，使我们比较地聪明起来……

志新　行了行了！说了半天您说什么呢？要想承认错误，痛痛快快儿的！

傅老　今天这个事情……当然喽，主要的责任……还是在我。错误和挫折……

第2集　发挥余热（下）

我刚才说到哪儿了？

志国　您说，错误和挫折！

小凡　爸，爸！您甭在这儿难受了，哼，您要是想让我们大家原谅您，恐怕也难！您还不如咬紧牙关、坚持错误、死不改悔呢！我去学校了……（欲下）

傅老　不不不……我对自己的要求从来都是严格的！

和平　爸，您说什么呢？您满屋子瞅瞅，哪个不是您的儿女？除了小张——小张跟亲闺女也差不多了。您是长辈，别说您要安热水器要铺地板，您就是想放把火把这屋子给点喽，兹公安局不抓您，我们有什么呀，对不对？你们把这归置归置啊，我上单位瞅瞅去……（欲下）

傅老　别别别！我就是贪大求洋、好大喜功……经验是深刻的，错误是沉痛的！归结起来，我的错误主要就在于——

圆圆　爷爷，您的错误主要就在于——吃饱了撑的！我上学去啦……（欲下）

和平　嘿！这孩子，你怎么这么说爷爷，啊？

志国　回来！

和平　行了，爸，您也甭检查啦！反正您这几十年在家里建立起来的这点儿威信呢，也基本上完啦，您这一辈子也基本上算白干啦……

傅老　不不不！我作为这个家里的主要负责人……

志新　什么什么？您还想当负责人？我宣布啊，就地免职！您从前所做出的一切决定一律作废——我可以每月不往家交钱喽！（下）

傅老　这是想把我一棍子打死嘛！还想挟私报复！……

和平　爸，我建议您赶紧让贤，否则……（下）

小凡　否则我们实在不好意思再对您心慈手软啦！我宣布，立即恢复我每月一百块零花钱的经济待遇！（下）

圆圆　爷爷，任何对您的怜悯都是对全家的犯罪！我每天一块钱零花钱一分不许少！（欲下，又回）三年不许变！（欲下，又回）除非随着物价的上

涨再做适当调整！（下）

小张　在新的负责人产生之前，是不是先由我主持日常工作？

傅老　志国呀，这，这是……反攻倒算还乡团嘛！

志国　爸，我考虑嘛，还是要给您留条出路的，劳动改造，以观后效。您先歇会儿，然后在小张的领导下把这儿清理一下，用劳动来改正您的错误！（下）

〔傅老回头看小张，小张一脸得意。

〔夜，傅家客厅。

〔众人围坐看电视。傅老手拿两个小本儿自里屋上。

傅老　趁现在大家都在，我想把上个星期那件事情再向大家解释一下。

小凡　累不累呀您？看得好好的电视……

志新　您刚消停了一星期，怎么茬儿？想翻案呀？

傅老　翻什么案？有错误就检查，有缺点就改正，这是我们家一贯的传统嘛。

和平　爸，对呀对呀，那您就赶紧踏踏实实瞅电视吧，您瞅您……

傅老　可现在的问题是……

〔众人都聚精会神看电视。傅老大步向前，将电视机关上。众人不满。

傅老　我有错误，难道你们就没有错误吗？

志国　爸，您这是什么意思啊？

傅老　什么意思？你以为我这个星期光在考虑我自己的问题？非也！我把你们每一个人的问题都考虑了一遍！

志新　听您这话茬儿，您是想反攻倒算官复原职吧？

傅老　一个芝麻官儿，有什么可官复原职的？我这个局长都不当了，还在乎当不当什么家长嘛！我这是对你们负责，也就是对国家负责，对下一代负责！就说你吧，志新，就数你的错误严重！我初步归结了一下，至少有十大问题！你看你是自己坦白交代呢，还是我给你指出来？那样你可就要被动啦——

志新　（笑）我被动就被动了，麻烦您受累给我指出来吧？

傅老　执迷不悟！（戴上老花镜，打开小本）你听着：第一条……啊，错了，这上面记的都是小凡的问题……

小凡　（惊）啊？我也有问题？！

傅老　你的问题也很多，一共有八条。你自己先好好想一想。这个……（翻开另一小本）哦，找到了。你听着，志新！第一条：游手好闲、吃喝玩乐，资产阶级的阔少作风十分严重；第二条：待业三年、花钱如海，经济来源严重不清，有重大的违法嫌疑；第三条：曾在三日内与四位不同身份女青年分别在街头闲逛，作风极为不正，形迹十分可疑……

志新　那是我吗？

傅老　第四条：有人见他在光天化日之下与一外国人密谈，鬼头鬼脑，是否正在出卖我国政治经济情报？……

志新　爸，爸！我反革命！我反革命行了吧？就您这几条儿，已然够枪毙的啦！

傅老　知道就好。先回屋里去好好反省，等把检查材料写好，两天之后我再正式找你谈！

志新　您今儿哪根儿筋搭错了？有病吧？（向里屋下）

傅老　贾小凡！……对了，在这个本儿上。（翻看小本儿）你平时语多放肆、行为不轨，政治上毫无信仰，学习上不思进取，作风上自由散漫，生活上追求享乐。我已忍无可忍，实在不好对你心慈手软啦。你好好地去反省，明天我找你正式地谈！

小凡　这都是从何说起呀？（向里屋下）

圆圆　（嬉皮笑脸地）爷爷，我没什么问题吧？

傅老　就数你问题严重！"三岁看到老"，我已经对你不抱什么希望啦！

圆圆　那……那我也回去反省啊？

傅老　你知道反省什么问题吗？主要是历史问题！

和平　啊？我们圆圆刚十一岁就有历史问题啦？

傅老　你记得她三年级考语文的时候得了98分——那是93分，她自己给改的！

和平　这事儿我们已经都批评过她啦……

傅老　批评一次就解决问题啦？要经常讲反复讲，任何对她的怜悯都是对我们全家的犯罪。

〔圆圆向里屋下。

小张　爷爷，那我……也去反省好喽。

傅老　本来你也跑不了，考虑到你上台以后对我的态度还不错，这次就算啦。以后再犯，新账老账一起算，我还可以向你们的家庭服务公司去反映情况。去吧！

〔小张向里屋下。

志国　（赶紧站起）爸，家有长子，国有大臣。问题发展到今天，我们深感我们的表率作用起得很不够。平时吧，他们有时候在背后胡乱议论您老人家的时候——我揭发啊，志新在这方面尤为恶劣——我们不但不予制止，反而随声附和，客观上起到了推波助澜的作用。错误是严重的，教训是深刻的，我……

傅老　不要避重就轻！

和平　我说说啊，爸，就我自个儿吧——我出生在一个曲艺演员家庭，虽说也在红旗下长蜜罐儿里泡，可是由于父母的文化水平都比较低，所以呢，难免就沾染上了一些旧社会的艺人习气。进入咱家之后，尤其在您和志国的帮助之下，我确实有了那么一丁点儿进步，但是呢，我还是摆脱不掉脱胎而来的痕迹……

傅老　你们俩的错误相当严重，绝不止这些！

第2集　发挥余热（下）

和平　啊？

志国　爸，我们到底有什么错误，您帮我们点一点成吗？

和平　哎，您给提个醒儿？

傅老　真的要我给你们点出来？你们是不是受了资产阶级的影响，准备离婚，各自另寻新欢哪？！

志国　（大惊）没有哇！（向和平）怎么着，你要跟我离婚？爸都知道了我还不知道呢？合着这一家子就瞒着我一人儿啊？那怎么着我好歹也算当事人之一吧？你也应该先告诉我一声儿啊！……

和平　（委屈地）没有，我没有哇！爸，您这是听谁……（转向志国）好哇你贾志国！是不是你背后给我下套儿哇你？你先弄得满城风雨然后让爸给我挑明喽哇？我告诉你啊！有什么套儿你直接使，姑奶奶我扛得住！是肩并肩上刀山还是手拉手下油锅？我要眨么眨么眼儿我都不是你们贾家的儿媳妇儿！……（意识到自己张牙舞爪，转向傅老）爸，您瞅我这旧社会艺人气又带出来了……

傅老　算啦算啦，都不要装得天真无邪！（戴上眼镜，拿过小本儿）今年1月17日晚12点20分，志国对和平说："我们单位新来的那个圆脸儿小护士，长得特别……飒！"和平说："怎么着？嫌我这破车挡好道儿啊？我让贤！"当时我正好上厕所，无意中听到的……今年1月24日5时许，你们在厨房做饭时，和平说："我觉得两口子老在一块儿也是怪没劲的，有个短期分离倒是好事。"志国说："就是长期分离我也没有意见呀！"那时我也正要往厕所去，也是无意当中听到的。今年2月8日上午6时45分……

和平　爸！您瞅您这是干嘛呀？我们两口子开玩笑的话您记得那么清楚干什么呀？知道的您是关心呣们爱护呣们，不知道的以为我婆婆去世两年多您心理变态呢……

志国　和平！哪有你那么跟咱爸说话的？……不过，爸，您说您干的这事儿也怪让人……没法儿夸您的！您赶紧把您那小破本儿撕喽，我们既往不咎，黑不提白不提这事儿就算完啦……

傅老　行，这事儿就算完了，以后看你们的实际行动。（换另一个本子）下面，我们再来谈第二件事——关于圆圆的教育问题。今年3月2日深夜1时许，和平说……

和平　爸，您要这样这家我们没法儿待了啊！夜里1点多说的话您都给记下来……

傅老　当时我正起来上厕所……

志国　您半夜三更不好好睡觉，您干嘛老往厕所跑啊？真是的您……

傅老　老年人——尿频！不许呀？

志国　没说不许呀！没拦着您上厕所——您怎么还带听窗户根儿的呀您？

傅老　我当时也是随便地那么一走……

和平　哎哟，爸，您随便那么一走就听得这么真着——您在家都窝才，您就干脆到公安局发挥余热，直接帮着抓特务去得啦！

志国　真是！哼！（二人愤愤下）

〔日，傅家客厅。

〔趁傅老不在，众人坐在一起讨论。

〔夜，傅家客厅。

〔傅老在书桌旁伏案写字，圆圆自里屋上。

圆圆　（沉痛地）爷爷！我全交代：我不认真听讲，不完成作业，上课骂老师，下课打同学，当面扯谎，背后顶撞，小偷小摸，损坏公物，不堪改造，无法造就……干脆，您就当没我这个孙女儿，直接把我送工读学校吧……

〔假装哭〕

傅老　（气愤）不像话！实在不像话！你不说我也知道——我早就看出来了！你先出去，明天我和你爸爸妈妈到学校找你们老师，一块儿跟你谈！

〔圆圆偷笑，下。

〔时接前场，傅家客厅。

〔小凡自里屋上。

小凡　（沉痛地）爸，我考虑再三，还是跟您彻底坦白了吧！我在学校里的表现，比您想象的还要糟糕一百倍！我政治上全无思想信仰，唯恐天下不乱；学习上无故旷课、经常逃学、上课捣乱、考试作弊；生活上我也是腐化堕落，反动黄色……您就当没我这女儿，把我直接送派出所算了！

傅老　（气愤）不像话！简直不像话！我怎么早就没有看出来……啊不！我早看出你来了！只是给你一次机会。不过你态度还不错。回去继续反省！

〔小凡窃笑，下。

〔时接前场，傅家客厅。

〔志新自里屋上。

傅老　志新哪，我们俩是不是明天再谈？刚才小凡和圆圆交代了很多严重的问题，我的脑子现在很乱。没想到她们能成这个样子，实在痛心啊！

志新　（故作沉痛地）爸，您听完我的事儿吧，小凡圆圆那些它就不叫事儿了……

傅老　啊？你比她们还严重？

志新　干脆这么跟您说吧——您就兹当没我这儿子，您这就把我送检察院！

傅老　啊，是经济问题吧？

〔志新点头。

傅老　唉呀……我早看出来啦！

志新　从检察院出来您就送我上公安局——流氓犯罪是归那儿管吧？

傅老　这你也有？！唉呀……

志新　（点头）解公安局出来，您就送我上安全部……

傅老　怎么？你真出卖了情报啦？

志新　（点头）解安全部出来，您顺便……

傅老　（气极）那你还出得来吗你？！滚！给我滚出去！

〔志新忍笑，下。

〔时接前场，傅家客厅。

〔傅老瘫坐在沙发上。志国、和平自里屋上，两人憋住笑，浑身乱颤。

傅老　你们俩来得正好！志新、圆圆、小凡，问题相当严重，你们知道不知道？！你们是怎么当的父母、当的兄嫂嘛！幸亏我明察秋毫，洞察一切。好了好了，我们明天再商量具体的办法……

志国　爸，事到如今我们也就不瞒您了，我跟和平……

傅老　（慌）啊？！你们不要再出什么事情了……

和平　（装哭腔）爸，我们确实是要离婚，而且……（两人又笑得乱颤，急忙扭过身去）

傅老　（吼）我不要听了，不听了！出去！统统给我出去！……

〔晨，傅家饭厅。

〔傅老独坐。众人上，满面赔笑。

众人　爸，您在这儿哪……昨天……逗着玩儿……昨天是跟您开玩笑……瞎说呢……

圆圆　我们都是好孩子！

· 022 ·

众人　对，我们都是好孩子……

傅老　（笑了）呵呵呵——这个我都知道……不过精神文明还是不能放松。目前呢，我打算再抓一下物质文明——昨天，我又给太阳能公司打了一个电话……

众人　啊？！

〔门铃和敲门声响起。

工人　（画外音）是这疙瘩修澡堂子不？

【本集完】

第3集　我们的愚人节

编　　剧：英　壮

客座明星：蔡　明

〔日，傅家客厅。

〔傅老身着中山装，严肃认真地准备出门。志新自饭厅上。

志新　爸，您这就上中央开会去啦？

傅老　你少讽刺我啊！今天街道上开一个"老有所为"座谈会，你余大妈非得让我去听一听……我忙啊！本来不想去，后来一考虑——

志新　行了行了，您别谦虚！我知道您一听开会就来精神儿……（小声嘀咕）有病！

〔傅老正欲发作，电话铃声响起。

傅老　（接）喂，找志新啊？你是燕红吧？……不是啊？那你是谁啊……

志新　（冲上前抢过电话）啊喂？……是你？！（捂住话筒，向傅老）爸，您赶紧开会去呀，都等您做报告呢嘛！

傅老　（兴趣盎然地）谁来的电话？

志新　（掩饰地）一同学……替我向参加会议的全体同志问好啊！

〔傅老下。

第3集　我们的愚人节

志新　（向电话）喂——刘颖！真是你吗？哎哟想死我啦！……啊！八年啦，别提它啦！怎么样？在美国混得怎么样？……你在北京呢？啊？马上过来？真的？！……亏你还问得出口！咱俩分手那天，我上身儿穿一短袖衫，下身儿是……怎么着？让我现在这身打扮儿去接你？今儿可是刚停暖气呀……啊？能，能……得嘞！没问题，肯定你一见我面儿就往我身上扑，拦都拦不住！咱就这么说好了啊！赶紧的啊，我可坚持不了多一会儿啊……哎哎哎！好好……（挂电话，兴奋得"劈叉大跳"下）

〔午，傅家客厅。
〔圆圆在鬼鬼祟祟摆弄一盒"糖"。小凡上。

圆圆　小姑回来了！今天怎么回来了？

小凡　今天下午没课……哎，圆圆，我看你二叔穿一短袖褂子在外面儿晃悠。今天最高温度可才十五度，耍什么单儿啊，找病！

圆圆　嗯，肯定等女朋友呢，这叫"要风度不要温度"。

小凡　你把那"度"字给我去喽——我看他是要"疯"！

〔圆圆故意把"糖"拿在手中摆弄。

小凡　糖打哪儿来的？

圆圆　爷爷给我买的，只让我一人儿吃。

小凡　胡说！（抢过"糖"）好东西应该大家分着吃！就你们现在这独生子女……（吃糖，发觉味道不对）什么糖啊这是！爷爷净买这过期产品……

〔小凡把嘴里的东西吐出，圆圆狂笑。

小凡　肥皂！死圆圆……你敢用肥皂做成糖骗你小姑吃？你看……一会儿我怎么收拾你！（喝水漱口）

圆圆　小姑小姑你真不识逗！逗你玩儿呢，又不是毒药……（大笑）

小凡　不是毒药就能吃啊？你给我喝瓶洗涤灵我看看！连你也敢欺负小姑，等你妈回来，我，我非告诉你妈不可！

圆圆　你告谁我都不怕——你忘了今天儿号了？

小凡　四月一号！……嘻！愚人节，差点儿忘了。

圆圆　自己上回当就不容易忘了！这回印象深刻了吧？

小凡　去！那是，现在连喘气儿都是一股肥皂味儿——（用力呼气）哈！哈！

〔时接前场，傅家客厅。

〔小凡、圆圆在摆弄"糖"，听到门响，急忙坐好。志新穿短袖、短裤哆哆嗦嗦上。

志新　实在扛不住了！就是克林顿来我也不等啦……

小凡　瞧你冻的……快快，圆圆，圆圆！快拿板蓝根给你二叔……

〔圆圆拿杯子向饭厅跑下。

小凡　（向里屋喊）小张儿，小张儿，把我那个军大衣给二哥拿来！快……

志新　还记得刘颖吗？

小凡　刘颖？哦，就是你高中的……"亲密战友儿"？不是去美国了吗？

志新　今儿回来了，来电话说让我在楼底下等她……好家伙，溜溜儿等一多钟头！刘颖倒没等来，把流感等来啦……（打喷嚏）

小凡　小张儿，小张儿，快！

〔圆圆端药自饭厅上，将药递给志新。小张拿大衣自里屋跑上，给志新披上。

志新　还是我妹心……心疼我。

小凡　那是！

志新　（欲喝药）这药苦吗？

圆圆　（掏出"糖"）没事儿！我这儿有糖……

小凡　（故意）哎圆圆！这糖可是小姑花十块钱给你买的，谁让你七送八送的？

志新　（不乐意了）怎么说话呢这是？（抢过"糖"）这高级糖我怎么就不能

第3集　我们的愚人节

吃啊？外观是差一点儿……（剥开吃下）

小凡　味道怎么样啊？

志新　（点头）嗯，不错——好吃！可能是刚喝完药，嘴里这苦劲儿还没过去呢。得亏吃点儿糖，要不然这苦劲儿……还不定得多苦呢！就这还有点儿压不住……（看一眼手中的药）不对啊？我还没喝呢这药……（发觉上当）啊？（吐出）呸！呸！肥皂！

〔志新欲发火。小凡、圆圆、小张大笑逃下。

〔日，傅家饭厅。

〔小凡、圆圆吃饭。志新身披军大衣，手捧保温杯，一脸严肃。

志新　……打开国门的时候，怎么能把苍蝇也放进来呢？学习外国是好事儿——学人家的先进经验，学人家的管理……你不能什么都学啊！人家外国人还光着身子满大街溜达呢，你也学么？愚人节……那都是外国人吃饱了撑的没事儿干想出的馊主意！咱们眼目前儿连温饱问题还解决不了呢，学那干嘛？——瞧弄我这一嘴的肥皂沫儿……

〔小凡、圆圆笑。

志新　还乐你们！

小凡　二哥，你别生气啦！骗你吃肥皂总比骗你在外面干冻一个钟头强吧？

志新　不要转移斗争大方向啊！那是刘颖给我打的……她不会拿我开涮吧？

小凡　还用问？也不看看今儿什么日子！要我说啊，这人还算照顾你，没让你穿一裤衩背心儿到外边罚站去。

志新　刘颖绝干不出这种损事儿……谁呢？这人肯定躲在附近偷偷儿乐呢……郑燕红！要不是她我磕死！只有她知道我和小颖的关系，打中学就想拆散我们，今儿肯定是阶级报复！不行，我找她算账去！（欲起身）

小凡　（拦住）哎别别别二哥！大愚人节的，显得咱气量太小可不行！咱给她

　　　　来个以其人之道还治其人之身！

志新　你是说让她也上一当？……干这我可拿手儿！咱给她来一个——"换房"！

小凡　换什么房？

志新　圆圆，拿笔、纸！

小凡　快，快点儿去，快！

〔圆圆跑下。

志新　我跟你说，今儿我要不让她们家挤破了头，算我贾志新没能耐！

〔圆圆拿纸笔跑上。小凡准备写。

志新　写——本人现有三居室住房一套，使用面积五十平米，有双水儿有双气儿有电话。因本人工作需要，欲换本市平房一间，面积……面积十二平方米上下即可，三环路以外优先，无煤气儿无上下水儿尤佳，漏雨背阴儿更好！有意者请速来联系。联系人郑燕红！

〔傍晚，傅家客厅。

〔志新在玩游戏机。小凡接电话。

小凡　（向电话）……好嘞，您晚点儿回来，啊，那我们等您吃饭……哎！哎哎——您是我爸吗？……呵呵，爸！我跟您开玩笑呢，开玩笑呢……（放下电话）这日子，也分不清真假了。

〔和平气喘吁吁进。

和平　哎哟！好嘛，差点儿没把我给挤死在外头……

志新　我说什么来着？现而今这公共交通它就是成问题！

和平　公共交通倒没问题，咱这楼道交通真让人受不了，好家伙——你大哥比我下班还早呢，还在外边儿挤着进不来呢！

志新　（得意）这就对啦……

志国　（画外音）哎我说这位小姐，您别拽着我呀……多不合适啊……201在对面儿，这是202……哎哟，燕红啊？来来来，快进来！……

〔志国与燕红狼狈进。

小凡　怎么啦怎么啦，大哥？

志国　哎哟，不知道为什么，好几十口子人挤着往燕红她们家冲！

志新　（向燕红）都是给你说对象的吧？

燕红　（拿着几张纸）别闹啦你！也不知道哪个缺德的，把这玩意儿贴得满大街都是！从中午开始，我们家就没断了来人，这会儿那队伍都排到院门口儿啦！我爸吓得连家都不敢回啦……我在你们家躲会儿吧？

和平　（拿过纸看，笑）你们家就这么换房啊？傻小子一个呀。

〔志新、小凡乐不可支。

燕红　（醒悟）你们俩干的！打死你……（追打二人）

志新　你别来劲啊燕红！我跟你说：今儿你骗我在外边儿等一多钟头，我还没找你算账呢！

燕红　（也笑）那……我就骗你一人儿，你把我爸都捎上啦！

志新　……你以为我爸躲得过去吗？等我爸回来，也骗他一道！

〔时接前场，傅家饭厅。

〔晚饭已经摆好，志新、小凡和圆圆在密谋。

志新　……就这么定了！

〔和平上。

和平　（好奇）什么呀什么呀？

〔圆圆对和平耳语。志国上。

志国　（见状）我可先说下啊：你们要捅了娄子，我可不管兜着啊！

志新　哎哎志国，没你事儿，你坐你的。小凡……叫爸来吧！

小凡　（向客厅喊）爸！爸！吃饭啦，我都饿死啦！

傅老　（上，幸福地微笑）不要催嘛，刚开完会，总得把会议的精神消化一下嘛……

志新　您还是先消化一下饭菜吧，会议精神不忙，搁儿天也坏不了。（装模作样）爸，今儿您没在家呀，局里好几个电话找您！

小凡　啊对对，我也接了好几个电话，都是找您的。

傅老　（微笑顿收）哦？哼，平常一个月也不来一回电话，这是怎么啦？出什么乱子了？我早就跟他们讲过：遇到重大问题，先跟我们老同志通通气，不要等出了乱子再来找我嘛——不听吧？

志新　好像也没出什么乱子……就是吧，好像局里想成立个什么总公司，想请您去当什么什么总经理。

傅老　（惊喜）呵呵……不会吧？我这个年纪，已经退下来了嘛！

志新　不不，他们说这个职务不受年龄限制，关键看您身体盯得住盯不住……哎哟！一个劲儿跟我打听您的身体情况——

傅老　（急切地）你是怎么说的？

志新　我还能怎么说？对组织上我从来实话实说……

傅老　（急）你怎么可以实话实……实话实说你是怎么说的？

志新　我就说我爸目前的身体情况非常不好，体力明显下降（傅老失望）——掰手腕子连我都掰不过啦！原来您做仰卧起坐一口气儿能做五十，现在也就四十八。您在少林寺练的那个二指禅也不敢天天练啦——现在练，脚脖子上得拴根绳儿……

傅老　（转喜）好好好，还是实话实说好啊！他们是怎么说的呢？

志新　他们还能说什么呀？就盼着您重新出山呢！

傅老　嗯，还是他们有点儿眼力！不过我这岁数儿……事关重大呀！志国，你说呢？

志国　嘻，爸，您别听志新他们……

小凡　（打断）哎大哥大哥！……吃菜吃菜！

志国　（心领神会）好……爸，其实呢，志新他们也是误会了哈——局里请您重新出山呢，也没给您安排什么具体的工作，就是让您指指路、把把舵、引引航程，要不然他们心里没底，是吧？

傅老　还是志国的眼光敏锐啊！不过我这心里也没有底……和平，你的意见呢？

和平　我？我的意见吧……总经理算什么呀？您怎么着也得再兼个董事长啊！

傅老　和平这个意见很重要，哈哈……不过局里的老同志很多呀，有工作还是大家分担嘛。

小凡　爸，您就答应他们吧，全当您是吃苦受累积德——人民的小米儿把您抚养大，您整天在家里无所事事虚度光阴，对得起谁呀？

志新　您个人受点儿损失这算不得什么，关键是国家不能蒙受损失，您说呢？

〔众人附和。

傅老　这个问题提得很尖锐嘛，值得反思，值得反思啊！

圆圆　爷爷，怪不得当年日本鬼子老想抓您——原来您有这么大本事哪？

〔众人附和。

傅老　哈哈，连圆圆这样小小的年纪，也学会从正反两个方面来看问题啦！一个人，如果连他的敌人都不敢小看他，那就说明这个人是真正的了不起的！……泛泛而谈，泛泛而谈……

小张　爷爷，您就大胆地往前走！家里有我。

〔众人附和。

傅老　小张这个阶段成长得也很快嘛！

志新　爸，您看大家伙儿意见这么中肯，您就赶紧拿个主意吧？

傅老　（沉思良久，放下筷子，起身）对，我马上就去！

志新　（急拦）哎别别！……我那意思就是说……今儿已经下班儿了，要不然咱明天再说？

傅老　（摆手，感慨地）又要走上领导岗位啦！头脑空空，总得武装武装吧？趁着天还没有黑，我先到中关村"电子一条街"去看一看，有个感性认识，然后再买一些参考书籍，上升到理性阶段，反过来再指导实践。人类就是这样一步步地从必然王国走向自由王国的嘛！

〔傅老转身，差点撞上小张，大笑，下。

志国　（向志新）咱爸可当真了啊！我看你怎么收场！

和平　……明儿早上再跟他解释吧，让他今儿晚上先做个好梦。

〔深夜，傅家客厅。

〔傅老在书桌旁挑灯夜读，哈欠连天，疲倦地按头。卫生间传来冲水声。

傅老　谁呀？

〔小凡睡眼惺忪上。

傅老　呵呵，是小凡……来来来，陪爸爸来聊一聊。

小凡　（迷迷糊糊地）爸，干嘛呢？我好像又回到了小时候，您总是天天工作到深夜，咱家的灯总是最后一个熄灭……

傅老　是啊是啊，好久没有这样工作啦……都六十多啦，再不努力工作对得起谁呀？来看看爸爸买的参考书——《领导管理》《现代人才管理学》《微机使用三日通》，还有这个《微机使用入门》……

小凡　我的天哪！爸，看得懂吗您？

傅老　看不懂才要学嘛！你一生下来就什么都会吗？小凡——

小凡　好好好！爸，您学，您学……我困死了，不打扰您了……（向里屋下）

傅老　唉……（拿起书本）我学？我学得会吗我？！（将书扔在桌上）

〔翌日晨，傅家客厅。

〔全家人惴惴不安地坐着。傅老手持一封信上。众人站起。

志新　（鼓起勇气）爸，您批评我吧，都是我不好……

小凡　也不能全赖二哥，也有我的责任……

志国　我也不好，我没拦住他们……

和平　都怪我，我应该劝你们……

傅老　（莫名其妙）这是怎么回事啊？怎么突然都做起检讨来了？（将手中的信交给志国）志国，待会儿你上班的时候绕一下，到我们局里把这封信交给小马。（向众人）说吧：到底是怎么回事啊？

志国　（念信）"关于本人不再接受任何领导职务聘任的请求报告"……爸您这？

傅老　昨天我考虑了一整夜，我这个岁数、这个脑筋、这个精力，恐怕不适合再担任过于繁重的工作啦。你们年轻人应该多干一点嘛，我们老同志给你们把把关，出出主意，当当顾问，也就可以啦！（随手拿起茶几上的一颗"糖"）真的把我们要推到第一线去，恐怕其结果也是适得其反的……（边说边剥开）

圆圆　（着急地指爷爷手中的糖）爷爷，爷爷，这……您别……

傅老　（阻止她）不不！我已经考虑好啦！我还是安安稳稳地待在家里，享享天伦之乐嘛！

〔傅老将肥皂放入口中，脸上的笑容凝固。

【本集完】

第4集　也算失恋

编　　剧：英　壮

客座明星：蔡　明　张　瞳　乔　红　曾国华　史绍辉

〔日，傅家客厅。

〔傅老与郑老下象棋。志新自饭厅上。

志新　爸，吃饭了。

傅老　不行——他将着我呢！

志新　（帮傅老走一步棋）垫这个炮哇，这不就将他了吗？

傅老　哈哈……对对，其实我正要走这一步！（向郑老）呵呵，老家伙，先赢了我儿子再跟我下吧！（下）

〔志新坐下与郑老对局。燕红上。

燕红　爸，吃饭了。

郑老　不行不行——他这儿将着我呢！

燕红　（帮郑老走一步棋）嘻，您吃他这个炮哇，这不就将他了吗？

郑老　嘿！对呀，嘿嘿……我正准备这么走呢！（向志新）嘿！小家伙，赢了我女儿再跟我下得了！啊？（下）

〔燕红坐下与志新对局。

志新　还在衣服摊儿上混呢？

燕红　什么叫"混"呢？我把侯七那门脸儿给盘过来了，改咖啡屋了你知道么？

志新　个人问题还没着落呢吧？唉，大龄女青年是比就业更严重的社会问题，多少不安定不团结的因素打你们这儿来呀……

燕红　别说话这么损啊！你自个儿不也打着光棍儿呢嘛？

志新　那我是眼高！多少姑娘追我呀！漂亮的，有钱的，包括洋姐儿，结过婚没结过婚的……我这么跟你说吧——排队！拿号！按单双日、分初赛复赛……像你，老玉米似的，送上门儿我都得掂量掂量。

燕红　别吹啊，贾炕！你领一成的来我瞅瞅！（"啪"地一声落子）哼……（下）

志新　（看棋）你这不是将我呢么？

〔日，燕红咖啡屋。

〔志新带年轻漂亮的牛小姐上。二人落座。

志新　（叫服务员）哎！

服务员　请问先生您要点儿什么？

志新　嗯，一罐椰汁，一听贝克啤酒。小姐，请你们老板亲自送来。你跟她说，贾志新总经理来了——说的时候小点声儿，别吓着她。

服务员　稍等。（下）

志新　（向牛小姐）她一听我的名字，立马就会颠颠跑来的。

牛小姐　看来你是这儿的常客吧？

志新　那也得分怎么说。那会儿倒是常来——这个地方原来是个公共厕所。（四面打量）这装修以后我还是头一回来。还挺像那么回事儿，就是味儿有点儿不正……

牛小姐　哎，我看你跟他们老板还挺熟的哎！

志新　也不算太熟，她原来是个练摊儿的……

〔燕红端饮料上。

燕红　哟！志新你这该死的来啦？（拍志新一巴掌）讨厌！小芳告诉我来一什么"假"总经理，我说也真不了嘛。还这儿蒙事哪？

志新　别跟我这瞎逗啊！我来介绍一下——

燕红　嘻！这还用介绍吗？不是见过好几回了吗？

志新　你们见过？

燕红　这不是你常带到我这儿来的那位芭蕾舞团的于小姐吗？

志新　什么就于小姐呀？这……

燕红　哦我记混了——侯小姐！那位空姐儿吧？（向牛小姐）不飞啦？

志新　哪儿又蹦出一侯小姐呀？人家是……

燕红　朱小姐！

志新　哎……嘻！我也乱了！人家是牛小姐——牛丽丽！（向牛小姐）对吧？在外企工作。

燕红　哦。（向牛小姐）认识多久啦？

牛小姐　才一个礼拜。

燕红　（大惊小怪地）都一个礼拜啦？太长啦！我们志新交女朋友一般三天就吹。

牛小姐　啊？！

志新　啊……那是她们看不上我！嫌我呀……

燕红　嫌我们志新同时交着好几个女朋友——怎么啦？为什么不可以脚踩几只船哪？

志新　哎不不！我是最反对谈恋爱的时候脚踩几只船……

燕红　也对，等结了婚再踩也不晚！

志新　哎……嘻！那就更不对啦！

牛小姐　（不快）贾志新！你不是一再向我保证：你是个感情专一的人吗？

燕红　（抢话）对呀，那没错儿啊！我们志新就是这特点——别看交的女朋友多，跟谁都是逢场作戏，甭管两人那关系走到多深，他绝不把感情轻易投进去。我估摸着他打生下来到现在，一点儿感情都没糟践，把最好的爱都留给你啦！

牛小姐　（向志新）哼，跟那些女孩子都到多深的关系啦？

志新　没有……

燕红　没有多深其实也！就是有一个追我们志新追成了精神病，还有一个自杀未遂摔成了一条腿，还有一个一年到医院做了十二回手术……

牛小姐　（怒）别说了！（起身）我还想多活几年呢！（下）

志新　我……那个……（向燕红）你这不是给我胡编么你！（追下）丽丽，丽丽……

燕红　（大笑）哈哈……

〔日，傅家客厅。

〔志新与新女友马小姐翻看相册。

志新　……这是当年我的母亲。这是我父亲。翻过这一页。这就是我哥哥，这是我，这是我……她怎么在这儿呢？（将其中一张照片取出）这个……这是我妹妹……

马小姐　等等，先把那妹妹给我看看！

志新　（不得已拿过那张照片）这位——这也没什么可看的……

马小姐　这是谁呀？

志新　这是我……这是……什么也不是！她就是一个街坊，一个同学，没有什么关系。

马小姐　不对吧？这是不是你过去的女朋友啊？

志新　她？就她？！你太小瞧我贾志新了！谁正眼儿瞧过她呀？你瞧你瞧，又干又瘦，一脑袋黄毛儿，跟苞米穗子似的……知道小时候我们管她叫什么吗？

〔燕红暗上。

马小姐　什么呀？

志新　老玉米！

燕红　贾炕！

志新　哎！……哎？你怎么又来啦？

燕红　这不是……

志新　（急忙打断）这位姓马！马小姐——马芳芳。（向马小姐）这是我朋友，这就是那个……

燕红　坐吧坐吧！

马小姐　（问燕红）哎，你刚才管他叫什么？"甲亢"？

燕红　对呀！

马小姐　（向志新）哟！你得过甲亢啊？是不是那大脖子呀？那遗传吧？

志新　我……我没有得过这个病！这是小时候他们瞎给我起的外号儿——"贾"呢，因为我姓贾，"炕"呢因为小时候我比较爱尿炕……（自知失言，迁怒燕红）我还有那么多好的外号儿呢！那个外号……那个"军长""老四""胡汉三"什么的，你怎么不提呀？

燕红　我怎么没听说你叫"胡汉三"呀？我倒记得小学三年级的时候我们叫过你"二傻子"——你为了争先进，愣从家里要了一毛钱交给老师，说是路上捡的！

志新　那也比你真捡了一毛钱不交老师，买两根儿冰棍儿吃强啊！还一根儿巧克力一根儿奶油的，左一口右一口，美得你呀！

燕红　那根儿巧克力的后来我不是给你了吗？

志新　那还不是我抢过来嚼了一口，你没辙了才给的我吗……

马小姐　（不悦）哎……我说你们二位能不能等我走了以后再争啊？

燕红　哦！还是马小姐说得对！志新，咱们别老回忆那些不愉快的！（向马小姐）咱们还有好些温馨的呢！志新打小儿就是老实孩子，往好了说是模范儿童，说白了也就是窝囊废。在学校挨了大嘴巴都不敢哭，回回还得我给他报仇去！

马小姐　是吗？（向志新）哟，你可够有福气的呀……贾炕！

志新　（脸上有点儿挂不住）不对吧？初二那回我打架开瓢儿为谁呀？还不是疤瘌那帮子老跟胡同口劫你呀？是我挺身而出——脑袋上还挨这一板儿砖！对不对？

燕红　对呀对呀，那次……

马小姐　（酸）你们可真够青梅竹马的呀！

燕红　（向马小姐）您……您可千万甭信他的。就这么一回英雄救美人儿，他能记一辈子！

志新　一回？哎，打上小学五年级开始……

马小姐　你们聊吧，哼！（下）

志新　那我不送啊……（向燕红）打上小学五年级到初三，五号大院儿那帮臭流氓拍你多少回……

〔燕红示意志新去追马小姐。

志新　没事，走就走无所谓！咱把这事儿得掰扯清楚喽……坏啦，我钱包儿还跟她身上呢！（起身）站住！……（追下）

〔燕红大笑。

〔日，燕红咖啡屋。

〔志新强拉燕红到角落。

燕红　（挣扎）干什么……干什么呀？你让人看见算怎么回事儿？！滚蛋，臭不要脸德行！

志新　坐下！你说：你是不是想彻底搅黄了我娶媳妇儿这事儿，以便取而代之啊？

燕红　你别自我感觉太良好啊！我告诉你——哪怕这世界上就剩下你一个男人……

志新　别把话说这么绝！这世界上剩我一个男人，你还不跟我携手并肩，面对大自然，跟野兽搏斗哇？

燕红　剩下别人也许会是这样，剩下你嘛……我只能先跟你搏斗完了再跟野兽搏斗！

志新　你既然别无所求，就别老跟这里边儿搅和了成不成？

燕红　我完全是因为不忍再看到无辜女青年被你成批残害……

志新　我残害谁了我？我发誓我每次谈恋爱都是认真的！你说我这岁数我容易吗？那真好的谁守身如玉地等着咱啊？我跟你说，我真是这么想的：除了你，兹是个全乎人儿我凑合嫁她就完啦！就求你高抬贵手，别再干涉我的恋爱自由了成不成？

燕红　我干涉你？贾志新，从小到大你就没少干涉过我的恋爱自由！这么些年我还没计较呢！

志新　真是新鲜，我干涉你？我巴不得你赶紧嫁出去就得了！

燕红　初三——四班的袁刚跟我谈朋友，被人暴打了一顿再也不敢理我了，这事是不是你找人干的？

志新　我是保护你，为你好啊！

燕红　那，上高一的时候，我跟咱们教体育的王老师通信，被你报告了学校，害得王老师调离，害得我在学校里抬不起头来，这也是保护我？

志新　那当然啦！那个姓王的是专门玩弄女性的坏人！

燕红　坏人？谁坏？听说后来王老师表现不错，在监狱里被评为模范犯人，还给减了刑呢！

志新　哦，抓起来啦？嘿！好好……哎？那你怎么不说感谢我及时挽救了你，反而为此向我进行疯狂的反攻倒算啊？你现在什么心理呀？你还不应该算是老姑娘吧？我告诉你，老玉米，不管你如何打击报复，我也绝不会低下高贵的头！你破罐儿破摔还想把我也拉下水？我告诉你，明儿我非找一优秀的，我让你开开眼！（下）

〔日，傅家客厅。

〔志国、和平收拾房间。傅老上。

傅老　又要查卫生啊？萨马兰奇刚走又飞回来啦？

和平　嘻，志新今儿要带女朋友来，走时候千叮咛万嘱咐，让我们把家往超豪华里布置。

傅老　我还当什么稀客呢！不就是志新的女朋友吗？这孩子别的特长没有，就这，一个星期仨俩地往家带！

和平　爸您甭说，人家这回动真格的了！说啦：今儿晚上这顿饭就是定亲饭。

傅老　哼！（下）

〔开门声响。志新领文静端庄的杨小姐上。志国、和平上前端详。

志新　诸位！（指杨小姐）杨晶晶——德才均备，品学兼优，团市委推荐学习的标兵。（向杨小姐）哎，你的主要事迹是什么来着？

杨小姐　舍身挽救落后男青年。（与和平握手）

和平　哎哟……（擦手，握手）好，太好了，我们志新的强项就是舍身挽救落后女青年。太合适了，真合适……

志新　（向杨小姐）晶晶，这是我大嫂，这是我大哥，都是自己人！请，请……

〔志国热情相让。

和平　嘿嘿嘿！你忙活什么呀？（示意志国回避，向杨小姐）坐吧……

〔志国、和平下。

志新　（向杨小姐）随意，随意啊！

〔圆圆放学上。

圆圆　二叔好！阿姨好！

志新　（把圆圆拉到一旁，低声）你到隔壁郑爷爷家去一趟，看燕红阿姨在没在家——不要打草惊蛇！快去……

圆圆　不用了，我刚去给郑爷爷送晚报——燕红阿姨没在家。（下）

志新　（闻言暗喜）太好了，太好了！天助我也……（迅速把各门关好，电话线切断）

杨小姐　（警惕地）贾志新同志！你这是干什么？

志新　没事没事，安全……更安全一些！

杨小姐　安全？

志新　坐，坐……为了我们此次的会谈，能够在亲切友好的气氛中进行，为了我们的爱情之舟，能够顺利地抵达幸福的彼岸……（向饭厅喊）小张，沏茶！

燕红　（画外音）来啦！

〔燕红腰系围裙，手端茶具，自饭厅上，走到志新身边。志新未发现。

杨小姐　不过，我好像还是不太明白，你好像是在防谁……

志新　防谁？我用得着防谁？这在我们家，防……（扭头发现燕红）呀！（跌坐沙发）你怎么混进来的？

燕红　听说你女朋友今天来吃饭，我一直在里面帮厨呢！（向杨小姐）哎哟，这位就是杨晶晶同志吧？一直听志新念叨，说你内外兼修、色艺双全，够我们学习一辈子的！听说你今儿要来，喜讯传来尽开颜，我们大伙儿高兴得一宿没合眼哪！纷纷委托我向你学习，向你致敬……（伸出双手）

杨小姐 （用力同燕红握手）谢谢！谢谢同志们！谢谢！……

志新 （分开两人）老玉米！怎么着？"揭老底儿战斗队"又要开始战斗是吧？

燕红 志新，你今儿是误会我了，我今天绝不是来给你扎针儿的。（向杨小姐）晶晶同志，我和小贾从四岁开始在同一个蜜罐儿里泡大，所以对这个同志比别人有更深的了解。鉴于从今天以后你们就要共同战斗了，作为他的老战友，我有必要把他的优势、弱点、特征、习惯，以及对手、天敌向你做个全面的介绍……

志新 我是野生动物啊？

燕红 志新是个好青年。首先他厚道，我跟他从上托儿所起，历经幼儿园、小学、中学一系列历史阶段，他一直在学习上帮助我，生活上照顾我，我们从来没有拌过嘴，吵过架……

志新 那不是因为我发育晚，一直打不过你么？

燕红 其次他正直。从小爱憎分明，嫉恶如仇，从来不学歪的邪的——即便是坐车不买票，也是为了省下钱来交老师。记得那年搭抗震棚儿的时候，大家都往家拿木头，我们志新从来不占公家便宜……

志新 那是！学校的木头我一根儿没偷过！

燕红 对，他偷的都是我们家的！另外还有，他热情、勤奋、好学、好色……啊不，优点多得就说不完哪！你能得到他的心，真有福气，多少女孩子羡慕你呀，小杨！

志新 （被说臊了）不至于，不至于……

燕红 唉，最使我放心不下的就是，他在生活上丢三落四，过起日子来马马虎虎，事业心还特强哪——工作起来不要命啊！从来不知道照顾自己的身体。你跟他结婚以后一定要注意保证他的睡眠——每天少于十六个小时就跟病了似的！其次是饮食——早饭只吃油条，不喝豆浆，喝了就胃酸。酒量不大，一见就喝，一喝就醉，一醉就吐，一吐就睡……对了！还有一条特别重要的你可千万要记住了，这是从小的毛病——睡觉以前千万不能让他多喝水，否则……不堪设想啊！

杨小姐　什么不堪设想啊？

志新　（阻拦）哎哎哎……

燕红　弄不好还会波及于你！

志新　你还说不扎针儿啊你？！

燕红　唉，好啦，把他交给你，我也就放心了……说实话，看着你们这么般配，这么恩爱，我真挺高兴的。（向志新）志新，只要你得到了幸福，我也……我也就幸福了……（说不下去，扭身落泪）

杨小姐　（起身）不！大姐，我和他并不般配，你才是真正最了解他、最关心他的——这是一个女孩子的直觉告诉我的。（拉起燕红的手）你和他在一起才真正是最完美、最幸福的。（拉燕红走向志新）志新，她才是你真正最应该爱的人。（把两人的手放在一起）让我们俩互道一声珍重，做个朋友吧！（扭头，下）

〔志新、燕红呆住。关门声响。志新、燕红回过神，急忙甩开手。

燕红　这……我……志新，我这回我可真不是……

志新　（仰天长叹）我这辈子是命中注定要犯小人哪！（倒在沙发上）

〔日，傅家客厅。

〔燕红用轮椅推志新自里屋上。

燕红　志新，我是不是推你到楼下花园儿去转转？

志新　（虚弱地）我怕受风……而且，看见这些美丽的花儿，我想我会伤心的。

燕红　志新，你真应该坚强一些。你非……你非说你这是平生第一回失恋，留下了永久的伤痕，你让我……志新，我知道我对不起你，其实我……我原来……我这……我都不知道我该怎么说了！我怎么才能弥补给你造成

第 4 集 也算失恋

的损失？只要我力所能及的，我干什么都行！志新，你说你要我为你做什么吧！

志新　燕红，你是为我好，我知道。你一直都对我好，我也知道。你搅黄了我的女朋友，我一点儿都不记恨你，真的，你千万别为这事儿自责。也许通过这件事儿我们俩人的心能贴得更近。

〔燕红羞涩。

志新　虽然从小到大，我们一直鸡吵鹅斗的，谁也不让谁，但是我想……

燕红　（不爱听了）谁"鸡吵鹅斗的"？什么"谁也不让着谁"？我不一直都让着你吗？包括这回！

志新　（也不高兴了）这回也算你让着我？！

燕红　那当然啦！你假装失恋痛不欲生，让我用这破轮椅推了你好几天了！我这一直都没说话呢，还不算让着你呀？！

志新　好好好，算你让着我，行了吧？干脆你再让我一回怎么样？你不是刚才说想为我做点儿什么吗？我再求你一件事儿，而且是你肯定能够做到的事儿，行吗？

燕红　（又羞了）说吧说吧，反正我让你就让到底了……

志新　好，为了我的健康，能不能在我病好之前——（怒起，恶狠狠地）别再让我看见你了，行吗？！

【本集完】

第 5 集　亲家母到俺家（上）

编　　剧：梁　左

客座明星：韩　影

〔晚，傅家客厅。

〔众人看电视，和平、傅老自饭厅上。和平为傅老殷勤地打扇。

傅老　好，正好大家都在这儿啊，咱们先开一个小会儿……哎，先把电视关上。

和平　哎哎我来……（关电视，众人不满）

傅老　我先说一下啊！和平呢，到我们家已经十几年了，总的表现还是不错的——尊老爱幼、夫妻和睦、邻里团结……

志国　爸，您这儿说什么呢？评"五好儿媳妇"也得等年底吧？

傅老　哎！最近啊，和平家里有些困难，我们也应该伸把手儿……

志国　（向和平）你们家有困难？不是上星期还大兴土木、大搞装修呢吗？挺趁钱的呀！

傅老　就是因为搞装修，家里弄得很乱，和平的母亲也休息不好，又没有地方去。和平打算让她母亲到咱们家来住两天……

志国　（惊）什么？！您……（向和平）这么大的事儿你怎么不事先跟我商量商量啊？（向傅老）爸，那不行……那老太太要一来，您不知道，咱家

第5集　亲家母到俺家（上）

可就热闹了！

傅老　我怎么不知道啊？我看见过好几次嘛！前年圆圆生病，她还到咱们家来过嘛！

志国　唉呀，那一时半会儿不要紧，问题……她这回要住下——反正她一来我就走！

和平　嘿！（向傅老）爸，您瞅这志国！我没瞎说吧？他对我妈这态度，一贯就这么不端正！

傅老　志国啊，人人两层父母，要尊老敬老嘛！你受党的教育这么多年了，怎么连这个都不知道呢？

志国　不用党的教育我也懂——"老吾老以及人之老"……和平对您也挺孝敬，我也应该孝敬他妈。可问题是……您不知……那老太太……她妈那叫一没文化！

和平　（怒）你妈才没文化呢！

傅老　哎，他妈还是有文化的嘛！我自己的爱人我还不知道？

和平　（收敛）对不起啊爸，我忘了他妈是您爱人……可您瞧他对我妈这态度，完全是阶级偏见！（向志国）你种族歧视！你看不起劳动人民！我妈没文化能怨我妈吗？

志国　怨我！

和平　怨那万恶的旧社会！又没托生个好人家，只好认命呗。解放以后经过扫盲，我妈多少也能识俩字了——如今琼瑶那小说儿看得溜着呢！

志新　哟，她老人家那么大岁数儿，还看那东西呢？也别说，咱圆圆她姥姥还真有点人老心不老这意思，心里够花花儿的……

和平　志新！我平时待你可不薄，你就这么挤兑我妈？我妈她老人家守寡这么些年，忠贞不渝，矢志不嫁，噢，看看小说儿解解闷儿，心里花花儿都不许呀？

志新　许呀，许！没说不许。小凡那儿有好些这方面的书，老太太想看，全拿走！

小凡　哎哎……这些书我可早不看了啊，都给圆圆了——圆圆，借你姥姥看看吧。

圆圆　……我先声明：甭管谁来，我的书概不外借！

和平　（向傅老）爸您瞅，连圆圆都受她爸爸这思想影响！

傅老　这样不好。和平母亲也是劳动人民嘛，而且还是文艺工作者，你们不能这样对待她嘛！我决定了，把她接来。你们看看还有什么反对意见没有？

志国　爸！……反正我也不好说什么了，你听听大伙的意见吧。

〔志国示意大家表达反对意见。

和平　（眼露凶光）我瞅瞅我瞅瞅我瞅瞅——我瞅瞅谁反对！

〔众人沉默。

和平　爸，全体通过！

〔晨，傅家客厅。

〔傅老在看书。

和平　（画外音）爸！爸……志国！志国……我妈来嘞！

〔和母左手小茶壶右手折扇，亮相。和平提行李包上。志国应声自里屋上，接过行李包，进里屋。

和母　（转向傅老）唉呀老局长！

〔老和双手一举，和平在身后默契地接过茶壶和扇子。

和母　好久没见您，您老身子骨儿可好哇？（上前与傅老热情握手）

傅老　好好……不要叫局长，叫老傅嘛！老和同志，您也好吧？

和母　托您的福啊老局长……

〔和母手一抬，和平递上扇子。

和母　我是酒也喝得，饭也吃得——打它一两宿麻将都不带犯困的！

〔志新等众人分别自饭厅、里屋上，远远地站着。

傅老　您快请坐。路上累了吧？（向众人）哎！你们怎么都不叫人啊？

第5集 亲家母到俺家（上）

志国　呵，妈您来啦！

圆圆　姥姥您来啦！

〔志新、小凡对视，不知该怎么称呼。

和母　（向二人）你们俩呀，该管我叫亲（qìng）娘！

〔志新、小凡犹豫。

志新　嗯……我还是宁肯小一辈儿，我随着圆圆管您叫姥姥得了！

小凡　呵呵，姥姥，姥姥。

〔和母面露不悦，转而笑脸向傅老。

和母　老局长，给您添麻烦怪不落忍的。您看您又派车、派人去接我，透着那么关心民众，体贴下情，我这心里头哇，像是打翻了五味瓶——酸甜苦辣咸，一起涌心间……

和平　妈，妈！没人儿接您，是我自个"打的"接的您。

和母　（低声）妈知道，妈是顺水人情。

傅老　老和同志，您看您到我们这儿来，我这也没什么准备。我让志新把他那个屋子给您腾出来啦……

和母　那可不行！那志新和小凡姑娘住哪儿啊？

傅老　志新回头就在客厅搭床，小凡今天就回学校去了。

和母　不好不好！依我说啊，就在和平那屋挤挤，让志国搬出去跟志新他们哥儿俩住一屋。小凡姑娘要是回来呢，也能在客厅搭床。得了，大伙儿依我这主意赶快准备吧啊！

志国　（小声）得给你妈记上一笔啊——强迫咱俩分居！

和平　妈，让您怎么住您就怎么住，你挨这儿是客人，客随主便嘛！

和母　那不行，我不能挤兑得志新在客厅搭床啊！挤兑你挤兑志国，那是我闺女、姑爷，那活该！人家志新招谁惹谁了？

志新　哎哎……您甭为我费心！

和母　那不占理儿的事儿我可不能干……哎？老局长，您就让我在客厅搭床吧？

傅老　（面有难色）这个……呵呵……

和母　和平，拿包袱！立马儿送妈回家。

傅老　别别别！老和同志，那您就在客厅搭床……我就是怕这孩子们出来进去地吵得您休息不好。

和母　不碍的，只要不怕我吵他们就成！您知道我是唱曲儿的出身，这拳不离手，曲儿不离口——见天早起五点钟啊，我就得喊嗓子，再活动活动这筋骨，来个"鹞子翻身""驴打挺儿"什么的。我不愿意在外头练，怕人家看见笑话，就得在屋练。您甭管了！待会儿啊，让和平帮我把这沙发往那边儿挪挪，腾出个场子来，明儿早上起来我好练哪！

傅老　唉呀，老和同志，您这个勤学苦练，精神可嘉，值得我们学习，呵呵……

〔晨，傅家客厅。

〔沙发等家具已被挪到客厅一侧，另一侧有一张折叠床。客厅中央腾出一片空间，和母身着练功服喊嗓子。

和母　啊——咿——，啊——咿——，啊——咿——，啊——咿——，阿姨——

〔志国、圆圆、小张、和平、志新逐一来到客厅好奇围观。和母练踢腿，失误，然后旁若无人地转身打开录音机，随《世上只有妈妈好》的乐曲起舞练剑。

〔傅老上，差点儿被和母一剑刺中。

和平　好！好……（鼓掌）

〔傅老把录音机关上，下。

〔日，傅家客厅。

〔傅老独坐看报，和母暗上。

和母　（冷不丁）哎哟老局长！

〔傅老吓了一跳。

和母　您这么大岁数儿还这么爱学习？真给我们老同志做了榜样了啊！

傅老　哪里哪里……您忙您的去吧！

和母　我没事儿，闲着也是闲着，陪您说会儿话，省得您闷得慌。这报纸上有什么好消息？您给我讲讲，也让我高兴高兴。（坐）

傅老　（冷淡）也没什么。（继续看报）

和母　哎老局长！那柬埔寨大选结果该出来了吧？咱努克儿到底选中没有哇？怪让人惦记的……

傅老　这……国际版我还没看呢——要不您先看？

和母　不不不！我自个儿不爱看报，费脑瓜子，就爱听人讲……哎老局长！这国内形势怎么样啊？党的十四大以后一片大好吧？那京九铁路一期工程完工了没有哇？

傅老　今天没有这方面的报道……

和母　那净登些什么呀？净登那些影视明星乱七八糟的事儿！哎老局长！依您说，那巩俐张艺谋能不能过到一块儿啊？

傅老　唉呀，这个我怎么能知道嘛……

和母　这个也没登？那都登些什么呀？这么着吧老局长，（凑近傅老）我跟您探讨探讨这办报的方向……

傅老　对不起，老和同志，我先出去一下啊！（起身）

和母　没关系，您忙您的！等您回来咱们接着探讨。

〔和母拿起报纸。傅老无奈，下。

〔晚，傅家饭厅。

〔全家人就座，守着饭菜没动筷子。和母上，与众人打招呼后，站在饭桌旁不坐。

傅老　老和同志快请坐吧！

和母　不碍的！你们先吃，回头我吃点儿剩的就成。

傅老　您看您老这么说。（向和平）和平，快让你妈坐下吧。

和母　没事儿没事儿，你们吃吧！我就爱吃折箩……你们吃你们的，就当我没在这儿……

〔众人尴尬。

和平　妈，您瞧您，您让我们怎么吃啊？每回吃饭都得跟您费半天话！

和母　那我可就不客气了？我就实话实说得了？

和平　您说！

和母　这米饭哪，我吃不惯！麻烦小张姑娘再给我下点面条儿吧？打卤面不费事儿——弄点儿肉末儿，打俩鸡蛋，搁点儿黄花儿、木耳、香菇、青蒜，使油这么一过，使芡这么一勾，出锅的时候俏上点儿葱姜，再洒上点儿香油，齐活了！

〔小张无奈，赌气走进厨房。

〔晚，傅家客厅。

〔全家人看电视。和母铺床。

和平　妈，妈，您先甭弄呢，回头我帮您铺……

和母　不用，你们看你们的吧，我先歇着。

傅老　老和同志，坐下来一起来看嘛。

和母　我不爱看那些乱七八糟的电视剧！我先歇着，明儿早上起来我好练功啊……

〔和母开始宽衣。众人慌忙扭脸回避。和平赶紧上前阻拦。

和平　哎，哎哎！妈，妈……您先到我那屋躺会儿去，等我们看完这电视……

志国　不不不……我不看了，我先回屋了啊……（下）

第 5 集　亲家母到俺家（上）

和平　　那您先到圆圆那屋……

圆圆　　哎哟，我也该睡觉了！姥姥晚安……（下）

和平　　志新，让我妈上你那屋……

志新　　哎哎，让咱姥姥踏踏实实跟这儿坐着，我回屋我得洗洗，我洗洗……（下）

傅老　　那我也先回屋了。老和同志，您赶快歇着吧啊！（也下）

和母　　他们都走了？那我就先不睡了！（坐到沙发上）和平啊，给妈换个频道，看看哪台还播《渴望》——咱们娘儿俩一块儿看！

和平　　（换台）全是《爱你没商量》——没法儿看！

〔晚，志国和平卧室。

〔志国看书。小张向和平抱怨。

小张　　……大姐，你妈要是再不走，我可走喽！没有她这么欺负人的，还是劳动人民呢，比地主资本家还要厉害！吃多大苦受多大累我就不说了，可她整天拿我当贼似的防着——每天买菜回来，跟爷爷报一遍账，还得和她再报一遍！那天我买的土豆一毛五一斤，她说电视里报的市场最低价是一毛四，非说我两斤土豆赚了你们家两分钱！后来我一打听，她看的那电视是河北台！石家庄的土豆是一毛四一斤！噢，为了两斤土豆，我还跑趟石家庄？真气死我喽……

志国　　（对和平）你听听你听听，你听听这群众的控诉！

和平　　我妈那也是勤俭持家……得了，甭生气了，大姐给两块钱，买糖吃去吧……

小张　　噢……（下）

〔夜，志国和平卧室。

〔志国看书。圆圆向和平抱怨。

圆圆　　……妈，姥姥她怎么还不走啊？她要再不走我可就没活路啦！

和平　你怎么也这么说呀？你也轰她走哇？她是你亲姥姥，没她就没你！啊？

圆圆　那……有了我就别有她了——"既生瑜何生亮"嘛！

和平　（向志国）你听听！你孩子说什么呢嘿！你管不管啊？

志国　你让圆圆把话说完——圆圆，姥姥怎么你了？

圆圆　我一回家，她就在我耳边唠唠叨叨没完没了，吵得我功课都没法儿做！她还净翻我的书包翻我的本儿，把我攒那些歌星的相片儿都给撕了，说那些歌星都是妖精托生的，专迷小姑娘。她还净说小张的坏话，说爸爸的坏话，说二叔、小姑的坏话……妈，她就不说你的坏话。还净问我们班多少男生多少女生，谁对我好，谁对我坏……哎哟，我觉得她特别地……庸俗！

和平　嘿！那"庸俗"二字是你说的吗？

志国　干嘛不让圆圆说话呀？有错误就得批判，有毒草就得进行斗争！

和平　你少挨这儿挑事儿啊！

志国　是我挑的吗？这是圆圆自发的反抗。圆圆，爸爸坚决支持你的革命行动。走，买冰激凌去！

〔二人跑下。

〔晚，志国和平卧室。

〔和平在梳妆台前。敲门声响。

和平　哎，进来！

〔志新上。

志新　嫂子。

和平　哟，志新，来！怎么着？

志新　（拿椅子坐下）没事儿……哎，咱家那房子什么时候装修完啊？要是缺人手儿，要不我找俩人儿帮着弄弄去？

和平　不用了，谢谢你，你的情意我领了。

志新　……倒不为别的，我就想赶紧把这房子装修完，赶紧把这老太太给我弄走！我跟你说——我这暴脾气我受不了这个！真难为您那漫长的青少年岁月是怎么熬过来的……

和平　一咬牙也就过来啦……不是，我妈这人从本质上讲还是不错的……

志新　我不管她本质什么样，这现象我受不了。嘿！就没有她不知道的事儿，没有她不打听的事儿，没有她不管的事儿！那天人家燕红打电话找我，她接的，把人盘问一底儿掉。（学和母说话）"你是谁呀？你多大了？家住哪儿？你长得什么样儿？我怎么没见过你？你是单眼皮儿还是双眼皮儿啊？"你说你问得着人这个吗？

和平　我妈知道你没对象呢，那是替你操心！

志新　得嘞，我谢谢您了！让老太太少管点儿闲事儿，没准儿还能多活两年。好嘛，有一爸还不够，这又来一妈！本来我是觉得咱爸够碎份的了，跟您这妈一比呀，咱爸那就算是少言寡语，基本上就是一沉默的人！

〔晚，志国和平卧室。

〔和平睡着，志国躺床上看书。敲门声响。

志国　谁呀？

傅老　我。

〔傅老开门上。

志国　哦，爸！（忙示意和平起来）

傅老　哟，都歇着啦……（欲下）

志国　没事儿没事儿，您坐……

〔和平迷迷糊糊起身，附和。

傅老　和平啊，你看你妈到咱们家住的时间也不算短啦，我们有没有什么接待不周之处啊？

和平　没有，挺好！呵呵……我妈就是觉着特别心里过意不去。

傅老　呵呵，都是亲戚嘛，这算不了什么，以后有时间让你妈常来，啊，呵呵……

　　　（起身欲下）

和平　我妈……我妈没说要走哇？您这可是送客的话……

傅老　（失望）没说要走啊？哦，好好，那就再住两天，没关系的，呵呵……

和平　爸，瞧您这吞吞吐吐的，您是不是嫌我妈……烦啦？

志国　对！爸，有什么话您就直说！您说！没事儿……

傅老　没有没有……我是说哈，你妈吧，人挺好的，呵呵……就是别让她太热情了，别老怕我一个人闷得慌就来陪我说话。她这一说呀，我倒闷了，听着听着我这心里就犯堵，呵呵……早晨啊，也别让她起那么早练功——要练也成，咱们外头！就她这么个练法儿啊，人家知道的，是你妈练功呢，不知道的还以为咱们家天天早晨宰牛呢……还有就是晚上也别让她睡得那么早——那天六点半她就躺下了，闹得我连《新闻联播》都没看成嘛……

和平　爸，爸，您放心，我一准儿跟我妈说。

　　〔傅老还欲说，和平赶紧打断。

和平　我妈这人啊，打心眼儿里特别尊敬您、崇敬您，我跟她一说，她准听。您放心您放心！（把傅老往外送）我妈这人她就这样儿，实际上她心眼儿挺好的。我跟她说，她准改。您放心，爸……（送傅老出，关门）

志国　我也不知道你真孝顺假孝顺，都六十多岁的人了，非让她改毛病……

　　〔夜，傅家客厅。

　　〔和母已经睡下，和平自里屋上。

和平　妈，您歇着啦？

和母　哦，和平啊，妈还没睡呢——有事啊？

和平　没有，过来瞅瞅您……哟，盖这毛巾被薄不薄哇？

第5集 亲家母到俺家（上）

和母　哎，挺好的挺好的！你看，还是我闺女疼我，比你哥强多了！

和平　呵呵……妈，咱家那房子哪天弄完哪？我哥哪天来接您？

和母　（脸一沉）怎么着，你妈给你添麻烦啦？

和平　（连忙作热情状）瞧您说的！什么话呀您？请都请不来您……

和母　（脸色略缓）你是那么说，志国呢？志国他们家人呢？

和平　他们家人也天天都说您！说您……反正就是舍不得您走……

和母　（得意）我说不是？人过留名，雁过留声！你妈走到哪儿，都不能招人说出二话！告诉他们：放心吧，舍不得我走哇，我就再多住两天！

和平　……住是住哈，您以后甭管他们家这乱七八糟的事儿！他们家，人多事儿也多，您又不摸门儿，你管那事儿干什么呀？你有那工夫自个儿歇会儿，多好哇！

和母　话不能这么说！路不平众人铲，理不平我来管。亲家公大老远接我来这儿住着，他们家的事我能不管吗？你妈我打小儿这眼里就不掺沙子！小张、圆圆、志新、小凡，还有你那个志国，哪个不是一身的毛病？问苍茫大地，谁主沉浮？咱们！咱们！咱们！咱们不说谁说？咱们不管谁管？

和平　（急了）那要这样儿，明天就让我哥来把您接回去吧！

和母　那可不成！白住了这么些日子，也没给你婆家帮上什么忙，就这么着我就走了？以后你怎么在这家当儿媳妇儿？

和平　您甭管我！兹您走了，就什么都行了！

和母　不行，黄鼠狼掀门帘子——我得给他们露这么一小手儿！这小手儿要不露出来呀，我绝不能走！和平啊，你尽等着吃喜糖吧！

和平　您又要干您那说媒拉纤儿老本行儿？给志新？给小凡？

和母　（从床上一跃而下）我呀，打算给你公公说个后老伴儿！

【上集完】

第6集　亲家母到俺家（下）

编　　剧：梁　左

客座明星：韩　影　吴淑昆　李野萍

〔日，傅家客厅。

〔傅老独坐玩游戏机。和母引一老姑娘上。

和母　傅局长！

〔傅老答应了一声，继续专心打游戏。

和母　这是我们街坊家的小史姑娘！（向小史）来，见过傅局长——

小史　我见过傅局长。（向傅老）傅局长，您好！

傅老　好好好，来看和平母亲的是吧？你们聊，我到里屋去……（起身欲下）

和母　（一把扯住）哎哎哎，您别走啊！一块儿聊，一块儿聊……我们小史姑娘呀，打小儿就喜欢您这样的革命老前辈，要能跟您见上一面儿啊，那心里头就甭提多乐啦！（向小史）是不是小史？（向傅老）我们小史姑娘啊，还最爱听红军长征的故事——傅局长，把您那长征的事儿给她讲一段儿？让她也受受教育！

傅老　长征？我没参加呀……

和母　您那是谦虚！革命征途上哪儿没有您参加的事儿啊？要不，干脆打建党那年说起……

傅老　哪儿的事呀！那会儿我还没生哪！我是二七年生人……

和母　二七年？想起来啦——南昌起义！甭问，您放的第一枪！"啪"！那叫一个响，那叫一个脆！……

傅老　没有没有！我是四五年参加的革命，抗日战争那会儿……

和母　瞧瞧瞧瞧，他们抗了八年都没抗成，您四五年一参加进来，小日本儿立马投降啦！

傅老　不不不！我就是个一般干部……

小史　傅局长，您现在算高干了吧？

傅老　嗯……这都是党和国家给我的待遇，受之有愧呀！

小史　那住房啊，汽车呀，还有看病，都不用您自己操心了吧？

傅老　也不能那么说。住房嘛，还是三代同堂；坐车嘛，自打退下来以后就不那么方便啦，还是要保证一线的同志们嘛……怎么，你是搞社会调查的？

和母　不不不！随便聊聊，随便聊聊……小史姑娘今年三十八岁，做护士工作，心灵手巧，样样拿得起来，就是一心扑在工作上，拿病人当亲人、家人、贴心人，末了儿呢，自己的"贴心人"给耽误了。她妈也着急，老跟我念叨……

傅老　哦，是这么回事呀……（起身到一旁，低声）人倒还不错，就是这个岁数，是不是稍微偏大了点儿？

和母　三十八岁您还嫌大呀？

傅老　可我们志新现在还不到三十呢。

和母　我又不是给志新说的！

傅老　不是给志新说的是给谁说的？哦，志国……不对呀，志国已经有和平啦！

和母　您再想想，您家还谁是单干？

傅老　哦，小凡……小凡也是个女的呀？

和母　您不是男的吗？我呀，这是给您说的！（把小史推到傅老身边）

傅老　啊？！（吓得逃下）

〔日，傅家客厅。

〔和平、和母自里屋上。

和平　……您瞅瞅您！您瞅瞅您干的这些事儿！弄得我公公昨儿一晚上都没给我一好脸儿！

和母　怨我怨我，都怨我！也怨你史大妈，说他们姑娘自打十八岁就立志嫁高干子弟，历经苦难，痴心不改。这转眼三十八了，高干子弟是不要她啦——干脆，直接嫁高干本人吧！这死说活说地央告我，我也是没法子呀！

和平　就老史家那姑娘？俗不可耐！怎么着，您想让我管她叫妈？我公公能看上她吗？甭说岁数不合适，水平也不相当啊！

和母　没错儿，你公公是领导干部，有水平有觉悟，这找对象得讲究志同道合，得有点儿交流不是？跟个小姑娘交流什么呀？没共同语言哪！要找还得找老同志！今个儿啊，我想把你齐大姨说给他——你就擎好儿吧！

和平　齐大姨？哪个齐大姨呀？

和母　就是早先我们剧团那团长啊，抗战时期的老八路，老革命啦！

和平　齐团长？她老人家还健在哪？！打我上小学时候我就记得她是个老太太！要活到现在……得一百岁了吧？

和母　瞧你说的！人家今年虚岁才七十六，和你公公不正合适？

和平　我公公虚岁才六十七！

和母　太好啦！女大九，手拉手，革命路上一块儿走！这齐大姨解放初期是军代表，和毛主席、周总理坐在一条板凳上开会，那觉悟能低得了吗？和你公公一就和，那真是"鱼找鱼虾找虾，绿叶专配大红花"！天生地配的一对好夫妻——可耐可耐，人见人爱！

和平　我公公眼下根本没续弦这意思！再说人家又没托您帮着办这事。您真……

和母　老人的心思你哪儿知道哇？他就是有这心思能跟你说吗？他没托我？这还用托呀？自个儿眼睛里得有活儿！再说，那齐大姐是打着来看我，跟你公公见个面儿，聊得来就聊，聊不来拉倒，神不知鬼不觉的这有什么呀？她一会儿就到啊！

傅老　（画外音）谁一会儿就到哇？

〔傅老手拿游戏机，胳膊夹着门球棍上。

傅老　要是那个小史姑娘我可马上就走啊……（欲下）

和母　哎哟，我的老局长哎！我正想跟您汇报呢！（接过傅老的游戏机和门球棍，拉傅老坐）您快坐这儿！是我们剧团的一个齐大姐，解放初期她是军管会的，专负责曲艺界旧艺人的思想改造……

和平　妈您坐这儿说。

和母　哎！

〔母女二人同时盘腿坐进沙发。

和母　……可有水平喽！那阵子，上级号召和我们旧艺人交朋友，我们姐儿俩自打交上朋友，这四十年都没断了走动！几天不见就想得慌。这不，说我住您这儿啦，这电话立马就追来啦，还说要来看看我！这明里是看看我，暗里是想摸摸我的思想动态，关心我，改造我——这也是党给她的任务不是？

傅老　哈……好好，这样的老同志我最佩服啦！她现在也得有六十多了吧？还在帮助人、教育人、做人的工作，真是宝刀不老啊！

和母　敢情！是金子搁哪儿都发光，是葵花长哪儿都向阳！您猜怎么着？您不是佩服您吗？她也佩服您！说我在您这儿住着才半个多月，眼瞅着那思想觉悟就那么"蹭蹭"地往上长！还说要跟您交流经验呢！您两老要在一块儿一定谈得来！回头她来了你们聊聊，谈得来谈不来的，成不成的，您给我个话儿。

傅老　什么叫"成不成的"？

和母　哦，就是谈得成谈不成……就是随便聊聊嘛！亲家母过世那么多年了，您跟前儿连个说话儿的人都没有！虽说我在这儿能陪您说说话吧，可这也不是长事儿呀，我早晚得走不是？这位齐大姐跟您是一路人，您两老的共同语言一准少不了！没事儿在一块儿说说话儿，多好！点灯说话儿，吹灯作伴儿，明儿早起来梳小辫儿……

〔门铃响。

和母　哎，说来就来了。我开门去啊！（上前开门）

傅老　来了？（向和平）这我可得见她一见……

和平　您是得见见，我妈正要把这齐大姨说给您呢！

傅老　（闻言大怒）搞什么名堂嘛！开玩笑嘛！我现在是不要考虑这种问题的！我先回避一下……

〔和母搀扶一位目瞽耳背腿脚不利索的老太太上。老太太念叨着"小傅呢？小傅……"颤巍巍地对和平伸出手，上下端详。

傅老　（向和母）这就是你给我说的后老伴儿啊？志国他奶奶要活到现在也不准够这岁数儿！

〔晚，傅家客厅。

〔志国、志新在看电视。傅老从里屋上，警惕地看看四周。

傅老　别看啦，先别看啦！（关电视）

志新　怎么了爸？

傅老　趁现在没外人，爸有话跟你们说！（严肃地）志国、志新啊，养儿千日用儿一时啊！爸爸现在有难，你们管不管啊？

志新　爸！您这是跟谁呀？

· 062 ·

第6集 亲家母到俺家（下）

傅老　跟谁？跟和平她妈！这老太太也不知中什么邪了，一天到晚地给我介绍对象！从七十多岁的老太太到三十多岁的老姑娘，有模样没模样的全往咱们家里边带！

志新　（嬉皮笑脸）行啊爸，您看上哪个啦？我还正琢磨着给我找一后妈呢。

傅老　别开玩笑！我现在哪儿有那个心思啊？……对了，那天还打哪儿领来一个安徽的小保姆，说是只要能在北京落上户口，不挑岁数儿大小。我就是意志再坚强，也不能这样来考验我嘛！弄一个十八九岁的大姑娘在我这眼目前儿晃悠，我要万一……我这晚节还要不要啦？后人怎么来评价我呀？我这追悼会还开不开啦？！……（激动，说不下去）

志国　爸，您也不必说得如此严重。

傅老　还不严重哪？！现在这影响已经都出去啦！那天早晨，她和那个余大妈俩人在一块儿是嘀嘀咕咕——余大妈那人你们也知道，那也是个专管六国贩骆驼的——这俩老太太在一块儿，那能够嘀咕出什么好事来吗？弄不好她们俩敢上老年婚姻介绍所去给我登记！我这老脸还往哪儿搁嘛！

志新　让她立马走人不就完啦？哪儿那么些说的呀？哥，嫂子她们家那房子到底完没完啊？

志国　听说早完啦！可这老太太说什么也不走，说非要把咱爸这事说成不可。还说呢，说"傅局长一日不成家，本媒婆一日不归家，誓与此事共始终"……哎？！

志新　还赖上啦？我找警察去！……

傅老　（拦）区区小事就不要麻烦政府啦！终归是亲戚嘛，又碍着和平的面子，把脸撕破了就不好了……要不我先到外面去躲两天风儿？

志国　凭什么呀？这是咱自个儿的家！

志新　（思考）爸，爸！我觉得这老太太是别有所图！

傅老　图什么我可以给她嘛！是要钱，还是要东西……

志新　（决断地）她要人！爸，我估计她是看上您啦！

傅老　看上……哎哟！……（惊慌失措）

志新　别别别！您别着急……这么着，我给您去探探虚实，我问问她去等会儿……（下）

〔时接前场。志国和平卧室。

〔和母正在与和平交流业务。

和母　……唱大鼓啊，我不光能唱老词儿，新词儿我也会，最拿手的是毛主席诗词。你听这段儿啊：（唱）"钟山那个风雨就起苍黄，（二人用嘴伴奏）百万那个雄师——它怎么能够过大江……"

和平　（打断）妈！倒是过去没有哇？

和母　（笑）哎哟，我唱错啦！老没唱啦，生点儿……

〔敲门声。

和平　进来！

〔志新开门上。

志新　哟，姥姥……您这儿聊着哪？

和母　啊，我给你嫂子说说活儿——她们年轻人基本功差点儿，该帮衬一把就得帮衬一把！新松恨不高千尺，病树前头万木春！

志新　嘿，姥姥您还一套儿一套儿的！（向和平）嫂子，你那屋先看会儿电视去，我跟姥姥我们这儿说点事儿。

和平　什么事儿啊，还背着我？

志新　没什么事儿，明儿我也想唱大鼓，跟姥姥这儿我先学两手儿！

和平　就你那嗓子还想唱大鼓？现去吧你！（向和母）妈，我看电视去啦！（向志新）德行吧你！（下）

志新　姥姥您坐！我给您拿点儿水，还是……他们这儿有烟没有……

第6集 亲家母到俺家（下）

和母　不用不用……你想学唱大鼓啊，得先喊嗓子，什么叫字正腔圆呢？就是啊……

志新　哎哎姥姥！不忙不忙，大鼓先不忙。您坐，我跟您打听点儿别的事儿。姥姥，这一阵子您给我爸说这后老伴儿，倒是有合适的没有哇？

和母　唉呀他二兄弟，这你还真问着了！你亲娘我干了一辈子保媒拉纤儿的积德事儿，还就这回顶上雷了，是高也不成低也不就——七十六的他嫌大，十七八的他嫌小。真要给我惹急啦，我还不管他了，我看他怎么办！

志新　对！干脆甭管他，由着他一人儿耍单儿去！

和母　话是这么说，我能眼看着你爸爸一个人，那么孤苦伶仃的不管吗？甭说咱们是至亲，就是街坊邻居两姓旁人该伸把手也得伸把手啊！你别着急，这事儿啊，我已经跟居委会余主任反映了，实在不行啊，咱就老年婚姻介绍所啦！保你今年年内能叫上妈——甭管叫谁。

志新　姥姥，我觉着这事儿不准成——我爸他心里早有人啦，您给他介绍不是白介绍吗？

和母　有人啦？谁呀？

志新　我就是这么瞎琢磨啊……说出来您可别不高兴……我也知道我爸这么着不合适……那您是真看不出来是假看不出来呀？

和母　（急）我真看不出来呀！

志新　我爸呀——八成是看上您老人家了！

和母　啊？！（愣了一下，突然坐沙发上拿腔拿调地号起来）哎哟！我可怎么活呀！我守了这么多年寡可不容易呀！大门不出二门不迈，我没跟老爷们儿搭个过呀！街坊邻居也说不出我个二字来呀！我的亲家公哎，你怎么就单单地看上我嘞！这要传出去我还怎么做人哪！我干脆一头撞死得啦！和平她爹！你等等我，我就来嘞——（正常语气）哎，他二兄弟，给我倒碗水喝。

志新　哎哎哎……（手足无措，递水）姥姥，您待会儿唱的时候……不是，您待会儿好好说话啊！您小点儿声儿，外边人不知道您这儿闹什么呢……您哭也没用，事情已然到了这一步，赶紧想法子——怎么逃出我爸的魔爪……

和母　（喝完水，继续干号）我赶快地离开你们家呗！闹出点儿事儿来对谁都不好喂！挺大的岁数让人说闲话呀！我这一世的名节毁于一旦，我这一生的事业就付之东流！

志新　（暗喜）姥姥，您也不用忙着那么着急就走！要不然就……再待两天？

和母　（唱）我还待什么呀？我还怎么待呀？我这就归置东西……

志新　对对对！

和母　……明个再走喂！

志新　（无奈，学和母）那也只好这样儿嘞！……姥姥，这么着，明儿早上起来，我"打的"送您走。我前脚儿把您送走，后脚儿就找我爸算账！（作揪脖领子抽嘴巴状）我让你老不正经！我让你老不正经！……

和母　哎哎哎……他二兄弟，这也不能怪你爸呀！男人嘛，有几个正经的？再说了，你们家也是缺个当家主事儿的人。他既然有这个心思，我得找他谈谈去——我不下地狱谁下地狱呀……

志新　（急了）哎哟，您可千万别下地狱！您一下地狱……把我们一家子都带进去啦……姥姥，这么着——其实我爸有没有这意思，我也不太清楚，我就是那天没事我瞎琢磨。这么着：您就兹当没这事儿，明儿早起您走您的……

和母　要没这事儿我就更不能走啦，我还得给他说一个呀！要有这事儿啊……甭管怎么说，反正是无风不起浪！我这会儿就找亲家公去！当面锣对面鼓，我问问他到底怎么回事……（起身欲下）

志新　（急拦）哎哎，您这不是要我命嘛！……

和母　你甭管啦！你忙你的吧。（下）

第6集 亲家母到俺家（下）

志新　我忙什么呀？我还有什么比这忙……哎，姥姥……（追下）

〔时接前场，傅家客厅。
〔傅老与志国、和平也在谈论此事。

和平　……不能！绝不能！您甭听志新瞎说，我妈她绝没这意思！

志国　我说也是嘛——癞蛤蟆想吃天鹅肉！

和平　嘿！有你这么说我妈的吗？

志国　那本来就是……

和平　什么本来就是啊？……

傅老　唉呀，你们俩就不要再吵了嘛！

〔和母自里屋上，一脸圣洁。

和母　傅明同志！咱们外头走走，我跟您打听点儿事儿！

傅老　（低声）怕什么来什么，说来还就来了……

〔志新追上。

志新　哎哎哎……姥姥，我还没跟您说完呢……

和母　不忙，回头再说。（向傅老）走哇，傅明同志！

志新　（向傅老）哎哎哎爸，我有话跟您说……

傅老　什么都等我回来再说吧——反正早晚我得过这关。

〔二人下。志新急。

和平　哎，志新！到底怎么回事儿呀？

志新　我……我刚才跟你妈说……我说咱爸看上她啦！我原来就是琢磨着啊，一说呢，老太太一生气，她不就走了嘛！谁知她生完气还非要跟咱爸谈谈，估计这会儿俩人儿已经奔了楼下绿地，彼此诉说衷肠，痛说革命家史……

和平　（气极）你这玩笑开得也忒太大了吧你？你不知道我妈守寡这么些年，

从来没动过这念头？有时候烦了闷了，也不过就是看看琼瑶小说，瞅瞅港台电视，给人家介绍个对象，自个儿在一边儿……过过干瘾也就完啦。你今儿把她这根儿筋给挑起来啦，你这不是活活要老太太的命吗你？！

志新　不至于吧？我看咱妈不像是那种多愁善感的人。

和平　那也分什么事儿，这可是爱情……

志国　你得了吧啊！就你妈那样儿，还爱爱……爱情？癞蛤蟆想……

和平　你再提癞蛤蟆我跟你急！老年人就没爱情啊？你甭看平时不言不语儿的，那劲儿要一上来……比年轻人还厉害呢！我妈今儿单相思这病根儿算落下啦。我妈明儿要死在这上头，志新，我可跟你没完！

志新　哎别别，你别冲我呀！你说我招谁惹谁啦？……万一她要不是单相思呢？咱爸要同意了呢？这不是两好儿并一好儿，你们还得感谢我呢……

志国　你胡说！刚才咱爸还说要找地儿躲出去呢！

志新　刚才是刚才，现在接触上了，老头儿要改主意了呢？

志国　改主意？那……把她妈娶咱家来？那咱家可就活活地毁了……

和平　嘿！什么叫毁了呀？那是你们家福气！……当然啦，咱爸是看不上我妈……那我妈不就毁了吗？

志国　那……那就只好丢卒保车了呗！

和平　凭什么呀！你爸是车，我妈就是卒？你爸是天鹅，我妈就是……有你爸那模样儿的天鹅吗？！

志国　你妈是天鹅呀？你妈像天鹅吗？……

〔志国、和平争吵。

志新　哎哎哎，你们就别吵啦！现在还不知道最后结果呢！

和平　甭管什么结果，不是毁了你爸，就是毁了我妈，要不毁了咱全家！没个好儿！

〔傅老上，满面怒色。

第 6 集　亲家母到俺家（下）

傅老　她还不承认！反咬一口！非说我……那个那个……哪的事儿嘛这是！简
　　　直是，岂有此理……搞什么搞嘛！（向里屋下）

〔和母怒上。

和母　和平！归置东西，咱们马上回家！

【本集完】

第 7 集　骗子

编　　剧：英　壮

客座明星：李绪良　吕国宾　句　号　张永强　莫　岐

〔日，傅家客厅。

〔和平正在打电话，傻笑不已。志新西装革履自里屋上，不耐烦地看看手表，扭头看客厅墙上时钟，发现手表不准。

志新　（冲和平）我说这位女同志！现在是上班儿时间啊，您别老占着本公司业务电话行不行？

〔和平不理，挥手示意志新不要打搅。

志新　（靠近电话提高音量）你耽误多少生意呀！

和平　（向电话）哎哎你别挂……嘻！（放下电话，向志新）我从来就没见着你做成过一笔生意！您这回又叫个什么公司呀？这业务电话还得使自个儿家的——我说贾经理？

志新　（纠正她）贾总经理。（掏出一张名片递上）这是我的名片，请多关照啊。

〔志新坐下拨电话。和平扫了一眼名片，丢下，下。小张上。

小张　二哥！二哥……

〔志新瞪小张一眼。

小张　（改口）……贾总。我把你给我的名片全发出去啰！

志新　（放下电话）好！说我听听：都发谁啦？

小张　有炸油条的刘总！卖酒瓶的赵总！还有拾破烂儿的李总……

志新　（急）哎……我说，这帮人里有一个识字儿的吗？

小张　莫急啰，我还给了算命的孙总一张——他识字儿！

志新　这还差……那不是一瞎子吗？

小张　他说他能摸得出来。

〔志新唉声叹气坐到沙发上。电话铃响，小张接。

小张　（嗲声嗲气向电话）哈啰……哦，找贾总？嗯，好，请等一会儿，我给你接到他的办公室……啊，我是他秘书——（把电话递给志新）

志新　（接过电话，深沉斯文地）喂，找哪一位？（热情）哦哦，周厂长！你好你好……哎，您是哪个周厂长啊？

〔小张下。

志新　（向电话）哦哦哦……怎么着？您说您说！需要点钢材？盘条啊？这玩意儿现在可是俏货，您想弄得看您出什么价儿……什么什么？您再说一遍？不是，我这有点儿不太相信啊，您要能出这个价儿，您哪儿弄不着哇？哦，急等着用？行嘞！没问题，听信儿啊……哎，好！（挂电话，自语）这不就给我送钱来了嘛！（想想，拨电话，深沉斯文地）喂，请银河公司胡总听电话，我宇宙公司贾总……（语气一变）喂，三儿！我是你贾大爷！

〔傅老持门球杆上。

志新　（向电话）哎我说，赶紧给哥哥上点盘条，越多越好……少废话！这忙你必须得帮！行行行，香港美食城，我请客……哎得嘞，我听你信儿啊？好嘞！（挂。以为小张在身后，递电话）

傅老　这投机倒把都搞到我家里头来了？

志新　（一惊）您知道什么呀？我这叫"中间人"！是高层流通领域中不可缺少的环节，懂吗？您就等我发了以后给您的卧室装空调吧——傅总！

傅老　装空调？我还怕冻着哪！哼……（下）

〔电话铃响，志新冲过去。

志新　三儿这信儿来得真快！（接电话）喂？对，是我……盘条？对！多少？好……我该你盘条？你是谁呀？环球公司老李？我根本不认识你呀！（挂电话）这年头儿社会上骗子太多！（下）

〔晚，某浴池内。

〔一双手把一张"环球公司"标志贴在墙上。镜头拉开，浴池的铺上坐的是王总。旁边铺上躺着李秘书。

王总　（东北口音）李秘！李秘！……李瞎子！

李秘　（惊起，四下乱找，东北口音）谁？谁呀？

王总　我说你找耗子哪？这么大人坐这儿看不见啊？

李秘　（揉眼）王总……这不困得俩眼都粘一块儿去了……

王总　你睁着眼睛也看不见啊！昨晚上在那卧铺上还没睡够哇？

李秘　经理，你咋忘了？咱们哥俩不是买站票来的么？

王总　（低声）你别瞎嚷嚷！在公共场合儿要注意公司的形象！（郑重其事地）现在召开本公司经理办公扩大会议——你去把胡大个找来，让他列席旁听。

李秘　王总，（指着王总身后挂的衣服）那胡大个不在你后面站着呢么？

王总　（气乐了）啥呀！你啥眼神儿啊？那是衣服！他搁那里面搓泥儿哪！

李秘　那我更分不清了，那里边……人都光着呢。

王总　你不会喊哪？

〔李秘书答应一声，慢吞吞动身。

王总　唉呀，就这脑瓜子做生意能不让人坑啊？我二大爷也是，把你推荐来，

・072・

第7集 骗子

　　　　真他妈我上辈子缺德没干好事，这辈子倒血霉了！

李秘　（嘟囔）我上辈子要不缺德我能跟着你呀？（去喊胡大个，下）

王总　（向李秘背影）兵熊熊一个，将熊熊一窝！熊将带熊兵，一准揭不开锅！……这不把我自个儿绕进去了么？

〔李秘引胡大个上，后者是一弱智壮汉。

壮汉　（东北口音）哎呀妈呀，这水贼热乎啊……

王总　哎哎哎！坐好坐好，现在开会……

壮汉　开饭啦？

王总　开啥饭啦？开会！本公司经理办公扩大会，我主要讲三点。第一点，本次钢材被骗案……

〔壮汉昏昏欲睡，躺下。

王总　这是本公司自今年成立以来第五起……

李秘　王总！六起……

王总　你还有脸说呀？……这是一起恶性的经济大案！对方是——（掏出名片辨认）

李秘　贾志新！

王总　贾志新。这个贾志新啊，诡计多端，他绝不会轻易承认自己失败的！老胡啊……

壮汉　（惊醒）在！打，打谁？！

王总　打谁呀？还不到时候呢！我告诉你啊：你们保卫部门要做好思想准备，防止贾志新狗急跳墙！

壮汉　经理你放心，不管是真的还是假的，只要那小子敢那啥的话，我整得让你跟他叫爹！

王总　嗯！……啥呀？我管他叫爹呀？！

壮汉　不是……对，他跟你叫爹？反正差不了多少……

王总　差老鼻子啦！好好好，现在说第二点，为了节约开支，保证明天行动的顺利实施，我决定今儿晚上的夜餐——取消！希望大家自觉地克服一下啊！第三……第三……第三我想说啥玩意儿来的？忘了……散会！

〔日，傅家客厅。

〔志新西装革履端座。和平拿呼啦圈上。

和平　贾总！您那空调怎么样啊？又没戏了吧？

〔电话铃响。志新跳起去接。

志新　（向电话）喂，三儿吗？怎么着？……成啦？哎哟喂！可该我成一回了！半年多了，我光义务劳动了……行行行，好说好说，美食城我请客！得，听我信儿啊——马上我跟他联系啊……哎，就这么着！（挂电话，得意，向和平）听见了么？

和平　听见了——你光义务劳动啦。

志新　我要火了！只要把这笔钢材往周厂长那儿一交，我贾志新就要小发一笔！当然啦，这笔钱我准备拿百分之三十用作公基金……

〔傅老自里屋上，经过志新身边。

志新　……再拿出百分之三十用于扩大再生产的投入，再拿百分之三十用于……

傅老　等那个钱拿到手，你再点票子！（拿起门球杆，往外走）

志新　这就等于钱到手了，我的父亲同志！您不是怕热吗？没关系，赶紧把毛衣拿出来——我空调装上您就该怕冷啦！

〔傅老下。电话铃响。

志新　又有送钱的，这钱是越赚越有！（接电话）喂，是我，我是贾总！哦，老李！老李你好你好……你好，你是哪个老李啊？怎么又是你……（捂话筒，环顾四周，压低声音向电话）什么"环球公司"？我不认识你们呀！

谁跟你们签过合同啊？我不认识你们我拿什么预付款？我拿……我跟你说，你不许再打电话纠缠我了啊！听见没有？！（挂电话，向和平伴笑）几个老朋友叙叙旧……

〔电话又起。和平接。

和平　（向电话）喂？哎！你等会儿啊！（向志新）还是你那老朋友，要接着跟你叙旧。

志新　（无奈，接电话）喂！好好好，我同意见面……行……哎，你千万不要来，我找你们！我能找着，我能找着……在哪儿？行行行，我马上去……好！（挂电话）

〔日，浴池内。
〔王总与壮汉穿好衣服，坐在铺位上。李秘上。

李秘　王总，电话打通啦！

王总　他说啥呀？

李秘　那小子说马上就来。

王总　我说李秘书，有话我跟你说头前儿啊，这里边儿就你一个人认识贾志新，如果这次你再认错了，你这业务科长就别干了，我豁出去得罪我二大爷了！

壮汉　（心虚）经理呀，那啥……一会儿姓贾这小子是一个人来呀，还是一大帮子啊？

王总　放心吧，就一个人儿！

壮汉　那就好办了！……那可太少了，还不够我练的呢！（赔笑）经理呀，经理！今儿开饭不？

王总　你咋就知道吃饭呢？我跟你说，咱就不兴开会仔细研究研究啦？党中央三令五申要刹住吃喝风儿，你不知道这道理啊？咋回事儿呢……

〔浴池伙计上。

伙计　嘿嘿嘿！我说你们哥儿几个还在这儿侃哪？没看见外边洗澡的都排队脱筐啦？你们还占着这地方哪？

王总　没通知我们挪房间啊！

伙计　房间？来来来……过来过来，我告诉你——马路对面儿，那小饭馆旁边，您上那儿——那儿待多长时间都没事儿。

王总　哦……哎，那是公共厕所呀！

伙计　我说你还想上哪儿啊？麻利儿地收拾东西给我走人！我告诉你，晚上八点以后这儿才归你们呢！

王总　可是我们约好了一个客户到这儿来……

伙计　去去去，外边谈去！……（轰三人）哪儿去呀？往哪走啊？那边儿那边儿！去！麻利儿地，走走走！快着！

〔伙计连推带搡将三人轰下。志新西装革履提皮包上。

志新　（向伙计）先生，请问107房间在哪里？

伙计　（愣）房间？我们这儿目前就这一大间，这夫妻间儿还没开呢。这么着吧，您下次再带着女朋友来……

志新　什么呀！咱们这儿没有107房间么？

伙计　这个107房间——没有！这107铺倒有一个——就在您右手。

志新　（回身见墙上的"环球"标志）哎哎，对，就这儿就这儿！

伙计　行，那您先脱着，我不陪您了。（下）

〔志新坐床铺等候。一裹浴巾的男子哼京剧上，走向107铺，见志新一愣，示意其让位。

志新　这是您的床？

男子　没错儿啊……哎？这澡堂子真是！一个铺卖俩人儿？太黑了！（欲走找人）

志新　（拦）就是你找我来的？

第 7 集　骗子

男子　我找你？……对对对，是我找你！（打量志新）没想到啊，一修脚的这打扮儿……我说啊，我这脚俩脚鸡眼，这脚还有灰指甲，你得给我……

志新　嗨嗨嗨！什么就修脚啊？我还给你按摩呢！

男子　按摩啊？那更好了！你等着，我买票儿去……没想到啊——这要是女的多好……（起身欲下）

志新　回来！不是你给我打的电话啊？

男子　打电话？没有啊……

志新　你不是这环球公司的，三番五次追着我要盘条啊？

男子　谁跟你要盘条啊……盘条？盘条！你有盘条？！哥们儿你坐这儿，咱俩聊聊天儿……

志新　我以为你是"环球公司"的呢，不是就算了……

男子　别算了啊！我跟你讲：你这买卖跟谁做不成啊，是不是？再说你有盘条还怕没买主儿？是不是？告诉你：我是"世界公司"总经理……（浑身乱摸）名片没带身上，在那筐里呢，你等我一会儿……

志新　回见吧您！（起身往外走）

男子　（追）别走啊，兄弟我跟你说嘿！别走……

〔志新下。

男子　（停在门口，自语）得，送走一财神！——别追了，再追呀，警察该追我了……

〔日，傅家客厅。

〔和平织毛衣。志新上。

和平　贾总啊，那空调什么时候给我们装上啊？我这儿可给咱爸织毛衣啦！

〔电话铃响，志新接。

志新　（向电话）喂？……你废话！我刚去回来，你让我白跑一趟！什么地儿你们那是……怎么着怎么着？不用我去找你们了？好好好，太好了……你找我来？别别别！我这地儿特别难找，你们这外地人可能……什么？就在我们家楼下呢？！别……（挂电话，慌）

和平　怎么着哇？又是那几位爱叙旧的老朋友？真够热情的嘿。

〔门铃响。小张开门，引"环球公司"三人上。

和平　哟哟哟，来，请进请进……

李秘　（眯眼看和平）哎！总经理，我认出来了——就是这小子！

王总　你扯王八犊子哪？那是个女的！

志新　（迎上）哥儿几个来啦？（挨个握手）你好你好，请坐请坐……

〔握到壮汉时被一把攥住，疼得志新大叫。

和平　您赶紧坐——小张！倒茶去……

志新　来啦？我给哥儿几个拿烟去啊……

〔志新欲下，壮汉挡住。志新绕开，向里屋下，壮汉跟下。

和平　（向王总）我这弟弟年轻，不大懂事，您几位多包涵。

王总　还不懂事哪？他干的事可够邪乎的！

和平　哟，他脑瓜子有时候死性。

王总　就这我们还绕不过他呢！

〔小张上茶。

和平　您喝点儿水。（向小张）给那先生也端一杯。（向王总）你们见过我弟弟哈？

李秘　没见过哪行呢？我们认识！刚开始冷不丁认错人了……你跟你弟弟长得真像！

和平　我跟我弟弟长得不像啊？我随我妈，我弟弟……他不是我弟弟……

李秘　对！真的！你是长得像你妈。

和平　啊？你见过我妈呀？

·078·

第 7 集 骗子

李秘　刚才给俺们倒水的那不是你妈么？唉呀，老像啦，真的，你随她！

和平　我随她？！我随得着么！

〔志新上，壮汉紧跟。志新散烟。

志新　来来来，抽烟抽烟……

和平　得，你们先忙着，我让我妈做饭去……我让小张做饭去！（向饭厅下）

王总　贾志新！你这个大骗子！你终于落网了！我告诉你，摆在你面前两条路：交出盘条，或者赔款！

志新　我压根儿就不认识你，我凭什么给你盘条啊？（起身，被壮汉按回）

王总　你看这个！

〔李秘掏合同递给志新。

王总　你还想抵赖吗？

志新　（读）"购销合同：辽宁省土岭县二道沟子乡胡家窝棚村第七村民小组 环球贸易总公司……'6.5盘条'五十吨。"这跟我有什么关系呀？

李秘　咋没关系呢？这不咱俩签的合同吗？这不有你名字吗？是不是？

志新　这分明是有人冒用我的名字和我公司的名誉！你仔细看看，跟你签合同这人是我么？

李秘　（凑近，仔细端详）哎哟妈呀！咋不一样了呢？

王总　你滚一边儿待着去！（掏出名片，追问志新）这张名片是你的吧？你还有啥说的？

志新　（接过名片，看一眼，扔桌上）我这名片谁都有——胡同口卖汽水儿的我都发了！几位要是没什么事儿，我可就不留了啊，我还另有约会儿……

　　　（起身欲走，壮汉拦）

王总　咋地呀，你还想溜啊？

志新　这里头有我什么事儿啊？

王总　没你事儿？我告诉你——是你把那片子，交给那骗子，那骗子拿着你的片子，才把我们骗了——你是间接骗子！告诉你，你现在就不能走了，啥时候你想起那骗子是谁才能放你走！

志新　讹上我了？你给我发工资啊？

李秘　给你发工资？俺们仨月都没开了！

王总　你是敬酒不吃吃罚酒咋的？老胡啊，为民除害的时候到了！

李秘　收拾他！

〔壮汉摩拳擦掌，将志新逼至墙角。

志新　（嘴硬）嘿嘿嘿！兄弟我也练过啊！……

〔和平大喝一声，手持门球棍自饭厅跃上，一套猴棍呼呼生风将三人逼至墙角。

壮汉　（退）大姐大姐！别别别……别拿棍子！别打……大姐！有话好说，咱商量着来……

志新　（得意）我姐姐——人送外号儿"和平女侠"！跟这儿动土？不想缺胳膊断腿儿赶紧滚蛋！

王总　（失声痛哭）唉呀我的妈呀！我咋那命苦呢！这片子那骗子拿着，把我们厂五万元的钱都给骗走了！盘条来不了，我们厂到期交不出货就得垮了！那乡亲弄俩钱儿容易么？！到时候我怎么向他们交代呀！那贾……假贾志新真他妈坑死人啊！……

李秘　（也哭）啥也别说了，眼泪哗哗的……

壮汉　（也哭）咱们仨人儿整顿饱饭吃，然后手拉手撞火车头去！……

〔三人抱头痛哭。

志新　嗨嗨嗨！……别哭了！

和平　别哭啦！

〔三人哭声顿止。

志新　（无奈地）……说说：要多少盘条啊？

〔日,傅家客厅。

〔志新穿着随便,打电话。

志新 (向电话)……对,仨东北人——"环球公司"的。三儿,这批盘条就给他们吧,价格别太贵了……跟我什么关系呀?唉,这你就甭管啦,反正,反正够铁的……得,行,就算我欠你一笔情儿好不好?行行行,香港美食城,我请客我请客,哎。(挂电话,叹气)

傅老 (套毛背心自里屋上)志新啊,等空调装好了,爸爸穿这个毛背心儿行吧?

志新 空调是装不上了!您凑合再用一年电扇吧啊——钱让我捐奥运了!(下)

傅老 你小子从来说话就不算数……真是一个大骗子!

【本集完】

第8集　既然曾经爱过

编　　剧：英　壮

客座明星：郭冬临　陈　瑾

〔晨，傅家饭厅。

〔众人陆续落座。小张端油条上。

志新　嚯！现而今这油条够个儿啊！

小张　（满面笑容，港台腔）衷心希望各位能——喜欢！（优雅行礼，下）

〔志国上。众人一愣。

和平　最近这小张说话怎么酸不溜丢的？

志国　打扮得也越来越花里胡哨的。

志新　（闻）这雪花膏比从前抹得刺鼻儿多了。

傅老　大家这个提醒很有必要——是不是最近我对小张的思想教育有些放松啊？

和平　爸，也不能都怨您。弄不好都是看那电视剧看多了闹得……

志国　我看啊，都是那本儿《汪国真抒情诗选》读出来的毛病。

志新　也备不住是动了当演员的念头——就跟《编辑部的故事》里那小保姆似的。

圆圆　我说你们都想到哪儿去了？还一帮成年人呢！连这都看不出来——小张

阿姨谈恋爱了。

〔众人顿时来了兴趣，纷纷打听议论。

傅老 （敲碗）虽然——小张是在我的直接领导下，可是出了这种事情，我怎么……和平啊，我可要批评你了：你没有及时发现苗头，等事故出了再去弥补，那就会造成损失嘛。我们老干部在一起学习，经常议论一个题目：小保姆同自己的儿子搞到一起去了，怎么办？麻烦得很哩！

〔众人目光投向志新。

志新 哎，不是我啊！向毛主席保证不是我！

志国 不是你难道是我呀？那更说不清楚了！

傅老 好啦好啦！总而言之，不管是谁，这种事情出现在小张的身上总会牵扯精力嘛，总会影响到她的本职工作嘛。

志新 等会儿等会儿，咱先把这事儿闹清楚喽——到底是谁？我可不愿意背这个黑锅。（向客厅）小张！过来过来……

小张 （满面春风上，港台腔）先生，有什么吩咐？（优雅行礼）

志新 嘻！别闹这个！我跟你说，我们已经掌握了确凿的证据，你也甭想抵赖了——说：跟你谈恋爱的那个人是谁？

小张 （羞涩忸怩）你们都……都晓得了？

志新 没错儿！你就剩下个争取好态度了。

志国 只许坦白交代，不准栽赃陷害！

小张 他，他就是……要说起来也不是别人——你们有没有注意到，这几天早点的油条……越来越大了？（羞涩扭头）

〔晚，小公园。

〔路灯下一条长椅。小张和炸油条的小刘一前一后上。

小刘 （停在长椅边，山东口音）哎，我说——

小张　（停下，忸怩）干啥子嘛？

小刘　你看，凝望星空……月朦胧，鸟儿朦胧……咱是不是歇一下这双疲惫的双腿？快把我累死了……

〔两人各拣长椅一端坐下，悄悄靠近。小刘拉小张手，被挣脱。

小刘　我说，亲爱的……大姐，你贵姓啊？

小张　我免贵姓张，我叫张凤姑。天天买你的油条，还没有问过，师傅你贵姓啊？

小刘　我免贵姓刘，我叫刘建军！凤姑？姑——我的姑啊，我亲爱的姑……我怎么那么别扭呢？我自从见了你以后，我的这个生活，我的这个事业，发生了翻天覆地的变化。只要你的身影从那个胡同口"噌"一出现，我的心里头就像那个油锅一样"咕噜噜咕噜噜"热血沸腾！我跟你说吧，咱们两个——（山东快书节奏）是同样的理想同样的心，同是天涯沦落人！天下农友心连心，穷不帮穷谁照应！当哩个当……我都说了半天了，你倒说话呀？

小张　（羞涩低头）我是在用不在乎掩藏真心。

小刘　唉呀！（抓过小张的手）我这就想抓起你的手，让你这就跟我走！

小张　莫慌啰！（推开）谁知道你明天是否依然爱我……

小刘　唉呀！你连我都不相信了？我已经准备好了，我想用真情换此生了！

小张　真希望这场梦没有醒来的时候……（靠在小刘肩上）

小刘　只有你和我，直到永远……

〔晨，傅家饭厅。

〔全家人吃早点。

志国　（喝完牛奶，起身）我，上班去了。（下）

圆圆　（放下碗筷，起身）我，上学去了。（下）

傅老　（放下筷子，起身）我……上街去了。（下）

第8集 既然曾经爱过

和平 （收拾碗筷）嚯,今儿这两根儿油条都没吃完。

志新 嘿,（举起一根胳膊粗的油条）这半斤一根儿闹着玩的哪?

〔小张上,神情落寞。

志新 小张!我们这儿正夸你这位小刘呢嘿——实诚!好青年!咱部队教育出来的,跟那帮奸商就是不一样!照这么发展下去,买一根儿油条就够咱全家吃一天的了……

〔小张突然扑到桌上失声痛哭。

和平 哟哟!怎么了?小张,有什么委屈跟大姐说!怎么了这是?

志新 是不是跟小刘闹别扭了?

和平 小刘欺负你啦?

志新 你们家不同意这事儿吧?

小张 （哭诉）不是,都不是……是他的油条摊子上,新添了一个……卖馄饨的!

和平 哟,那可坏了……那怕什么的呀?甭说他卖馄饨,他卖饺子咱也不怕他呀!大姐给你钱啊,去买馄饨吃去……

小张 谁稀罕吃她的鬼馄饨!那个包馄饨的——是个老太婆……（痛哭）

志新 哦,怪不得……老太太呀?小刘他妈来啦?还没过门儿你们就婆媳不和是不是?

小张 我原来也以为是他妈,也没有往心里去,后来我一打听才知道——是他老婆!

志新 啊?!

和平 这小刘儿是结了婚的呀?

小张 听说他们家小三子都能下地拾麦穗儿了!……

志新 嘿!这小子!表面忠厚朴实,原来是人面兽心!这不等于引诱欺骗我亲妹子一样吗?兜我火儿是吧!我饶不了他!嫂子,这么着,我先去把这小子暴揍一顿,然后送官!

085

小张　哎哟哥，你可别去！

志新　怎么着？你还舍不得他？（活动胳膊）

小张　我是舍不得你！他原来是侦察兵，会捕俘拳、空手道、擒拿散打……打你这样的——一次八个。

志新　（忙退回来坐下）……那我去找工商、找市容、找街道！先没收他执照、砸了他的摊子再说！（手指油条）你的经营范围是炸油条，不是搞对象——违章经营嘛！你信不信我让你连锅带人、连面带油一起滚蛋？嘿，我还不信我治不了你一个炸油条的……（拿起大油条猛抽）

小张　别别，你可千万别！（抢过大油条，痴痴地）他只身一人来到北京，能够创出今天这样一番事业也不容易！听说前几天，他老婆又刚刚给他添了一个小女娃，家里还欠着一千多元钱罚款呢！都怪我，爱上了一个不该爱的人！（抱住油条痛哭）

〔日，傅家客厅。

〔小张正在擦地，神色憔悴，头发散乱，手中墩布拖来拖去半天没动地方。和平上。

和平　小张，小张？小张……

〔和平拿过墩布，小张毫无反应，依然重复拖地动作。和平把手在她眼前晃了晃，小张没反应。

和平　哟，这孩子算完了。（扶小张坐）

小张　没事，大姐，我心里清楚得很——你腕子上的手表慢了三分钟我都看到了。

和平　嘻，这破表又慢了……小张儿，你得想开一点儿，哪儿能不吃东西呀？还是化悲痛为饭量吧？

〔志新上。

第 8 集　既然曾经爱过

志新　就是！像咱们小张儿这么一朵含苞欲放的鲜花儿，还愁没有牛粪可插么？好小伙子哪儿没有啊？干嘛非得在一口油锅里烫死啊？我刚路过咱胡同口，又瞧见新添一卖煎饼的，那小伙儿人也不错——明儿哥哥我给你说说去？

小张　我不要！哥，你们谁都别给我介绍……我再也不会爱上谁了。

和平　你还真想为那炸油条的陈世美守一辈子不嫁人哪？

小张　早知道伤心总是难免的，我又何苦一往情深……

和平　就算你感到万分沮丧，可也别开始怀疑人生啊——嘻，我也上这口儿了。

小张　我忘不了他……每次从胡同口路过，不争气的双腿，就不知不觉地将我带向那油条锅畔！看到他那优美健壮的身影，潇洒自如的动作，不由得我爱恨交集，心如刀绞……

志新　等会儿！您说的这位，跟我们平时见着那油渍麻花的黑胖子，是一人儿吗？

小张　小刘是不瘦。可我忘不了他的爱，忘不了他的好，忘不了他那醉人的缠绵……

和平　他就是再好，他也是人家的！

小张　（爆发）为啥子嘛？难道他就是那个包馄饨的老太婆的私有财产？！人生难得再次寻觅相知的伴侣嘛！……

和平　小张，小张！咱可不能当第三者去。你听大姐说，你无论如何得跟他断喽，听见没有？你一定要咬紧牙关，斩断情丝，否则等生面粉炸成熟油条可就全完啦！

志新　大姐这可是经验之谈——

和平　哎！……（向志新）去！

小张　我没得法子和他断嘛！

志新　怎么着？是不是让那小子抢了先手，占了便宜了？

· 087 ·

小张　还用我和他断么？那个老太婆一来，他马上就不理我啦！

〔傅老拿报纸信件上。

傅老　小张，这里有你的一封信……

〔小张起身夺过信，迅速撕开，看完后整理衣服头发，表情坚毅，转身，步伐坚定向外走。

和平　小张，小张！谁来的信呢？能跟我们说说吗？

小张　（平静地）他来的。

和平　嘿！他还好意思来信呢？！

傅老　上面写的什么？

小张　他说他这几天也一直是在痛苦中度过的——油条不思，馄饨不想，不小心把手伸进了油锅里都没得感觉……

和平　（吓一跳）哟！那不得烫残废喽哇？

小张　（平静地）凉油锅。

众人　嘻！

小张　他也忘不了我，信里约我今晚八点半到老地方当面晤谈一番。

和平　小张，这你可不能去——越陷越深！

小张　我要去！我要当面问他个明白！（甩头，下）

〔晚，小公园。

〔刘建军穿着平时穿的衣服，坐在长椅上双手抱头，沉默不语。小张上。

小张　刘建军！你……你这匹来自北方的色狼！居然还有脸约我出来？！……你的后脑勺默默地告诉我，爱情已到了尽头！我也知道，爱过就不要说抱歉，毕竟我们走过这一回。我只希望你能明明白白地对我说一句：你的心里有我，没有她！（冷静下来，坐）军哪军，我知道你的心里是我，我才是你的唯一！这是命运的捉弄啊，她比我先到。我知道，如果我们两个人能够

·088·

公平竞争的话，你一定会毫不犹豫地选择我而抛弃她，对不对？

对方　（突然抬头，断喝）不对！

〔小张吓得起身，才发现原来是小刘的老婆。

刘婆　（步步逼向小张，山东口音）你叫他选择谁？你叫他抛弃谁？我当年也是沉鱼落雁，闭月羞花，十里八村人见人夸！要不是我竞争，那刘建军能到我手里？！

小张　你……好汉不提当年勇，好女不提当年俏！小时候胖不算胖！女大十八变，越变越好……好不是东西！……刘建军为啥子没来？

刘婆　呸！他来？你想得倒挺美呀！这个忘恩负义的东西，他做什么事儿能逃过我的眼睛？我告诉你吧，我已经狠狠地揍了他一顿！现在我把他塞到面缸里听候处理呢！

小张　面缸？

刘婆　对，面缸！

小张　不可能！刘建军身负绝技，侦察排人称"小老虎"！

刘婆　小老虎不假，可我当年在铁姑娘连，人称"打虎武松"啊！今天，我让你这个小妖精尝尝我的伏虎铁拳！（追小张）过来，你过来呀你！

〔刘建军老婆追上小张，一把抓住，欲打。

小张　（闭眼）打吧打吧！你打吧！你就是打死我，我也将永远活在刘建军同志的心中！生命诚可贵，爱情价更高！

刘婆　（推小张到长椅上，口气软下来）闺女啊，闺女……妹子，我看你也是一个清清白白的好姑娘，是吧？你怎么就看上俺家的那个建军了呢？他有什么好的呀？你说说他——好吃懒做、偷鸡摸狗、投机倒把、偷女人偷男……他在俺那儿是出了名的二流子啊！要不是当年你嫂子我也是个出了名的没人敢要的……没人敢要的母老虎，你说谁会嫁给他是不是啊？这猪也不吃、狗也不啃的东西呀！

小张　你要是嫌弃他你就走！反正我不嫌弃他，我还就爱上他这了！

刘婆　哎哟妹子！你这大彪子，彪轰轰的，你怎么这么彪哇？妹子，你以为他真的爱你呀？你知道吧，他那是改不了性子的一个花花公子啊！当年，他就因为勾引人家黄花姑娘，被咱解放军给开除回来的！他现在是恶习不改呀——上至八十一，下至一年级，他没有一个放手的！你看看，我这不就是很好的例子吗？妹子，他现在这是骗你呢！

小张　（犹豫）那……那我也爱他！他就是欺骗我，我也认了！

刘婆　（绝望）妹子！唉呀妹子啊……（哭）你就可怜可怜俺这老的老小的小吧！你就放过他吧！你还年轻啊，挑个什么样的也不愁哇，是不是啊……你要是拆了俺这个家，俺可就没了指望啦！你看看俺还有四个张着嘴的小闺女呢！俺求求你了，行不行妹子？妹子……哎哟我给你下跪了妹子，（跪下）俺求求你，妹子……

小张　（也扑通跪下）嫂子！

刘婆　妹子……

〔二人相拥痛哭。

〔夜，圆圆卧室。

〔小张趴在上铺哭。下铺的圆圆发觉。

〔晨，傅家饭厅。

〔傅老、志国、和平、圆圆在座。

和平　……所以呢，现在总算是彻底断了。

傅老　这就对喽。到底是在我们家受的教育嘛，在端正社会风气方面也应该做出表率！小张这两天的情绪怎么样啊？

和平　还算……稳定吧？

090

圆圆　夜里经常偷偷地哭！

傅老　要注意啊，不要出现反复。

和平　所以我现在呢，就尽量地避免他们见面。今儿早上早点我就让志新买去了……

〔志新持装油条的笸箩上。

和平　志新，小刘有没有问起小张的情况什么的呀？

志新　那倒没有，就是这油条吧——

〔志新举起一根筷子粗细的小油条，长短也差不多。

【本集完】

第9集　灭鼠记（上）

编　　剧：梁　左

客座明星：金雅琴　张　瞳

〔晨，傅家饭厅。

〔志国、圆圆吃早饭，有说有笑。傅老上。

傅老　（看看桌上的油条）唉呀，咱们家的小张不是跟那个什么叫小刘儿的已经吹了么？怎么早晨还吃这种油条啊？有剩馒头没有？可以炸点儿馒头片儿嘛。

志国　小张，小张！

〔和平上。

和平　小张上早市儿了，我来吧！（掀开盖馒头的布）嘿！志国，昨儿晚上你偷着啃馒头来着吧？啃还不好好啃，你瞅这东一口西一口的。

志国　我没有哇！

和平　那就是圆圆，（戏曲念白腔）还不从实招来！

圆圆　（戏曲念白腔）冤枉啊！妈，我昨天晚上一直处于你们的监督之下，而且不到九点就睡了。（向志国）爸，我真不相信您犯了错误这么没勇气承认，眼看着女儿受委屈！

·092·

志国　确实不是我呀！（戏曲念白腔）我要是吃打不过胡乱招了，岂不比你还委屈呀？

和平　（向傅老）爸，那要是您，我可就不好意思说什么了……

圆圆　爷爷，您就承认了吧——我妈一个当儿媳妇儿的也不敢把您怎么样。

傅老　我没吃！

和平　那就是小张儿？

志国　不会不会，小张儿毛病是不少，可她从来不偷嘴。

圆圆　嗯，咱家这条件，她要饿也不至于偷馒头，直接吃我那八喜冰激凌不就完了么？

和平　（把馒头放上桌）你们瞅瞅啃的，瞅瞅！怎么炸呀？

〔众人细看。

志国　这黑的是什么呀？耗子屎吧？是耗子啃的！

和平　（惊）嘿！你娶我的时候怎么没告诉我你们家有耗子啊？！

志国　我们家原来是没有哇，那是不是你带过来的陪嫁呀？

傅老　不要乱讲啦！前儿天检修暖气管道，又是凿墙又是挖洞的，一定是那耗子趁机溜进来啦。

志国　对对对……过路耗子，吃完就走，不会长住的！

和平　（指墙角，大叫）啊！（逃向门口）

〔众人惊慌逃窜。

志国　怎么了！别一惊一乍，我爸有心脏病！

和平　（带哭腔）耗子！那儿有耗子……

〔地上一只大老鼠。

圆圆　（捂脸）爷爷，爷爷，您快上啊，考验您的时候到了！上……

傅老　考验我干什么嘛！子孝何须父向前——志国上！

志国　（惊慌失措，随手抓起手电筒，小心走过去）哎？耗子没了！没了！

和平　没了也没出咱家！不定跑哪屋儿去了呢！（进厨房）

圆圆　唉呀，别上我那屋去！爸，爸，你快帮我把我那屋门关上去。

志国　怕什么？一只耗子，嘿，要不是它跑得快，我一脚上去，它还想活？……

〔敲门声突起，吓得圆圆一声惊叫。余大妈手拿"流动红旗"上。

余大妈　大家都在呀？

傅老　小余。

余大妈　哎！老傅哇，这次检查卫生啊，你们家得了"卫生之家"了——全楼道只有你们一户，多光荣啊！别忘了，一会儿把这流动红旗挂到门上啊。（递上红旗）

傅老　哈哈，谢谢谢谢，（接过）这红旗干嘛还流动啊？干脆在我们家安家落户得了。

和平　（自厨房上）志国，快点儿，我该上班儿了，赶紧到咱们屋看看有没有耗子。我不敢进……（端馒头进厨房）

志国　我吃完就去。

余大妈　啊？耗子？你们家有耗子啊？！那还算什么"卫生之家"呀？（抢过流动红旗）得了，这红旗还得流动，我看我先给老郑他们家去挂两天得了！

傅老　（急）我们家哪来的耗子啊？一定是和平早上起来看花了眼了。

和平　（恰上）嘿！我绝对是亲眼……（见傅老打手势）看花眼了……

圆圆　我也看见……（见傅老瞪眼）我也看花眼了。

和平　去，上学去！志国！（引圆圆溜下）

余大妈　这大早起来，一家子都看花眼了？不可能吧？

傅老　不信你可以找哇！你要是找出一根老鼠毛儿来那才怪呢……

志国　大妈您慢慢找吧，我得上班儿去了。（下）

傅老　嘿嘿，怎么样？找啊！找不着吧？把红旗还给我吧……

094

〔余大妈将信将疑。

〔时接前场，志国和平卧室。

〔和平小跑上，志国随后上。

和平　（哭腔）吓死我了……

志国　没事儿。

和平　哎，我告诉你啊，赶紧把雨鞋给我拿出来——今天天气预报有雨。

〔志国递上雨鞋。和平右脚伸进鞋里，大叫跳起，冲向志国。

和平　（惨叫）啊！！！

志国　怎么了这是？（接住和平）怎么了？

和平　（哭腔）鞋里边有耗子……

〔余大妈冲上。

余大妈　怎么了怎么了？哪儿有耗子？（见志国和平抱在一起，忙转身捂眼）哎哟！我什么也没看见啊……

〔傅老冲上。

傅老　哪有耗子嘛……（见状）干什么嘛你们这是？

和平　（与志国分开）大妈，（强笑）没耗子。

余大妈　我可听见喊"耗子"我才过来的！

〔傅老在余大妈身后频频示意。

和平　我喊志国呢！我给他起个小名儿叫"耗子"！这不我要上班儿去了嘛，有个告别仪式，总得……简单拥抱一下儿啊！（跟志国做拥抱动作）十多年了没间断过……

余大妈　也是老夫老妻啦——还坚持着哪？

和平　（娇羞）真不好意思让您瞅见……上面不是说要夫妻团结么？

余大妈　那倒是，那倒是……（狐疑地环视三人）那好吧，既然你们家没耗子，

　　　　这红旗就先挂你们家吧。

　　　〔傅老应声夺过，下。

余大妈　慢点儿，别挂反喽……（跟下）

　　　〔和平恢复吓哭状态，搂住志国。

　　　〔日，傅家客厅。

　　　〔傅老看报纸。

郑老　（画外音）老傅啊，老傅……

　　　〔郑老抱猫上。

郑老　老傅啊，来来来，我给你送猫来了。

傅老　猫？我要你们家的猫干什么？这一天半斤带鱼我可伺候不起。

郑老　这可是捕鼠能手，拿着，来来……

傅老　捕鼠？

郑老　啊！咱们俩关系要是不好我还不借给你呢。

傅老　靠猫捕鼠？别说你们家这种修正主义的猫——好吃懒做，就是真正的好猫也起不了什么作用。辩证法懂不懂啊？表面上看，猫和老鼠是天敌，其实猫的存在对老鼠只有好处而没有任何坏处，因为被它吃掉的都是些老弱病残、呆傻茶痴的笨老鼠，正好帮助了老鼠的优生优育，使得它的队伍得以发展壮大。所以说，如果想灭鼠的话，先得灭猫！

郑老　什么逻辑呀这是？你是敌我不分嘛！不管怎么说，你承认你们家里头有老鼠了？对不对？

傅老　什么意思啊？你又想从我手里争走那面流动红旗是不是？我告诉你，我是人在红旗在。

　　　〔郑老的猫从其怀中跳下，郑老没有察觉。

郑老　咱们得实事求是，你们家有老鼠就是有老鼠。

傅老 没有没有，就是没有！

〔余大妈上。

余大妈 老傅，老傅啊！（向郑老）您在啊……

傅老 小余。

余大妈 哎！老傅，我告诉你一个好消息吧——街道灭鼠办要发放灭鼠药，我给你要了两包儿。（递上灭鼠药）你快拿着吧，不收钱。效果可好了！耗子一吃了它呀，保证上西天！

傅老 耗子上天？红旗可就落地了……不要不要，我们家没耗子嘛！可以把它送给更需要的同志……哦，比如说老郑同志家！

〔余大妈把药递郑老，郑老连忙拒绝。

郑老 我要它干什么呀？我们家有猫……哎，我的猫呢？（找）

余大妈 老傅啊，我看你可得好好想一想啊，过了这村儿可就没这店儿了。现在可是全市统一灭鼠、统一发放药品，各大商场、药店可就没有零售的了，你要想私人买药都没处买去呀！

郑老 老傅，你就别讳病忌医啦，（递药给老傅）拿着拿着……

傅老 （连忙起身后退）我们家明明没有老鼠嘛！我要这药干什么呢？这不是开玩笑么……

〔小张从饭厅跑上。

小张 爷爷，爷爷！厨房，厨房有一只老……（见客人在，住口）

余大妈 别慌！姑娘，厨房有"老"什么？

傅老 （厉声）小张！

余大妈 是不是有老鼠？

傅老 （向小张）可不许乱说……

余大妈 （拉小张到一边）小张，你还不快点儿如实向组织坦白——很快可就要评"优秀家庭服务员"了！厨房有老什么？

小张　有……（看傅老）

余大妈　老什么,快说,说……

小张　（灵机一动）嘿,有一只老猫!

郑老　哎哟,我的猫怎么跑厨房去了!（下）

〔晚,傅家客厅。

〔全家人开会。

傅老　……这个,总的原则——（喝口水）是这样的:红旗要保住,老鼠要消灭!而且要在一无猫、二无药的情况下聚而歼之!志国,我昨天让你研究一下这个问题,怎么样啦?

志国　我已经按照您的指示,找了一本儿灭鼠方面的专著,正在刻苦攻读。

傅老　好,理论武器是很重要的。没有革命的理论,就没有革命的实践。革命是这样,灭鼠同样是这样。你就给大家谈谈吧?

志国　好。（清嗓）

〔和平、圆圆、小张立刻不再关注,各干各事。

志国　从中间儿谈还是从头儿谈?

傅老　当然是从头儿谈了。

志国　（谦虚地）我刚开始学,也谈不好。老鼠吧,它属于哺乳类动物,就是胎生——小老鼠生下来是要吃奶的……

圆圆　和我小时候一样对不对?

志国　你可没有这种福气,鼠奶是世界上最贵的奶,一磅鼠奶的价格几乎相当于一磅黄金。而且……

小张　大哥,那咱们家干脆养老鼠算喽,挤下来的奶换金子。

志国　没有小老鼠的吮吸,母老鼠的奶是根本不会流出来的,它才不像牛那么笨呢。而且母老鼠的奶呀……

傅老　好了好了，我们又不靠老鼠来发财嘛。你能不能谈一点儿灭鼠的具体办法？

志国　好，灭鼠，首先要弄清老鼠的种类。老鼠共有两千八百多个种类，分布于世界各地，总数在一百亿只左右——平均一个人合两只啊！而且凡是有人的地方就有它，没有人的地方也有它；人能吃的东西它就能吃，人不能吃的呢，它也能吃。比如说印度，有一种超级老鼠……

傅老　志国！我们还是结合中国的国情、联系自家的实际来谈好不好哇？我们家里总不会闹印度老鼠吧？

志国　您不是让我从头谈么……具体到中国，一般在家庭里出现的老鼠只有两种：一种叫大家鼠，一种叫小家鼠。昨天在咱家饭厅里出现的那只像是大家鼠，而在和平的雨鞋里做窝的那只又像是小家鼠。所以，咱家闹的到底是哪种老鼠呢……我还没有弄清楚，这就是我迟迟没有拿出灭鼠方案的原因……

傅老　志国啊，你这种刻苦钻研的精神当然是好的——知己知彼、百战不殆嘛！你下面能不能谈一些具体的灭鼠办法？我们也好拿出个方案来，尽快地采取行动嘛。

志国　对不起爸爸，我从昨天开始日夜攻读，到现在只读了序言、总论和第一章，后面的二三四五六七八九章都是关于老鼠的种类和分布情况的介绍，第十章以后才是灭鼠措施，而且主要是田鼠和森林鼠方面的。关于消灭家鼠的部分，那要到十二章以后才有可能出现……

和平　书是死的，你是活的！

志国　（拿书向和平）这本书实在是太有意思了，我想循序渐进地把它看完，不想一下就跳到十二章以后……

〔小张、圆圆凑近。

圆圆　爸，您看完以后可借我看看！

〔几人饶有兴趣地看书上的彩图。

傅老　（着急）哎哎哎，不要开小会嘛……

〔夜，志国和平卧室。
〔和平躺在床上，志国伏案读书。

和平　（打哈欠）志国，早点儿睡吧！明儿还上班呢……

志国　别捣乱啊，不是你们非逼着我先要看十二章以后的么？我这儿正研究呢。

和平　研究出个结果没有哇？你说你爸也真是的，人家余大妈送耗子药来他愣不要！

志国　其实药物灭鼠也不是好方法——我倒不是怕被余大妈发现丢了红旗——这书上介绍了一百多种药物，没有一种是能够当场毙命的，有的甚至要拖上一两个月，你们受得了么？而且老鼠的体内很容易产生抗药性，最后干脆把鼠药当粮食吃，实在可怕！

和平　那是够吓人的……哎，要不咱把燕红她们家猫抱过来吧？

志国　你看你看，你们这些没经过学习的，跟我们的差距就在这儿！那思路就不能开阔一点儿？除了药就是猫？办法有的是嘛！（拿书凑到和平旁边）你看这"病原微生物灭鼠法"就很不错——想办法让老鼠生病，而且是传染性的，干净彻底、断子绝孙，何等痛快！

和平　哎，这"病原微生物"上哪儿买去呀？

志国　还用买？哪个医院没有传染病人啊？明天我就到我们医务室，跟他们要一点儿传染病人用过的棉球纱布，那上边儿还不结结实实都是"病原"啊？

和平　人家传染病人用过的东西医院能给你？

志国　我跟那帮小护士特熟！

和平　（警觉）嗯？

志国　（不觉）有一个圆圆脸儿的小护士，眉来眼去跟我一年多了，我是不爱理她……明儿我就去找她，估计我跟她一商量她准同意……

和平　（撇嘴）那还用估计呀？都一年多了，她还不麻利儿给你？

志国　你别误会啊，我说是找她弄"病原"……

和平　那是，我瞅她就是那"病原"！

志国　她怎么会是"病原"呢……

和平　她不是"病原"，我是那"病原"！她是治你那病的药！她那药一到你的病就除根儿！

志国　你看你看，这不是说弄"病原"的事儿么？弄传染病源，你……

和平　把咱家天上地上都弄上"病原"，你想害谁呀？到时候老鼠没害死你倒把老婆给害死！（躺下）

志国　（拿书凑上去）你看你看：这明明是书上介绍的么……

和平　唉呀！（不耐烦地以被蒙头）

志国　算了！（扔下书）不看了！这介绍的什么方法呀？灭不成老鼠不说，还破坏咱夫妻团结！（下）

〔日，傅家客厅。

〔傅老在客厅看书。圆圆放学上。

傅老　（自语）哈哈……好！抓住要害，以毒攻毒——这个办法好，哈哈……

圆圆　爷爷，您这儿说什么呢？

傅老　圆圆，回来啦？爷爷正在研究消灭老鼠的办法……（拉圆圆坐下）来来来！灭鼠的方法千头万绪，根本的一点，就是利用矛盾、各个击破！……这个道理太深了，等你将来长大了再慢慢领会。

圆圆　那您说点儿我现在就能懂的。

傅老　可以呀！你看，人和鼠之间是有矛盾的，那么，鼠跟鼠之间难道就没有矛盾吗？

圆圆　我不知道它们有没有矛盾，反正我就知道人和人之间矛盾挺多的。比方说吧，您要和郑爷爷、余奶奶他们没那么多矛盾，那咱家老鼠就早灭了，还用费这么大劲？

傅老　那红旗也就没了……咱们先不说人，咱们光说鼠！那么人就不能利用老鼠和老鼠之间的矛盾吗？

圆圆　您是说挑动老鼠斗老鼠，让他们也打架？

傅老　不光打架，还得挑动它们自相残杀！具体的办法就叫作……（戴上眼镜看书）"以鼠灭鼠法"。先逮住一只大老鼠——最好还是公的，然后在它的屁股里塞进一粒黄豆，再用线把它缝死，然后把它放回窝里去。这个老鼠它无法排泄，它就很难受！而且那粒黄豆还在继续地膨胀，它当然就更难受啦。于是闹得它逮着谁咬谁，把这一窝老鼠全都咬死，最后它自己也活活地憋死啦……（大笑）

圆圆　真惨……我想它当时一定疯了，因为它咬死的都是它们自己家的人……

傅老　自己家的鼠。

圆圆　反正是它的太太呀，孩子啊，兄弟姐妹什么的。只要它一清醒过来，一定会后悔万分的……

傅老　圆圆，你这个情绪很不对头啊！消灭老鼠，这是对敌斗争嘛！

圆圆　对，我也不喜欢老鼠……可是您上哪儿去逮一只大老鼠，而且还是公的？

傅老　这个问题我还没考虑好——总会有办法的嘛……

圆圆　就算您逮着了，您能把那么一大活老鼠给攥在手里，给它塞上黄豆，再给它缝上么？

傅老　针线活儿我是不在行的……可以让你妈妈来干嘛！

圆圆　（抱进书包起身）如果您非要让我妈来的话，恐怕不等老鼠发疯，我妈就先疯了。（下）

第9集 灭鼠记（上）

〔晚，傅家饭厅。

〔全家人吃晚饭。

傅老 ……这两天，咱们家老鼠的动静是越来越大，白天有影儿，夜里有声儿。（向志国）你说你研究了半天，到底研究出个什么办法来没有啊？

志国 爸，这……我还得进一步研究。

傅老 研究来研究去……这要是志新在家就好了。（向和平）志新怎么还不回来？

和平 上广州跑买卖，哪儿有准儿啊？

傅老 唉，真是家贫思孝子，国乱想忠臣哪！

〔日，傅家客厅。

〔全家人在座。

志新 （画外音）哎，我回来了！我给大伙请来一位灭鼠高手！

〔志新手拿一条大蛇上。众人吓得惊呼逃窜。

志新 来……我从旁边儿粤菜馆儿借来的，没事儿！（举蛇向傅老）爸，那耗子都在哪屋活动？我把这放进去……

傅老 （惊恐大吼）赶快拿走！我宁可我们家变成老鼠窝，也不能让它再变成毒蛇洞！

【上集完】

第10集　灭鼠记（下）

编　　剧：梁　左

客座明星：金雅琴　张　瞳　梁　左

〔晚，傅家饭厅。

〔众人在座。

傅老　……这个灭鼠的工作还是要抓紧的。志国啊，我看你这几天有点松劲儿情绪啊，这可要不得！

志国　爸，我单位里工作那么忙，回来还要搞灭鼠研究，实在是力不从心。我看要不然咱跟余大妈要点儿耗子药算了？

和平　或者把燕红她们家猫抱来得了……

傅老　这可不行啊！这可是原则问题！这关系到我们这个"卫生之家"的荣誉，关系到那面流动红旗的走向！在原则问题上我是从不让步的！

志国　那您有能耐您自己灭鼠去吧，我们是帮不上忙了……

傅老　你以为我真不行吗？灭鼠的办法真不少，关键看你搞不搞！就像今天，我在厨房地上看见小张放了一个大碗，实行"大碗灭鼠法"，这个办法就很好嘛！因陋就简、因地制宜，很聪明，比你们几个都聪明！过去毛主席讲得还是很好的：卑贱者最聪明，高贵者最愚蠢。

第10集 灭鼠记（下）

圆圆　爷爷，您的意思是说我们比她高贵，是吧？

〔志国、和平训斥圆圆。

傅老　我这就是就事论事……这个"大碗扣鼠法"可以算是小张的发明嘛！

志国　爸，这属于器械捕鼠法当中最简单的一种，书上都有。

傅老　我知道书上有，我也看书了——可是为什么我们就不能付诸于实践呢？

志国　我觉着这种方法未必管用。

和平　而且用咱吃饭那碗扣耗子，拿回来再给咱盛饭……

圆圆　（慌）妈，小张阿姨，我用的这碗？

小张　你放心，我还没抓到老鼠呢！

和平　那要抓着了呢？那我们……

小张　我一定把碗烫干净再给你们用！

圆圆　呕……幸亏还没抓到耗子，要不然我就该用烫耗子的碗吃饭了。（下）

傅老　好了好了，等抓住耗子把那个碗扔了就算了嘛——几毛钱的事儿！

〔和平下。

志国　爸，其实"器械捕鼠法"的道理都是大同小异的，无非是利用力学的原理，使捕鼠器械暂时处于一种不稳定的平衡状态，当老鼠打破这种平衡时即被捕获——不一定用碗。（下）

傅老　你先不要走，我马上就给你们实践一下！（追下）

〔晚，志国和平卧室。

〔傅老上，直奔床头的抽屉。和平跟上。

和平　（无奈地）"抽屉扣鼠法"……

〔傅老把抽屉里的东西扣在床上，又瞅上另外一个抽屉。

和平　哎哟……哎爸！爸！您要用多少个抽屉呀？

傅老　都要都要！这个"抽屉扣鼠法"讲究的就是个法网恢恢、疏而不漏、星

　　　　罗密布、遍地开花，（把第二个抽屉里的东西扣在床上）少了可不行！而且捕鼠的用具越多，捕到的概率就越大……（走向组合柜的抽屉）

和平　（急上前）哎爸！爸！爸……（挡住抽屉）爸！这不行，这绝对不行，早知道您这么祸害还不如闹耗子呢！

　　〔傅老执意要拿，和平再三阻拦苦苦哀求。

傅老　（放弃，转身）机会主义！舍不得坛坛罐罐，怎么能打胜仗啊？

　　〔和平收拾床上的杂物。

傅老　你先不要忙着收拾，你先到厨房去弄点儿老鼠的诱饵，好让老鼠上钩儿。

和平　诱饵？拿什么做呀？

傅老　馒头拌香油——你别舍不得放香油，多放！啊？

　　〔晚，傅家客厅。

　　〔志国在玩游戏机。圆圆与傅老自里屋争一个抽屉上。

圆圆　爷爷！爷爷，您给我……您干嘛呀？这抽屉是我装玩具用的……

傅老　好了好了，不要烦！等抓住了老鼠，爷爷给你买新玩具，啊？

圆圆　那抽屉还能使吗？

傅老　（夺下抽屉）烫一烫，烫一烫嘛！

圆圆　（求助志国）爸，您看爷爷，他用我抽屉逮耗子！

傅老　（弯腰安置抽屉）要奋斗就会有牺牲——过去战争年代我们的人民把什么都捐献出来了，怎么到了你这儿连个抽屉都舍不得？没觉悟！志国你说呢？

志国　（敷衍地）对对对！爸，这屋里就……咱们能不能集中兵力打歼灭战——把重点放在厨房啊？

　　〔和平端一盘子"诱饵"自饭厅上。

和平　甭进厨房啊——都插不下脚去啦！（向傅老）爸，您瞅瞅这诱饵成吗？

· 106 ·

第 10 集　灭鼠记（下）

〔傅老拿起一小块儿，闻了闻，连吃两口，被和平夺下。

傅老　香油还少，再放！

和平　那香油瓶子可都见底儿啦，要不咱弄点儿豆油对付对付？

傅老　不行，弄虚作假可不成！我这辈子讲究的就是个实事求是……

圆圆　您还实事求是？您要实事求是，咱家还至于这么灭耗子么？

傅老　那也是为了咱们集体的荣誉嘛！和平啊，这个耗子光吃这个东西恐怕太油腻了，你再弄点儿苹果片儿给它们换换口味。

和平　逮这么个破耗子，还那么些穷讲究！再说咱家也没苹果呀？

傅老　刚才我在圆圆屋里看见一个。

圆圆　那是我的……

傅老　贡献出来嘛！

圆圆　凭什么呀？

傅老　贡献出来！

和平　得了，苹果一切两半儿——圆圆一半儿……耗子一半儿。（向里屋下）

圆圆　我觉得自从咱家有了耗子，我在家里的地位急剧下降，如今已沦落到与耗子争食的地步了……

〔晚，傅家饭厅。

〔傅老提水壶、水桶自厨房上。小张跟上。

小张　……爷爷，爷爷，这桶是我洗菜用的，你要做啥子啊？

傅老　（学小张口音）抓老鼠啊，嘿嘿——去给我找张旧报纸，还有剪刀，胶水儿，啊？（小张下）

〔圆圆吃苹果上。傅老往桶里倒水。

圆圆　爷爷，你们可真偏向耗子——您瞧我妈给我削这半个苹果，连核儿都没有！（上前）您这儿玩儿什么呢？带我玩儿玩儿？

· 107 ·

〔小张带工具上。

傅老　什么叫作"玩儿"？这个叫作"大桶淹鼠法"。（拿过报纸）你看啊，先在这个报纸上剪一个小口儿，再用胶水儿把它糊在桶上。（向小张）胶水儿恐怕还不行，回头再找个绳儿把它捆一捆。（向圆圆）把你的苹果咬一口，放在这个报纸上……

〔趁傅老投入地讲解，圆圆暗下。

傅老　老鼠看见苹果，慢慢爬过来，一不小心，哎——掉到桶里就淹死了，哈……（回头发现圆圆已离开）嗯？

〔晚，志国和平卧室。

〔志国在床上看书，傅老拖一大铁盆上。

志国　爸您这是干什么？您干嘛把我洗澡大盆也拿来呀？

傅老　（琢磨盆的放置方式）你也做点儿贡献嘛！再说你可以洗淋浴，干嘛非占个大盆哪？

志国　您知道我从小习惯使盆儿洗呀……

傅老　习惯也可以改嘛！你先贡献出来行不行？等抓了耗子再把大盆还给你。

志国　算了，我还是改淋浴吧我！（大盆欲倒，二人扶住）我总不能跟耗子共用一盆儿吧？您也真是，您这样儿它能立得住嘛？您这是干嘛……

傅老　可见你读书不认真！（放开手，大盆立住）书上说的就是要这种不稳定的平衡。老鼠一碰诱饵，打破了平衡，大盆就扣将下来——没跑儿！

〔时接前场，傅家客厅。

〔傅老、志国、圆圆、小张在座。

圆圆　爷爷，您折腾了一个晚上，（模仿爷爷语气）到现在一只耗子也没抓着嘛！

第10集 灭鼠记（下）

傅老　你懂个什么？凡事总得有个过程。老鼠一般都是夜间活动，一会儿就会出来啦。

〔画外音："扑通"一声，和平尖叫。志国、圆圆、小张跑向饭厅察看。

傅老　（兴奋，向饭厅）怎么样？扣着没有？

和平　（单腿蹦上，痛苦地）扣我脚啦！哎哟，那抽屉可真够沉的，正砸我脚背上……爸，都是您干的好事儿，我都没法说您！小张儿，赶紧去厨房把火关了，坐着水呢……

〔小张应声向饭厅下。

傅老　本来就是"不稳定的平衡"嘛，你自己不留神还怪谁？

和平　我怎么留神啊？九群二十七地堡，地雷阵外带迷魂阵！您是不是把当年打鬼子用的那些招儿都用上了？

〔画外音："扑通"一声，小张尖叫。志国、圆圆向饭厅察看。

傅老　（兴奋，向饭厅）怎么样，逮着没有？

小张　（扶腿自饭厅上）爷爷，您的半桶水让我给踢翻啰，厨房都成了河啰！

志国　爸，您这怎么行啊？砸不着耗子光砸人，您真是……

〔傅老急走，踢到扣老鼠用的抽屉，闪到腰。

傅老　我的老腰……

〔众人扶老傅坐在沙发上。志新上。

志新　怎么了？怎么了这是？……

和平　唉，灭鼠呗！

志国　腰闪了，没事儿没事儿……

志新　靠边儿靠边儿，我来我来……（以肘顶傅老肩膀，握住傅老胳膊向后猛拉）走你！

傅老　（大喊）哎哟！

〔志国推开志新。

傅老　算了……没事儿没事儿……

志新　（向志国）你把车钥匙给我用用。

志国　里屋床头柜上呢。

〔志新下。画外音："咣当"一声巨响，志新"哎哟"一声。志新捂着小肚子、表情痛苦拉大盆上。

志新　谁干的？谁干的这是？！

和平　灭鼠呗！

志新　（捂肚痛苦）你们这是要"灭鼠"啊还是要"灭人"啊……

〔日，傅家客厅。

〔傅老守着一堆木板、铁丝等物，敲敲打打制作器具。和平上。

和平　爸！您又在这儿干什么呢？昨儿那教训您忘了吧？我脚背到现在还疼着呢！

傅老　（边干活）昨天失败的原因，主要是在小张的错误做法和书本错误的影响下，片面地强调了自力更生、土法上马，摊子铺得过大，战线拉得过长，基本战线搞得过热，再加上人多口杂，一拥而上，结果就导致了失败……

和平　您想把我们都轰出去？

傅老　暂时还没这个意思……你来看：这个就叫作"平板捕鼠夹"——我国最常见的捕鼠用具，劳动人民的智慧结晶啊！我一下午就做了俩！老鼠？哼哼！遇上了我，它们就算倒了霉啦！哈哈！

和平　您那腰……还疼吗？这些铁丝儿、弹簧、木头都是您今儿出去买的？

傅老　买这点儿东西可不容易喽！一趟一趟，藏着掖着，生怕让老郑、小余他们给看见——这些人脑子可灵了，一看见他就知道我要干什么！幸亏我当年搞过地下兵工厂，对付敌人还是有一套的嘛！

第10集 灭鼠记（下）

和平　这玩意儿行吗？别再出什么事儿……

傅老　你放心，我是谁呀？能文能武，又红又专；亦工亦农，亦兵亦官；生旦净末丑，神仙老虎狗……我什么不会啊？当年我要不是投身革命，直接就报考了清华大学的机械制造系！如果要是那样的话，我们国家现在何至于还进口小汽车嘛？连宇宙飞船都上天啦！

和平　那是那是……不过您也甭汽车飞船的，您把这耗子夹子做好了我就服您。

傅老　事实胜于雄辩嘛。你看啊——

　　　〔傅老拿起鼠夹试探，不小心夹到了手指，疼得大叫。

和平　爸！爸……我看看！

傅老　没事儿没事儿！这说明我这个夹子还是很灵啊——这十四号弹簧还是劲儿很大的，这要是夹住了老鼠——没跑儿！

和平　哎哟，这要是夹了人，得比那大盆还厉害呢吧？

傅老　你看你！我们这次不搞铺天盖地，总的原则是少而精。一共两个夹子，一个放在厨房，一个放在你们的卧室——重点照顾你们，四化的主力军嘛！（拿鼠夹下）

和平　谢谢您了，爸……

　　　〔夜，志国和平卧室。

　　　〔和平志国已经熟睡。"啪"一声把二人惊醒。

和平　地震了？！

志国　夹着耗子了吧？快开灯！

　　　〔二人开台灯，志国下地。

志国　我看看……

和平　赶紧看看赶紧看看……有没有啊？

志国　（看沙发后角落）夹着了！

和平　真的？爸还真行嘿！大不大？

志国　大，大，特别大！

和平　嘿！赶紧……

志国　（紧张）不好！它……夹着尾巴了！它正往外挣脱呢！

和平　赶紧抓呀！你赶紧抓它呀……

志国　（惊慌失措）我拿什么抓呀？！

和平　下手啊！活笨死你！

志国　我……（比划几次）我，我下不去手啊！

和平　活笨死你！你赶紧……

志国　你胆儿大你来做个示范我看看！

和平　嘿，我要敢拿手抓这耗子……（欲下床）我都不姓和！（又回到床上）

志国　（开门，喊）爸！耗子！耗子！抓着耗子了！

傅老　（冲上）耗子在哪儿啊？

志国／和平　那儿那儿那儿！……夹子上夹着呢！

傅老　（看）这哪儿有耗子啊？这夹子不是好好儿的么？大惊小怪！

志国　（拿起鼠夹）夹着了……又跑了！

傅老　什么？夹住的耗子愣给跑了？你们怎么搞的嘛！知道的，是你们没有能耐，不知道的，以为我的手艺有问题呢！（生气，下）

〔日，傅家客厅。

〔志国、和平二人在记账。

和平　柿子椒三块五……柿子椒三块五！还西红柿……笨死……

志国　知道知道，你那花生油多少钱？

和平　花生油八块……

傅老　（画外音）快点儿！快点儿！……快来接我一把！

· 112 ·

第10集 灭鼠记（下）

〔傅老抱铁丝、笼子等一大堆物件上。小张、圆圆、志新自里屋上。众人接过物件。

志国／和平　哎哟，爸，您这是干什么呀……瞧瞧您……

志新　怎么着，咱家改兵工厂了？

傅老　经过我考虑再三，器械灭鼠的大方向是绝对没有错误的！

和平　是没错误，您灭吧……

傅老　关键的问题还是器械过于简陋，而且质量、品种、效益都不过关。

志新　爸，您就说您想干嘛吧！

傅老　我准备参照当年搞兵工厂的做法，各种器械一齐上，全面铺开，大打一场消灭鼠害的人民战争！你们想啊，书上说关于做老鼠夹子的办法，就有三十多种——还不算其他的器械！我们这次豁出来了，一样搞它一种！难道就没有一种能适合我们家的鼠情的吗？

和平　有！得有！

圆圆　妈，我觉得爷爷好像让耗子折腾得神经都不大正常了。

和平　爷爷这种热情是好的——他执着。

志新　爸，您就说您想让我们干什么吧！

傅老　全家紧急动员起来，一起动手，严格按照图纸施工，在我的统一指挥下，不除鼠害绝不收兵！

圆圆　爷爷，我有功课可以例外吧？

傅老　不行！上至九十九，下到刚会走，一律参加！

和平　咱得吃完饭再干这事儿吧？

傅老　匈奴未灭，何以家为嘛！男子打仗在前线，女子送饭到田间——小张可以把饭送到客厅来嘛。下面我来分配工作，志新……

〔门铃响。

志新　别叫我！我还有事儿，我弄不了这个……

〔小张去开门。傅老急忙追上去。

傅老　（大喊）先别开门！先问清是谁！

〔余大妈上。

余大妈　老傅啊……

〔傅老在门口堵住余大妈。

傅老　屋里很乱，实在对不起，我们外面？外面……

余大妈　老傅，你别来这一套了！

〔余大妈推开傅老，随后郑老及一中年干部上。

余大妈　根据市政府常务会议精神决定，要展开全民灭鼠。（指中年干部）这是区里头"灭鼠办"的梁同志，来抽查鼠情的。

〔干部向众人点头示意。

余大妈　咱们家里头有没有老鼠啊？你要如实汇报。

傅老　啊，这个……

郑老　（拿起一个鼠夹）老傅啊，你们这是干什么哪？还不承认你们家里头有耗子啊？

傅老　现在不是时兴那个……开辟第二职业么？我准备跟孩子们一起……搞个地下兵工厂。

郑老　啊？私造军火！你要谋反哪？老傅哇，你还不如承认了你们家里闹耗子，那罪过还小点儿。

余大妈　嘿嘿，你看看，耗夹子、鼠笼子……人赃俱获呀！老傅啊，我看你这回还有什么可说的？你可别怪老妹妹我铁面无私啊，这回我就要把你的红旗流动下来！

郑老　得嘞！不劳您驾，我马上把红旗摘下来——挂到我们家去！（下）

傅老　小余，你听我解释……

干部　不用解释了！（上前查看）这些都是自制的捕鼠器械？看看，看看！群众中蕴藏着多么巨大的灭鼠积极性啊！（走向傅老，握手）老同志，我们一定要把您，作为群众灭鼠的先进典型，上报给区政府！您不仅是余主任她们居委会的光荣，也是我们全区灭鼠战线的光荣！

〔众人鼓掌。干部与家人一一握手。

余大妈　（向门口喊）老郑啊，快把那红旗给人家挂上！那是咱们居委会授的卫生红旗，能让你随便摘下来吗？真是的……（向傅老）老傅啊，怎么样？说两句吧？你取得这点儿成绩也是和居委会的帮助教育分不开的呀，啊？

〔众人笑。

【本集完】

第1集　发挥余热（上）

和平："有缺点你说，没缺点你说什么呀？真是，不是我批评你们，背后爱议论老人儿这毛病，你们该改改啦！"

小张："我没啥子要求，把扣我那五元钱还我就是喽……"

工人："哎，你们这儿是铺地板吧？（看见傅老）哦，对对对，是这个老同志你给的钱！"

第 2 集　发挥余热（下）

圆圆："爷爷，您的错误主要就在于——吃饱了撑的！"

傅老："你听着，志新！第一条：游手好闲、吃喝玩乐，资产阶级的阔少作风十分严重……"

圆圆："我们都是好孩子！"

第 3 集　我们的愚人节

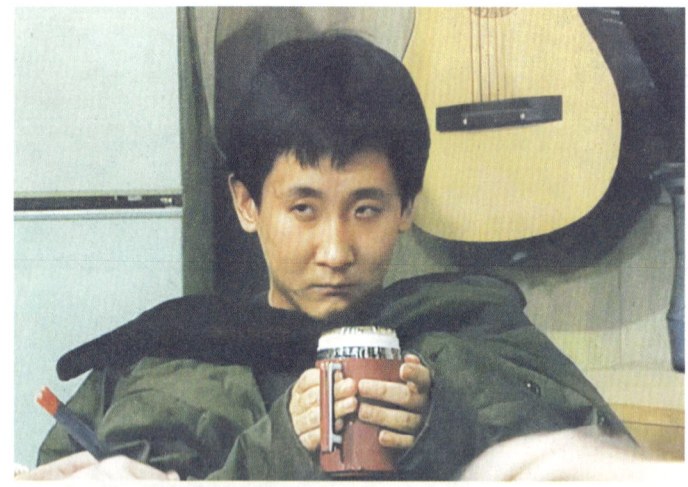

志新："打开国门的时候，怎么能把苍蝇也放进来呢？"

和平："你们家就这么换房啊？傻小子一个呀。"

傅老挑灯夜读，哈欠连天，疲倦地按头。

第 4 集 　也算失恋

燕红："侯小姐！那位空姐儿吧？不飞啦？"

燕红："志新打小儿就是老实孩子，往好了说是模范儿童，说白了也就是窝囊废。"

杨小姐："志新，她才是你真正最应该爱的人。"

第5集 亲家母到俺家（上）

和母进门亮相。

和母清晨练功舞剑，全家围观。

和母："问苍茫大地，谁主沉浮？嗨们！嗨们！嗨们！"

第 6 集　亲家母到俺家（下）

傅老："这就是你给我说的后老伴儿啊？志国他奶奶要活到现在也不准够这岁数儿！"

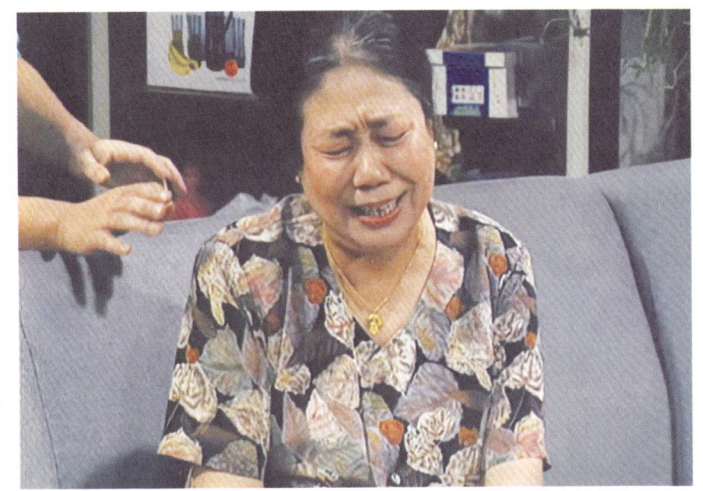

和母干号："哎哟！我可怎么活呀！我守了这么多年寡可不容易呀！"

和平："你再提癞蛤蟆我跟你急！老年人就没爱情啊？"

第 7 集　骗子

澡堂伙计："马路对面儿，那小饭馆旁边，您上那儿——那儿待多长时间都没事儿。"

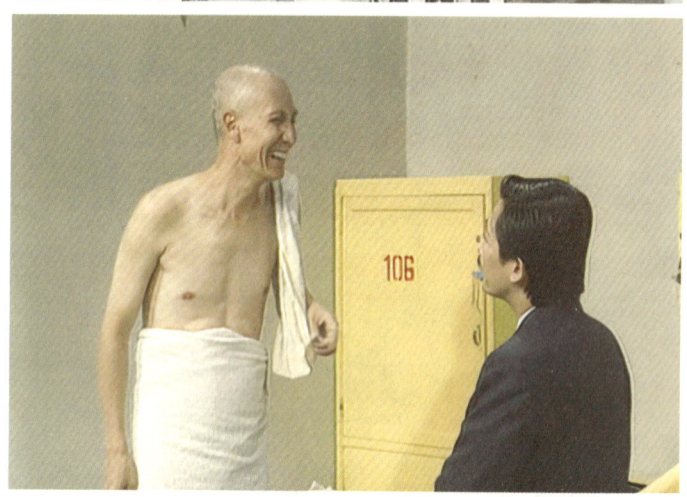

客人："没想到啊，一修脚的这打扮儿……"

环球公司王总："那贾……假贾志新真他妈坑死人啊！"

第 8 集　既然曾经爱过

小刘："我这就想抓起你的手，让你这就跟我走！"

刘婆："你就可怜可怜俺这老的老小的小吧！你就放过他吧！你还年轻啊，挑个什么样的也不愁哇，是不是啊……"

小张和小刘分手，家里的油条变得比筷子还细。

第 9 集 灭鼠记（上）

余大妈："也是老夫老妻啦，还坚持着哪？"

余大妈："耗子一吃了它呀，保证上西天！"

志新从粤菜馆儿借来一位"灭鼠高手"，吓坏全家人。

第10集　灭鼠记（下）

志国："爸您这是干什么？您干嘛把我洗澡大盆也拿来呀？"

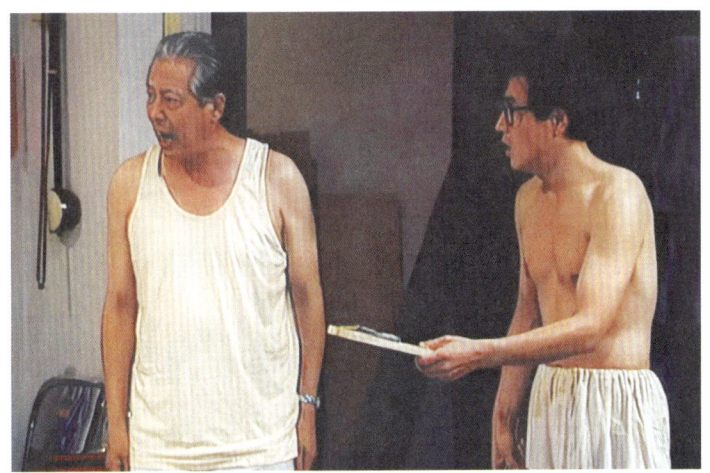

傅老："什么？夹住的耗子愣给跑了？你们怎么搞的嘛！知道的，是你们没有能耐，不知道的以为我的手艺有问题呢！"

"灭鼠办"梁同志："看看，看看，群众中蕴藏着多么巨大的灭鼠积极性啊！"

第11集　无线寻踪（上）

编　　剧：英　壮

客座明星：夏力薪　蔡　明　刘　斌　林　丛　张世瑞

〔晨，傅家饭厅。

〔傅老、志新上。

傅老　……志新，刚才你说的那件事是真的吗？

志新　哪件事儿啊？是一老太太买一兜子假银元的事儿么？

傅老　不是，是一个老干部让一个小姑娘给敲诈了的事。

志新　当然是真的了，报上登的能有假么？听着新鲜吧？

傅老　听着让人痛心！所以说男女关系问题一定要引起重视，尤其是单身的男同志，自己一定得把握得住，不然要是出点儿什么事，你自己都说不清楚嘛！听见了没有志新？

志新　听见了……哎？我说这事儿是让您引以为戒，您怎么反倒教育起我来了？

〔电话响。

志国　（画外音）喂？哦！……志新！（上，向志新）电话！

傅老　我跟你说……

志新　我先接一电话去啊！（下）

傅老　让我引以为戒？笑话！我革命了这么多年，经受了多少考验哪？抗日战
　　　争时期……

志国　爸，您看您又来了！您那点儿事儿我们倒着都能背出来。

傅老　哈哈……这件事你们是绝对没有听说过的！

　　〔和平自厨房上。

傅老　当年我抓住了一个日本的女特务——其实就是个鬼子家属，上级让我负
　　　责看管，一天一宿，我们是朝夕相处，我动心了吗？哈哈……

和平　那是，得看那女特务多大岁数儿。

傅老　二三十岁正当年嘛，活脱脱的一个山口百惠呀！

志国　那还得看您当年多大岁数。

傅老　我当年已经，虚岁是——十四五了吧。

和平　嘻！

　　〔志新上。

傅老　志新，来，我们接着谈……

志新　我还有事儿！恕不奉陪啊……（欲下）

傅老　你怎么不吃饭了？

志新　没办法，来电话了，人家非请我外边儿吃去——你说我不去吧，显得我
　　　有点儿脱离群众……（下）

傅老　我现在倒是想联系群众，可怎么总也联系不上呢？

　　〔日，燕红咖啡屋。

　　〔志新与妖艳迷人的丽达姑娘对坐。

丽达　……志新，你老看着我干嘛呀？瞧你——小西服也穿上了，小领带也打
　　　上了，小眼睛也睁开了。浑身上下怎么这么……不对劲儿呢？

志新　你真是一年前在宾馆里，为我叠被铺床，被我呼来唤去的……丽达小姐？

丽达　你放心，没人冒名顶替请人吃饭的。

志新　哦对对对，我想起来了，你比较爱吃！

丽达　我变了么？

志新　变大发了！你说你变就变吧，还越变越好看，真让人伤心。

丽达　哎，我好看你伤什么心呢？

志新　你说……像长我们这模样儿的，那就更觉着对不起大家伙儿了，还让不让我们上街了？

丽达　（笑）我也不是故意的，真对不起，我一不留神就变成这样儿了。

志新　唉，要说像你这么漂亮的姑娘，曾经为我铺过床……不敢想象！应该是我给你铺床……

丽达　得了，咱们还是自己铺自己的吧，要不然传出去……那可说不大清楚。

志新　哦，明白了，有主儿了是不是？嫁人了？傍上一大款？甭问，肯定错不了，最损也是一美籍华人——七十几了他老人家？

丽达　你就损吧！我们女孩子偏得傍着别人啊？告诉你吧，我现在自己做生意呢！

志新　哟，发财了？嘿，我一向认为这世界上财貌双全的姑娘压根儿就没有，今儿你算把我这观点给我改变了。也好，明儿我娶媳妇儿这标准就更明确了。

丽达　瞧你，净拣人家爱听的说！其实我离你的标准还差得远着呢，你应该把这光荣艰巨的任务交给更合适的同志去办。

志新　嗯，知道有差距就好，迎头赶上就得了！十全十美的人哪儿有啊？不怕你不信，连我都有缺点，更何况你呢？咱俩也老大不小了，该凑合就得凑合。

丽达　别！这事儿怎么能凑合呢？让你吃亏受委屈我可于心不忍，再说你也得给我留一个下狠心的时间啊……咱们谈点儿别的吧？

· 128 ·

志新　咱俩除了这事儿还能有什么别的事儿么？

丽达　（从包里掏出一个BP机）拿着！（放在志新面前）

志新　（喜）哎，这怎么话儿说的？你放心啊，你不送东西，我也明明白白你的心……（拿起，端详）而且你送就送吧，还送这么贵一BP机……我跟你说啊，也就是赶上今儿你哥哥我高兴，要不我还真不收！下回别这样了啊，别把爱情庸俗化了……

丽达　想什么呢你？谁说这是送你的了？

志新　送我爸的？他老人家都六十多了，你们俩也不合适呀。

丽达　去你的！这个是我一朋友的，人家要出国，托我给倒出去……

志新　哦，想倒给我呀？行，开个价儿吧——几百？

丽达　美得你！这是"汉字显示"，最新潮的，原价四千多呢！我最近特别忙。你帮我卖出去得了，三千块钱以外的就都算你的了，怎么样？

志新　三千块钱谁要啊？干脆我收下得了！

丽达　哎别！这机子这么贵，你使着也糟践啊！不如你把它卖给别人，赚了钱再买一个普通型的，等于白落！

志新　赚什么钱呀！咱俩这关系，就是赔钱我也帮你这忙。

丽达　越快越好啊！人家等着出国呢……最好卖给生人，省着以后找咱麻烦。

志新　行，你放心，这事儿我拿手。就是这个价钱……能不能再往下落落？

丽达　价钱不能落！（拿过一个大购物袋）这个你也拿上吧。

志新　（看了看袋子里的东西）这衣服我可不太会卖……

丽达　谁让你卖了？这是送你的！

志新　好好好……（从袋中拿出一件带花女装）我一大老爷们儿要是穿这上街，群众不会围观吧？

丽达　谁让你穿了？这个都是我以前进的货，现在剩下这么几件不值当卖了，你就留着送人吧。

志新　好好好，那要送我可就送女人啦，你不会有什么想法吧？

丽达　（拍志新手）去你的！

〔志新抚手回味。

〔晚，傅家客厅。

〔傅老、和平看电视。志国自里屋上。

志国　爸，都快十点了，您还不快睡觉去？

〔傅老看着电视傻笑。

志国　这有什么看头？这破电视剧！

傅老　艺术质量是差一些，思想意义还是有的嘛！这种普法教育的节目最适合你们年轻人啦，特别是像志新那号儿的……

〔志新提购物袋上。

志新　爸，您以后有什么话最好当面儿说。您要老这么背后夸我，我也不知道您夸到点儿上没有。

志国　嗨嗨，谁夸你呢？快坐下接受普法教育！（向和平）和平，走，咱们回屋……讨论去。

志新　（拦）哎……别走别走，都别动啊！（关上电视，把那袋衣服放茶几上）我还接受普法教育？我给你们上课都有富余！看了半天挺累的，我奖励奖励你们！（掏购物袋）嫂子，这衣服，送给你。（掏出一件花衬衫递给志国）那谁，你不嫌花哨你就穿上。

志国　（喜，接过）不花不花不花……

志新　还有给小张、圆圆、包括圆圆她姥姥的，都拿着！（掏出一大堆衣服扔沙发上，最后掏出两条内裤）还有两条真丝裤衩儿……（向傅老）爸，您穿里边儿谁也看不见！（扔给傅老）

傅老　（烫了般地将内裤丢开）我们老同志怎么可以穿这个呢？！

第 11 集　无线寻踪（上）

和平　志新，这衣裳哪儿来的呀？

志新　嗯……一个女朋友送的礼。

和平　哟！这女朋友够大方的嘿！这还没见过面儿呢就送这么些礼，这要见着面儿了，那……不定得送什么呢！叫来我们见见？

志新　（得意地）你瞧你瞧，这么点儿东西就把你给收买了？人家做生意的这都不叫东西！真没见过钱……

和平　（不高兴了）我是没见过钱，我就知道兹是做生意的就比你有钱！

志新　（脸上挂不住）我没钱？！（掏出 BP 机）买的！

和平　玩具 BP 机！一点儿用没有……

志国　不会一点儿用没有吧？那要是 BP 机形的打火机，那得好几块钱一个哪！

志新　挤兑谁呢这是？！（递到众人眼前）真家伙！看见没有？汉显！5247711 呼 8829！不信你呼我一个试试？什么字儿都能显示出来！

〔和平暗下，偷偷去打电话呼志新。

志国　行啊志新，这回这女朋友算是挑准了？

志新　也没最后定。不过我考虑她又好看又有钱……

傅老　有钱怎么样？好看又怎么样？找对象嘛，我看还是得坚持"政治第一"的标准，关键得人品好……

志新　爸，您连人都没见着，怎么知道人家人品不好啊？她……

〔BP 机响。

志新　嘿！响了！（掏出）你瞧瞧，你瞧瞧这清楚！（念 BP 机上的字）"贾志新先生，请速给 366579 回电——和。"谁呀这是……（欲拨电话）36657……这不是咱家电话吗？

〔和平鬼鬼祟祟上，向饭厅溜下。

志新　嘿！你……

· 131 ·

〔日，傅家客厅。

〔和平织毛衣，傅老上，

傅老　志新怎么还没有起来啊？这都什么时候了！

和平　您让他那么早起来干嘛呀？他多睡会儿觉还能少上外面给您惹点事儿去呢！

傅老　志新这孩子也是，这么下去怎么行啊？三十多岁了总该成家立业了吧？

和平　你别看他眼睛不大，眼光可不浅！

傅老　听昨天那个意思，他好像对那个，什么溜达姑娘……

和平　丽达姑娘！

傅老　啊对，那个丽达姑娘还是有点儿好感啊……

〔圆圆惊慌跑上。

圆圆　妈！快跑，警察来了！（跑下）

傅老　跑什么啊？人民的警察嘛！

和平　谁呀？

〔民警小许上，与傅老打招呼握手。

和平　哟，许子！什么风儿把您给吹来了？

小许　一阵阴风。

〔一男一女两位刑警上。

小许　我来介绍一下，这是分局刑警队的同志。（指男刑警）小段。（指女刑警）小宋。

和平　刑警？知道知道——专逮坏人，一逮一个准儿！轻易不到好人家儿来……（自觉失言，住口）

小许　（向两位刑警）这就是你们要找的和平同志——

和平　（惊，紧张）哟！你们找我呀？

小宋　别紧张，我们就是来了解一下情况。

和平　（强装镇定）我紧张什么呀？我有什么可紧张的呀……我一直就想为保卫咱们的社会治安做出点儿贡献，一直就没逮着机会——怎么样啊？咱们这个……形势一片大好吧？综合治理初现成效吧？没出什么乱子吧？那些坏人表现还好吗？

小宋　我还没问你问题呢，你怎么先问起我来了？

和平　我那意思是说吧——形势大好咱也不能放松警惕！得再接再厉！

傅老　对对对，和平同志这个意见还是很重要的！

小段　好，我们回去一定抓紧时间落实。（向傅老）对不起老同志，我们要跟她单独地谈一谈。

傅老　好，那我先回避。她会很好地协助你们。（下）

小许　我也先回去了——还有不少邻里纠纷、婆媳不和的事等着我去处理呢。你们谈吧。（下）

〔和平紧张，不知所措。

小段　（坐，向和平）坐吧。

和平　不用……谢谢您啊。（坐）

小段　听小许说，你平时表现还不错嘛。

和平　哎哟，您甭听他瞎说……他说得对！我平时表现是不错……

小段　那这次可就更要好好地表现表现了——要如实回答我的问题。（向小宋）把照片给她看看。

〔小宋把一张照片拿给和平看。

小段　你看看，这些人当中有没有你认识的？

和平　（心不在焉地）哦，都是女的……

小段　你看清楚再说！

和平　是啊！（细看）哦，都是男的……哟！瞧这穿得这不三不四的，这帮人都得抓起来！这……（看小段一脸严肃，收声）

小段　你看看中间那个人，你认识吗？

和平　瞅着眼熟啊……想不起来了……想起来了！这不就电视里通缉那流窜犯么！还没逮着呢？

小段　什么流窜犯！这个人上个月还被市里评为"遵纪守法先进个体户"呢！我给你提个醒，这个人叫李永福，是"新雅服装店"的老板——想起来了吗？

和平　您瞅我穿这身儿衣裳，我像认识服装店老板的人么？（向小宋）你瞅这同志……

小段　那好。我问你——昨天晚上十点钟左右，你曾经打过一个电话……

和平　没有啊？我见天儿九点多钟我就上床啊？我得早睡早起，我第二天得上班，得为建设四化服务，我忙！我……

小段　我说你不光眼神儿差，这记性也不怎么样，啊？我就再给你提个醒，昨天晚上十点差五分，你曾用366579这个电话呼过一个人，对不对？

和平　呼人？哦对，我呼过……

小宋　（给和平展示一个号码）你呼的是不是这个号？

和平　这可记不住了，这我忘了……呵呵，忘了……

小段　（笑）就是嘛，记性不好！（正色）你是不是连呼的是谁也都忘了？

和平　那，那我不就成低能儿了么……

小段　这就对了，这个人你既然不认识他，你为什么要呼他？

和平　我没呼他呀！我呼的是我爱人他弟弟贾志新啊！

小段　贾志新？

和平　啊！

小段　对吗？

和平　对呀！

小段　这机器是他的？

第 11 集　无线寻踪（上）

和平　他新买的啊！

小段　那他人呢？跑了？

和平　（机警地压低声音）您放心，他跑不了！屋里睡觉呢！我这就把他给你们抓来！（起身）就算我立功赎罪了？

小段　那好，那就麻烦你把他给我请出来，我们要问问他。

和平　哎！麻烦您坐会儿啊……麻烦您……（快步下）

志新　（画外音，喊）谁大早上起来这么讨厌！

〔和平拉睡眼惺忪的志新自里屋上。

和平　赶紧的！两位公安局的同志要找你！兄弟，你多保重吧，我给你归置东西去……（下）

志新　（见两位警察，紧张）来了哈……（见小宋）女警察……

小段　你就是贾志新？

志新　对对……

小段　坐下吧。

志新　不用不用……（坐）谢谢您。您老二位也……也坐着呢哈？……苏局长好吧？老没见他了。王处长该退了吧？刑警队大李我也熟。你们都……都忙什么呢？有你们为四化保驾护航我就放心了！

小段　呵呵，你对我们放心，我们对你可是不大放心。

志新　什么话……信不过我？"警民一家人"嘛！你瞧，不是一家人不入一家门。您这大老远来的，我也不会招待个人儿，——小张！（起身边说边向饭厅）沏茶上烟拿瓜子儿剥糖切西瓜……

小段　（喝道）回来！（志新一激灵，止步）我们又不是来做客的，用不着这么瞎忙活！我看你把我们想知道的说出来比什么都强。

志新　没问题！您想知道什么？别的本事没有，帮您破个案五的我还富余。

小段　那好，那先把你的 BP 机拿出来给我们看看。

志新	（忙掏）这个？满大街都是啊！您看……（递上，小段接，递给小宋）您慢点儿！您别给鼓捣坏了……
小宋	（向小段）就是这个！
小段	（向志新）这机器是你的么？
志新	多新鲜呀？不是我的还是……您的？
小段	你哪儿来的？
志新	买的呀！现在我可不会攒这个——多复杂呀……
小段	买的？！在哪儿买的？什么时候买的？
志新	这个，我忘了……
小段	呵呵，忘了？我就帮你回忆一下。这个机子三月十八号就卖出去了，可是买主不姓贾，姓李。
志新	对呀，它倒着倒着不就倒到我这儿来了嘛……
小段	你说：前天上午十一点至十一点半之间，你在什么地方？
志新	（回忆）……哦，我在银河公司胡总那儿……玩拱猪。哎哟，那叫背哟，那天我连着……
小段	在这期间，这个BP机的主人在家遭到了抢劫！
志新	嗯？
小段	他本人的头部挨了一砖头！
小宋	又挨了一闷棍！
小段	又挨了一榔头！
小宋	又挨了一斧子……
志新	哎哎哎……别挨了！那脑袋还能要么？
小段	现在事主正在医院抢救，尚未脱离危险。而本案最大的嫌疑犯——就是你！
志新	凭什么呀？！哦，就因为他这BP机在我……（说不下去）

小段　说吧！

志新　（镇定一下）看来，我不坦白这关是真过不去了！我真为我自己所犯的错误深感痛心……

小段　你先别忙着痛心呢！先说说这BP机的来路！

志新　这BP机确实不是我买的，它是我前天晚上在外边儿……捡的。

【上集完】

第12集　无线寻踪（下）

编　　剧：英　壮

客座明星：夏力薪　蔡　明　刘　斌　林　丛

〔时接上集，傅家客厅。

小段　……说说这BP机的来路！

志新　这BP机确实不是我买的，它是我前天晚上在外边儿……捡的。

小段　捡的？！呵呵，我说你小子手气不错呀！像我们这整天大街上溜达的，怎么捡不着啊？

志新　那……分是谁，我活三十来岁这也头一回。

小段　你还挺谦虚……哪儿捡的？

志新　就是在我们家楼下那个石桌儿底下。

小段　什么时间？

志新　大概是夜里一点多吧——我光顾捡东西，没顾上看表。

小段　现场有目击者么？

志新　没有。您想都夜里一点多了谁还跟外面溜达呀？那不是有病么！

小段　那你呢？

志新　我……不是出来考虑一些问题嘛！您看我也这个岁数了，也到了该有心事儿的年龄了。咱们警民一家，我想什么事儿不瞒您。其实我想的都是些小事儿——像咱们国家经济过热的现象，是不是该降温了？联合国今年财政预算，是不是又有缺口……

小段　什么？联合国的事儿也用得着你操心？人家联合国有秘书长呢！对不对？懂么你！（也想不起来，问小宋）那个秘书长……

小宋　加利。

小段　加利！

志新　啊对！小加，小加，这二年干得不错哈。所以说对他们这年轻人儿啊，咱就得放手……

小段　得得得，还来劲了是吧？你说，你捡着BP机以后打算怎么办来着当时？

志新　我说出来您就得批评我。我当时想啊：玩儿两天，再给失主送回去。您说我这思想觉悟跟雷锋比差距有多大呀！特别是刚才听您介绍，失主挨了歹徒的闷棍还在医院躺着呢，他现在多么需要这个BP机跟亲人取得联系！您二位来得正好，受累把这BP机还给失主，跟他说：别谢我，要谢就谢咱们伟大时代哺育了我这样的好青年……

小段　呸！还美得你了……我告诉你贾志新——这个BP机就是本市近来几起重大抢劫案的主要线索！我们既然找到了你，就不会轻易撒手！你可要想好了！

志新　那……那您也得给我个思想斗争的时间呀……

小段　行，那就给你一段儿时间，（从小宋手里接过一张纸，给志新）想好了打这个电话找我。时间不多，可得抓紧！

志新　行行行……

〔两警察起身。

志新　哎，我那BP机您还我呀……

小段　你不是手气不错么？上大街上再捡一个——这个没收了！（欲下）

志新　……哎，不拿群众一针一线，毛主席……我那意思就是您吃完饭再走多

好？待会儿吃饺子……（送二人下）

〔日，傅家客厅。

〔志新独自打电话。

志新 （向电话）喂，麻烦请呼1315，免贵姓贾，您跟她说："今晚八点钟老地方有要事商谈。"您最好替我呼个十遍八遍的……哎哎，再见！谢谢谢谢……（挂电话）

〔傅老抱打好包的棉被自里屋上。

傅老 哎，你还没让人家给你带走啊？和平还说让我给你送被子去呢……

志新 什么话！哪儿的事儿啊？人家警察同志找我是了解点儿情况。

傅老 你可越来越出息了啊！连警察都给我招家来了。

志新 那也得分来干什么。（掏烟，发现已空，扔）

傅老 来干什么？总不会来请你给他们上法制课吧？哼，听和平说，人家是为BP机的事。我看也是，（掏烟，烟盒拿在手中）你现在穷得连碗馄饨都买不起……

〔志新欲拿傅老手中的烟，失败。

傅老 你还买BP机呢？哼，还得说人家警察同志的觉悟高……

〔志新又欲拿烟，失败。

傅老 一眼就看出问题来了！你说昨天我怎么就没想到呢？

志新 爸，您别听风就是雨好不好？我要真有事儿人家警察还能让我跟这儿待着？早跟他们走了。那BP机我一不是偷的二不是抢的，我是捡的。我现在已经托警察赶紧给我寻找失主。您在家等着接表扬信吧！

傅老 不可能不可能不可能……（放下烟盒）

志新 （拿过烟盒，发现已空，愤然起身）怎么就不可能呢？！哦，合着好事儿搁我身上就不可能？那您养我这么大干嘛呀？您还不如打小就把我掐

140

死呢，省得我长大了祸国殃民……（怒下）

傅老　闹了半天你还挺委屈的啊？

〔晚，燕红咖啡屋。

〔志新坐，燕红站在旁边，拿瓶饮料在志新面前晃。

燕红　等谁呢等谁呢等谁呢？是不是又等那个嗯嗯……

志新　唉呀，我这儿烦着呢！（夺过饮料）

〔丽达上。

燕红　喊！哎哎，来了来了……（转身离开）

丽达　志新……哟，怎么了？你怎么迷迷瞪瞪的？小西服也脱了，小领带也解了，小眼睛也闭上了——你这是受谁的折磨了？

志新　还能有谁呀？你呀……

丽达　（坐）嘻……怨我怨我，谁想到我魅力这么大，把你给迷得五迷三道的！

志新　没错儿，我都迷瞪一整天了——你那BP机是好来的么？

丽达　怎么？倒不出去？

志新　出了，今儿上午出给俩生人了。

丽达　哎哟，行啊你，小眼睛！多少钱？

志新　人家光把货拿走，倒没朝我要钱。

丽达　多新鲜哪？你得朝他们要钱！

志新　谁敢哪？就是白送人家，我还落一身不是呢！

丽达　明抢？谁呀？找瓶呢？！

志新　警察——分局刑警队的。

丽达　（紧张，起身四下看）警察？你……你怎么把他们给招来了？

志新　嗨嗨嗨，你别紧张——这儿没有。

丽达　（强笑）我紧张？我紧张什么呀？我，我又没犯法……

志新　那什么才叫犯法呀？那BP机的主人横是没托您帮他倒机器吧？您那服装生意挺冒风险的啊？前天上午十一点到十一点半之间，是不是上人家里进货去了？

丽达　（凑上来）志新哥……

志新　别套瓷！我跟你划清界限。

丽达　我也是年轻幼稚上当受骗，你就忍心看我坠入火坑不拉我一把？你打算怎么把我发落？你是不是特想为民除害呀？（哭）

志新　我要真有这份儿决心，早就把警察直接领这儿来了……不管怎么说，你也是我亲妹子，还曾经为我铺过床……得！（起身）哥跟你一块儿去公安局，坦白从宽，争取个好态度……

丽达　（抓志新手哭诉）唉呀，我就是再从宽，也得在里头待二十年呢……等办完了出狱手续我就该办退休手续啦……

志新　那，那我在外边儿……等着你！

丽达　（翻脸）什么？你还想在外头？！你替我出手BP机，就已经犯了销赃罪，接着又隐瞒了机子的来路，犯了伪证罪，如今又给我通风报信儿……哼，咱们俩早就拴在一块儿了！

志新　（惊）怎么没经本人同意就把我发展进去了？

丽达　（又软下来）志新哥，原谅我这回，我下回不干了还不行么？真的，你看不出我也挺喜欢你的么？赶明儿咱俩合伙做正经生意，再合伙过正经日子，（倚到志新怀里）好不好？

志新　（慌忙推开）哎哎哎，那什么，现在有点儿晕……你在这桩抢劫案当中到底干了些什么？

丽达　也就是站岗放哨儿，起了点儿游击队的作用，正规军是杨子他们……

志新　杨子？

丽达　啊，就是我在旅馆当服务员那会儿认识的——你不是也见过么？

142

第12集　无线寻踪（下）

志新　我早看出那不是个东西！

丽达　对……（BP机响，掏出看）唉呀！（向吧台里的燕红）小姐，这儿有电话么？

燕红　没安呢！

志新　哎？燕红，这儿不是有么？

燕红　（没好气地）什么有！有什么有什么？！你们家有上你们家打去！

丽达　志新，你们家不就在旁边儿么？走，去你家打个电话，顺便见见你家里人，走走走……（拉起志新）

志新　行，我昨天倒是跟我们家人说了，说你长得跟天仙似的……

〔两人下。

〔时接前场，傅家客厅。

〔全家人看电视，困倦不已。志国关电视。志新、丽达上。

志新　哟，还没睡呢哈？我来介绍一下：这就是我常说的丽达小姐。

〔和平上前欲与丽达握手，丽达匆匆伸手去抓电话。志新替她握，被和平甩开。

和平　瞧瞧人家做生意的，多会抓紧时间！（向丽达）我给您沏杯茶去吧？

丽达　别忙嫂子，回头我自己来啊！（向电话）喂，请问哪位杨先生呼1315啊……对，是我……啊，在燕红咖啡屋附近……真的？！火车票买到了？太好了！（压低声音）风声很紧呀，你另约个地儿，我去取票。你呼我就行……哎，就这么着啊！（挂电话）

傅老　志新，你看，人家溜达小姐到咱们家……

和平　（纠正）丽达！

傅老　……事先你也不打个招呼嘛！

丽达　我们到别人家一般都不打招呼，怕给人添麻烦。

和平　您瞧我们都不知道，我们家里乱七八糟的都没归置，呵呵呵……

丽达　没什么，其实真乱的人家你们还没有见过呢。上回我们去一家啊，这一撬门……

傅老　什么？

丽达　……就是因为家里太乱了，老丢钥匙，所以只好天天撬门了。

和平　哟，那得多麻烦啊！

丽达　撬惯了也就不麻烦了，这一行就讲究心灵手巧……志新啊，能带我参观参观你们家吗？

和平　行啊，我带你去呀？

傅老　随便看，随便看……和平啊，领她到各屋都去转转！

和平　行嘞，先去您那屋啊。

〔志国也热情地跟上来。

和平　（向志国）有你什么事儿啊？回去！

〔晨，傅家饭厅。

〔志国、傅老、和平吃毕早餐。

志国　我——上班儿去了。（下）

傅老　和平啊，回头麻烦你帮我上银行去取儿百块钱，（从口袋里掏出个信封）然后再帮我去买两套女装——要高级一点的，新潮一点的，鲜艳一点的……

和平　（会错意）哎哟爸！我都快四十了，我穿不了那个啦，您……

傅老　不是给你的，是给别人的……

和平　给别……哦，我知道了，您瞅着志新那儿搞上对象了，您也不甘心，想就着这乱劲儿给自个儿也找个合适的？多大岁数儿了？我帮您参谋参谋啊？

傅老　二十出头的，长得不错的……哎，你想到哪里去了嘛！我这是要送给溜达姑娘的见面礼……

和平　您甭老"溜达""溜达"的成不成啊？

第12集 无线寻踪（下）

和平 / 傅老　丽达！

和平　哎，谢谢您！

傅老　上次人家送给我两个……那个什么真丝的……

〔和平比划三角裤的形状。志新上。

傅老　呵呵，我要送她就送给她好的。（看信封）我这里好像还有……哎？存折怎么没有啦？和平你是不是动啦？

和平　嘿，我动它干嘛呀？

〔志国急上。

志国　和平啊，你也忒不讲信用了！说好了这月工资归我支配，你怎么又都拿走了？

和平　谁都拿走啦？

志国　没都拿走——还剩一毛五，将够买份晚报的。

和平　嘿！你们可真够可以的！一大早上起来爸说我拿他存折了，你说我拿你工资了——我干嘛呀？我在你们家十几年，我今儿倒成贼了？！我给你们找去！……（下）

志新　哎！甭找了——我知道是怎么回事儿。

傅老　怎么回事儿？闹鬼啦？

志新　没错儿，还是一女鬼！

和平　（画外音）志国！志国……（拿一首饰盒急上）怎么回事儿啊？我那些耳环哪儿去了？你是不是拿着送别的女的了？！

志国　我送谁呀……

〔二人争吵。

志新　哎哎哎……我送的，我送的——我送给丽达小姐了！

和平　嘿！你……你送她我没意见啊！你送那溜达……

傅老　丽达！

· 145 ·

和平　你怎么也得经我同意吧？

志新　别说你没同意，连我都没同意！我找她去，等着。我找她去！（下）

〔时接前场，傅家客厅。

〔志新打电话。

志新　（向电话）喂喂，请急呼1315……免贵姓贾……不不不，我不姓贾，我姓杨，姓杨……不是没说清楚，是……我妈改嫁以后我随我妈那姓啦……这您就甭管了，姓杨……对，您就说："速来燕红咖啡厅取火车票。"……哎对，您给我呼二十遍！（挂，拿出一张纸，照着再拨电话）喂，是公安局刑警队吗？……对，我找段师傅！我是小贾……

〔日，燕红咖啡屋。

〔丽达一人坐等。志新上，猛拍丽达肩膀。

丽达　（一惊）你怎么来了，志新？

志新　给你送火车票，好让你溜啊。

丽达　是你呼的我？不是杨子啊？

志新　哼，我要不使点儿招儿能把你请出来吗？

〔丽达紧张观察四周。

志新　你甭想旁的事儿了啊，在学校我拿过短跑冠军，不信咱俩就赛赛？

丽达　信信信，我信……

〔燕红上前。

燕红　这位先生喝点儿什么呀？

志新　给我来一"八喜"冰激凌——我先去去火！

燕红　这位小姐呢？

志新　凉水。

· 146 ·

燕红　凉……凉水？

志新　凉水！

燕红　好嘞，我上后院儿自来水管子给你接去！（唱）"让我欢喜让我忧……"（下）

志新　咱俩聊聊吧？

丽达　唉，事到如今，我还有什么可聊的？本来打算跟你借点儿钱，远走高飞，出去躲两天风，怕你没钱又不好意思开口问家里要，就自作主张从你们家顺了点儿。事先没请示，事后没汇报，这是我组织纪律性不强的表现，我要做深刻的反省……

志新　哎哎……咱俩时间可不多啊！有什么心里的话赶紧奔外掏，如果能求得我的谅解，赶明儿逢年过节兴许我到里边看看你去。

丽达　我明白了，你，你好狠心啊……我还有逃脱的希望吗？

志新　恐怕是没有了——您自己回头看看。

〔刑警小段、小宋着便衣走近。

丽达　啊？你是说我身后这两个……是警察？

志新　刑警队的！你要能跑过他们，你就试试。

丽达　算了吧，我别试了！我要是有那本事，早就参加"七运会"女子短跑了——说不定这会儿还拿两块金牌呢……

志新　把该说的赶紧说啊，人家警察同志是看着我的面子，给你这最后几分钟——可不敢耽误人家正事儿啊！

丽达　事到如今我还有什么可说的？说我恨你吧，我太不忍心了；说我爱你吧，又太违心了。全怪我好吃懒做，落到今天这一步。进到里头，"懒做"是懒不了了——都得劳动改造，"好吃"这毛病兴许可以保留……对了，我赶紧告诉你我愿意吃什么，等以后你有机会进去看我想着给我带！

志新　行行……说，我记着。

丽达　饭，我比较喜欢吃西餐，日本餐也能将就，泰国饭和印尼饭截长补短地换换口味儿也可以，但总吃我可受不了……

志新　您放心，您进的是中国监狱，不能老让您吃印尼风味儿。（向两警察）您说是吧？

小宋　起来！

丽达　（乖乖站起）逢年过节的你想着给我带点儿应时当令的，什么端午节的粽子、八月十五的月饼、正月十五的元宵——不是稻香村的我可不吃——大年三十儿的饺子你得到沈阳的老边饺子馆儿……

志新　嗨嗨嗨……您是坐监狱还是坐月子呀？

丽达　还有呢……

志新　别有了！（向两警察）二位，麻烦您受累把这小姑奶奶给我带走吧！

小段　走走走……

〔小宋拉丽达向外走。

丽达　（转头，深情地）志新哥！

志新　（向两警察）您等会儿，（起身上前）她还有话跟我说。（期待地对丽达）说，说……

丽达　我说……这个……送饺子的时候，想着给我带点儿醋……

志新　嘻！

丽达　（一边被拖下一边喊）别忘了带点儿香油！

志新　行了行了……走！

〔燕红兴冲冲端一杯水上。

燕红　凉水来啦……哎，人呢？

〔志新拿起凉水一饮而尽。

【本集完】

第13集　奖券的诱惑（上）

编　　剧：英　壮

客座明星：蔡　明　张　瞳　金雅琴　张世瑞

〔傍晚，楼下小花园。

〔傅老、郑老唱京剧，燕红、志新及几位邻居在座。二老唱毕，燕红喊好。

志新　（松了一口气）哎哟喂！总算是唱完啦……燕红啊，要说还是你爸比我爸唱得好！

燕红　挤兑谁呢？你爸唱得才好呢！

志新　你爸好！

燕红　你爸好！

傅老/郑老　什么？他比我唱得好？哼！

〔志国上。

志国　志新呀！你说你嫂子一早晨出去买东西，怎么到现在还没回来呀？

志新　我哪儿知道哇？你得说她去哪儿了，买什么去了？

志国　问题就是啊，她没有什么具体目的，只是说出去转转，转的地方倒是也不多……

志新　都哪儿啊？

志国　燕莎、蓝岛、赛特、长安，然后再到城乡转个弯儿……

志新　还不多哪？赶紧报警吧，估计嫂子是跑丢了。这天儿马上就黑下来了，拍花子的一出来可就麻烦了——咱嫂子长那么漂亮……

志国　是啊，和平自小迷糊，今儿又没带着圆圆一块儿去，没孩子领路她弄不好还真得迷了路……

〔圆圆上。

圆圆　爸爸爸！给我两块钱！

志国　还要钱呢！你妈都丢了！走，赶紧跟我找去吧……

圆圆　不可能！我把咱家地址电话都缝我妈衣襟儿上了——这么大人还能丢？快给我钱！别一听说要钱就用各种理由推三阻四的！

志国　那你又要钱干什么呀？（掏钱）

圆圆　学校开展"建设基金有奖募捐"——（一把抢过）每人两块。（下）

志国　有奖募捐？这不是巧立名目吗？中奖跟募捐这本身就是水火不相容的两个概念……

〔余大妈上。

余大妈　哈，大伙儿都在啊？

傅老　什么事儿，小余？

余大妈　（大声）广大的住户同志们——

志新　没几个人儿，您就说吧！

余大妈　咱们有个事儿跟大伙儿传达一下：从这个月开始啊，把各种形式不合理的摊派改为合理的有奖收费！一人一块，月底开奖。清洁费、卫生费什么的就不另交了啊！（向众人）交钱，交钱……

志新　（指傅老）找他。

余大妈　你们家六口儿。

〔傅老掏钱。

第13集　奖券的诱惑（上）

燕红　（拉郑老，故意大声）哎哟，这蚊子哟！爸，快回家快回家……哎哟，蚊子……（拉郑老下）

余大妈　老郑，别走啊！老郑，你还没交钱哪……（追下）

志新　有奖收费？头回听说。

傅老　这个问题是应该引起足够的重视。奖券这个东西的本质其实就是旧社会上海滩的那个彩票嘛！跟跑马呀、赛狗呀没有什么两样，是变相的赌博，鼓励的就是一本万利、不劳而获的思想——就是培养寄生虫嘛！

〔和平提几个购物袋，气喘吁吁上。民警小许手提购物袋跟上。

和平　赶紧的赶紧的……

志国　哎哟你可回来了！还是让人给送回来的吧？赶紧谢谢警察叔叔……

和平　什么呀！这是咱片儿警小许。看我拿东西忒多，在胡同口儿帮我提搂回来的……（向小许）进屋坐会儿吧？

〔小许推辞，下。

志国　谢谢你啊……

和平　走啦？那多谢你啊！小许这人真不错……

志国　你又给自己买这么多东西？

和平　你喜欢啊？你喜欢给你！

志国　真的？那我看看什么好东西——（挨个儿翻手提袋）手纸……还是手纸……又是手纸……都是手纸？你买这么多这东西……我说什么来着？昨儿不让你吃那么多生黄瓜吧？又闹肚子了吧？

和平　说什么呢你？（向傅老）爸您听他说什么呢！胡说八道什么呀……

傅老　和平啊，我也正想跟你谈这件事——咱们家以后是不是不要买这种牌子的手纸啦？这哪里叫手纸啊，简直就是砂纸嘛！像我这把年纪的人，每次启用之前，都得做起码十分钟的软化处理……原来买的那些好不容易刚把它用完，你看这……又续上了嘛！

· 151 ·

志新　什么？用完了？！那是您！我那儿还一大衣柜呢。(看手纸)都是这个……哎对，没错儿——"金刚砂"牌儿的手纸！都是我嫂子在我那儿囤积的。我说嫂子，就说这便宜，也不能这么抢购啊！

和平　说什么呢？说什么呢？便宜？这比别的手纸还贵呢！

众人　那你买它干嘛呀？……有病么……

和平　干嘛？（从包中掏出一堆纸片）哼，瞅瞅，瞅瞅，这是什么？奖券儿！现在各大商场都在弄"金刚砂"牌手纸有奖销售。瞅瞅，别弄坏了啊，还得查号呢……

〔晚，傅家客厅。

〔志新在看电视球赛直播，表情紧张。众人陆续上。志国欲换台。

志新　（拦，向各位作揖）哎哎……大叔大婶儿！求求你们了！本届四强赛最后一场比赛，中国队生死存亡就这一哆嗦了……

傅老　如果是这样的话，我同意牺牲《今晚我们相识》的节目——还是要爱国嘛！我们应该把这场决赛看到底……

志新　谁说是决赛了？最后一场不假，是中国队跟朝鲜队争夺三四名。

和平　那还至于那么上心啊？

志新　（盯着电视）嘘……朝鲜队上来啦！

〔众人聚精会神。电视里传出解说员的声音，中国队化险为夷。众人欣喜放松，志新不满。

志新　今儿这中国队邪了！

傅老　踢得好！大长民族志气、大扬国家威风嘛！

志国　今天中国队还真是踢出了风格，打出了水平啊？以往常犯的像什么"带球撞人"啊、"三秒违例"啊、"持球"啊这些毛病都没有犯嘛！

和平　早知道足球这么好看，谁看什么港台破电视剧呀？

第13集 奖券的诱惑（上）

志新　那可不一定……

〔电视里解说员的声音显示比赛更加紧张。

志新　加油！加油！

众人　（齐声，有节奏地）中国队，加油！中国队，加油！……

志新　（急）朝鲜队加油！朝鲜队加油！……

〔众人惊讶不解。中国队进球，众人兴奋欢呼。志新沮丧，上前关掉电视。

众人　（不满）没完呢，怎么关了……

志新　二比零了还没完呀？这就算彻底完蛋了，没戏了！

和平　中国队不是赢了嘛？

志新　说的就是啊：中国队愣赢了！怎么可能呢？怎么可以呀？怎么档子事儿呀？今儿晚上中国队发挥太失常了！气死我了！我恨不得把这电视给它砸喽！

和平　哎哎！平时中国队输了你要砸电视，怎么中国队赢了你也砸电视啊？

志国　要这么着咱这台电视看来死活是保不住了……

傅老　（拍案而起）贾志新！你是站在谁那儿说话呢？你站在什么立场上嘛！你像一个有三十年国龄的炎黄子孙吗？！

志新　您说的这些我都知道！我也是个狭隘的爱国主义者，我也是龙的传人血气方刚！关键是中国队今儿赢的不是时候！

傅老　怎么不是时候？

志国　这场再不赢中国队成最后一名了！

志新　它赢了我就成最后一名了！

傅老　什么意思啊？

志新　（掏出一张彩票）你瞧瞧，"四强足球赛有奖竞猜"！根据我多年的经验，中国队我预测是第四名。你说今儿这中国队早不赢晚不赢，它故意这场赢……我这头等奖录像机就算没戏了！

傅老　那也不能当汉奸嘛!

志国　志新啊,你说你多少也算读过几年书……

和平　哎!

志国　跟你嫂子还是有区别的嘛……

和平　啊?!

志国　你怎么也干这种事情啊?中奖本身就是个低概率事件,可能性微乎其微,这点儿常识你都没有?和平买奖券儿已经令人齿冷,而你却为不中而痛不欲生,真真羞煞天下读书郎啊!

和平　唉呀,一块钱一张,有什么损失啊?

志新　什么?一张?哼!(从兜里掏出两大把彩票)我把我全部的积蓄全押在这儿啦!……(把彩票抛向空中)我不活了我!(哀号)让我去吧——该赢的时候你不赢,不该赢你逞什么能啊……(跌跌撞撞下)

傅老　神经病!

〔日,外景。

〔志国抱一大摞书从图书馆走出。

〔傍晚,傅家客厅。

〔圆圆上,将一份报纸放在茶几上。

圆圆　爷爷!晚报来啦!

傅老　(画外音)哎!

〔圆圆下。志国自饭厅蹿出,迅速从报纸上剪下一块后溜回饭厅。

傅老　(自里屋上)晚报来啦……(拿起报纸,发现问题,大喊)这是谁干的?!不像话,搞什么搞!谁手这么欠?!坦白从宽啊!

〔和平提菜篮子哼小曲上。

第 13 集 奖券的诱惑（上）

傅老　和平，这是不是你干的？

和平　哟，您瞅像我呀？我刚买菜回来。

〔时接前场，傅家饭厅。

〔镜头随和平进入饭厅。饭桌上一堆书刊资料及片片剪下的报纸，志国坐在桌前冥思苦想。

和平　嚄，又把单位活儿拿家干来啦？现在提级调薪都得靠真才实学，挨家办公那套不时兴了！

志国　我这不是办公，我是利用业余时间学习学习，提高提高，充实一下自己。

和平　嗯，费这么大牛劲？还充实自己？

志国　艺无止境嘛，学海无涯嘛，书到用时方恨少嘛——你说一道小小的选择题怎么搞得这么难呢……

和平　我瞅瞅你鼓捣什么呢……（抢过报纸，念）"'嘟嘟'牌有奖……有奖问答"？（阴阳怪气）哟，贾君志国先生，超凡脱俗的学人，怎么也弄上奖券儿这道儿了？嗯？

志国　我坚决反对你这种说法！（拿过报纸，念）"'嘟嘟'牌有奖问答，集知识性趣味性于一体。"

和平　哦，一体！

志国　（念）"有扩展知识、增强智力之作用。"

和平　哦，之作用！

志国　（念）"陶冶情操、美化心灵之功效。"

和平　之功效！

志国　（念）"只有答对题方可入选抽奖。"岂是你那撞大运的奖券儿可比拟的？

和平　什么奖品呢？

志国　三等奖——一袋儿"嘟嘟"牌方便面。

和平　二等奖？

志国　一箱"嘟嘟"牌方便面。

和平　一等奖？

志国　一车"嘟嘟"牌方便面。

和平　值！咱俩一块儿答。（念）"指出'嘟嘟'牌方便面的正确用途：一，快餐食品。二，杀虫农药。三，建筑材料。"——这也忒容易了吧？谁拿方便面当砖砌墙使啊？

志国　这道题是容易点儿，难的在后边呢！

和平　（念）"指出'嘟嘟'牌方便面的正确特点：一，吃了就饱。二，越吃越饿。三，有剧毒。"这不废话么？

志国　最难的是最后一题。

和平　哦哦。（念）"指出下列方便面中哪一种目前最受用户喜爱：一，'康师傅'。二，'统一'牌。三，'嘟嘟'牌。"

志国　唉呀，这方面的统计就很难搞喽！我这几天跑了国家统计局、贸易部粮油司、食品研究所、《经济半小时》——都没有这方面儿的确切数据！

〔圆圆上。

志国　据国内贸易部的同志讲呢，这方面的准确数据要到年底才能够统计出来……急死我啦！

圆圆　嘻，这题还不容易？（动手就填）

志国　嗨嗨……你知道哪种方便面最受欢迎么？

和平　是啊，你知道么你？

圆圆　那当然，"嘟嘟"牌呗！

志国　你经过市场调查了么就乱答题呀？

圆圆　不用调查。这个"'嘟嘟'杯有奖问答"是哪个厂家办的？

和平　"嘟嘟"哇。

圆圆　给谁做广告？

和平／志国　"嘟嘟"哇。

圆圆　填别的牌子人家还能让您得奖？什么事儿都不动动脑子！

和平　哟，可不嘛？哪儿有赔本儿替别人赚吆喝的呀？我女儿——天才！

圆圆　（教训口吻）做题嘛，首先要审题。

和平　哎，得审题！

圆圆　然后再看看是否有约分通分、合并同类项、提取公因数之类的化简方法。

和平　哎，化简方法！

圆圆　一味地傻做，是做不出来的！

和平　哎，做不出来的！这人……

志国　圆圆批评得对呀！离开学校以后，很久没有听到这样一针见血的批评了。
　　　对，就答"嘟嘟"牌，保准得奖！

圆圆　（看报纸）得不了啦！光顾剪报也不看看截止日期——上个礼拜就过了！

和平　哟，二号就过啦？

傅老　（上）好哇，闹了半天是你们干的？！

和平／圆圆　（指志国）他，他……（溜下）

〔晚，楼下小花园。

〔志新、燕红、郑老闲坐。志国上，焦急地来回溜达。

志新　（给燕红看手相）……你这手纹够乱的，要嫁人只能嫁给邻居。

燕红　邻居没有没结婚的了。

志新　我呀……

志国　志新呀，你说你嫂子怎么还没回来呀？

志新　我哪儿知……你怎么老问我呀？是不是又满城采购那个"金刚砂"牌儿

的手纸去了？

志国　不是不是，她买报纸去啦！有奖销售今天开奖，号码儿登在《百业报》第一版上。

〔圆圆上。

志新　哎哟，还真以为能中呢？圆圆，你们上回那有奖募捐你中了么？

圆圆　没有，我们班只有扣子一人儿中了。

志国　你看看人家孩子这福气！得的什么奖品啊？

圆圆　一块儿香橡皮。

众人　嗐！

志国　这不是蒙小孩儿么……

志新　你以为呢？小凡她们同宿舍那同学叫沈旭佳，花三十块钱买了奖券，得一"热得快"，在学校没使两天让人给没收了——倒罚二十。哪儿那么好的奖品就让你得着了？

傅老　（背手上）说话也不能太绝对嘛！怎么不能得着？你们看我不就得着了吗？（抬手，亮出一个手提袋）

志新　爸！您不是不买奖券儿么？

傅老　思想不能僵化。既然国家政策允许，必是四化建设需要，我们不支持谁支持啊？而且这不是什么彩票嘛，这叫作"有奖福利"！

志新　听说过听说过，专门儿蒙你们这些老头儿老太太的！

傅老　不会吧？

燕红　傅伯伯，您中的几等奖啊？

傅老　八等奖。

众人　嗐！

傅老　奖品不在多少，主要是我们老一代人对社会福利事业的一片心意嘛。

众人　得的什么奖啊……给我们看看啊……

第 13 集　奖券的诱惑（上）

傅老　（拦）奖品不太理想，不看也罢……

众人　看看嘛……高兴高兴……

〔志新拿过袋子，掏出一卷手纸。

志新　哟，还是"金刚砂"牌儿手纸……

〔和平上，满脸紧张。

志国　哟，回来啦！报纸买了么？

和平　买了……

志国　中了吗？

和平　没敢瞅……

志新　嘻！（拿过报纸）你要能中奖，我把这卷手纸给吃喽！

〔和平掏出一摞彩票，准备。

志新　来我给你念念啊。（读报纸）"头等奖一名：三居室住房一套。"

和平　啊？

志新　别紧张，别紧张，要是朝向不好、交通不便咱还不去呢！

和平　你赶紧着吧……

志新　幸运号码是——（读报纸）"0608250"——中了么？

和平　（细查手中彩票）……没有。

志新　别泄气啊！还有二等奖，奥运银牌一样光荣。（读报纸）"二等奖是：夏利轿车一辆。"现在上牌子特别难，考本子就更难了！你说你不要什么他偏给你什么……

和平　哎哎你赶紧的成吧……

〔众人催。

志新　哦哦，号码啊……二等奖这号码是——（读报纸）"2300763"——中了么？

和平　（细查手中彩票）……没有。

志新　重要的在于参与！还有三等奖，三等奖也非同小可。（读报纸）"香港七日游！"这还真麻烦了，还得现学广东话，你到了香港，像我嫂子这跑丢了，跟香港警察叔叔"顶拱顶拱"说不清楚……

〔众人催。

志新　对对对，三等奖这号码是——（读报纸）"7006070"——还没中么？

和平　中了……

〔众人惊，围拢上前。

和平　7006070——我中啦！

〔众人惊喜不已。

燕红　（对志新）请吧，祝你好胃口！（将手纸向志新嘴里塞）

【上集完】

第14集　奖券的诱惑（下）

编　　剧：英　壮

客座明星：王奎荣　金雅琴　孟　瑾　原　华　郭　涛

〔日，傅家客厅。

〔和平对着录音机学粤语。傅老上。

傅老　和平啊，你这个日本话学得……进步很快嘛！

和平　（港普）哇，有没有搞错啊？这是广东话，不是日本话啦！香港人统统讲这个话的……你的明白？

傅老　听着还是有点儿耳熟。一九四五年抗日战争，那会儿在北平沦陷区……

和平　哎哎爸，您说我这是不是有点儿像乔装改扮的女地下工作者？

傅老　不像，倒有点儿像日本口儿没有学好的满洲歌女。

〔志国抱一摞书上。傅老下。

和平　你怎么才回来呀？等你这儿学粤语呢。你再表现这么不好，我不带你去了，带家属我就带我妈去了，啊？

志国　（港普）有没有搞错哟！搞这么多书很费时间的咧！

和平　（港普）哇，你都买了什么书噢？（一本本看）哦，《香港风情》啦、《香港指南》啦、《香港经济》《香港旅游》《香港小姐风采》……你什么意思啊？

志国　我怕到那儿以后上坏女人的当……

和平　你放心，有我跟着你呢！赶紧学。（拿过一本粤语教程书，念）"洒洒水"——

志国　"唖么嘴"——

和平　谁跟你这儿唖么嘴呀？"洒水"——

志国　"桑髓……嘴……"

和平　"麻麻逮"——

志国　"妈妈的……"

和平　别骂人成不成啊？

志国　我干脆还是把英语捡起来得了，总比学这个好学点儿……

傅老　（上）我说你们两个啊，语言关要过，其他的工作也不能放松嘛！你们那个出境手续办得怎么样啦？

和平　哎哟，我还真给忘了嘿！（起身找电话号码）

傅老　同志们！你们这次出境，任务是很艰巨的，要把它当作我们家头等的大事来抓。你们看看是不是由我亲自挂帅，成立一个什么班子……

志国　爸，您就别这儿添……您就顾问一下就行啦！

傅老　依我看，首先要跟厂家联系。

志国　联系过了。这个"费丽丝"卫生纸厂说呀……

傅老　费丽丝？就是那个"金刚砂"牌手纸……

志国　啊对！

傅老　我说怎么撕起来那么费劲儿呢——"费力撕"嘛。

志国　他们说，他们只管出钱，中奖的事儿得找全国卫生纸协会联系。"纸协"的同志说呢，他们只管印奖券儿，中奖以后兑奖的事儿得找"百业报社"……

第14集 奖券的诱惑（下）

和平　（打电话）喂，"百业报社"吗？哎，我找尤主编……我就是和平，哟，对对对！同喜同喜！我跟您说呀，我就想问问这办手续的事儿……哎哎，您告诉我地址？等一下儿啊，我拿个笔啊……

〔志国慌乱找笔。

和平　（向志国）你赶紧的呀！（接过笔，向电话）您说吧！（记录）啊……噢……噢……

〔日，外景。

〔志国、和平骑车来到一处四合院门口。门口左右两块牌子分别写着"家庭纠纷调解中心"和"北京百业报社"。和平用手提袋提着一袋手纸，与志国一起走进。

〔日，百业报社。

〔一位大妈正为一对小夫妻进行矛盾调解。

大妈　……不是我偏向女同志说你，家庭当中，夫妻之间发生什么事情，男同志也不能动手打人啊！

妻子　就是！

大妈　你看看，你小爱人身体这么弱不禁风的，你要把她打坏了可怎么好啊？

妻子　不不！不是他打我……（向丈夫）哼，你敢打我么？反了你了！（向大妈）是他趁着我不在的时候——勾搭小女孩！

大妈　（耳背）哦，他打牌呀？打牌可不好！耽误工作不说，要是警察……

妻子　不是，他勾引小保姆！

大妈　哦，警察来抓赌啊？唉呀，我说什么来着？是不是……

妻子　什么呀！……她才十七八！

大妈　哦，他打"二四八"？那太大了，你要玩儿就玩儿那个"幺二四分"的

· 163 ·

　　　　　大包庄啊……

妻子　你真是打岔！

大妈　哎哟，还要打架？这可就不好了！赌钱不好，他可以改呀！当年我们那老头子就是由赌钱改成抽大烟了嘛……

　　〔志国、和平上。

和平　大妈，我跟您问问……

大妈　你们来啦！请坐请坐，等一等啊，我们有个先来后到。我这一对儿一对儿解决……

　　〔志国、和平坐在一旁。

大妈　……哎？我说到哪儿了？

丈夫　（起身）抽大烟！（向妻子）我说咱们还是回去私了吧！我真没……得得得，我豁出去，再跪一回暖气片儿行不行？

妻子　（起身）我谅你也有这贼心没这贼胆儿！好啊，今天碰了这么个"真聋天子"啊！好吧……

　　〔丈夫搂妻子下。

大妈　（向和平、志国）呵呵，你们看看：我们的工作怎么样啊？从我们这儿出去的都是这个劲头儿！我们这儿有一个口号，叫作"哭哭啼啼上这儿来，嘻嘻哈哈回家去"！你们两人怎么样啊？你们说说吧……

和平　我们是来问问办手续的事儿……

大妈　我们这儿得先进行调解，实在是感情破裂了，没办法挽回了，那才考虑离。（指和平）是你先提出来的吧？

和平　不是……

志国　我们啊……

大妈　（指志国）是你见异思迁？

志国　哎对……不不，也不是！我们不是来离婚的，我们是来领奖的。

· 164 ·

大妈　哦，早说呀——领养，是不是？按照政策，凡是不能生育的夫妇都可以领养一个孩子……

志国　不是领养，是领奖——三等奖！

大妈　赡养啊？每一个公民都有赡养的义务，抱的孩子也有这个义务，这个你们放心。你们是预备领养一个……

〔和平把带来的一袋手纸放在大妈面前，大妈终于领会，大笑。

和平　（向志国）明白了，她明白了……

大妈　哈哈……早拿出来呀！省多少事儿啊……（笑容一收）这事儿我们不管，得找那个《百业报》的人办事儿。

和平　（凑近喊）在哪儿呀？！

大妈　（也喊）就在这儿啊！五点以前是我们调解中心办公，五点以后啊，是他们！（看手表）哎哟，该换班儿了。

〔《百业报》尤主编上。

大妈　哎小尤，小尤，你看看……（低声）有两个找你算账的！

〔尤主编夺门要逃，被和平拉住。

和平　……尤主编，尤主编，这位大妈她弄错了，我们不是找您算账的，我们是找您领奖的。

尤主编　领奖？……还不如找我算账呢！

大妈　我说什么来着？就你们倒腾这个缺德的手纸，早晚得有人把你们告到法院去！（向和平）还送我两卷儿让我回家用去——害得我们那老头儿都犯痔疮了，孩子一不小心真刺手！（欲下，转身把那袋手纸提上）

尤主编　哎哎……那您还拿这干嘛呀？这不是说明了它深受群众欢迎吗？

大妈　（笑）锅底儿糊了拿它一擦，锃亮！比铁刷子还管用呢！（下）

尤主编　（坐，对和平干笑）呵呵呵……您就是和平同志？

和平　（站起）哎！正是在下。

尤主编　请坐。

和平　（坐下）谢谢您。

尤主编　中的三等奖？

和平　（站起）哎对对对……

尤主编　请坐。

和平　（坐）谢谢您。

尤主编　企图去香港？

和平　哎哟做梦都想去呢……这不是恰巧中一"七日游"么！嘻，随便一弄还中了……

尤主编　证件都拿齐了么？

和平　带着呢。

尤主编　不见得吧……奖券儿呢？

和平　这儿呢……（递上）

尤主编　身份证？

和平　这个……（递上）

尤主编　（面露不快）工作证？

和平　哎……（递上）

尤主编　购物发票？

　　〔和平递上。

尤主编　商品呢？

和平　啊？

尤主编　（四下寻找，不见，喜）哈哈……所购商品没带？

和平　刚才那大妈拿回去擦锅底去了——铁刷子……

尤主编　（怒）呵，就是说你们铁了心要去香港？打算是一条道儿走到黑，不撞南墙不回头，我们是怎么拦也拦不住，是不是？

第14集　奖券的诱惑（下）

和平　哟，您这是怎么说话呢？不是我们非得去，是您这奖非让我们去！

尤主编　当然，这也难怪嘛。香港嘛，经济发达、物质丰富、购物天堂……我们这儿要有个名额也得打破脑袋，可是哪儿有那么多容易的事儿啊……

志国　尤主编，您的意思是说出境手续不好办？

尤主编　倒也没什么不好办的——世上无难事，只要肯登攀！反正退了休以后也没什么事儿干——慢慢儿办吧！

和平　我离退休还早着呢，我三十八岁，我没什么皱纹儿……

尤主编　但恐怕办完了也就差不多……这样好啊，踏踏实实地玩儿，省着惦记着单位的工作。

和平　哟，什么手续呀这么难办呢？

尤主编　（清清嗓子，严肃）那好，现在我代表本社，向同志们介绍一下"香港七日游"暂时办理手续。规定——（从抽屉里找出一份文件）

和平　我拿东西记一下……（找纸笔）这借我用用吧？

尤主编　好的好的……

和平　（拿笔）哟，这不出水儿还弄我一手……（又让志国换一支）

尤主编　首先，要将你们每个人以下的证件一式八份地报到我处。计有：身份证、工作证、户口本、结婚证、毕业证、职称证书、工会会员证、购粮本、副食本……

和平　那购粮本儿取消了。

尤主编　带着没坏处！万一到了香港有什么用呢，是吧？

和平　哦！（向志国）香港还用粮本儿呢？

尤主编　第二，交照片儿。计有：护照像每人十张，标准照每人十二张，免冠全身照每人十五张，男持鲜花、女披婚纱结婚登记照十八张——一律要近照……

志国　尤主编，别的都好办，这结婚照我们实在没有近照。

尤主编　哦，最近没结婚啊？

志国　谁没事儿老结婚玩儿啊？

尤主编　（低声）那就再结一次！啊……

和平　尤主编！我们这儿还没去香港呢，您怎么就跟我爱人灌输资产阶级思想，喜新厌旧啊？

尤主编　你看你这位同志！着什么急嘛？他结婚也不换别人儿啊——还是你呀！

志国　您就说补张结婚照不得了么？您搞这么复杂干什么呀？

尤主编　不复杂，这是最简单的。那复杂的是还要办各种证明啊。你听一下——要办理本单位的"文明个人"证明，派出所的"遵纪守法"证明，街道的"五好家庭"证明，医院的体格检查证明，以及学校的成绩优良证明。还有市容的、卫生的、工商的、税务的、扫黄办的、打假办的、综合治理的、计划生育的等等等等——你说哪一条不得十天半个月呀？

和平　（向志国）哎哟我头晕……

志国　要提高信心！（向尤主编）办好这些也就差不多了吧？

尤主编　差不多？这还没开始办理出境部分呢。去香港旅游要持旅游护照，跟随某个旅游团前往，护照则需该旅行社负责办理。

和平　是是。有了护照就齐活了吧？

尤主编　齐活呀——还有签证这关呢？

和平　哦，对！得人家签……

尤主编　签证啊，那得需要人家英国领事馆说了算！

和平　是是是，外国人签。

尤主编　办得了办不了那是另外一回事儿！眼看这个形势……我看今年是肯定没戏了！明年……也有点儿悬！九五年好一些，好一些……九六……干

第14集 奖券的诱惑（下）

　　　　脆，慎到九七年！香港回归祖国再去，那不就简单了？办个边境证——
　　　　就跟去深圳，珠海似的。

和平　　好，改出差了！

志国　　那您这意思，我们这奖合着白中了？

尤主编　你不要着急嘛，你得等我把话说完……我们考虑到有些人的实际困难，
　　　　我们主办单位特决定：凡是自动地放弃"香港七日游"的，可以得到一
　　　　笔巨额奖金。估计上……万元吧！

和平　　……（向志国）那也行啊，咱拿了钱去趟九寨沟——还不用学粤语啦！

志国　　对！

尤主编　好，我马上上报我们的社领导，赶快把这笔奖金批下来，一次性地发
　　　　给你们！（扭身拿出一份文件）不过你们要在我这个文件上签上个字，
　　　　放弃去香港的企图……（将文件放到志国和平面前）

志国　　（犹豫，向和平）签么？

和平　　签！大不了少玩儿一趟，又不是杨白劳卖闺女——（小声）一万块钱呢！

志国　　我就怕是个丧权辱国的条约……（签字）

　　　　〔日，傅家客厅。
　　　　〔志国在写东西，和平自里屋上。

和平　　志国，你做这预算不成啊！

志国　　怎么了？有什么不行的？

和平　　归了包堆就是——心还不够狠，手还不够辣，血还不够多，头还不够大！

志国　　再大？再大这一万块钱打不住了！

和平　　一万？小报上登我中大奖两万，香港半月游！出这么点儿血能过得了关
　　　　么？我们单位传的是我中大奖三万，香港一月游！请客撮饭能少得了
　　　　哇？圆圆她们学校传的是我中大奖五万，香港半年游！让捐二百套图

书还算多么？还有什么纸协热线、爱心抽奖、扶贫认购……就差街道没要钱了！

〔门铃响，和平一惊。

余大妈　（画外音）和平在家么？

和平　我……我不在！（起身欲溜）

〔余大妈上。

和平　（装病）哎哟……大妈，我头疼，得赶紧上医院去……

余大妈　和平，你不用紧张，大妈不是来找你收钱的！

和平　……这头也怪了，一下儿不疼了！您赶紧坐这儿。

余大妈　我是特地登门来表彰你公公的！这老同志就是不一样，关键时刻不一样就是不一样……

志国　哟，我爸他……又干什么了？

余大妈　咱们这不是为了方便群众的生活，解决目前自行车被盗成风的问题，居委会准备盖一个车棚，采取大伙儿自愿捐献——你爸一看，二话没说，就往那认捐表上填了五百！

志国　啊？他哪儿来这么多钱啊？

余大妈　嘿嘿，这群众眼睛是雪亮的呀。谁不知道你得了大奖十万块，要移民到香港？

〔和平欲倒，被志国扶住。

余大妈　我们充分估计到你们年轻人越有越抠儿的心态，肯定不会轻易开牙，就决定先从薄弱环节下手，结果这一下就从老一辈儿那打破缺口儿了！哈哈……

和平　余大妈，这钱我一准儿给您——我挨不起这骂。这样得了，等我钱到手了我麻利儿给您送去！

余大妈　行！跑得了和尚跑不了庙，有你们这句话我心里就踏实了。

第 14 集　奖券的诱惑（下）

和平　您踏踏实实的！

余大妈　我这就到老郑家里去——老郑那个郑燕红开着咖啡厅，大把地赚钱，这回不出血可不行！好，你们忙着啊……

志国　您走了？

〔余大妈下。

志国　和平啊，这得算预算外拨款吧？

〔日，百业报社。

〔和平、尤主编在座。

尤主编　……奖金的事情我们研究过了。同志们一致认为：和平同志深明大义、为国分忧，毅然放弃了"香港七日游"，应该给予重奖！（与和平握手）

和平　瞧同志们说的！这是我应该做的……

尤主编　其爱人贾志国同志也是如此啊——不过这个奖金就免了啊！

和平　哎！这也是他应该……免了？我们中的是双人游啊？

尤主编　这里容我代表本社向你解释一下：当初之所以搞双人游，我们就考虑到中奖者到那边去人地两生、举目无亲、环境险恶、敌情复杂……万一有个三长两短的，得有个人回来报信儿啊，对不对？现在你们既然决定不去了呢，那您爱人的资格也就自然取消了。

和平　为什么呀？

尤主编　这是规定啊！不能因为您，我们搞特殊化呀！再说您一个人得的奖金也不少啦。

和平　多少啊？

尤主编　根据"香港七日游"的平均费用，最高标准是八千元，最低标准是五千元……

和平　哦，我这是哪个呀？

尤主编　你说像咱们搞这么大一个活动,咱们的标准那……那肯定是最低标准了。

和平　那是为什么呀?

尤主编　这是规定啊!工作上要高标准,生活上要低标准。

和平　……(无奈)行啊,五千也不少了!

尤主编　哎,您这话就算说着了!那多数没中奖的人气愤地说:不少啦!是啊,所以领导根据群众的反映,把奖金改成了四千元!

和平　那为什么啊?

尤主编／和平　这是规定啊!

尤主编　实话告诉你吧,按照规定,凡是自愿放弃者,奖励也就自行作废了,不发奖金也是合法的呀!

和平　别价呀——好歹也四千块钱呢。

尤主编　对嘛!而且还是港币。

和平　哟,港币呀?港币跟人民币比值1.1都偏高呢……

尤主编　哎哎,您说的可是黑市啊!我们可是遵纪守法,按照国家的外汇牌价。

和平　您怎么个换法儿啊?

尤主编　这得算……我看一下啊!

和平　哎,您给我算算。

尤主编　不要着急,我看一下……(找出一张报纸,拿过计算器,一边念叨一边按)你看——今日东京外汇牌价……兑换成日元……兑换成美金……美金再兑换成英镑、荷兰盾、马克、法郎、越南盾……一个货币单位……您这是四千块是吧?大概齐、差不离、咱们去掉整儿再不要零儿……干脆,给您三千块人民币!

和平　您那么一按,就变三千了?这样得了,您把那港币给我,我找人换去!

尤主编　不,港币不能给你!那得有外汇指标啊,而且要持护照才能领啊——这也是规定啊!

第14集 奖券的诱惑（下）

和平　我要有护照还挨您这儿磨牙么？……行啊，三千反正也白来的，掏钱吧您哪！

尤主编　你有没有搞错呀？我们这儿的付款方式是支票……

和平　您这不是成心不让我使么？

尤主编　我得跟您说一声。是这样的：深受您喜爱的"费丽丝"手纸厂的财会制度是非常严格的，奖金是不能用现金下账的，不过可以通过我们本社的账号把您那张支票兑换成现金。

和平　哎，您受累！

尤主编　不过得通知您——要扣百分之十五的手续费。

和平　啊得，少了四百五……（拿过计算器）

尤主编　还剩下两千五百五十——您还不能全部拿走……

和平　哦，您还得留下买路钱？

尤主编　不是。根据我国的税法，我们得替您交上百分之二十的个人收入调节税，然后给您的是税后款。

和平　（算）得——还剩两千零四十。

尤主编　（自语）怎么还剩那么多呀？！

和平　啊？

尤主编　不是……我是说我还有好几项规定没跟您说。（找出几张纸）哦对，是这个……注意听：按照规定，该奖金的百分之十，扣作"中华金刚砂基金会"专项基金，用以资助下一届中奖者；另外扣除百分之八作义务认捐，用以鼓励此次抽奖活动的工作人员——太辛苦了！最后还要扣除百分之五的风格赞助，用以引诱从来不买我们手纸的顾客……此外像基建资、绿化费、修路费、卫生钱等等等等，这些对您就免了——还不得感谢领导？

和平　哦，我还占便宜了？

173

尤主编　那是啊，要不您还得找我们钱呢！来来来，（拿出一份文件）您在我这个文件上再签个字，然后我把剩下的钱给您。

和平　哦，您还给我剩了点儿？（签字）

尤主编　对。（拿出一个小折子）好了么？（递上）

和平　这是存折？

尤主编　跟存折差不多——这是证明。您剩那点儿钱还不够换这张证明的呢，要不得感谢领导呢！念念吧——

和平　（念）"为表彰和平同志对本次有奖购物活动的大力支持，从即日起，和平同志将终生免费使用'金刚砂'牌手纸？！"（惊呆）

尤主编　哈哈……（伸手欲握）向您表示祝贺！

【本集完】

第15集　初次下海

编　　剧：梁　左

客座明星：蔡　明

〔晨，傅家客厅。

〔和平收拾屋子，志国自饭厅上。

志国　走了啊！……对了，你给我点儿钱。我的钱昨天给圆圆买鞋了。

和平　别提钱别提钱啊！不知道这年头儿钱不禁使啊？

志国　你看，我一个男人上班，兜儿里镚子儿没有像话吗？

和平　忍着吧你！像咱这种靠工资过日子的，难！

志国　得得得，不给拉倒！别趁机污蔑大好形势啊——端起碗吃肉，放下碗骂娘！跟十年前比比，咱们家的生活水平明显地提高了嘛。

和平　那是，要是跟旧社会比，咱这还相当于地主了呢！

志国　还是大地主——刘文彩那级别的。

和平　你也好意思比！有你这模样儿的刘文彩吗？还整天人五人六儿地夹个皮包，说皮包都抬举你——人造革的！碰巧了也能坐回小汽车，还没人家擦车的挣得多呢！

志国　这分配不公的问题已经引起了国家的重视，正在着手解决。

和平　嗯，等解决完了你也该退休了……得得得，给你点儿，省得上街买根儿冰棍儿都没钱！

〔和平给志国掏钱。燕红、志新上，在门口说话。

燕红　……志新，大裴他明儿就走，先去四川，说是弄两车柑橘看看好销不好销。你要在北京给他找个仓库，到时候一准有你好处！

志新　行行，到时候我给打听着吧——你好好的怎么又倒腾起柑橘来了？

燕红　大裴他非要做，我看也有赚头就入了一股——才两万块钱，玩儿呗！

志新　怎么分成啊？

燕红　风险分担，利益均沾呀。柑橘在当地的收购价才两三毛一斤，北京的批发价能到七八毛呢！刨去运费、损耗，怎么着也有一对半儿的利。你也来一股？

志新　我……我现在不是手头儿紧吗？要不然我真来一股儿。对半儿利，两万变四万，干得过儿！

燕红　是呀……

〔二人向里屋下。

和平　听着没有？对半儿的利！

志国　你甭动这心啊。我上班去了。（下）

〔燕红自里屋向门口走。

燕红　……（朝里屋）你什么时候手头儿不紧了？

和平　哎哎哎，燕红，跟志新这儿说什么呢这么热闹？

燕红　嘻！没什么，嫂子，一点儿小生意。志新想入股儿吧，他又没有钱。（欲下）

和平　（拦）他没钱是他的呀，我跟你大哥有钱哪。我们入儿股成不成啊？

燕红　您想入股？成啊。

和平　坐这儿，坐这儿！

燕红　两万块钱一股，您来几股？

〔志新自里屋上。

和平　……你先给我来二百块钱的我尝尝行吗？

燕红　什么您就尝尝！您这儿买黄瓜呢？两万一股，您给二百？（笑）您不觉着这悬殊稍微大了点儿么？……

和平　这就请你多费心啦，这不你得多帮忙嘛……

志新　哎……嫂子，该干嘛干嘛去！别这儿现了啊！

和平　嘿，我现什么了我？我花钱做生意我现什么了我？二百块钱是假，两千块钱是真！我豁出去了——两千块！

燕红　哟，您也别豁出去，就为这两千块钱……那，要不这么着吧，嫂子？我不是入了两万吗？我让给你两千，咱们就来个内部调剂，就甭惊动别人了，成吗？拿钱来吧——

和平　（咬牙决定）成！我给你上银行取钱去……

〔日，傅家客厅。

〔和平、志国在座。

和平　……我当这帮人做生意多难呢，早知道这么容易我早就做了，还等今儿？

志国　我觉着这事儿悬，听你一说我就不踏实。这两千块钱对咱可不是个小数，就这么哗啦一下子让人拿走了？那万一要……燕红不会坑咱们吧？

和平　（强装镇定）不会吧……呵呵，她怎么能坑咱们呢？她就跟我亲妹妹差不多，呵呵……

燕红　（画外音）嫂子！（上）

和平　哟，说着说着我亲妹妹就来了嘿！

志国　燕红来了！

燕红　嫂子，您可别这么叫我，回头小凡妹妹该吃醋了。（递上一张纸条）嫂子，这是我给您打的收条儿，您拿好啊。

和平　嘻，都是自家人还打什么收条儿哇？（接过）坐这儿！

志国　燕红啊，跟你嫂子做生意呢是吧？好好好……你那朋友走了吗？

燕红　您说大裴呀？不知道他明儿几点的飞机……您干嘛呀？

志国　我想跟他见个面儿。好歹也算合伙人之一了是吧？我也得关照他几句呀。这两千块也不是个小数儿，万一有个闪失，我倒无所谓，你嫂子可就没法活了……

和平　啊？……他比我还心重呢！

燕红　哦，人家大裴老飞四川，轻车熟路的还用关照吗？再说了，你们那股份在我那两万里头呢，是赔是赚到时候咱们单算，人家根本就不知道有这么回事儿！

志国　拿了我们的钱他还不知道？（向燕红）没事儿！我是说，赚不赚钱无所谓，只要能把本儿收回来就行了……燕红啊，我们可是信得过你，你能保证不赔本儿吗？

燕红　哟，这我可不敢保证！水果这东西一天三变，你们要是不放心现在撤股也来得及。要不……你们就甭做了？那两千块钱我还没动呢，我现在就给你们送过来！（起身欲下）

和平　（向志国）弄好了可是对半儿的利，两千变四千！

志国　（追上前）燕红啊，燕红……（假装向和平）反正，这钱闲着也是闲着，燕红妹妹要用呢，就拿着用去吧！

和平　拿着用去吧！

燕红　不对呀，大哥——这不是我跟您借钱，这是咱们一块儿做生意！

志国　对对对，是一块儿做生意！反正我们知道燕红妹妹一定不会坑我们！我跟你嫂子都是老实巴交的，这点儿钱也是我们奔命奔来的，谁要是忍心坑我们，他也下不去手哇……

〔和平连连附和。

第15集　初次下海

燕红　大哥，您要是这么说，我可得把话说头里：这里边儿没有谁坑谁的，最后都有发票有单据，是赔是赚咱一算就能知道……

志国　不用算不用算！反正我们知道，怎么算，燕红妹妹也不会让我们吃亏……这我们心里清楚着呢！

燕红　不是，大哥，您不能这么说……

志国　燕红啊，你家有事儿忙你的去！我们就……该吃饭了……（往外推燕红）

燕红　不是……万一要是赔了，我可得把话说头里……它不是那么回事儿……

志国　放心放心，赔不了，绝赔不了！我知道你绝赔不了！你就不在这儿吃了吧？……（推燕红下）

〔晚，志国和平卧室。
〔志国夫妻跟志新谈话。

志新　……唉呀，就这么点儿事说这么半天烦不烦哪？燕红不会坑你们的，这我可以担保！就你们那两千块钱还好意思往外拿——还不够给人塞牙缝儿的呢。也就是看我的面子，要不然燕红根本不接你们这钱。

志国　这就行啊，她只要不坑我们，赚不赚钱的，能把本儿收回来就行啊。

志新　大哥，那可不一定！水果这种鲜货风险比较大，成千上万吨往露天货场那么一放，赶上个刮风下雨，一烂就是一大半儿！车皮再晚两天，路上再耽搁两天，运到北京就不定什么样儿了！就算是你到了北京，哪儿那么好就批发出去了？搁一天就是烂儿千斤，到时候你哭都来不及……反正你们俩这胆儿是不小，要我是绝对不做这种生意！

〔志国、和平吓得半死。

志新　不过你们也别太担心了，万一赔了就算是花钱买个教训。要不这么着，你们那股算我的——要是赔了，两千块钱我一分不少给你们，怎么样？

和平　那敢情好了……那要赚了呢？

志新　赔了赚了都是我的呀。我顶多把本儿还给你们——再给你们点儿利息！

和平　要不然这样儿吧，咱来个内部调剂，咱各分担一半儿怎么样？

志新　嗯……行吧！不就是两千块钱吗？有我一千。

和平　成。（伸手）钱！

志新　我现在不是没钱嘛……这么着，你们先垫上，等咱们赚了钱我再还给你们。

和平　那要赔了呢？我上哪儿管你要那一千块钱去呀？

志新　唉呀，就算我借你们的行不行啊？咱们不是一家人嘛，我又跑不了……

志国　行了和平！你让志新该干嘛干嘛去吧！你让他拿一千块钱？你现在翻翻他那兜儿，要能找出一块钱来都算我小瞧他！今儿上午连烟都断了，愣从小张那骗出一块二买了盒儿"凤凰"的——现在小张跟老爷子那儿还对不上账呢！

志新　你提这事儿干嘛呀？我现在不是有点儿走背字儿嘛……

志国　你什么时候不走背字儿啊？

志新　大哥，落潮总有涨潮时，蛟龙总有上天时！到那时候，我就不是现在的我了——当然你们也不信这个……要不这么着吧？我给你们找个人儿，你们内部调剂一下怎么样？找谁我都想好了。

志国／和平　谁呀？

志新　咱爸。

　　〔日，傅家客厅。

　　〔傅老看报。和平自里屋上，将保温杯递到傅老面前。

和平　爸，您喝茶！您这种认真学习的精神真好！可我得批评您，您得注意休息。

傅老　（自以为幽默地）一天不看报，等于睡大觉嘛，哈哈……

和平　爸，那报上关于商品经济实行股份制有什么新消息啊？您回头抽空给我辅导辅导。像我这种水平比较低,文化又不太高的同志,有时候还真跟不上形势,转不过弯儿来!

傅老　可以可以,不懂就问嘛。这一点你比他们别人都强。

和平　爸,关于股份制吧,我有点儿看法,我提出来跟您探讨探讨。我体会吧,这股份制就是把群众手里边这些个游资,集中在一块堆儿,投入到国家建设,您说是么?

傅老　……是吧,我看是这个意思。

和平　我虽然不是干部不是党员,可我想起个带头作用。今年,四川的柑橘又喜获丰收,可是产品压在产地运不出来,哎哟,可把当地政府给难坏喽!现在决定,国家、集体、个人一块堆儿上!燕红有个朋友正在集资办这件事儿,我跟志国从银行里取出了一部分存款买了一部分股份——赔不赔赚不赚的我们都不在乎,主要是支援国家,帮助农民兄弟!

傅老　这很好嘛!你们能有这个觉悟,进步很快啊。

和平　也是咱革命大家庭对我的教育。本来我跟志国说,想问问您愿意不愿意买点儿,可是志国说您年纪大了,跟不上新形势了,有的时候冷不丁下来一新精神,您还真跟不上,说要允许您有一段长时间的过程,相信您早晚会转变的……

傅老　胡说八道嘛!我怎么会跟不上形势呢?这个——简直是诬陷嘛!

和平　当时我对他这种态度、观点就不同意!不同意……我当时就严厉地指出:爸什么时候走在后头啦?打抗日战争就走在前头!多少年了?哦,到股份制这一关爸就过不去了?照样儿走前头!——二百块钱一股,您买多少股?

傅老　二百块……你们都买多少股啊?

和平　我买十股,赔了赚了无所谓!不过呢……您就别买那么多了,现在抢得忒厉害,顶多也就能给您买个五六股吧——这还是内部调剂——咱总得给群众留点儿。

傅老　当然当然，什么时候都不能搞特殊嘛……这个利息是不是比银行的高一点儿啊？我存的可都是定期的……其实放在银行里面照样是支援国家建设嘛！

和平　弄好了是对半儿利……

傅老　啊？

和平　弄不好……就没了——就看您风险意识如何了。

傅老　……要不，再和志新、小凡他们商量商量？民主集中嘛。等小凡这个星期回来，我们全家开个会，还有圆圆、小张的意见也不能忽视。完后再找老郑、小余他们几位老同志征求一下看法，在充分调查研究的基础上，来进行可行性的论证，以此作为我们决策的依据——不打无准备之仗，不打无把握之仗嘛！当然了，最后的决心还得我来下……（欲下）

和平　（急）爸！等到您折腾那么半天，黄瓜菜都凉了！看来您是真跟不上形势了……哼，还是志国说得对，我白替您辩护半天了！（打脸）

傅老　怎么可以这样说嘛？……好吧！为了表明我的立场，我豁出去认购——一股。

和平　才一……成，我给您弄个条儿去。（下）

〔日，傅家客厅。

〔傅老、小凡在座。

傅老　……你又是勤工俭学，又是帮助人家编书，财路不少嘛！完全有能力拿出一点来，在商品经济大潮里面学游泳嘛！这对你将来是很有好处的……

小凡　行了行了，爸！多少钱一股？您说话。

傅老　二十块钱一股。我入了十股，你入多少？……可不能买得多呀，现在还是很抢手的哩！我们这是内部调剂，总还要给群众多留一些嘛。

小凡　那也行，我也就甭太特殊了，我来——一股。（掏钱递给傅老）二十块钱，您数好！

傅老　好的好的，我给你打一个条子……

〔日，傅家饭厅。

〔小张干活，小凡在旁动员她。

小凡　小张，你应该有现代意识，挣了钱老存着怎么也是个死的，资金一定要流动。你看，这回我跟爷爷合伙做了一笔生意，弄好了能赚大钱。

小张　小凡姐，这样的好事儿你总忘了叫我。

小凡　现在也不晚哪！我给你来个内部调剂——两块钱一股，我来了十股，你要多少？

小张　那……我也跟你入一股！（掏钱递给小凡）给，两块。

小凡　……这就对了嘛，我给你打一条儿去啊！

〔日，傅家客厅。

〔圆圆看电视，小张在旁动员她。

小张　……有可能赔，也有可能赚。两毛一股，我买了十股，你买多少？咱们内部调剂。

圆圆　行，那我也入一股吧，给你两毛。（掏钱递给小张）你可别赖着不还我啊。

小张　我给您打个条，咱们都是生意人，空口无凭！（向里屋下）

圆圆　（自语）交两毛钱我也成生意人了？真便宜。

〔日，傅家客厅。

〔志新玩游戏机，圆圆在旁动员他。

圆圆　……是两分钱一股，我入了十股，你入多少？我给你内部调剂一下。

志新　（游戏输了）哎哎……嘻！真见了鬼了！给你二分，别跟我这儿裹乱！（掏钱递给圆圆）我这儿没零钱，五分当二分啊。

圆圆　我给你打个条儿，咱们生意人得讲信誉。

志新　别累着您啊！

〔晚，傅家客厅。

〔全家人看电视，志国看报纸。

志国　好消息好消息！这有一封群众来信，批评今年的水果市场供应量不足，特别提到了品种单一问题——除了苹果就是梨呀。这下咱们的柑橘有戏啦！

〔众人兴奋，传阅报纸。

和平　哎哟！咱那两千……

傅老　唉呀！我那二百呀……

小凡　哎哟！我那二十……

小张　我那两块……

圆圆　我那两毛……（向志新）二叔，你那二分也赔不了了！

志新　（气）这要来个人一瞅，这一家子都什么毛病啊！

〔晚，傅家客厅。

〔志国看电视，和平打盹儿，傅老闲坐。电视里在播天气预报。

志国　完了完了！要这么连着下雨，多好的柑橘也得烂光喽！

和平　（惊醒）哎哟！我那两千……

傅老　我那二百呀……

・184・

第15集　初次下海

〔众人从各处围上来。

小凡　我那二十……

小张　我那两块……

圆圆　我那两毛！二叔，你那二分也吹了……

志新　……我找燕红算账去！好好的一家子算是毁她手里头了！（下）

〔晚，志国和平卧室。

〔和平坐床上练气功，志国在上闹钟。突然敲门声响，和平吓一跳。

和平　哎哟！吓死我了你！

〔志新与燕红上。

和平　哟，燕红妹妹来了！坐这儿坐这儿……

燕红　（忸怩地）不用不用……

和平　什么事儿啊？

燕红　志新，你说吧……

志新　还是你说吧，燕红……

燕红　（为难）嗯……

志新　这事儿我还真不好意思说……

和平　行了甭说了！（戏谑地）我早瞅出来了——俩人耍单儿耍烦了，想往一块儿凑凑是不是？

燕红　您说什么呢嫂子！（小心翼翼地）咱那笔生意……赔了。

〔志国、和平大惊失色。

志国　不可能……不可能……燕红，我知道你爱开玩笑——呵呵呵呵……

和平　赔了多少哇？

燕红　大裴刚从四川飞回来，他说赔了一半儿，我明儿就跟他结账去……

志国　这怎么就赔了呢？他怎么赔了呢……

志新　他怎么不赔呀？现在这车皮归国家统一调配，你那橘子是收上来了，没车皮不是瞎掰么？这就算你走运，得亏在当地削价处理了，要不然全得砸手里！

和平　哎哟，燕红啊！（拉过燕红，说一句拍燕红手一下）燕红啊，这两千块钱就这样就变成一千啦？这一千块钱顶我大半年的工资呢！一点儿响儿都没听着它就没了！你说这叫什么事儿啊！……

志新　嫂子，咱就算花钱买个教训吧！

和平　我买不起呀，这教训也忒贵了！（又狠拍燕红手）

燕红　嫂子，这您可得感谢志新了。昨儿晚上他跟我吵了一架，说甭管是赔是赚，这生意不能做了，别把你们一家子都弄出精神病来。我在气头儿上就应了他了……（掏出一摞现金）这不，这就算从昨天开始你们就撤了股，是赔是赚碍不着你们的事儿。这是两千块钱，您——（把钱拍在和平手上）数好了吧。

和平　哎哟，大仁大义呀！燕红妹妹，那你得赔了一万多块钱呢吧？（向志国）咱怎么也得跟人家共担风险啊……要不然这一百块钱你拿着？

志新　哎……您别闹这事儿！你把这一百给咱爸吧，你就说是赚的，哄老头儿高兴高兴。（下）

燕红　就这样吧嫂子，我这笔赔了还有两笔赚的，里外里也就拉平儿了，再说我们做生意的都有这种心理承受能力！（关门下）

〔志国、和平正欲数钱，燕红突然又开门进来，吓二人一跳。

燕红　嫂子，你们以后要是有钱……还是直接存银行里吧！（下）

〔日，傅家客厅。

〔全家人在座。

傅老　（喜笑颜开）……好好好！哈哈，这股份制就是好哇，这刚刚儿天，二百变三百，而且还能在商品大潮中学游泳嘛！小凡，这三十给你——（递钱）好好体会体会股份制的好处，啊？

小凡　哎，好嘞！小张啊，我也给你三块钱，（递钱）好好体会体会！

小张　圆圆，给，（递钱）三毛！你也体会体会。

圆圆　二叔，我给你三分……（掏钱）算了算了，给你一毛，甭找了！你可得加深体会啊！

志新　我甭体会，要说这里边儿体会最深的，就是你爸你妈了……

〔志国和平对视，苦笑。全家人开怀大笑。

【本集完】

第16集　毁我爸一道

编　　剧：梁　左

客座明星：刘小宁　金雅琴　宁　宁　刘金山　唐纪琛

〔晨，傅家客厅。

〔和平收拾屋子，志国收拾公文包。志新自饭厅上。

和平　爸呢？一大早上起来又溜达去了？

志新　每天早上都是溜达，也不知道他溜达什么劲儿！

志国　生命在于运动！你没看爸这几年气色见好啊？

志新　嗯，气色是见好，这腿儿可见细。

志国　甭管怎么着，反正多活两年是真的。

志新　多活两年没干别的，光遛弯儿了！

〔余大妈急上，气喘吁吁。

志国　哟，余大妈，怎么了？

余大妈　不好了不好了，可了不得了！……

和平　您慢慢儿说，坐这儿……

志新　大妈，谁欺负您了？说出来，我给您做主。

志国　你做什么主啊？有事儿依靠组织——大妈，您说！

第16集 毁我爸一道

余大妈　你们家老傅啊，在路口儿上……让人家给撞了！

众人　（惊）啊？什么车撞的呀……重不重？……在哪儿啊？……

余大妈　好几辆自行车儿，一块儿撞的他！看样子这下儿可不轻啊。我正好上菜市场买菜去，刚从菜市出来，我心想着再到肉市去转转，人家都说早上起来那肉啊，是昨天晚上刚宰的猪……

志新　大妈，您先别说宰猪的事儿！您先说我爸！

余大妈　这不，我这还没到宰猪那地儿，就听见你爸爸叫唤了……他让我回来先给你们家里报个信儿，这会儿都到交通大队去解决了。

〔晨，交通中队办公室。

〔一中年妇女、一小伙子、一少女正在争吵。傅老躺在长椅上痛苦呻吟。一警察上。

妇女　……你瞧瞧，这怎么能是我的责任呢？（向警察）警察同志，警察同志，您瞅瞅，他们俩把这老同志撞成什么样了呀！人家在街上好好地走着……

小伙　谁撞的？谁撞的？（向警察）民警同志，您别信她啊——贼喊捉贼！

妇女　废话！你要不撞我我就撞他啦？

小伙　……您要这么说，（指少女）是她先撞的我！

少女　那也是别人先撞的我！

小伙　我就知道你先撞的我，别的我不知道！

妇女　反正你要不撞我，我也不会撞着人家这位老同志。怎么办吧？撞伤了人，带人看病去！伤了你养着，瘫了啊，你伺候着……

〔三人继续吵作一团。

警察　（向少女）我说那小姑娘！小姑娘，先撞了你的那人呢？

少女　他跑了！本来我已经把他揪住了，可是这位……（向小伙）你愿意我管

· 189 ·

你叫叔叔还是叫哥哥呀？

小伙　得得得，随你便吧——我这人也不爱充大辈儿，还是叫"哥"吧。

少女　（向警察）后来我哥拼命地拉着我，结果让那个罪魁祸首趁机跑了——这他们都看见了……不过法网恢恢，疏而不漏，他跑得了初一跑不了十五，您早晚会把他抓住的，为我一个无辜的女孩子申冤报仇……

小伙　哎我说我妹，你可不能血口喷人哪！我也不是成心把他放跑的呀，因为你撞了我，我不拉着你我怕你也跑了啊……

〔三人又欲争吵，被警察喝止。

傅老　民警同志……

警察　哎，老同志，您说！

傅老　该我谈谈了吧？（忍着伤痛坐起）不管怎么着，我也是当事人之一，而且是主要受害者。我刚在这儿躺了半天，一直没有捞到机会发表意见。他们可是太不像话了……

〔三人争相接话。

警察　没事儿没事儿，您躺着说，不用起来。

傅老　别看我六十多了，身体还行。

警察　是，也全仗着您身体好，要换别人非撞坏了不成。

傅老　那是！年轻的时候我还练过点儿武术，我会那个二指禅……（比划）哎哟……刚才，眼瞅着那个车就冲我来了，我一下子就……就没躲过去！把我撞得不轻啊，得好好处理他们……

〔三人争相解释。警察瞪三人一眼，三人收声。

警察　我也看出来了，您是位老同志。

傅老　这你都看出来了？一九四五年抗日战争时期……

〔志国、和平、志新冲上，急切询问傅老伤情。

志国／和平／志新　爸，您撞得怎么样……怎么回事儿啊……严重不严重……

第16集　毁我爸一道

傅老　够呛啊！要不是我有点儿功夫早就趴下了……你们都来了？

志国　上医院吧咱们？

傅老　我等着先把这里的问题处理完。（向肇事三人）你们说你们撞了我连声"对不起"都不说，光在那儿自己吵吵，置我于旁边而不顾，你们这是……像话吗？！

〔和平等人随声斥责。

和平　爸，爸，您这么大岁数儿，撞一下子就不轻，咱赶紧吧，走，医院去……

志国　对对对……（与和平扶傅老起，向警察）我们先上医院。我们不知道您这儿什么规矩——这行么？

警察　没问题！（向傅老）老同志，那您就先让家属陪着上医院查查。还得劳您驾明天再来一趟，这事情咱们明儿再解决，您看成吗？

〔傅老点头，被和平、志国搀着向外走。

志新　（向警察）师傅，医院是医院啊，别让他们跑了！（向少女）你也是吧？不许走啊！

傅老　（回头）志新，不要这样说话，要相信政府嘛——坏人一个也跑不了……
　　　（被搀下）

警察　（向肇事三人）几位，明儿还得来一趟。这事儿就得看人家老同志伤得怎么样，还得看人家能不能原谅你们几位。回去都好好琢磨琢磨——明天怎么跟人赔礼道歉。我把话搁这儿；人家要是真的不能原谅你们，那我再说什么也都没用。那就这么着，明儿上午你们再来吧！

〔日，傅家客厅。

〔志国、和平、志新扶傅老上。傅老头裹纱布，痛苦呻吟，向前迈步差点摔倒。

和平　哎哟爸！大夫说您受的是轻微擦伤，我瞅您这动静儿可不大像啊……您还哪儿不舒服啊?

傅老　我哪儿都不舒服!

和平　赶紧坐这儿吧……

傅老　你说他们几个人的车是怎么骑的嘛——直冲冲地就朝我撞过来了。哎哟……

志国　志新,明儿你上交通队,把咱爸这情况跟警察好好说说!

傅老　明天?志新去干什么?

志新　索赔呀!噢,他们撞完您就白撞了?回头您再落一后遗症我们找谁去?

傅老　对,找他们索赔!撞了我连声"对不起"他们都不说,什么社会风气嘛!

　　　（躺在沙发里）

和平　爸,您慢着。爸,您这撞了一下可亏大发了,您说您起早贪黑多少年了?见天儿早上起来锻炼才练成今天这身体,这一撞全给撞回去了……

傅老　不行!明天我得去,我亲自跟他们讲理,不能让他们撞了就白撞嘛!

志新　呵,您还是别去了。您要不去还好点儿,您要一去啊,撞完也就白撞了。

傅老　嗯?

　　〔日,交通中队办公室。

　　〔三个肇事者、志新、傅老、警察齐聚。

警察　……这医药费、营养费,还有其他一些损失费什么的,咱们大家都得本着互谅互让的精神协商解决——你们看看谁先说说?

妇女／小伙　（指少女）她……她说吧,她起个头儿……

少女　好!群羊领路靠头羊,陕北起了共产党,头名老刘二名高岗……

志新　哎哎?

少女　对不起,后面的几句话是我们的课文儿,一顺嘴我就出溜了。既然你们愿意让我先说,那我就起个头儿,我先说说吧。（学生读课文语调）警

· 192 ·

察叔叔，我叫刘爱锋。我是七十二中学初二（三）班的学生。昨天清晨，我和往常一样，在社会主义明媚的阳光下骑车上学，由南往北中速行驶。这时候我旁边那辆自行车不知道怎么回事，突然猛地向我一拐把，一下子把我别倒了，我躺下就什么事情也不知道了。醒来的时候，我第一个念头就是——我必须去上学，不能迟到！（向傅老）老大爷，您说是这个理儿吧？

傅老　（赞许地）这个小同志的觉悟很高嘛！志新啊，在这一点上，你应该向她学习。

志新　我还向她……（向少女）你说点儿实质性的问题，你别这儿糊弄我爸啊！你就说这事儿打算怎么办！

少女　怎么办？只要能赶快让我上学。昨天耽误一天课，今天耽误一天课，这不耽误我长大以后建设社会主义么？（向傅老）老同志，您打下的江山，您能放心么？

傅老　那是那是，（向警察）要不就让这个小同志先去上学？她也没有什么责任嘛。

少女　谢谢老同志！（拿书包要走）老同志再见！

警察　别走！事故没处理完谁也不能走！必要的时候我们可以给你学校出具证明。

少女　不走就不走！反正人家说了，没我什么责任。

小伙　那我也说两句。我这人不会说话，长这么大就没见过警察，我这一见着警察心里就哆嗦……

志新　你又没干什么坏事儿，见着咱人民警察你高兴还来不及，你哆嗦什么呀？

小伙　（敬烟）这位大哥，您这么说就不对了。我这哆嗦是因为心里头高兴、激动。我就知道咱们人民警察为咱人民做主，给咱人民认识错误、改正错误的机会。您就拿昨天早上这事儿说，让咱们这敬爱的老同志挨了这么一下儿撞，的确是有我的责任。我净考虑着工作上的事儿了，就没顾得上看着左右来往的车辆。兴许您还不知道，我在合资企业工作，我们那厂子是专门生产啊——我说出来怕您见笑——妇女卫生用品。兴许呀，（指两女肇事者）这两位同志用的也是我们厂的产品。

〔二人不悦。

小伙　（向二人）对不起啊。算我没说，算我没说……

少女　真流氓，真流氓！你管人家用什么呢！昨天叫你一声哥，你就想入非非啦？

小伙　反正我们厂这产品质量还有待于提高。我路上净考虑这问题了，没留神，我妹妹这车一下儿冲我就别过来了，我又撞了我大姐，我大姐又撞了我大爷……您说这事儿我在这中间儿就起了这么一个承上启下的恶劣作用。我得向您深刻地反省。（向傅老鞠躬）

志新　你光反省就完了？我跟你说……

傅老　志新，让群众把话说完嘛！

小伙　是是是！该怎么判就怎么判，我没意见，关键就听老大爷您一句话了。

妇女　行了行了，我也说两句吧！昨儿早上起来，我上早市儿买菜去了。我也是由南往北正常行驶，没超速、没抢行、没带人、没超载。好好的，愣是让人把我撞到马路牙子上了，当时我那俩眼一黑，差点儿没昏死过去哟！真仿佛又回到了暗无天日的旧社会呀！那万恶的旧社会，您……对了，我忘了自我介绍了——我是个劳动妇女！退休前，那二百多斤的大麻包我是扛起来就跑！我挨这么点儿撞不要紧啊，我穷人家的孩子，打小磕磕碰碰惯了，关键是我撞了您！您是谁我是谁呀？听警察同志介绍，您是一位——（无比崇敬地）老同志啊！解放前您跟着毛主席就替我们穷苦人打江山，那大江大浪您都闯过去了……末了走到大马路上倒让我把您给撞倒了……您瞧我办这事儿！八十岁的老和尚娶媳妇——这不是没有的事儿嘛！整个儿是面茶锅里头煮秤砣——混蛋沉底儿带砸锅！十

· 194 ·

第 16 集　毁我爸一道

　　　　个压路碾子坏了俩——您猜怎么着？

志新　怎么着？

妇女　我是"八个压路"哇我！（哭）

傅老　也不必把自己说得如此不堪嘛……

志新　（向妇女）您说点儿实质性的问题行不行？……

傅老　志新，先务虚，后务实。思想教育为主，经济惩罚为辅嘛！

少女　老伯伯，刚才我这位大哥不让我说话，现在还能再说几句么？

傅老　说吧说吧！

少女　昨天这事儿主要由我引起的。古人云：始作俑者，其无后乎？我应该承担主要的赔偿责任。可您知道我是个学生，我连自己都养不起，我拿什么还您哪？您一定不希望我因此走上邪路，为了钱，去做一些我们女孩子不应该做的事儿……

傅老　啊不……

少女　我现在就有两块四毛钱了，是我妈给我放学以后看场电影，买包话梅，喝杯饮料的。本来我想省下来捐给贫困地区失学儿童，得了，捐谁不是捐啊？我先捐给您得了！（欲递钱给傅老）

志新　一边儿去！我爸要你这两块四干嘛呀？

少女　俗话说蛐蛐儿也是肉，阎王还不嫌鬼瘦呢……

警察　行了行了！先认识错误，赔偿的事儿完了再协商。

妇女　别价，没什么好协商的！这事儿全算我的！

　　〔小伙、少女阻拦。

妇女　你们谁跟我争我跟谁急！我爹妈死得早，打小儿我就满世界踅摸，想孝敬个人儿，可就是没人让我孝敬！今儿个您这位老同志算成全我了！（打开架势给傅老按摩）老同志，这医药费、营养费总共该多少钱您说个数儿，砸锅卖铁我赔您！兹当我又回了旧社会再过两年，兹当咱们这改革

· 195 ·

开放晚搞了两年，我怕什么呀……

小伙　大姐，（也上前给傅老按摩）这事儿您可不该跟我争！虽说都是劳动人民出身，可也得分个三六九等啊。我在合资企业，您是退休职工，怎么着我也比您宽裕不是么？老大爷这费用全归我了！（向妇女）您要哪儿不合适咱一块儿瞧去！净号召学雷锋了，今儿我也动点儿真格的吧！

少女　嘿，老师过去总说什么来的？"听君一席话，胜读十年书。"我过去总不信，今儿我算彻底信了！今天就是我人生道路的一个转折点、里程碑、奠基石！老大爷，您要多少钱您说话！我给您写张欠条儿，等我一工作，头一件事儿就是还您钱——还带利，比国库券还高一百分点呢……（蹲下给傅老捶腿）

警察　行了行了……（向傅老）老同志，您看，这医药费是有限的，别的费用您看您是不是……说个数儿吧？

傅老　我说什么数儿啊？一分不要！我这一辈子都为了谁呀？还不都是为了群众吗？眼看着群众的觉悟提高得这么快，我高兴还来不及呢，我还要钱？坚决不要！（向志新）志新，你说呢？

志新　我说什么呀我说？大伙儿都把您捧这么高了，您是没法儿要了！（向三人）几位，够狠的啊，就这么毁我爸？

〔三人更卖力为傅老按摩。

警察　老同志，您看这事儿，我觉着一点儿不赔偿也不合适，多少赔偿一些……

傅老　不不不……绝对不要！您这是骂我呢……

警察　那……那好吧。那这事儿就这么处理了：（向三人）你们各人养各人伤，各人修各人车。以后走道儿可得留点儿神，下回要是再撞了人，就算老同志原谅你们，我可也不依你们！

〔三人连连答应。

警察　行。来，这儿签个字！（递过表格）

第 16 集　毁我爸一道

〔三人一拥而上，签字。

警察　（向傅老）老同志，您签一个。

〔傅老忍着伤痛签字。

警察　行，那就这么着了！

〔三人称谢不已，连说再见。

警察　我就不说"再见"了——咱们以后别地儿见！

〔三人下。

警察　（与傅老握手）老同志，您看，我得欢迎您经常上我们这儿指导工作来。

傅老　不客气不客气……

警察　那好，您走好！

〔警察送傅老、志新下。

〔晚，傅家客厅。

〔傅老躺在沙发上痛苦呻吟，众人围绕伺候。

志国　爸，您喝水。

傅老　不喝不喝……

志新　您图什么呀？都伤成这样儿了，还不向人家索赔！

傅老　我就是不要！我们应该站得比群众高一点嘛！哎哟……

和平　爸，您说得对！我们就理解您、支持您。

志新　还毁他呢？

傅老　我不要紧！（挣扎坐起）告诉小张：明天早晨五点半钟叫我。

众人　干嘛呀？

傅老　我还得……去练嘛！

【本集完】

第17集　不速之客（上）

编　　剧：英　壮

客座明星：葛　优

〔晚，傅家饭厅。

〔傅老父子四人与小张包饺子完毕。

小凡　大哥，咱一共包了有多少？

志国　两百多吧——够吃了吧？

小凡　我觉得我一人儿就能全吃光！

志新　你怎么每回回来都跟鬼子进村儿似的？

小凡　一礼拜可就盼着这顿呢！回学校又得扛一礼拜——知道学校吃得有多次么？

〔时接前场，傅家客厅。

〔镜头随众人来到客厅。

志国　小凡啊，你可真是不知足啊！（指电视）你看看人家波黑人民，一家子分一份儿美国盒饭——弄不好还是馊的。

傅老　那也比吃子弹强！你们这些年轻人，这些年养尊处优，一旦遇到个饥荒

　　　　战乱，你们连点儿抗灾病的能力都没有，哼！

小凡　不吃苦还成罪过啦？怎么啦？我们就是不爱吃苦——爱吃饺子！

志国　哎哎，我可是吃过苦的！您就说那一九六二年……不过爸说得也对，和平年代太久了，隔三岔五来点儿天灾人祸，对你们年轻人也是个锻炼。是吧爸？

　　　〔和平暗上。

志新　可谁承想美苏这哥儿俩提前把冷战给结束了呢？多阴险哪！爸，这不是明摆着把和平演变的希望，寄托在我们这一代人身上吗？我有时候是恨自己生不逢时，为什么我们就没有生长在战争年代？或者索马里，或者柬埔寨，最损也应该是塞尔维亚、安哥拉……那地方才叫苦呢！

和平　（接话茬）说起这天下的穷人啊，其实咱身边儿就有。

傅老　不会吧？解放都这么些年了……

和平　爸，穷人遍地跑，看您找不找。既然您问到这了，那我可就不能不说了。（向门外喊）进来吧！

　　　〔衣衫褴褛、蓬头垢面的纪春生上。

和平　这位是纪春生同志。纪春生同志啊……

　　　〔春生向众人鞠躬，晕倒，志国一把抄住。众人大惊。

志国　这是什么病啊？

和平　饿的一定是！我瞅瞅咱家有什么吃的给他垫补垫补……（冲到饭厅看，返回）嘿，巧了，咱家还吃饺子！

春生　（猛醒）嗯？（冲进饭厅）

傅老　和平，这位同志……是干什么的？

小凡　要饭的吧？

志国　别胡说！现在哪儿还有要饭的呀……

志新　就是——都改要钱了嘛。

傅老　要真是这种情况，我这还有些零钱，赶紧把他打发走，别把咱们大好形势给耽误了……

志国　我跟您凑凑……

和平　瞧你们把人家想得这么……庸俗！人家不要钱！

志新　要人哪？这可就更难办了——你是有主儿了，圆圆还小，只能把小凡打发给他啦？

小凡　二哥，你别来劲啊！今儿晚上做噩梦我可跟你没完！

傅老　和平，此人到底是干什么的？

和平　据他自个儿讲——是个有名的发明家！

志国　啊？有这模样儿的发明家吗？

和平　人不可貌相。他因为在当地长期受压制、受迫害，因人为阻挠诸多科学发明成果无法申请专利，以至于沦落到现在这地步。

傅老　哦，是个落难秀才。

小凡　（笑）嫂子，这发明家你打哪儿捡的？要是有富余的，明儿我也捡一个——替我来考试。

和平　哪儿那么好捡呢？可遇不可求，全凭巧劲儿！刚才我一走进楼道，就觉着踩上一软软乎乎的东西，就听见"嗷"么一声……

志新　这声儿可不像是人叫唤呢……

和平　正是这位纪同志！在咱楼梯拐角处静卧思考呢，我一脚正踩人小肚子上。

志新　你说这么热闹敢情是一倒卧呀？讹上你了吧？

和平　没有！人家这有文化的倒卧那就是不一样，人家春生还一个劲儿给我道对不起，说躺得不是地方，妨碍我脚落地了，还给我讲了他的不幸……

〔春生由饭厅上。

和平　春生，甭着急呀，你慢慢吃！

春生　大姐，我这么吃觉着不踏实……

· 200 ·

第17集 不速之客（上）

和平　嗐，甭客气！就跟在自个儿家一样……

春生　不是客气——您家有蒜吗？

和平　有，在厨房呢，厨房那窗户上挂着呢！自个儿拿……

〔春生向饭厅下。

小凡　嘿，吃得还挺全乎儿！

傅老　和平，他没向你提什么要求吧？

和平　没有，他说他过得很好——也就是三天没吃东西，八个月没洗澡，不记得上回在屋里睡觉是哪年的事了……

志国　合着看准咱家是免费饭店了？

和平　志国你别这么说啊！是我把人家请进来的。人家春生为执着追求，风餐露宿无家可归，为富国强民造福子孙甘当倒卧，咱们能为人家干点儿什么呀？不就是给人一顿饱饭吃，舍人一杯热水喝吗？咱们不帮谁帮！

傅老　说得对，关心群众疾苦是我党的优良传统。虽然改革开放，传统不能丢啊！

志国　对对对，说咱们这么做有扶贫的性质，甚至有赈灾的意义也不为过！

志新　哎——别再往高拔了啊，赏人一顿饺子就找着大款的感觉啦？咱们这充其量叫"穷帮穷"！

和平　甭管出力多少那也是个阶级感情……

〔春生由饭厅上。

和平　春生，着什么急呀，吃饱为止……

春生　实在是不能再吃了——没了。

众人　啊？！

〔志新小凡急向饭厅察看。

志新　（画外音）二百多全招呼了？！（从饭厅返回，怒向春生）你不怕撑死啊？！

春生　没敢使劲儿吃啊……

小凡　（从饭厅返回，哭）爸！一礼拜全白盼了！

和平　得，我们改吃挂面啦！春生，你一下子吃那么些饺子肯定叫渴，到屋里盛碗汤喝去……

春生　不渴——阳台上有两瓶儿啤酒我给干了。

志新　你还真不拿自个儿当外人！这事怨我，早知道您好喝口儿，我应该早早吩咐小张儿把凉菜给您端上去。

春生　您是说冰箱里那肉皮冻吧？吃了，味道不错——再多搁点儿香油就更好了。

〔志新欲发作，和平上前拦。

和平　哎哎……春生啊，我给你介绍介绍：这位是我公公——傅明同志！

春生　呵呵。

和平　这位是我爱人志国。

春生　呵呵。

和平　那位是我弟弟志新。

春生　呵呵。

和平　这位是我妹妹小凡。

春生　（感兴趣）耶……

和平　圆圆呢？圆圆……

志国　不叫也罢！省得吓着孩子……

春生　见过了，都见过了，就不都一一握手了——来日方长！

傅老　志国，你领他去洗个澡，完了给……

春生　老同志，您的热心我感谢！可是洗完澡之后再被轰出去露宿街头，我容易感冒。

傅老　谁轰你啦？这样吧，你要是能凑合就跟志新在客厅里先对付一宿。

春生　有富余的"席梦思"吗？

202

第17集　不速之客（上）

志新　我还睡行军床呢！凑合着睡沙发吧你！

和平　洗个热水澡，把这身儿脏衣服脱喽！打这边儿走……

〔和平引春生向里屋下。

小凡　完啦，完啦！今儿晚上这噩梦我是非做不可了……二哥，这一宿你可得提高警惕！

志新　那是那是！咱家好不容易置办这么点儿家业不易……不就是睁一只眼闭一只眼睡觉吗？会。

傅老　唉，革命成功都这么些年了，还得保卫胜利果实。

〔夜，傅家客厅。
〔睡在沙发上的春生打鼾山响。志新放下手中的小人儿书，无奈躺下，还是难以入眠，只好用枕头压住耳朵。

〔清晨，傅家客厅。
〔天还没亮，志新一觉醒来，发现春生不见了，急忙起床寻找，发现自己衣服也没了。见饭厅内有灯光，志新走进。

〔时接前场，傅家饭厅。
〔志新上，见春生穿着自己的衣服埋头猛吃，面前的一大袋面包已几乎吃光。

志新　（猛咳一声，春生吓了一跳，手中面包掉落，急忙拾起填入口中）哎呀，要不是这衣领子上换了一脑袋，我还真以为我自个儿坐这儿往里塞呢！

春生　大哥早！

志新　没你早！要不怎么说得先飞呢，晚一步这虫子全让笨鸟儿给开了。

春生　醒得早——这是多年养成的习惯，也是坚持长期睡水泥管子练出来的。早晨五点那扫街的一准儿把你吵起来，赶上运气不好，夜里三点让联防

·203·

查夜的抄起来，也是常有的事儿。

志新　那要是抄完以后呢？是不是就得遣返原籍呀？

春生　（坚定地）他送一回，我来一次！猎手再狡猾，也斗不过好狐狸！还是城里好，有吃有喝不用下地，弄好了还能挣俩花的……哎大哥，（把剩的碎面包连同渣儿端给志新）千万别客气，一起来，边吃边聊……

志新　我吃什么我吃啊？那点儿渣儿还不够喂鸟儿的呢！

春生　面包是准备少了点儿，不好意思。

志新　还少啊？这是我爹一礼拜的早点！您那是肚子还是面缸啊？

春生　这就是我们行业的特点了：有吃吃得下，没吃扛得住，一顿饭前后管一礼拜——这样的胃口才过得硬！

志新　我就纳了闷儿了，你说你挺大一小伙子，往那儿一戳也一人多长，往那儿一坐也半人多高，往那儿一蹲远远儿一看也是个人，要往那儿一趴吧……

春生　大哥大哥……怎么一大早晨起来你就让我满地打滚儿啊？

志新　我就是这意思！你说这衣服穿你身上比我还像那么回事儿，你怎么就……得得得，你吃也吃了喝也喝了洗也洗了睡也睡了，外边活动活动吧！

春生　你是说早锻炼？这习惯好，可是我没有运动鞋呀。

志新　你跟我这儿装傻是吧？我让你外边儿上班儿去！立马儿给我走人！

春生　你怎么对我这种态度啊？简直是骇人听闻。

志新　怎么着？你还想顺点儿我们家东西走啊？

春生　我纪春生人穷志不短，马瘦毛不长！几家收容所给我的一致结论是：一不偷二不抢，不反对人民不反对党……

志新　就是逮哪儿往哪儿躺！是吧？别跟我这儿犯贫——走！出去！

春生　那不得跟我大爷和我大姐告个别？

志新　你大爷？我不认识……哦，不用不用不用——走！

春生　那我那衣裳呢？

· 204 ·

志新　……早没啦！

春生　大哥，我没顺你东西，你怎么顺我东西啊？

志新　那衣服让我给烧了。

春生　经本人同意了吗？哦，我穿着衣服进来，光着身子出去？我找大伙给我评评这个理……

志新　哎……您把我这身儿衣服穿走行了吧？算我倒霉，走！

春生　（往外走，回身抱拳）大哥！滴水之恩也当涌泉相报！我纪某人有了出头之日，定来府上面谢！

志新　哎！……别回来！我们家过两天就搬家……

〔日，傅家客厅。

〔和平在点檀香，志新拿空气清新剂到处喷。

志新　嫂子，这小子身上这股子邪味儿啊……我两瓶空气清新剂愣没压住它！

和平　你说你就这么把人家春生儿给轰走了，人家发明家多不易呀！

志新　有这么大饭量的发明家吗？

〔门铃响。

和平　圆圆看电影儿怎么这么早就回来啦……（到门口，画外音）哟，春生？你不是……

春生　（急上）我是来问一件重要的事情——你们吃晚饭了吗？

和平　没呢。

春生　太好了！

和平　怎么着，你想请我们俩上外边下馆子去呀？不用啦！都不是外人，免了吧……

春生　不是，我是怕回来晚了赶不上咱家开饭。

志新　纪春生！你活糊涂了吧？这儿不是救济站！

春生　那你烧了我那精心设计赖以生存的行头，谁还可怜我呀？（坐）

志新　合着还是我断了你的生路啊？

和平　春生，昨儿我教你那些话，跟救济站的同志讲了没有啊？

春生　讲啦！他们听了还是老一套。他们说："这事不归我们管，你又不是残疾人。"

志新　那你也应该打折自己一条腿再去呀？

春生　眼看着自己的科研成果得不到重视，不能转化为生产力，无法为四化服务，我这心哪……心如刀绞！（捂肚子）

志新　您捂的这是肚子啊！饿了吧？炸酱面一会儿就得（春生闻说顿时来了精神）——可没你的份儿！

和平　春生，坚强起来！把你那科学发明跟我们说说？

春生　这个……就不要细说了吧？

和平　说说吧！你跟我们说说，我们好知道往哪儿帮你使劲儿啊。

志新　对对对，说说！

春生　二位懂数理化吗？最初等的那种。

和平　哟，一窍不通——让"四人帮"起根儿上给耽误啦！

春生　这就好办了……

志新　怎么叫好办了呀？

春生　你想想：你们一点儿不懂，我从头儿给你讲，这不就好办了吗？真的一点儿不懂？

和平　真的。

春生　这我就放心了……我就不讲太深了！听说过"五大发明"吗？

和平　听说过！小学老师就讲过……是"四大发明"吧？

春生　加上我这个不就"五大发明"了吗？我这发明的重要性我都不好意思说，简直就是改写了我中华民族的命运和世界文明的轨道！晚一天推广都是对整个人类的犯罪啊！

和平　哟，你到底发明什么了？

春生　一种新能源，取之不尽、用之不竭——一场能源革命啊！我的名字将并列于瓦特、牛顿、爱迪生之后而毫不逊色，下届诺贝尔奖舍我其谁哉？你就等着在电视里看我领奖的镜头吧——还是在黄金时间实况转播。

和平　哟，你这新能源是什么呀？

春生　水——普普通通的水。大姐你知道水是由什么组成的吗？两个氢原子和一个氧原子，而氢和氧是可以燃烧的。

和平　对，中学老师就讲过这个……得电解以后吧？

春生　我这发明绝就绝在不用电解，直接燃烧。要在一桶水里点上几滴我研制那个"水基燃料母液"，用筷子搅和搅和，划根火柴往里一扔，"噗"的一声！火半米多高，火苗子腾腾的！一桶水烧光了为止——注意啊，得用铁桶，木桶就烧没了。

和平　这是水吗？这是汽油吧？

春生　这就叫"点水成油"！在这水里点上几滴我那"母液"……

和平　那您这"母液"得特别贵吧？

春生　真不贵！一间厂房、一台设备，每二十二分钟就生产一吨，相当于——（轻描淡写地）十来万吨油吧。

志新　你等会儿！那您要是再添上几台设备，您这一天的石油产量抵得上整个沙特阿拉伯了吧？

春生　反正和世界石油输出国组织的产量加起来差不多，省着点儿也够全世界人民用了。

和平　那咱这儿还费劲巴力地奔什么小康啊？就让您一人儿受点儿累，咱就能一下子赶上世界先进发达国家了不是？不过要是这么使，那水该不够使了吧？

春生　海水我也能点！五大洲四大洋的水那么多，大姐您放心吧！

志新　嫂子，赶紧给国务院挂电话！能源问题让春生一个人儿全解决了！全国人民什么都不用干了，春生一人儿单练就齐了！

春生　（谦逊地）还是众人拾柴火焰高——我怎么着也得找三五个人打打下手儿吧……

志新　你给我呆着吧！你当我们是傻子呢？这一段儿没人把你当骗子抓起来，算你走运！

和平　我听着也是够悬乎的，要真有这发明国家能不重视吗？

志新　你别说国家重视了，世界都得轰动啊！你还能活到今儿个？那些石油大国早派人把他杀啦——你这不是砸人饭碗吗？得嘞，我也不杀你——派出所！（过去就揪）

春生　（挣扎）别别……派出所不去！不去不去，那不去……

志新　除非你今儿把实话说出来！

和平　春生，我们可待你不薄！还不向组织交心？

春生　我不是隐瞒不说，我是怕说出来你们不信！

志新　您兹要是不再说自个儿能改变世界命运，说什么我们都信。

春生　那你们千万要给我保密，不然又给我推入那火坑了！（四顾，毅然）我……（嬉皮笑脸地）是一逃犯。

【上集完】

第18集　不速之客（下）

编　　剧：英　壮

客座明星：葛　优　张世瑞

〔时接上集，傅家客厅。

春生　……我，是一逃犯。

志新　（闻说一惊）不能吧？监狱我可知道，吃得可不次，不至于饿成这德行。

春生　那是比监狱更可怕的地方！

和平　那是哪儿呢？

春生　就是我那罪孽深重、不见天日的家！

志新　你连老婆都没有，怎么又有家了呀？

春生　我要再不跑就非有老婆不可了！

和平　那不大喜事儿么？

春生　大姐您说的那是美满的那种。我们家偏给我包办了一个百依百顺、俯首帖耳的万元户……

志新　（羡慕地）这事我怎么赶不上啊？

春生　大哥你没看见是不敢信——那新娘子又老又丑不说吧，外加耳聋、眼花、腿脚不利索，还是一"六指儿"！（指和平）跟这位大姐那叫一个没法儿比！

和平　（不快）你少拿我跟里头比！

志新　这门亲事你答应了没有啊？

春生　让她见鬼去吧！别说是"六指儿"，没有真正的爱情，她张曼玉林青霞……

和平　也坚决不答应！

春生　……再说吧。

和平　你们家可真是的！怎么能让你娶这么一个……合不来的同志啊？

春生　还不是惦记人家那产业！他们骗我说"苦了你一个，幸福两家人"，还说"舍不得孩子套不了狼，舍不得纪春生，抓不住老姑娘"。

和平　什么乱七八糟的！你不答应不就结了么？

春生　我不答应？我不答应他们就轮番地折磨我！皮鞭子打、竹签子扎、老虎凳、辣椒水儿……反正中美合作所那点儿玩意儿一点儿没糟践，全使我身上啦！最后还把我和六指儿反锁在一间屋子里，企图利用我们男同志的某些天生的弱点，造成既成事实，以便混水摸鱼……

和平　（气愤）这都什么年代了，还有这种封建包办婚姻？！

春生　（拍沙发而起）哪里有压迫，哪里就有反抗！在一个伸手不见六指儿的夜晚，我终于逃脱了封建的牢笼，破窗而逃，和我的反动家庭永远划清了界限！当我来到伟大的北京以后，我感到解放区的天是明朗的天，我纪春生心里好喜欢！山也格外清，水也格外蓝，我永远也不把家还，我就在沙家浜扎下去啦！

和平　对！现在不是旧社会了，咱们有组织，有政府，还有公检法、工青妇、报纸杂志电视台，有给你这种人说理的地方！

志新　也有给你这种人睡觉的地方！

春生　（连忙）不不不！我睡在这儿就挺好。虽然条件差一点儿——不如地下通道宽敞，不如水泥管子通风，不如北京站里热闹——可是儿不嫌母丑，

· 210 ·

狗不嫌家贫，寒窑虽破能避雨，白吃白喝苦也甜。这种锻炼意志、经受考验的机会我是坚决不能丢啊……

志新　怎么意思你想在我们家住下是吧？（急）

和平　（拦）哎……春生，这么着，咱现在就去——我就不信社会主义法制管不了他们！

春生　那也得先写个状子呈上去是不是？

和平　嗯……那也好，那咱们吃完饭就写！志新，回头你到他们村儿里乡里去**摸摸情况**？

〔春生溜向饭厅。

志新　（向春生）嘿……跫摸什么呢你？

春生　我琢磨着……这炸酱面，该下锅了吧？！

〔日，傅家客厅。

〔和平正伏案写字。

和平　（喊）春生！春生，你过来瞅瞅我写的成吗？

〔纪春生身穿和平的碎花上衣，拿油条自饭厅上。和平把几张纸递给春生。

和平　你瞅瞅……

春生　（接过）我过过目……（看毕）还不够苦。没有突出阶级压迫，没有写成一个血腥的大控诉！应该把伤势写得越惨重越恶心越好——这个"拷打刑具"改成那个……"致命凶器"！

〔志新暗上，站在春生身后。

和平　哟，那不成验尸报告了吗？

春生　就得往邪里招呼呀，得让人看了以后不住地咬牙切齿，迎风流泪……

志新　（断喝）二混子！

春生　哎！……哎？你怎么知道我……我笔名？

志新　听着亲切吧？这回我可全弄明白了。

和平　志新啊，你坐下说，别着急……

志新　嫂子你又上当了！（向春生）姓纪的！是让我说还是自个儿坦白？

春生　我坦白！坦白就得从宽不是？是我早晨偷吃了你的油条，还偷喝了大哥的牛奶……

志新　没问你这个！

春生　那是上完茅房没冲的事？

志新　你真是为了逃婚跑到城里来的？

春生　对。是《婚姻与家庭》杂志要采访我么？你替我约到明天……

志新　想得倒美！（向和平）嫂子，据当地政府介绍，群众揭发，此人是全乡臭名昭著的混混儿！从来游手好闲，一贯厚颜无耻，到处蒙吃蒙喝，穷得是叮当乱响！

和平　哟，那他逃婚那事儿……

志新　他逃什么婚啊？你问问谁愿嫁给他呀？当地民谣说得好："有病不能老慎着，有女不能嫁混子。"——没错儿吧？别说六个指头的姑娘，就是六个鼻子的姑娘也不愿嫁他呀！

春生　要是那样的姑娘我可真不敢要了，那么些鼻子怪吓人的，也不知道长在哪个部位上……

和平　纪春生！

志新　二混子！

和平　二混子！听见志新外调回来摸到的情况了吧？现在是人赃俱在，证据确凿！你还有什么可说的呀？

春生　我是没什么可说的了，没承想我大哥还真到我们村儿摸情况去了。

志新　你别跟我这儿套近乎，谁是你大哥？！给我出去！（上前拉春生）

春生　（挣脱逃开）大姐你心好，你不可怜可怜我？

第18集 不速之客（下）

志新　你非等我动手是吧？（欲抄家伙）

春生　不用伺候！此处不留爷，自有留爷处——你们家阳台怎么走？

和平　（指）从那儿出去就是……哎！你干嘛去啊？

春生　我要从这儿……跳下去！

〔纪春生扑向饭厅，被和平拦腰抱住。

春生　（挣扎）放开我！让我去死！别拦着我！……

和平　志新！你快来帮帮我呀！

志新　咱家阳台不高，没事儿。（向春生）你要真想死，解京广大厦奔下跳！

〔傅老闻声上。

傅老　这是怎么回事儿？

春生　（挣扎）我要去开煤气！我要摸电门！我要切菜刀！……

和平　（抱春生腰）爸！您不是会点穴么？您快给点点哪！

傅老　那我就试试……

〔傅老运气大吼，向春生腹部连点三下。春生"哎哟"一声瘫倒。

和平　志新，快来呀！弄不住了……

〔志新帮和平把春生抬到沙发上。三人观察一动不动的纪春生。

志新　爸，您点的这是什么穴道？

傅老　这个……我也不知道！

和平　不会给点残废了吧？

傅老　你放心吧，我的道行没那么深！

志新　那就是这小子装死。二混子？……（高喊）都起来，我给他顺出去！

〔春生一通乱喊乱叫，挣扎躲避。

傅老　行了行了你别叫了！不会真把你顺出去的！

春生　（有气无力地）您点得我全身瘫痪——连小手指头都动不了。

傅老　动不了也好，你就在这儿好好反思反思吧……

和平　就甭老想吃想喝了！

春生　你还别说——就剩下这部分机能还正常！

〔日，傅家客厅。

〔春生在沙发上昏睡。傅老、和平、志新在旁注视。

傅老　是不是我手下得太重了？

志新　没事儿！中午他还吞了一斤四两包子呢！咱就说怎么处理他吧？（向和平）嫂子，你说！

傅老　就别难为和平了。要不我跟他谈谈？

和平　对！爸做思想工作那绝对是最见成效的！爸您坐这儿，您跟他说。

志新　（对春生耳朵大喝）二混子！

春生　（惊醒，落地）啊！……这么早就开晚饭？

志新　你属什么的呀？

春生　猪哇。

傅老　二混……哦，春生同志，虽然我对你的情况了解得不多，但我相信，造成你失足的原因是多方面的——有个人的，有家庭的，也有社会的……

〔志新气呼呼离开。

傅老　……就家庭方面来说，你弄成今天这个样子，家里就不管你吗？

春生　管呀！就说我爹吧，单位特别严，一般不让回来，还得老在那儿盯着。

傅老　看看看看！这就是为了事业而耽误子女教育的典型例子！你父亲在哪里工作呀？

春生　监狱。

傅老　怪不得嘛，改造犯人是一项极其牵扯精力的工作。

春生　可不是么？要不人家警察说让他把他自己管好了就行，不让他管我呢！

傅老　说了半天你父亲是犯人哪？

· 214 ·

春生　其实罪过也没多大，就是贪污了不到二十万元公款——冤！

傅老　这还冤哪？这要搁"三五反"那会儿早就够枪毙的啦！

春生　光为这事儿，它不是判不了那么些年嘛？我爹他实诚，一没逼供二没动刑，就把以前卖假药、造假酒那老底儿全兜出来了！

和平　坦白从宽哪！那判了他多少年哪？

春生　人家说，他老人家这岁数儿吧，再宽也是无期。

傅老　那你母亲呢？

春生　我娘可是个传奇人物！当年帮我爹偷高压线的时候给电死了，也算牺牲在工作岗位上吧。

傅老　这不是造孽嘛！那组织上呢？你们村里乡里对就你撒手不管吗？

春生　管了，在社办企业给我找了一工作。

傅老　噢，这就对喽！在我们的社会里，是"孤儿不孤"嘛——你去了没有？

春生　去啦，工休太短，工时太长，一共干了俩月我就坚决不干了！不干了……

傅老　那你可以去做生意嘛！很多个体户都倒腾蔬菜、练西瓜都发财了嘛……

春生　我这人天生心慈手软，骗不了人。

傅老　那就老老实实回家务农，种地也可以致富！

春生　我这肉皮子嫩，晒了就长毒疮。

傅老　当民工怎么样？有些工作是在屋里干的，晒不着太阳。

春生　我一接触洋灰就过敏，喘，喘！

傅老　那你干脆出家算了，当和尚最清闲。

春生　我顿顿得吃肉……

傅老　二混子！现在我完全明白了：你之所以成为今天这副样子，社会是没有责任的，全赖你自己！好了好了，看在和平的面子上，也是为了挽救你，我决定三天之内给你找一份你力所能及的工作，让你成为一个有用的人，离开这里！（起身）

春生　（惊喜，坐起）三天？三天之后找工作？这可太好了！太好了……

和平　爸，您瞧春生为即将到来的新生活而激动的！

春生　那是啊！我算算，三天——九个饱、六个倒、外加三个热水澡！周末还能吃顿饺子！

〔傅老气得起身就走。

春生　大爷！您跟小张说：包小白菜馅儿的，我吃不惯茴香！（追下）

〔周末晚，傅家客厅。

〔全家人一起包饺子。

小凡　嗯！总算又盼到这顿饺子啦！

傅老　大家都麻利点儿！咱们快包，包完了就快煮，煮完了就快吃，不然又都落在二混子肚子里去了……

志新　对对对，快收快打快藏，不让鬼子抢走一粒粮！

小凡　慌什么？一个二混子就把你们吓成这个样子？

小张　小凡姐，你是不知道，我一星期买了两次面粉硬是不够吃！

傅老　连爸爸最喜欢抽的那条中华烟也让那小子给"米西"了！

志国　连圆圆的"乐百氏"和"娃哈哈"他都喝！

圆圆　还把你的增白粉蜜用掉大半瓶儿……

小凡　啊？！岂有此理！

圆圆　他吃饭还吧唧嘴！

志国　随地吐痰！

小张　上完厕所不冲！

志新　偷看小张洗澡！

小凡　那你们怎么不把他轰出去？！

傅老　投鼠忌器呀！他不是你嫂子领来的人么……

第18集 不速之客（下）

〔众人七嘴八舌控诉春生。门响，传来春生哼小曲的声音。众人噤声。春生穿着傅老的衣服上，手提空网兜。

春生 （嬉皮笑脸）聊什么呢这么热闹？

小凡 除了你，还有什么可聊的？

春生 同志们对我还挺关心……都说我什么来着？（没人理）圆圆给我学学？

圆圆 包括骂你的话吗？

春生 不包括。

圆圆 那我们就什么也没说了！

小凡 圆圆，走。

〔小凡、圆圆、小张拿包好的饺子向饭厅下。春生伸脖望着饭厅方向出神。

志新 二混子，这一下午干嘛去啦？

春生 干活去啦，自食其力嘛！

志新 就你啊？

春生 不是说倒腾易拉罐儿、酒瓶子也挣钱么？我看咱们家阳台上就不少……

傅老 （气极）你，你怎么能乱卖我们家的东西呢？！

春生 不是乱卖，我卖的那是空的——就是满的我也是喝空了才卖的。

傅老 （拍案而起）简直是无法无天！

春生 老爷子你又要点我？你点，你点……

志新 （咬牙切齿）二混子，我看你有点儿活腻歪了！气死我你要……

〔志新找家伙欲动手，志国拦住。

春生 你要打人是不是？你要打不死我，我吊死你家大门口！我告诉你……

〔乱作一团时，和平领片警小许和另一位警察上。

和平 （指春生）就是他！

小许 纪春生！你又流窜到这儿来了？跟我们走！

春生 我，我犯什么罪了？是这位大姐请我来的！

和平　现在我请你走！我算明白了——劳动致富，勤俭生财！像这样的——贪得无厌的，好吃懒做的寄生虫——你饿死都活该！走！

〔春生被警察押出。

小凡　　（高喊）吃饺子喽！

全家：噢！（欢呼雀跃）

【本集完】

第19集　大气功师

编　　剧：英　壮

客座明星：金雅琴　张　瞳　于　力

〔日，傅家客厅。

〔傅老正投入地练气功，志国、和平和圆圆有说有笑地上。

和平　（见状，忙示意志国、圆圆收声）嘘！轻点儿都！

志国　怎么了？

和平　爸这儿正练功呢！一惊一乍的最容易走火入魔啦！

〔圆圆突然打喷嚏。

傅老　（受惊吓，捂心脏坐）哎哟……怎么搞的嘛！

志国　圆圆打了个喷嚏……圆圆你怎么搞的嘛！

圆圆　我不是故意的……阿嚏！

志国　你就不能忍着点儿？你没看爷爷练功呢！

圆圆　忍了，我没忍住……阿嚏！

志国　还是没忍！要真想忍我就不信忍不住，人家邱少云烈火烧……阿嚏！

和平　你们爷儿俩都感冒啦！平常你们就……阿嚏！……不锻炼。

志国　对对对，赶紧吃药……阿嚏！"康泰克"……

和平　那种缓释胶囊治标不治本，三九感冒……阿嚏！那才去根儿呢！

圆圆　我可不喝中药……阿嚏！

傅老　（断喝）都别吵啦！什么中药西药乱七八糟，全是瞎掰！对付病魔不能靠药！要用人体自身的能力去战胜它！

志国　那您的意思是说……得了病不吃药？

傅老　对！

和平　（浓重鼻音）啊？全凭火力壮？病不死算捡的，病死了认倒霉——就跟原始人似的？

傅老　不是，只要将人体内部威力无比的巨大潜能释放出来，任何人间奇迹都是可以创造的。

和平　那怎么释放啊爸？

傅老　练气功嘛！你们看，你们一个个为什么病得这副模样，而我，同样的流感病毒对于我来说却如同"蚍蜉撼大树，可笑不自量"呢？因为我靠的是战无不胜的"太极混元功"。来来来，你们站好了，我马上给你们发一套功——只消一个"小周天循环"，包你们感冒霍然痊愈！做好接功的姿势……

〔志国等三人站成一排，抬臂伸掌。傅老手舞足蹈向三人"发功"，三人轮番打喷嚏。

志新　（上）爸，您这儿玩儿什么呢？

傅老　来来来，正好，你也一起来参加治疗，心诚则灵……（欲向志新"发功"）

志新　我能问一句吗？您请的是哪路大仙？

傅老　天机不可泄……胡说八道！你当我是跳大神儿的呢？

和平　你们先聊着啊，我找药去了。（下）

志国　我……我这效果也不大灵，我干脆我来点儿简便的，凑合着来点"康泰克"吧！（下）

〔圆圆跟下。志新欲溜向里屋，被傅老抓住。

傅老　都怪你！把我的气场都给搞乱了！（转圈儿给志新"发功"）不但没有使我露一手儿，而且让我现在也……阿嚏！（连喷嚏带咳嗽）

志新　瞧，您也传上了吧？您是打算用这气功战胜病魔呀，还是我赶紧给您沏袋儿感冒冲剂？

傅老　不！我绝对不喝什么感冒冲剂！我坚信……"板蓝根"快给我拿两包来！

〔日，傅家客厅。

〔傅老闲坐，和平织毛衣。

傅老　……这几天，我阅读了一些有关中医和气功方面的专著，对过去一些练功人视为畏途的硬气功，居然有了一定程度的了解，而且还打下了一定的基础，也算是病中偶得吧。

和平　哦，那硬气功是不是就是那"头撞石碑""银枪刺喉"那个？哎哟，那个我爸爸当年闯江湖练过几招儿，那不容易着呢！

傅老　（淡淡地）那都是些粗浅的功夫！像我这样一个"天目天耳已开，身负一甲子功力"的人来说，立刻就可以给你表演。

和平　爸，咱家既无石碑又无银枪，您拿什么演呢？

傅老　那我就给你来一个简单的"汽车过身"吧！去，把志新那辆"幸福125"给我推上来。

〔志新提西瓜上。

志新　干嘛呀？动我摩托车干嘛呀？您要缺钱您管我要——那摩托车是我刚跟三儿借的。

和平　爸不会给你弄坏喽，爸是想让你骑着，解他身上轧过去！

志新　哎哟喂……爸！您让我说您什么好啊！您说您这辈子什么邪没信过？打鸡血、吃醋蛋、喝红茶菌、做甩手操、爬行运动、倒立疗法……您一样儿没落下！现在居然又信起这一套来了……

傅老　这一套怎么啦？这一套叫作人体科学！属于边缘学科！是"现代医学领域里尚未开垦的处女地"——你知道这是谁说的吗？你比著名的科学家还懂？

志新　"迷信要是披上科学的外衣，使科学都沾上一股妖气！"您知道这话是谁说的吗？您比著名思想家还懂？

傅老　我不管它谁说的，我坚持实践第一的标准。看来只能让事实说话，才能让你这样的小顽固哑口无言！摩托车伺候！

〔和平应声欲下。

志新　哎哎哎，我把这话说下啊：这摩托车是交通工具，不是迷信用品！

傅老　和平啊，他那个破摩托车我们不要了！你去搬一块砖来，看为父给你们露一手儿，你们就全都信啦！

〔和平应声下。

志新　嫂子，你还真当真……

〔和平搬砖上，递给傅老。

和平　您等我躲远点儿……

〔和平躲到远处。傅老对砖端详敲打。看动作欲往头上拍。

志新　（一把攥住傅老胳膊）爸！回头伤着您。您要拍，往我脑门儿上来……

傅老　（挣开）放开我！我表演的是"徒手劈砖"！（将砖放在茶几上，拉开架势）看着！（大喝一声，以掌劈砖，失败）怪了啊……

〔傅老再次发力，大吼一声，狠命一劈。砖丝毫未伤，傅老疼痛大叫，跌坐在沙发上。

和平　（冲过来）爸！不碍的吧？哎哟，这什么呀……（把砖拿走）

傅老　（咳）今天气感不好，都是志新给闹的！

和平　也不能光赖志新，您这几天身体不大好……

志新　爸，这样得了，我给您出一个折中的办法：我这儿刚买的一西瓜，要不您改它试试？

傅老　也成……废话！这西瓜，圆圆都能把它劈开！

和平　志新，你别这么说啊，气功那还真是有道理。爸，您别老给我们来那吓人的特深的那种，您给我们来几招儿浅的让我们开开眼？

傅老　好好好。和平，上厨房去拿一个煮熟的鸡蛋——那个皮儿已经剥好了，小张准备炖红烧肉用的。

〔和平跑进饭厅，拿来一枚熟鸡蛋，递给傅老。

志新　您是打算劈熟鸡蛋哈？这没危险。

傅老　劈？看好，后生！看为父把这个鸡蛋生吞下去，然后再运小腹之气，以罡气将它激发出来。（向二人展示鸡蛋）上眼！（把鸡蛋放入嘴中，做运气动作）

和平　吞下去了？

〔傅老吐出鸡蛋。

和平　出来了……

傅老　这个是鸡蛋么？

和平　是啊——红皮儿的！

傅老　红皮儿的不行！（咬一口鸡蛋，转身离去）

志新　咱家有白皮儿的……

〔傅老摆手，下。

〔日，"老年之家"活动站。

〔房间一头放张书桌，桌后高悬"带功报告会"五个大字。和平当主持人，身着中式对襟的傅老端坐旁边，对面坐着余大妈、郑老等数位老人。

和平　（手拿讲稿，朗声）女士们、先生们、同志们、战友们！气功是祖国传统医学宝库中一颗璀璨的明珠，是中华民族丰厚遗产中的一大块儿瑰宝，是通向人体科学自由王国必经之路的一把24K金钥匙！掌握了气功，特别是被人们誉为气功之尊的"太极混元功"，并勤习不辍，能起到强身健体、青春永驻、长生不老、返祖还童的神奇作用，使您们重新为党工作二十年！

〔老人们兴奋，议论。

和平　但是很多同志对修习"太极混元功"的具体方法不甚了解，苦于无法自修成才。今天，我们有幸请来了"太极混元功"的大陆唯一传人傅明同志，给我们做带功报告！大家欢迎！

〔热烈掌声中，傅老起身走到桌后正中，一脸严肃，抱拳。

傅老　今天我不准备多讲，原因在哪里，同志们自己回去想。嘴巴人人都有，无非是吃饭说话，到底哪个重要，还要看实践。我们老祖宗有一句话："光说不练假把式，光练不说傻把式，连说带练（起势）真——把——式！"

和平　好，大家一起跟着做。第一招：起手势。

〔随着《月亮代表我的心》的音乐，傅老每做一动作，和平皆大声说明其名称。众人跟着模仿。

和平　气沉丹田。意存玉枕。收心憷神。抱残守缺……不是，抱元守一。太极混元功的特点就是随心所欲，体随心动——跟着感觉走。野马分鬃。白鹤亮翅。灵蛇出洞。黑虎掏心。好，很多同志都已经动起来了，这就对了，不要限制自个儿。仙人指路。鹞子翻身……

〔傅老因动作幅度过大扭到腰，身体不适。和平浑然不知。

和平　好，大家注意傅老的速度和幅度啊！

〔傅老扶桌喘气。

和平　吴牛喘月……

〔傅老开始一下下痉挛。

和平　鲤鱼打挺儿……又一个鲤鱼打挺儿……再一个鲤鱼打挺儿……鲤鱼还打

　　　　挺儿，老打……

　　　〔傅老晕倒。

和平　哎爸！……

　　　〔众人上前观察急救，乱作一团。

　　　〔日，傅家客厅。

　　　〔傅老坐在沙发上，半身不遂，口眼歪斜，抽搐。和平伺候忙碌。志新领一身着中式裤褂的小伙儿司马上。

志新　爸，特大喜讯！您的病有救了！我来介绍一下——这位，新近出山的气功大师，中华超自然现象研究会顾问，紫霞功的掌门人司马大师！刚打伏牛山下来就被我直接拦家来了。

　　　〔司马向傅老拱手。和平招呼让座。

傅老　（上下打量司马）知道"太极混元功"吗？

司马　（山东口音）太极混元……俺听说过。

傅老　开天目了吗？

司马　开天目啊？我说老师傅啊，俺练功人说，开天目是练功夫当中层次很低的。俺主张是骡子是马咱拉出来遛遛！真功夫是硬气功对不对？

傅老　那您给我们来一个"徒手劈砖"。

司马　（起）老师傅，那俺献丑了啊……

　　　〔志新拿来一个铁质砧板置于茶几上。和平拿来两块砖。

司马　还挺全啊？

和平　我们这儿，这不是有人练么……

　　　〔司马将砖一端悬空放在铁台上，拉开架势，以手劈砖，两块砖应声断开。志新、和平鼓掌。

志新　好！（向傅老）瞧见了吧？（向司马）他还不服。您还会那什么来着？

· 225 ·

司马　下面我再给老首长汇报表演一个"肉铁相搏术"！

和平　肉是什么呀？

司马　肉就是手指头——肉啊！

和平　那铁呢？

司马　铁就是铁块、铁片……电风扇有没？

和平　有有有……

傅老　就是手指头……（比划）电风扇？

　　〔和平、志新从里屋搬来一台电风扇。

司马　俺把手指头插到电风扇里面去！

和平　啊？忒吓人了这……

　　〔和平、志新二人将电风扇接通电源，打开开关。

司马　不行不行，开到最高档！（把电风扇调到最高档）

和平　（学司马口音）最高档？……行吗？这是真的假的呀……

志新　真的，来我给你试试——（拿根筷子从反面插向高速旋转的扇叶，筷子被应声绞断）看见没有？折了！

　　〔司马比划一番，欲用手指从电风扇正面插入。和平吓得大叫。司马手指插入电风扇，毫无损伤。和平、志新鼓掌。

志新　（向傅老）瞧见了么？

司马　下面俺再给领导汇报一个最高层次的！找脸盆儿，有脸盆没？

　　〔志新递过一个塑料脸盆。

司马　俺把丹田的气运到俺的掌上，然后俺把这个盆子给你提拉起来！

和平　哎哟，这电视里我见过，难着呢！一般的功夫不成……

　　〔司马比划一番，把拳头放入盆里，将盆提起。

和平　（鼓掌惊呼，上前握手）哎哟，司马老师！

傅老　不要叫"老师"，要叫"大师"——司马大师啊！（向司马）我跟你说，要不是我前些日子练功岔了内息，弄了个半身不遂，我真想起来给您鞠躬啊！

司马　您客气，老师傅！依俺看着，您这不是半身不遂，您这是练功走火咧，您是经络不通。俺给您发功，发了外气，保证您气到病除！（上前）您坐好哈，您两手放到两腿上哈，您全身放松哈。您脑袋莫想事啊！您好事儿莫想啊，您坏事儿也莫想啊，您放松哈……（作势发功）

傅老　暖和……舒服，舒服……

司马　（大声）您再感觉一下！（发力）

傅老　热，热……

司马　（再发）感觉感觉！……

傅老　烫！烫……受不了啦！

司马　（指傅老患病的半边）您这个膀子动一动……起来了，您起来了！起来了！起来了！……

〔傅老患病的胳膊随之抬起。

司马　（厉声）站起来！

〔傅老不由自主应声站起。

和平　爸！爸，您站起来了！

傅老　（回过神）唉呀……好多了呀！

和平　（上前握手）司马大师！

傅老　怎么还叫"大师"啊？叫"神人"——司马神人哪！（向司马）太感谢你啦！

司马　（笑，脱掉中式上衣，换普通话）傅伯伯，我跟您说实话吧，我压根儿就不是"大师"，更不是什么"神人"。我跟志新是哥们儿，志新说您老人家练功走火了，让我来帮帮您的忙。我是搞新闻的，当记者这些年接触练功的人多，知道一些玩儿气功的人玩儿的把戏……我也练功啊！要我说，气功是老祖宗留给咱们的宝贝，强身健体确有好处，对不对？

大家没有第二句话。问题是像您老人家这一把子年纪，您还去追求那些虚无缥缈，荒唐的什么神功异能？您落个把身体练成这样儿，您看看这事儿划得来么？

和平　那您刚才那些劈砖头什么的，怎么弄的？

司马　这是典型的"眼见并不为实"。您看是我把这砖头给碎了，其实这砖头是叫这块铁砧板给硌碎的。要是没这个机关，这块砖放到这儿，多大的劲儿你也劈不开，这压根用不着什么气功——志新，你练一个给他们看看——知道窍门儿都可以。外行看热闹，内行看门道。

志新　（上前）上眼啊！（用同样方法轻松将一块砖劈开）

和平　哎哟，可以啊你！（向司马）那电扇怎么弄的呀？

司马　捅电扇更简单：您把手伸进去只有一个摩擦力，根本就切不着，不过需要点胆量倒是真的……

　　〔和平欲从电风扇反面尝试。

司马　（拦）您在那儿不行啊，您得转过来。反面有危险，正面儿我保证您没事儿！

和平　这儿行啊？

司马　（打开开关）您试试，开个慢档——

　　〔和平尝试，成功。

和平　哎！停了嘿！那您那盆儿怎么弄的呀？

司马　这个盆啊，全部的"神功"都在这个小东西的上面。（展示手里攥着的一个小吸盘）简单说吧：技巧加胆量，谁都可以，跟气功没关系。包括刚才我虚张声势给您老人家发功，压根儿也没有什么外气，我不过是借用了心理学上的"心理暗示疗法"，根本就没有外气发出去！

　　〔傅老闻听，惊，口眼又歪。和平志新急忙上前。

傅老　没关系，我不要紧……（向司马）真得感谢你呀，司马同志！你不但治

· 228 ·

好了我的疾病，还诊断出我的心病了！作为一个老同志，临了临了怎么可以这……唉呀，教训，惨痛的教训哪！

志新　没事儿，爸，知错就改还是好同志嘛！（向司马招手）

司马　那我告辞了，傅伯伯！

傅老　（起身与司马握手）好好好，以后常来切磋……

〔日，傅家客厅。

〔傅老边看书边观察自己的掌纹。和平、志国拿羽毛球拍上。

和平　……你忒臭讹了你，你那边顺风儿！

志国　哦，我老顺风儿啊？后来跟你换了呢？

和平　换了……风向又转过去了！

傅老　你们两个回来啦？

和平　哟，您这两天气色好嘿！

傅老　你们知道吗？气色这个东西不仅仅说明一个人的身体状况，还能预测一个人未来的凶吉祸福。这两天我看了一下《麻衣神相》，还是蛮有科学性的嘛！老祖宗的这点儿遗产我准备好好研究一下。来来来，我给你们看一下手相……

〔志国闻言扭身下。

和平　爸，您给我瞅瞅，我信这个！

〔傅老戴上眼镜，细看和平左手掌纹。

和平　这得"男左女右"吧？

傅老　哦，对对……（换和平右手）

〔和平一脸无奈。

【本集完】

第20集　心中的明星

编　　剧：英　壮

客座明星：孙凤英　李　耕

〔日，傅家客厅。

〔傅老看报，志新看杂志，忽然傻笑。

傅老　哎哎哎，犯病哪？

志新　没错儿，早起忘吃药了……爸，您看看这段儿！有点儿意思——（将杂志递给傅老）

傅老　（读）"你想先富起来吗？你想大发横财吗？只需寄五十元，包你一本万利、不劳而获。"这叫什么刊物嘛！真是……

志新　《当代青少年益友》。我没让您看这段儿！（指）下边这个——

傅老　（读）"我不是追星族，我是你热情的歌迷。哇！我亲爱的……阿荣？"

志新　张国荣——香港一歌星。

傅老　（读）"哇！我亲爱的阿荣，我真的好崇拜你噢！我虽从未见过你，但我很熟悉你的每条歌……"每条歌？（读）"……每句话，你的生肖，你的星座。我还知道你最喜欢的颜色是粉红色，最亲近的朋友是哈巴狗，最热衷做的游戏是婚外恋，最爱吃的零食是……臭豆腐？"

〔志新大笑。

傅老　你觉得这很可笑吗？可悲呀！你们这一代年轻人！

志新　至于吗？问题是你崇拜谁不行？非崇拜一唱歌的——还是香港的……

〔和平、志国上。

志新　……浅薄！这种崇港媚台就是浅薄！

和平　谁呀谁呀？谁浅薄呀？

志新　这个！你看看——

〔和平拿起杂志看，笑。

和平　你们听这段儿啊——（港台腔，读）"阿荣，你现在过得好不好？我听说你准备和叶之贤拍片——千万不要哦！因为她是一个坏女人，同她拍档会影响你的形象哦！我真讨厌这个叶之贤，真恨不得替你把她杀掉！"

〔众人笑。

和平　瞅底下这落款儿啊：（读）"北京一位发烧友——坚妮。"

〔众人大笑，议论。圆圆自里屋上，一脸严肃。

志国　圆圆！马上期末大考了，回你自己房间去复习功课去！别一听大人有什么有趣的事儿就往上凑……

圆圆　我一点儿没觉得你们大人讲的这事儿有什么有趣的，并且我觉得你们在此嘲笑别人对美好事物的追求，其实特别没劲。这篇文章是我投的稿！（拍下手中的一本杂志）我就是这位发烧友——"坚妮"！笔名儿！（凛然下）

〔日，圆圆卧室。

〔屋里贴满了张国荣的剪报。圆圆贴好一幅张国荣巨幅写真海报。小张持浆糊在旁。

圆圆　小张阿姨，你说阿荣是不是天下最英俊的男人啊？

小张　要我说哩，他不如咱们蔡国庆……

圆圆　唉，可惜你年纪轻轻，这种眼光！看来你真得加强学习了……

和平　（画外音）圆圆！圆圆，怎么回事儿啊你？（手拿试卷闯上）三门儿考试你都不及格啊……（看到海报）啊？原来你这学习一落千丈，就是好这口儿闹的？说！这大头他是谁呀？

圆圆　他不是大头，他是天皇巨星张国荣！

和平　天皇？日本人？我记得上回来那天皇是老头儿啊，怎么又换年轻的了？

圆圆　妈，看来你也得加强学习了！连香港歌星张国荣都不知道是谁啊？

和平　噢——偶像？崇拜上他了？喜欢上他了？迷恋上他了你？！

圆圆　（摇头）妈，你看你想哪儿去了？（拉和平坐）跟你说，其实根本就不是什么崇拜，也不是什么喜欢、迷恋，其实很简单，我就是……爱上他了。

和平　啊？！（急，向门外喊）贾志国！孩子他爹！过来过来过来！

志国　（跑上）怎么了？又闹耗子了？又闹耗子了？

和平　比那还厉害呢！你闺女——（指海报）爱上这位了！

志国　（端详）长得还不错，就是岁数不大合适哈？

和平　就是……去！老贾同志我告诉你啊：你们家小贾同志的堕落，就是由于你放松了家长签字开始的！（向圆圆）作为家长，我有权告诉你——不许爱他！

〔圆圆生气。志国拦和平。

志国　（向圆圆）不过我们完全可以再加一个字儿，把"爱"变成"爱好"嘛，是不是啊？乖，你现在还没有成年，对你来说，目前最重要的是什么呀？

圆圆　先搞到张国荣的亲笔签名！

志国　对……不对！是眼下的期末考试！爱好应该放在业余时间。你必须先搞好成绩，搞好期末考试，然后再搞张国荣……搞他的亲笔签名！我相信，张国荣肯定不喜欢那不爱读书的歌迷。他大概就是因为没好好读书，落到现在只能靠卖唱为生啦……

圆圆　据我所知，他是在英国念的大学。

〔志国、和平面面相觑。

〔晚，傅家饭厅。

〔傅老拿过酒瓶，先偷喝了一口，倒酒。和平从厨房上。

和平　哎哎……爸爸爸！少倒嘿……（夺过酒瓶）怎么那么不自觉呀您？

傅老　怎么没有看见圆圆哪？

志国　（上）在学校还没回来吧？

傅老　这么晚了，都几点放学啊现在这学校？

和平　又上晚自习了吧？快期末考试了，学校抓点儿紧也好！就怕不抓学习光抓钱，这钱那钱，（念白腔）都收到民国三十七年啦！

〔门铃响，志新领赵老师上。

和平　来，洗手吃饭！

志新　嫂子。

和平　啊？（见赵老师）哟，赵老师！赶紧坐……

赵老师　我今天来是想问一下：贾圆圆同学没来上课，有假条么？

和平　有啊……啊？！她没上课？

赵老师　没有啊！贾圆圆今天一天都没在学校露面儿……

和平　她没挨学校上晚自习吗？

赵老师　没有，我们学校根本就没开晚自习，而且我们也从不侵占同学们本来就是已经相当可怜的课余时间。我们一贯坚持党的教育方针，"德智体美劳"全面发展……

志国　怎么……没有晚自习？那邻居王家那扣子小姑娘儿，怎么到现在也在学校没回来呀？

赵老师　哦，你说的是王佳同学吧？我正要去他们家呢——她今天也没来。

〔众人慌乱，赵老师拍手让大家安静。

赵老师　你们安静点儿！我们好好想一想：这两个孩子可能会去哪儿呢？

和平　（六神无主）能上哪儿去呀……我们孩子见天儿大清早儿就奔学校，我们寻思把孩子交给你们组织上我们也就放心了，嘿！末了儿倒问我们孩子上哪儿去了？（哽咽）我们哪儿知道啊……（哭）

赵老师　你冷静点儿，冷静点儿……（向众人）坐下来分析一下，想一想她是不是去什么亲戚朋友那儿去了？游乐场？电影院？

〔和平连连摇头。

赵老师　如果被拐卖的话，那就应该先上北京站哪！

〔和平吓傻。

志新　别……我知道她去哪儿了！

志国　去哪儿了？

志新　展览馆！今儿是张国荣《霸王别姬》首映式，肯定在那儿！

〔志新跑下，众人跟下。傅老起身，喝口酒，下。

〔晚，傅家客厅。

〔傅老在客厅来回转。

傅老　（喊）小张啊，他们去了有两个小时了吧？

〔无人应答。

傅老　人哪？

〔志国、志新、和平将圆圆擒回。

志新　（向傅老）就在展览馆门口儿！半大妞儿横有三四百！

和平　（向圆圆，情绪激动）学会撒谎了你，啊？！学会旷课了你，啊？！还了得了你，啊？！

圆圆　（激动哭喊）我要张国荣的签名！你们干嘛不让？！我已经等了十二个

第20集　心中的明星

小时了！扣子已经有两个张国荣的签名了！……

和平　你住嘴！（打圆圆一巴掌）

〔圆圆哭声顿止，惊愕地看着和平。和平自己也怔住。

志国　现在，你马上回自己的房间！好好反省反省！

〔圆圆捂脸向里屋下。和平盯着自己的手，哭。

志新　第一次下毒手，心里难免有点儿别扭吧？心黑手狠也得有个过程，尤其是残害儿童……

傅老　志新，不要乱讲嘛！你嫂子现在心里也不好过。

和平　（哭腔）你们说到底怎么办哪？离期末考试就一礼拜了，这张国荣他坑人啊！你们得想办法劝说劝说她，好歹也得把期末考试这关给熬过去呀……

志国　武力镇压都不起作用，劝说还起作用吗？

傅老　……平时思想工作就没有跟上！

志新　我倒有一主意！

〔众人注目。

志新　（不好意思）……不过是一馊主意。

〔日，傅家客厅。

〔志新上，四处张望。

志新　（作不在意状喊）圆圆！圆圆，有你一封信！

〔圆圆自里屋上，头发散乱，消沉萎靡，接信，拆开。

圆圆　（惊呼）噢！上帝！（瘫坐沙发里）

志新　（装傻）哎，怎么回事啊？

〔众人突然出现，围过来询问。圆圆把信递给和平。

和平　（港台腔读）"贾圆圆歌友，我有听说你……"有听说？（读）"我有听说你喜欢我的歌，希望得到我的签名，我好高兴噢！让我们来约定：如果这次考试你门门功课都考到95分，那么我会在你考完那天晚上九点钟来你家看你！不光给你签名，还会同你合影，你看好不好？——张国荣。"

〔众人故作大惊小怪一阵喧哗。圆圆庄严起身，毅然走向里屋。

和平　圆圆，干嘛去啊？

圆圆　（慢慢回身，一字一句地）念——书——去！（下）

〔志新面露得色。

和平　你这招儿倒是暂时顶用了——我看你日后怎么收场！

〔傍晚，傅家客厅。

〔众人闷坐，个个愁容满面。

和平　……怎么办啊？这孩子说话就回来了，赶紧想想辙吧！

志国　唉，偏偏她每门儿都考过了95分儿……

志新　就盼着今儿这门儿能不及格……

和平　哎！……别价！都什么时候了你还逗咳嗽！

〔圆圆兴冲冲上，挥舞试卷。

圆圆　你们猜，多少分儿？

众人　多少分啊？

圆圆　100分儿！

〔众人叹气。

圆圆　北京的朋友们！你们喜欢不喜欢？

众人　喜欢喜欢……

圆圆　妈，快点儿来教我化妆！爸，负责把家里环境布置一下！二叔，赶快把个人卫生重搞一遍！……爷爷是怎么也捯饬不出来了，今晚就不要出席了，好吗？乖！（拍傅老脑袋）今天晚上我要穿那件粉红色的连衣裙——

· 236 ·

粉红色是阿荣最喜欢的颜色……（下）

和平　（焦急）怎么办啊？现在要告诉孩子真相，这孩子还不立马得精神崩溃呀……

〔志新起身欲下。

和平　哎哎哎——你溜啊？

志新　我直接去找张国荣！（下）

〔晚，傅家客厅。

〔客厅布置一新，还挂上了那张张国荣巨幅海报。众人在座。志新上。

众人　怎么样啊？……见着了么？……几点钟来呀？

志新　（气喘吁吁）警……警察不让我进……可是我见着他经纪人了！我把这事儿一说，经纪人说"一定转达给张先生"！

志国　嘻！这不废话一句么！

和平　他那是糊弄你哪！

〔圆圆穿粉红连衣裙上场，亮相。

众人　（虚头巴脑地）哟，圆圆这么好看啊……真漂亮……

圆圆　你们说……阿荣会喜欢我么？

众人　会会……肯定喜欢……绝对喜欢……

和平　敢不喜欢！

圆圆　（看表）九点了！

〔门铃响。

圆圆　阿荣来了！

〔众人起身。小张上前开门，小凡上。众人失望坐下，圆圆上前拉住小凡。

小凡　呀！家里今天气象万千啊！萨马兰奇又要来北京啦？

圆圆　不，是阿荣马上要到咱家做客！

小凡　阿荣？哪个阿荣啊？

圆圆　看来你也得加强学习了！天皇巨星——张国荣！（把信递给小凡）

小凡　（看完信）这谁干的呀……二哥！是不是你出的馊主意？我说你们希望圆圆考个好成绩、上个好学校，这我可以理解，可是你们怎么能够采用这种办法？你们理解孩子吗？你们知道这样做会多伤孩子的心吗？！

圆圆　小姑小姑，你这说什么呢？

小凡　（把信塞给志新）自己跟孩子解释……

志新　（痛心地）圆圆，二叔对不起你！二叔千不该万不该，不该冒充张国荣给你写这封信！可二叔是为你好……

圆圆　（夺过信，难以置信地）不可能！不可能不可能……这信是阿荣给我写的，是真的！上次二中的一位朋友过生日也接到阿荣的贺电，当时她自己都不敢相信！（哽咽）是阿荣给我写的信！是真的！他还答应要跟我合影……阿荣肯定会来的……（哭出来）

〔门铃响，小张开门。志新上前看。

志新　（兴奋）哎哟！来了！来来来……

〔志新引西装革履的张国荣经纪人上。

志新　圆圆！圆圆！这位就是张国荣——

圆圆　胡说！

志新　（打出一个喷嚏）……的经纪人！

和平　我说怎么长得那么像周润发呀……

经纪人　（港普）对不起啦，我来晚了。

志新　您早来也不顶事儿啊，她现在连亲妈都不认了。

经纪人　（向圆圆）哇！这就是贾圆圆小姐啦？小妹妹好漂亮啊！

圆圆　（不快）谢谢！

〔众人让座。

第20集　心中的明星

经纪人　张国荣先生刚刚结束首映式。我跟他说了贾小姐的事情，他非常非常地高兴啦。张先生现在正在宾馆接受记者的采访，专门委托我到你们家来……

志新　圆圆！听见了吧？这位——张国荣身边的人——代表张国荣看你来了！

圆圆　（咂嘴）那管什么呀？

志新　（向经纪人）是啊，那管什么呀？

经纪人　张先生请贾小姐到宾馆里去——见一见面，谈一谈天，照一照相，吃一吃饭，唱一唱歌，跳一跳舞啦！

圆圆　（狂喜）啊？阿荣！……咱们现在就去！

经纪人　不着急！你的考试都达到了95分以上么？

〔圆圆给经纪人展示试卷。

经纪人　哇！100分，好好的了不起呀！没有什么问题了……小妹妹，以后考试都要考得这样好啊！（向众人）你们哪一位陪她一起去呀？

志新　那我就受累再去一趟……

小凡　（冲过来）你都去过一次了，轮也该轮到我了！我去……

志国　（冲过来）别别别……大老远的，你们就不用跑了，还是我来吧……

和平　（冲过来）唉呀，谁让我是圆圆的妈呢？这种吃苦受累的事儿还得我去……

小张　（冲过来）我是看着圆圆的——她去哪儿，我也得去哪儿……

〔众人争作一团。

傅老　好啦好啦，不要吵了不要吵了，当着客人怎么可以这样呢嘛。这次重要的外事活动谁去参加，还得由我来决定嘛。我看就让……

〔众人争相暗示傅老选自己。

傅老　……还是我自己辛苦一次吧！（拉圆圆下）

【本集完】

第 11 集　无线寻踪（上）

丽达："得了，咱们还是自己铺自己的吧，要不然传出去……那可说不大清楚。"

和平面对刑警十分紧张："哟！你们找我呀？"

刑警小段："本案最大的嫌疑犯——就是你！"
志新："凭什么呀？！噢，就因为他这BP机在我……"（说不下去）

第12集　无线寻踪（下）

刑警小段："我告诉你贾志新：这个BP机就是本市近来几起重大抢劫案的主要线索！我们既然找到了你，就不会轻易撒手！你可要想好了！"

志新："哎？燕红，这儿不是有（电话）么？"
燕红没好气："什么有！有什么有什么？你们家有上你们家打去！"

和平："嘿！你……你送她我没意见啊，你送那溜达……"
傅老："丽达。"
和平："你怎么也得经我同意吧？"

第13集　奖券的诱惑（上）

和平："现在各大商场都在弄'金刚砂'牌儿手纸有奖销售……"

"四强赛"中国队对阵朝鲜队，中国队进球，全家欢呼，惟有志新沮丧哀号。

志国："你经过市场调查了吗就乱答题呀？"

第14集　奖券的诱惑（下）

和平教志国学粤语："'洒洒水'——"
志国："'哑么嘴'——"
和平："谁跟你这儿哑么嘴呀？"

调解大妈："他打牌呀？打牌可不好！"

和平读她最终获得的一纸证明："为表彰和平同志对本次有奖购物活动的大力支持，从即日起，和平同志将终生免费使用'金刚砂'牌手纸？！"

第15集 初次下海

志国："燕红啊，我们可是信得过你，你能保证不赔本儿吗？"

小凡："那也行，我也就甭太特殊了，我来——一股。"

和平："燕红啊，这两千块钱就这样就变成一千啦？这一千块钱顶我大半年工资呢！一点儿响儿都没听着它就没了！"

第16集　毁我爸一道

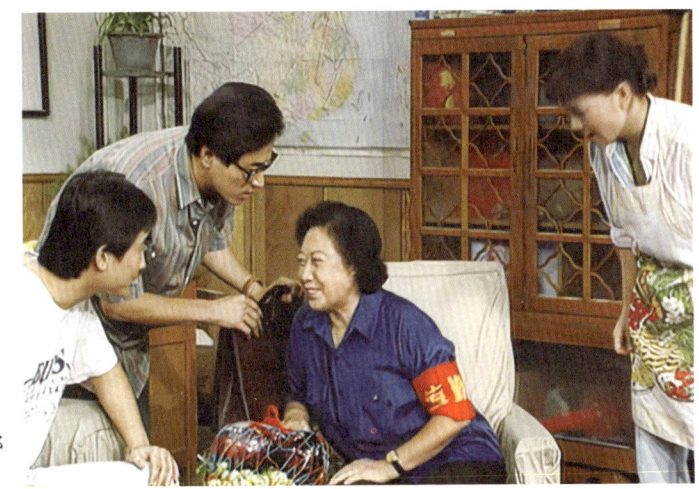

余大妈："人家都说早上起来那肉啊,是昨天晚上刚宰的猪……"

刘爱锋："昨天清晨,我和往常一样,在社会主义明媚的阳光下骑车上学,由南往北中速行驶。"

为求得傅老谅解,三名肇事者为傅老按摩捶腿,极尽取悦。

第17集　不速之客（上）

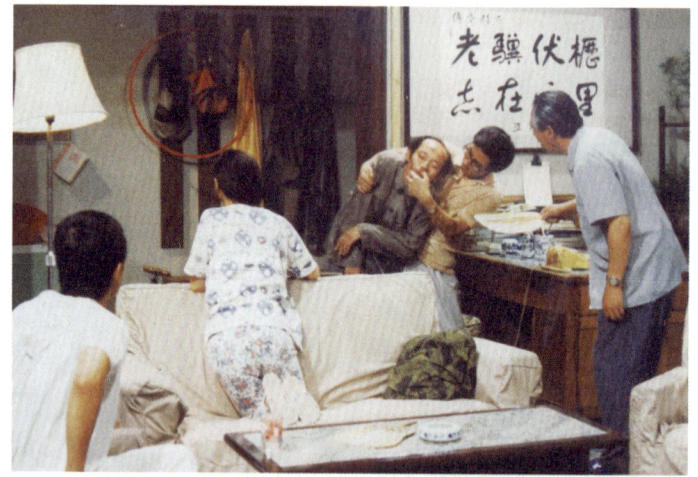

春生向众人鞠躬，晕倒，被志国一把抄住。众人大惊。

春生："我纪春生人穷志不短，马瘦毛不长！几家收容所给我的一致结论是——一不偷二不抢，不反对人民不反对党……"

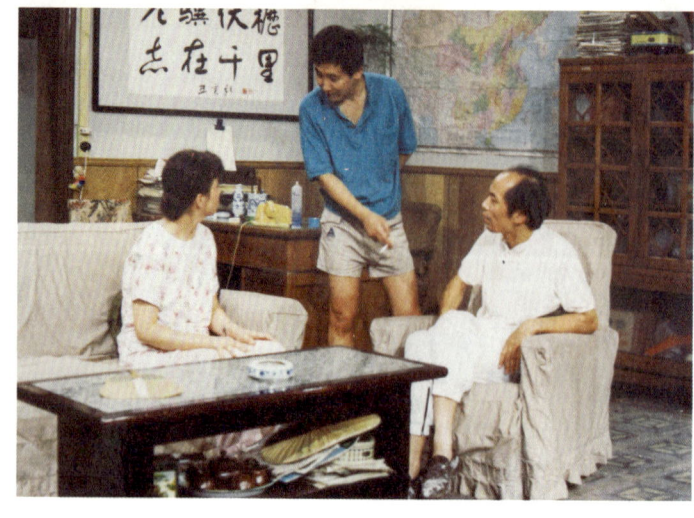

志新："那些石油大国早派人把他杀啦——你这不是砸人饭碗吗？"

第18集 不速之客（下）

春生："我，是一逃犯。"

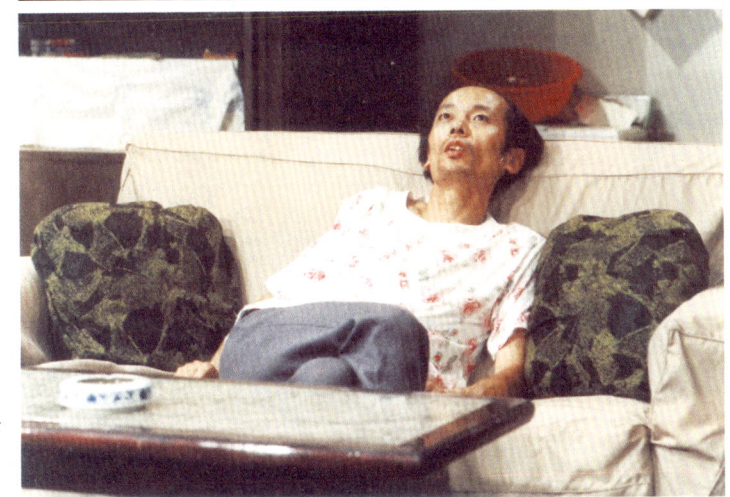

傅老："你父亲在哪里工作呀？"
春生："监狱。"

春生："同志们对我还挺关心，都说我什么来着？"

第 19 集 大气功师

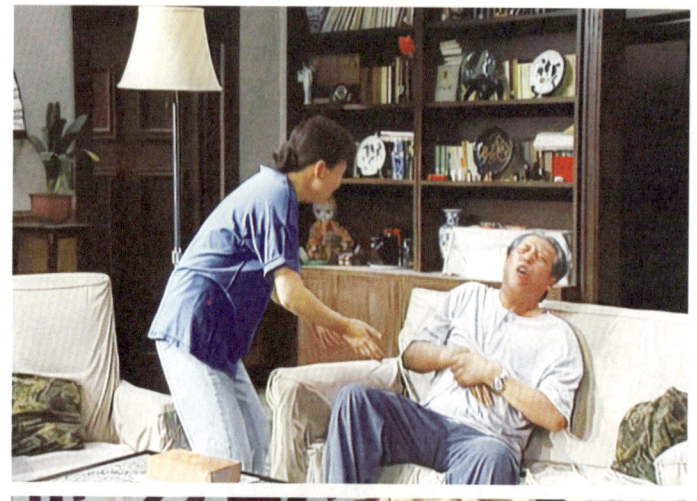

傅老表演"徒手劈砖",狠命一劈,砖丝毫未伤,傅老疼痛大叫,跌坐在沙发上。

和平:"太极混元功的特点就是随心所欲,体随心动——跟着感觉走。"

傅老错练太极混元功"受伤"。

第 20 集　心中的明星

圆圆:"我觉得你们在此嘲笑别人对美好事物的追求,其实特别没劲!"

和平气极,打圆圆一巴掌,圆圆哭声顿止,惊愕地看着和平,和平自己也怔住。

张国荣经纪人:"哇!100分,好好的了不起呀!没有什么问题了。小妹妹,以后考试都要考得这样好啊。"

第21集　女儿要远航

编　　剧：梁　左

〔晚，傅家客厅。

〔全家人看电视，圆圆自里屋上，把电视关掉。

众人　哎……干嘛呀……开开！开开……怎么回事儿啊……

圆圆　我有件重要的事儿想和你们商量一下儿，很快。我先问你们：假如一个人像我这么大的时候就有了远大的理想，是好事儿还是坏事儿啊？

傅老　那当然是好事了，没有理想就没有方向嘛！

圆圆　你们都同意不同意爷爷的意见？（见没人说话）一致通过！

和平　你这要出什么幺蛾子呀？你要干嘛呀？

志国　那要看你的理想正当不正当，如果是正当的，当然我们也没有什么……

小凡　对，圆圆，你先说说你的理想是什么呀？

圆圆　当一个航海家！今天我们学校请了一位海员叔叔做报告，听完以后我和扣子都决定长大以后去航海——正当吗？

志国　那当然是……（向和平）算是正当的吧？

志新　再正当没有了！像圆圆这种年纪的青少年，有理想有追求的可是剩下不多了。什么祖国的前途、人类的理想……也就是咱们家——还多亏咱爸

第21集 女儿要远航

　　　　领导得好。

傅老　呵，集体领导嘛！（向志新）不要只宣传个人！圆圆，有理想很好，大家都会支持的。（向志国）快把电视开开吧……

圆圆　（拦）哎哎，光说不行，你们得有点儿实际行动，现在进行有奖募捐！（拿出一易拉罐）一元开始，多捐不限——我需要买一些航海方面的书。

傅老　不要捐了，爷爷给吧。（掏钱递给圆圆）先给十块钱，不够下次爷爷再给。

圆圆　好，一会儿我再找您两块钱算提成。

傅老　啊？

圆圆　光书本儿知识不够，等到放了暑假，我还准备和扣子亲身实践一下——我们要去航海！

　　　〔众人一片惊呼。

圆圆　你们别激动，要捐款的一个个来。每人可以提成百分之二十……

和平　捐什么款哪？！那么点儿小孩儿去航什么海呀！这不胡闹么……

圆圆　我决心已定，百折不回！

小凡　这样吧：圆圆，等放了暑假呀，小姑带你去大连玩儿——咱们坐大轮船，从海上走！

　　　〔众人赞同。

圆圆　不！我们必须沿着中国海岸线绕一圈儿，目的地是西沙群岛！

志国　开什么玩笑！我告诉你：这绝对不可能！

　　　〔和平夺过易拉罐。

圆圆　我告诉你：一放暑假我就走！

志国　那好，放了暑假我就给你锁在屋里！

圆圆　你锁得住人锁不住心，我可以从楼上往下跳！

志新　那不就摔成瘸子了吗？没听说瘸子能航海的……

圆圆　那我也身残志不残，历经苦难痴心不改！

和平　完了这孩子是疯了！……

〔众人七嘴八舌。

圆圆　（拍手）我现在要去找扣子探讨一些航海方面的问题。反正我决心已定！

〔拿易拉罐，和平不给。

圆圆　……有钱没钱也要去！如果你们不想让我吃太多的苦——请吧！（下）

和平　（起）你回来！我数了啊！一，二，二点儿五……

傅老　也没有什么了不得的，小孩子都是这个样子，三分钟的新鲜劲儿。看电视，看电视……

和平　不可能！我看她这回是铁了心了。我自个儿的姑娘我了解呀，我像她这么大的时候，我为演黄世仁他妈，我……我什么事儿没干出来啊？赶紧说吧，离暑假没几天儿了，怎么办哪？

小凡　从现在开始，拿学习压她！等考试的时候再拿成绩压！给她压垮了算！

和平　什么学习呀、考试啊对她来说一点儿都不困难，你们出点儿高明点儿的主意！

〔众人面面相觑。

志国　高明点儿的，那……那只有以毒攻毒了！

〔日，傅家客厅。

〔傅老、志新在座，志国抱一摞书上。

志国　来来来……诸位……

〔和平自饭厅上，小凡自里屋上。

和平　怎么着哇……

志国　大家辛苦一下，刻苦攻读吧——我就不信压不住圆圆！

〔日，圆圆卧室。

第21集　女儿要远航

〔志国、和平找圆圆谈话。

志国　……我们支持你是有前提的。前提就是：不但学习要好，期末考试成绩要好，而且要掌握一定的航海知识，比如说海上救生法等等，以防发生万一。为此，我和妈妈给你买了一批航海方面知识的书，准备让爷爷、叔叔、小姑帮你进行这方面知识的学习，好不好？

圆圆　哎，太好了！

志国　那好，从今天开始，做完作业咱们可就要进行这方面的学习啦？

圆圆　没问题，我保证学好！

和平　你要是学不好呢？你要是掌握不好这方面的知识，你就不能去航海！对不对？

圆圆　我说过啦，我保证学好嘛！

〔日，傅家客厅。

〔和平给圆圆上课。

和平　（捧书，郑重其事地读）"到目前为止，全世界每年新造船……"（后面的字不认识，指给圆圆看）

圆圆　舶！

和平　哦，舶——船舶……船舶嘛！（读）"船舶约两千万吨。船……"

圆圆　舶！

和平　知道！（读）"船舶总数已达五十万艘以上。"圆圆，你认真记录啊，这些数字都得背下来。

圆圆　妈妈，航海家一定要记住这么多数字么？

和平　那当然啦！下面我得给你讲讲全球性海上通讯的情况。（读）"一九七六年，美国在太平洋和大西洋发射了同步卫星，从而实现了全球性海上通讯。这套系统投入使用以后啊，海上即使有两千艘船……舶，每天各呼叫四次，成功率也在99%以上。"注意啊，这些都得背下来！

圆圆　天啊！这些对我都有用么？

和平　当然，书到用时方恨少啊，别跟你妈似的……

〔日，傅家客厅。

〔傅老捧书给圆圆讲课。

傅老　……加强纪律性，革命无不胜！航海家的纪律是什么呢？就是政府间海事协商组织所规定的各种国际公约。这种公约很多呀，我们以后要陆续地都把它讲到。现在我们接着来讲……（吃力念）《1979年国际海上搜寻救助公约》，我国政府也在这个公约上签了字。我们先来复习一下有关的定义和名词。第一，海上值守单位。这指的是对沿海地区船舶安全保持值守的，固定的，或流动的，陆地单位！第二，海面搜寻协调船。这是指在特定的……

圆圆　（胆怯）爷爷，我一点儿都没记住。

傅老　不要着急啊，多听儿遍就记住啦！第二，海面搜寻协调船……

〔日，傅家客厅。

〔志新捧书给圆圆讲课。

志新　（眯眼看书，快速读）"关于水下潜艇的储备浮力问题是这种情况：它处于水面状态时只有15%到40%，而一般商船则高达其排水量的80%以上，一般舰船也能达到50%左右；而当潜艇潜入水下时其浮力为0或只有极少的正浮力……"你为什么不记录啊？

圆圆　我根本不懂你这儿说什么呢……

志新　水下潜艇啊！

圆圆　我航海是在水上，不是在水下呀！

志新　谁说不是啊……多学点儿知识总没坏处！二叔还能害你么？（接着念）"关于大深度下的高水压对潜艇的影响问题。由于潜艇的艇体是由耐压和非耐压两部分……"

〔日，傅家客厅。

〔小凡捧书给圆圆讲课。

小凡　对于每个航海家来说，海洋动植物学是他所必须掌握的学科。今天我要给你讲的是鱼类部分的第三小节，着重介绍一下热带海域中的热带鱼。我们先来看一些有毒的热带鱼，其中最常见的大约有……三百多种。记——主要是：刺尾鱼、鲈鱼、鲱鲤、海鳝、隆头鱼……这些鱼的名称你都要记住，并且能够根据图形给它分辨出来……

圆圆　有这个必要么？我去航海又不是去捕鱼。

小凡　是啊……是啊！这些都是有毒的鱼呀！万一你航海的时候吃了有毒的鱼呢？

圆圆　那我在海上绝对不吃鱼，行了吧？

小凡　那也不行！万一轮船失事的时候你像鲁宾孙一样漂到荒岛上去呢？

圆圆　……那我宁愿饿死也不吃鱼！行不行啊？！

〔日，傅家客厅。

〔志国捧书给圆圆讲课。

志国　轮船失事是航海中常见的事情，所以每个航海家都必须掌握海上救生法，这当中包括海上求生和海上组织援救两个部分。今天，我主要给你讲的是海上求生部分的第一阶段——弃船。弃船，包括这样几个程序：一，由船长下令弃船。二，最后发出遇险信号。三，船员将国旗、船舶证书、有关日志和海图携带下船。四，组织救生艇的降放和所有人员下艇。五，

　　　　组织发放救……

圆圆　哎哟喂！一共有多少条儿啊……

志国　最重要的就有十六条，而且每一条还都有若干个小条目，一会儿我再给你详细讲。当然了，弃船只是海上求生的开始，下面你还要掌握有关救生设备的性能啊，尽快适应海上漂泊的特殊的生活环境啊，学会各种急救和预防措施啊，还有如何等待救援和寻找陆地呀……

圆圆　上帝！能不能简单点儿？比如我不当船长也必须知道怎样下令弃船啊？

志国　那……当然了！海上救生法是每个航海家都必须掌握的！

圆圆　（生无可恋）可怜的航海家……

〔傍晚，傅家客厅。
〔傅老、志新、小凡在座。志国看向门口，和平匆匆上。

和平　……圆圆跟小张出去了？

志国　小张去买菜，我让圆圆跟她去散散心。你放心，一时半会儿回不来！

和平　赶紧赶紧，来开个短会。说说，这几天情况怎么样啊？

傅老　是说圆圆航海学习的事儿吧？很好啊！她已经把我教给她的那些航海公约全都背下来了！现在正在熟悉细则和有关修订部分，如果没有新的课程，我看她在我这里的学习就算圆满地结束啦！

志国　怎么就难不倒她呢……志新！你那儿情况怎么样？

志新　哦，圆圆起先对水下潜艇没多大兴趣，后来经我耐心引诱，现而今是兴趣倍增，各项功能参数比我背得都溜。看起来我还真有点儿当老师的天才……

和平　完了完了……小凡小凡！你那儿呢，怎么样啊？

小凡　我发现圆圆是个悟性极高的孩子，海洋动植物学方面她已经达到了大学本科生的水平，我是没法儿教她了！

·256·

第21集 女儿要远航

志国　我早就说过，咱们这课讲得越枯燥越没劲越好，千万不要提起圆圆的兴趣来。你们可倒好——一个一个就怕埋没自己那点儿才华，透着一个比一个会教书……

和平　现在只好采取更为极端的做法了——人海战术外加疲劳战术。

〔清晨，圆圆卧室。

〔圆圆熟睡中，和平上。

和平　圆圆，圆圆！快起来啦，快快快，快起来……

圆圆　（惊醒）啊？呀！我要迟到了吧？

和平　没有，没呢！

圆圆　昨天功课写得太晚了。老师让写作文儿，还有数学，好多……（起床，同和平往外走）

和平　（突然回头）1980年，世界各国商船队的海损数量是多少？！

圆圆　……你说什么呢妈妈？

和平　海损数量！妈昨天教你的呀？（得意地）记不住了吧你？

圆圆　对不起，我现在满脑子都作文儿。海损数量……1980年……好像是228艘。

和平　（扭头走，又突然回头）吨数呢？

圆圆　180多万吨——只是商船……（和平闻说绝望）我说的不对吗？

和平　（无奈）对！

〔晨，傅家饭厅。

〔一家人在吃早饭。

和平　志新！（指圆圆）

志新　（突然）对了圆圆！二叔问你——第一艘水下潜艇是谁发明的？

圆圆　大卫·布什内尔——他是美国人吧二叔？

志新　发明时间！

圆圆　1766年。

志新　那是一艘什么样的潜艇啊？

圆圆　是一艘单人作战潜艇，还是人力推进的——对么？

志新　……都答对了。

和平　快吃饭圆圆！赶紧吃……

〔傍晚，傅家客厅。

〔傅老看报，圆圆背书包上。

圆圆　爷爷！

傅老　圆圆，放学回来啦？

〔圆圆气喘吁吁地喝水。

傅老　慢点儿喝，不要呛着……

圆圆　爷爷，我们今天上体育课可好玩儿了。我们女生和男生一起拔河，您猜我们谁赢？

傅老　（凑近，一口气）政府间海上协调组织1979年向世界无线电行政大会提出了什么要求？！

圆圆　是关于海上搜寻救助频率的问题吗？

傅老　这个……啊，就是！

圆圆　要求在4、6、8、12和16兆赫海上搜寻移动频率里各分配一个供所有国际电信联盟区域使用的频率，主要用于遇险和安全之目的——爷爷，我说得对么？

傅老　好像对吧……谁记得这些鬼东西！

〔晚，傅家客厅。

〔全家人一起看电视。

志国　（轻声）小凡！小凡……

小凡　（领会，向圆圆）圆圆，圆圆！别看了，小姑考考你。

圆圆　（盯着电视）是关于海洋动植物方面的么？考吧！

小凡　请你任意举出海洋中一些常见的有毒动植物！

志国　别看了，快回答小姑问题！

圆圆　太简单了！任意举出是么？比如说：石鱼、蟾鱼、斑马鱼、某些珊瑚虫、某些海胆、软体动物芋螺、还有海蛇……很多很多啦！

志国　（向小凡）她说得对吗？

小凡　（低声）……记不住。

圆圆　没事儿小姑，记不住我告诉你，问我！

〔日，傅家客厅。

〔志国上。圆圆自饭厅上，经过客厅。

志国　圆圆，干嘛去？

圆圆　出去玩儿会去！

志国　哦……回来！过来，我问你，按照规定，海上救生艇应该配备哪些器具？

圆圆　都要说吗？

志国　都要说！

圆圆　单座可浮桨一套，备用可浮桨两支，以及可浮舵桨一支，桨架或桨叉一套半。水瓢两只，艇底塞两枚，以认可材料制成的水桶两只。太平斧两把，每端各一把。灯一盏，备有足够点燃 12 个小时的燃料。适用的火柴盒两盒，都要装在水密容器内……

志国　好好好……不错。（起身）

圆圆　别着急，还有呢。（拉志国坐）桅、帆及索具一套，帆为橙黄色。认可尺度的海锚一支。哨笛或同等音响的号具一支。钓鱼用具一套。口粮按救生艇额定每人一份，通常是每人800克饼干和300克葡萄糖。这些都要装在气密容器中，而气密容器则储存在水密容器中……

志国　行了行了……（欲下）

圆圆　别着急！我跟你说呀，还有呢：开罐头折刀一把。适于存放细小物品的柜子一只。装在水密箱内认可的急救包一套……

志国　行了行了，我不听了我不听了……（逃下）

圆圆　我跟你说还有呢……（追下）

〔晚，傅家客厅。

〔一家人垂头丧气围坐。

和平　……怎么着啊？离放暑假没多远儿了，咱真让圆圆航海去呀？

小凡　跟她谈判吧！我倒是可以带她去坐一次海船……

志新　上回说带她去大连她都不去，除非你领着她沿着中国海岸线绕这么一圈儿。

小凡　那不可能！多带她去几个地方不就成了么？你们赞助！

傅老　实在不行也只好如此，我们现在没有任何理由再去阻止她嘛——自己把自己给逼上了绝路！

志国　问题是还不知道圆圆答应不答应这个条件呢——我们当初是答应她自己去航海的嘛……

〔圆圆上。

和平　圆圆，我们大人这儿正商量让你去航海的事儿。你知道我们本来都不大想让你去……

圆圆　我早就知道你们不想让我去……行，那我就不去啦！

〔众人大喜，纷纷夸圆圆听话。

圆圆　今天，我们学校请了一位中国登山运动员叔叔做报告，听完以后，我和扣子都决定暑假改登山了！

众人　啊？！

圆圆　（轻描淡写地）就爬个珠穆朗玛峰——从北边儿上。请各位赞助！（放下一个易拉罐，向里屋下）

〔日，傅家客厅。

〔傅老、志新闲坐，志国抱一摞书上。

志国　来来来……各位各位……

〔和平自饭厅上，小凡自里屋上。

和平　怎么着哇？

志国　各位辛苦！再来刻苦攻读一下登山方面的书吧？我就不信压不住圆圆！

〔众人闻言四散。

【本集完】

第22集 原则问题

编　　剧：梁　左

客座明星：颜美怡　金雅琴

〔日，傅家客厅。

〔小凡闲坐，圆圆写作业。电话响。

圆圆　（接）喂，找谁啊？……贾敬贤？谁叫贾敬贤啊？

小凡　那是你爷爷！他年轻时候叫贾敬贤……

〔志新自饭厅上。

圆圆　哦对，是我爷爷，他现在叫傅明……

志新　哎哎……我来我来！（上前接过电话）喂，您找谁？啊，敬贤是我爸……对，我是他们家老二……我妈好不好？我妈跟八宝山那儿躺着，我哪儿知道她好不好……您是谁呀？您贵姓？哦……什么？同学？什么时候的同学呀？那您把您的电话告诉我，等我爸回来我……喂喂喂……嘻！（挂电话）

圆圆　谁呀二叔？

志新　没你事儿！做功课！

圆圆　我知道，是爷爷的女同学！（港台腔模仿）"喂？我找一下贾敬贤先生。"

第22集 原则问题

小凡　怎么这味儿呀？港台女同胞？

志新　听着有点儿像，好像是说叫什么"文怡"？

圆圆　（港台腔）好温馨的名字哟……

志新　去！（向小凡）我估计是咱爸年轻的时候，背着咱妈嗅的小蜜。天地悠悠，岁月匆匆……

小凡　琼瑶笔下的故事要在咱家重演啦？

圆圆　（港台腔）聚散两依依，心有千千结……

〔傅老举报纸上。

傅老　好消息，好消息呀！首都机场的高速公路马上就要修成啦，激动人心哪！

志新　爸，我这儿还有一更激动人心的消息：您中学时代的一女同学给您来电话了！

傅老　不要开玩笑！我们上中学的时候可跟你们现在不一样，那真是国难当头，危亡之秋啊！什么男同学女同学……我中学没有念完就去参加革命了嘛！

志新　反正是说……好像叫什么"文怡"……

傅老　（扔下报纸，激动跳起）你说什么？文怡？她现在在哪里？！

志新　您要咬我呀？您再吓着圆圆……

圆圆　没事儿！爷爷，您跳您的，我一点儿都不害怕。

傅老　（向志新）你快说，文怡她现在在哪里？她现在还活着吗？

志新　活着活着——死人能打电话吗？而且声音还特别清晰……

傅老　唉呀文怡……一九四三、一九四四……都快半个世纪了！（扳着手指头，傻笑着下）

〔晚，傅家客厅。

〔和平、志新看电视，傅老焦急地来回溜达。

和平　（笑）爸，您别老挨这儿晃悠成吗？我瞅着眼晕。

傅老　（掩饰地）我散散步。饭后走一走，活到九十九；饭后遛一遛，活到一百六！

志新　爸，您踏踏实实坐那儿，待会儿来电话了您再起来接也不晚。

傅老　（装）谁说我在等电话嘛……

〔电话响，傅老扑上前接起。

傅老　（向电话，温柔地）喂？你是谁呀？（恢复腔调，向和平）和平你电话！快一点儿打啊，不要老占着电话。

和平　（向电话）喂！谁呀？哦，余大妈……要赞助啊？我跟您说，我们不是不交……

〔傅老做手势让和平挂电话。

和平　（向电话）……要不然这样得了：我公公这儿等长途呢，您回头再打来？哎，好嘞，谢谢您啊！（挂）这余大妈也是，要修一破自行车棚子，要好几回赞助了！

〔电话又响。

和平　（接电话）喂？（向傅老）爸，找您的……

〔傅老抢步上前。

和平　还是余大妈！她说要直接跟您谈……

傅老　（无奈，向电话）喂？我不在！（挂）

志国　（上）爸，我看您今天情绪也是反常。到底怎么回事啊？您能不能先跟我们透露一下儿？也让大家有个精神准备，万一那文怡女士要找上门儿来……

〔门铃响。

志新　说来还就来了！爸您悠着点儿，别摔着啊……

〔圆圆自里屋跑上，去开门。傅老伸手上前，又失望转身。余大妈上。

· 264 ·

余大妈　老傅啊，这都老熟人儿了，还迎接干什么呀？哈哈……

〔夜，傅家客厅。

〔灯光昏暗。躺在沙发上的志新一觉醒来，见傅老坐电话前托腮出神。

志新　爸，您就回屋吧，待会儿有电话我叫您。

傅老　那样会耽误事的。已经耽误一次了，就不要再耽误了……

志新　哎哟，您跟这个姓文的到底是怎么档子事儿啊？

傅老　（打哈欠）说来话长——往事依稀浑似梦，都随风雨到心头啊……

志新　爸，您抽空儿跟我们也说说，我不给您传去。反正您现在也是"单碑儿"，您要想再往前闯闯，也没人敢拦您。得，您接着憧憬吧……（打着哈欠下）

〔晨，傅家饭厅。

〔和平、志新吃早点。傅老兴高采烈地上。

傅老　来啦来啦来啦……

和平　（笑）爸，没人儿叫您，您来就来吧……来了您就坐下吃吧！有什么事儿您慢慢说——什么来了？来什么了？

傅老　（拍志新头）电话……（欲拍和平头，觉得不妥，收手）文怡……她现在就在北京呢！一会儿她就来……你们赶紧把房子都打扫一下，布置一下！和平啊，你和小张马上准备午饭——不要怕花钱！什么贵、什么好你就买什么，啊？

和平　哎，您放心，我这就上西单菜市场买俩王八去！

志新　爸，这姓文的是什么人啊？您连艰苦奋斗都不要了？

傅老　我艰苦了一辈子，奋斗了一辈子，好不容易有这一回，我就换换样儿吧！哈哈！我们这个老同学那可是书香门第，大家闺秀！在学校那会儿吃饺子的时候，人家是光吃肚儿不吃皮儿……

· 265 ·

志新　这就叫大家闺秀啊？撑死了就是一土财主！

傅老　当年我也是这么说她的，呵呵……（脸一板）我说她行，你说她可不行啊！说不行就不行！（下）

志新　哎哟，这后妈还没进门儿呢就不待见我们这前房儿女了……

〔日，傅家客厅。

〔傅老衣着光鲜，面向门口等候。志新自饭厅上。

志新　爸！待会儿您拥抱的时候留神别闪着腰……

〔圆圆气喘吁吁跑上。

圆圆　爷爷……

傅老　（紧张）怎么，来了吗？

圆圆　余大妈……

傅老　（扫兴）又是余大妈！

圆圆　余大妈说居委会有位奶奶找您，我给您带这儿来了——

〔文怡——一位优雅端庄的老太太上。

傅老　（盯着文怡，两眼发直）你，你怎么……那个……

文怡　（面露不悦，略带南方口音）你都认不出我来啦？

傅老　文怡呀……你都老成这个样子啦？！

志新　（赶紧）您自个儿也不年轻啦！（向文怡）这位大妈，您坐您坐！我爸不会说个话儿，您甭跟他一般见识，全瞧我了！

文怡　（坐）敬贤不会说话呀？他年轻的时候是最能讲会道的！

志新　那，那您二位玩儿吧……不是！您二位聊吧，聊……（捂圆圆眼睛，拖圆圆下）

傅老　（傻笑）呵呵呵……对了，来！（倒茶）文怡，喝茶……文怡呀，这几十年，你是怎么过的？

第 22 集　原则问题

文怡　一眨眼也就过去了……你也好啊？

傅老　好好好……你是怎么找到我的？

文怡　你以为一个人从"贾敬贤"变成"傅明"，就一辈子不会被人找到的？

傅老　看您这话说的，让我都没法儿接……文怡呀，当初我离开你，那也是革命的需要嘛！你当时又不肯跟我走，所以我就只好一个人先走啦！

文怡　这个话五十年前你就跟我讲过。我也跟你讲过：我可以原谅你。

傅老　也谈不上什么原谅，我并没有做错什么嘛！就是在革命和爱情中间，我选择了革命！当然喽，如果现在仍然让我重新选择的话……我还是要选择革命！这可是原则问题呀！

文怡　又是你的原则……敬贤，你革命你没错，难道我有错吗？一个十六岁的女孩子，不愿意离开家庭，不愿意离开学校，难道有什么错吗？

傅老　咱们都没有错！咱们应该把仇恨集中在四人……集中在旧社会身上嘛！（起身踱步）文怡，你现在工作上、生活上有什么困难你就说话，啊？

文怡　你讲这个话，好像我是来找你叫苦的……那也好！听说你在局里做领导工作，那……那你就给我搞一个批文吧！

傅老　批文？一个妇道人家你要批文做什么嘛？

文怡　我的大儿子在办公司呀……

傅老　不行，这可不行！那都是国家的统配物资……文怡呀，老同学张了口，要是别的事情，我都能依你，唯有这件事情……这可是原则问题呀！

文怡　老同学？敬贤啊，你忘记我们少年同学风华正茂的时候啦？忆往昔，峥嵘岁月稠，上学路上手拉手，放学路上一道走，月上柳梢头，人约黄昏后。我们两个——恐怕不仅仅是同学关系吧？

傅老　（赧然）当然……还有点儿那个意思。

文怡　什么意思？

傅老　那个不好意思……不行！那也不成！丧失原则的事情我是绝对不能做的。

文怡　（凑近傅老坐下）敬贤啊，当初我们两个可是"在天愿为比翼鸟，在地愿为连理枝"的呀！我也是那种敢于冲破封建牢笼的新女性啊！我们两个……恐怕也不仅仅是恋爱关系吧……（娇羞）

傅老　那当然……（醒悟）那还能是什么关系呀？不管是什么关系，哪怕你是我的亲妈，我都不能把批文给你！

文怡　我倒不是你的亲妈，恐怕你倒是我们大儿子的亲爸爸！

傅老　（一口烟呛到）这个……（赶紧关房门，确认四下无人）文怡呀，我们现在可都是儿孙满堂的人啦，你可不能乱讲啊！

文怡　我是乱讲？

傅老　那会儿我是经常晚上到女宿舍去找你……那是因为要向你宣传革命的真理嘛，动员你跟我一起去奔赴抗日前线……

文怡　然后哪？

傅老　然后——你的思想一直不通，所以我们经常就谈得比较晚了一点……

文怡　然后哪？

傅老　然后哪——就是怕被校监发现，就只好躺在地板上一直忍到天亮……

文怡　可是有一次，半夜里我翻身没有翻好，从床上掉到地上啦……

傅老　（关切地）哎哟，你摔着没有？

文怡　我倒没有摔着，正好——砸在你的身上啦……（羞涩低头）

傅老　你看你总是那么不小心……啊？！这这，这不是没有的事情嘛！

文怡　不要紧嘛——年轻人犯错误，上帝都会原谅的……

傅老　可我根本就不记得我犯过这错误啊！

文怡　那天你喝了一点酒嘛，所以我们的大儿子到现在智商也不高啊！办了一间公司又办得很不景气，还要我跑到这里找他爸爸要批文……

傅老　什么？！这个批文是他要的？

文怡　就是的呀！

第22集 原则问题

傅老　那也不成！（踱步，文怡口音）唉呀天哪！好好的怎么又出来一个"大蛾子"嘛！

文怡　四十九周岁啦，属猴子的。过两天我把他带来叫你看一看？

傅老　（慌）不不！不要不要……

文怡　唉呀，长得和你完全一模一样啊！

傅老　乜乜乜！（急得什么似的）文怡呀，你千万不能这样做！你看我现在这个情况，在家里，在社会上，在孩子们面前——如果我年轻的时候真是像你说的那个样子，我今后还怎么见人嘛？

文怡　你怎么就不想一想，我这样一个年轻的女孩子未婚先孕，我是怎么有脸见人的……

傅老　你肯定他是我……要不然你弄错了吧？

文怡　（吼）我怎么会记错？！这样的事情会记错吗？！

傅老　……那倒也是！……好好好，就算有，就算我对不起你，你说怎么办吧？

文怡　也没有什么嘛，就是我们的大儿子……

傅老　哎哟，我听着怎么那么别扭……你的大儿子！

文怡　就是我们的大儿子！我们的大儿子就是要一个批文！

傅老　你这不是为难我吗？

文怡　你不会为难的。现在的马局长是你一手提拔的，你只要一个电话叫过去，批文就会搞到手了呀。（起身）以后，我们这段事情就一笔勾销，谁也不欠谁的——（拿起话筒递向傅老）喏！

傅老　（无奈起身接过电话）这个……（片刻犹豫，果断放下电话）不行！原则问题上，我绝对不能让步！我宁可让孩子们都知道，宁可我今后没有脸见人！我这一辈子管钱管物，一身清正！年轻的时候犯了错误，这革命的晚节就更得保持！你把孩子们都叫出来吧，你爱跟他们说什么你就跟他们说什么吧！——你说完了我再补充……

〔时接前场，傅家客厅。

〔全家人站成一排，满面带笑。文怡冷冷地站在一旁。

傅老　（向全家人）这位文怡同志是我的老同学，她有些话要跟你们讲，希望你们听了以后……不要吃惊。

众人　还吃惊呢？高兴还来不及呢……您说什么时候给您办，我们就什么时候给您办……我们知道你们二老是两小无猜……

傅老　少说两句行不行！这位文怡同志是我的老同学，她有些话要跟你们讲。（向文怡）你爱跟他们怎么说就怎么说吧……

文怡　（走向志国）你就是志国啊？四十二岁啦？

志国　对对对……

文怡　（向和平）你是大儿媳妇？唉呀蛮秀气的。

和平　哎哟，我生孩子之前可瘦溜儿了……

文怡　（向志新）你就是志新啊？你跟你爸爸年轻的时候长得最像啦。（拉起小凡的手）你是小妹啊？长得好漂亮。

小凡　（羞涩）集中优点。

文怡　你一定像你妈妈，不像你爸爸那么难看！（向圆圆）你是圆圆？圆圆，你喜欢你的爷爷吗？……

傅老　文怡你不要折磨我啦，有什么你就赶快说嘛！

文怡　敬贤啊，你好好地过吧……我回去啦！

傅老　什么？你回去了？……不说了？

文怡　我已经看出来啦，你还是老样子，你就坚持你的原则吧！我走了！方才我是跟你开一个玩笑，你不要当真啊？

傅老　你走了就不再来了？

文怡　我今后再也不会来啦……（下）

和平　怎么说走就走哇？

志新　这不拿我爸开涮吗？什么叫开玩笑……有你这么大岁数开玩笑的么？我把她找回来！站住！给我回来……（追下）

傅老　（突然醒悟）快快快……

志国　把老太太找回来？

傅老　不是，不是老太太！是志新！……一个大小伙子追个老太太满街乱跑，成何体统嘛！

〔众人追下。

【本集完】

第23集　双鬼拍门（上）

编　　剧：英　壮

客座明星：谢　园　李　梅

〔晨，傅家饭厅。

〔小张端馒头由厨房上。

小张　（向客厅）哟嗬，吃饭啰！

〔傅老上。

傅老　唉呀，这一做饭就是满屋子煤气味儿！

〔和平由厨房上。

傅老　我给他们打了三次电话都不来修。令行禁止——有令则行，有禁则止，行要行得通，止要止得住。要闻风而动，不能雷打不动嘛！

和平　爸，您指挥我们行，您想指挥煤气公司的？您还差点儿。赶明儿我自个儿去一趟吧！

傅老　要抓紧办。他们要是再不来修，你告诉他们：我可要亲自出面了！志新怎么不来吃早饭啊？

和平　走啦，中午有饭局。

〔志国上。

志国　老规矩啦，中午有饭局早上不吃饭——怕亏了自己。

傅老　为嘴伤身，没出息！我们老干部今天活动，中午也备有午餐嘛，你看我现在还是照吃不误。

和平　您那"四菜一汤"能跟人家"生猛海鲜"比呀？恐怕连我们团今儿中午这顿客饭都不如！

志国　哟嗬，你们团都要被拍卖了，还请客哪？

和平　找着主了！今儿腐乳厂的钱厂长就到我们团来签合同。赶明儿我们就改名啦，叫"京都腐乳曲艺说唱团"！

志国　（笑）还那么朦胧干嘛呀？干脆叫"臭豆腐曲艺团"不得了么？

和平　你少废话啊！刚听着这事儿我心里也不痛快，这不就盼着有人出来说句话么……还没人出来呢，咱先吃他一顿！

〔圆圆上。

小张　大姐，要是你们中午都不在家，我也想出去一下。

圆圆　小张阿姨，你也学会到外边蹭吃蹭喝啦？

小张　我哪能跟你们比哟！我想去我原来打工的包工队看看宝财哥。听说前儿天，他们包工头带着全队半年的工钱跑了！我去了以后，还得掏钱请宝财哥吃饭。

圆圆　小张阿姨，你那宝财哥长得好看吗？

小张　包工队的人都说，他长得像电影明星谢园！

〔圆圆一撇嘴，下。

小张　（向圆圆背影）你别想歪了！（向众人）我来你们家以前，给包工队做过饭，那样认识的宝财哥。他是和他对象一起来打工的，本打算挣了钱回家结婚——谁知道让包工头全给卷跑啦！

傅老　小张啊，回头你去了，替我向你那个宝财同志表示慰问。你告诉他，就说我说的：有咱人民政府，坏人绝没好果子吃！抓住那个工头，只是时间早晚的问题嘛！

　　〔志国起身欲下。

和平　（向志国）你把你饭盒拿出来，我中午给你带饭。

志国　哦，不用啦，我中午要陪个检查团，专门检查一下中国大饭店的……饭菜质量！（下）

　　〔日，傅家客厅。

　　〔当天中午，客厅无人。门铃和敲门声响起。

宝财　（画外音）凤姑，凤姑！张凤姑！张凤姑！……

　　〔头戴安全帽、手拿皮包的宝财上，随后其女友春花忸怩上。

宝财　（陕西口音）怎么搞的？房门没有锁，人呢嘛？许是俺凤姑妹妹出去买菜去了。随便坐，反正也不是外人！

春花　哟哟哟……俺就知道你跟你那凤姑妹子不是外人！

宝财　俺们是纯洁的男女关系！俺比她大十多岁，照着老辈分她得管俺叫声"舅舅"。

春花　她在包工队时俺就看你俩眉来眼去的！舅舅搂着外甥女儿——舒服一会儿是一会儿！

宝财　俺说春花！你怎么进城不到半年，学得是又反动又黄色！

春花　俺反动？俺黄色？

宝财　俺不是准备朝她借点盘缠就走嘛！要不然俺绝对不会来找她。坐着，给你弄点茶喝。

春花　（四处打量）他家好有钱啊！

宝财　唉呀，这叫什么有钱？俺看你是真没有见过真正的有钱人！像现在这个行市，这家人顶多算个下中农。俺看俺凤姑妹妹在这家肯定受了不少委屈。（递茶）茶不好，对付着喝一口。

· 274 ·

春花　（喝了一大口茶）宝财哥，俺肚子……不对劲。

宝财　怎么不对劲？反应这么快？这家有茅房，自个儿找去！

春花　两天没吃饭了俺上那干什么？俺是肚子饿了……

宝财　这可难办了！你说俺们兜兜里没有钱，到什么地方吃饭人家不都得找警察？等俺凤姑妹妹回来以后，俺跟她商量一下子，兴许这家人就留我们吃顿便饭。

春花　俺肚子可等不了！干脆，甭等人家留俺们，俺们主动先吃点儿？

宝财　中！吃点儿就吃点儿！反正不是外人！俺做主了！

〔二人向饭厅下。

〔时接前场，傅家饭厅。

〔桌上摆满了吃食。宝财、春花狼吞虎咽。

春花　宝财哥，反正也是吃人家一回——冰箱里还有什么？都拿出来，俺还能吃！

宝财　不是哥不给你吃，是冰箱里头就剩下一块发面、一罐子辣椒酱和一瓶芥末油了！

春花　要不，俺再去屋里寻寻？

宝财　俺寻了好儿遍了，能马上吃的，连个鱼肝油哥都给你摆桌桌上了，不能马上吃的……俺可没敢动。

春花　什么？

宝财　穿的用的呗——弄出去就能换东西吃。

春花　那不成偷咧？要吃官司的！

宝财　唉呀，吃官司也轮不到俺们！要不是那个姓李的老王八蛋卷走了俺们的血汗钱，俺们也不至于落到今天这步田地，早风风火火地结婚办喜事了！弄不好，到现在你已经有了……（比划孕肚）

春花　（推宝财一把，捂脸）流氓流氓流氓！俺以前光知道你流氓，你咋还要朝小偷方向发展呢？

宝财　那不是"偷"，是"借"！俺们给他打个借条子，等革命胜利了以后再还给他们！

春花　你什么时候能胜利呢？

宝财　捉住那个包工头头，就是胜利！春花，走！（拉春花向客厅走）

春花　干什么……

宝财　（坚定地）朝这家人——借！（下）

〔时接前场，志国和平卧室。

〔宝财推开门。

宝财　春花，我看这屋里的东西，你看上什么就朝他们借什么！

〔二人进屋。

春花　宝财哥，俺们什么时候能有这么个屋，俺这辈子知足咧！（四处细看）俺瞅着什么东西都好，真恨不能都搬俺们家去……

宝财　（捡东西往床上放）你还说俺心黑，俺看你比俺心还要黑……赶紧的啊，晚了就公安局了。

春花　（也往床上放东西）犯法呀？

宝财　这还不犯法？看怎么说……要凭着我们的劳动所得，置办这些东西还不是富富有余？现在不是被人家卷了么！俺们出来半年多，就空着个手回去怎么有脸见人？好歹敛上它几件东西，除了办喜事以外，弄不好还能开个小百货店！

〔春花欲摘墙上的和平剧照。

宝财　弄它做什么？！

春花　俺瞅这大姑娘怪俊的，挂家里比年画强！

· 276 ·

宝财　说你傻你立刻就流鼻涕！你不是给公安局提供破案线索又是什么？！（将床上物品用床单兜起）赶快走，赶快……（下）

春花　等等俺！宝财哥……（追下）

〔时接前场，傅家客厅。

〔宝财在四处敛东西。春花写借条。

春花　宝财哥，你看这样写成么？（读）"大爷，大妈，大哥，大姐：今有宝财、春花二人因生计无着，暂借各种物品六大包，翌日有钱，一定归还，空口无凭，立此为据。"

宝财　俺说你傻你就是傻！（抢过纸）你还怕公安局不好破案是吧？你还要把俺们两个人的名字都留下是吧？撕了它！（把纸撕碎，低头看）这是什么？（随手拣了一件志国的衣服穿上）

春花　啊，俺从他们小孩子屋里翻出来的。（拿起一个孙悟空面具，给宝财戴上）一个孙悟空，（又拿起一个猪八戒面具，自己戴上）一个猪八戒——你戴上，俺戴上——（手舞足蹈，乐不可支）

宝财　（也乐）俺都不认得你了……

〔敲门声响。

宝财　（惊慌）不好，有敌情！赶快！掩护！掩护……（拿包裹逃到饭厅）

春花　（手足无措）俺掩护……俺咋个掩护呢……

傅老　（画外音）家里有人没有啊？唉呀这门老是不锁！（上）跟你们说了多少次了！和平！和平……

〔宝财穿着志国的衣服，戴面具，高举双手战战兢兢自饭厅上。

宝财　老人家不要喊……

傅老　哈……志国？干嘛在家里装神弄鬼的？

宝财　俺们不是装神弄鬼，俺们是……

傅老　哦，不是志国？这衣服倒怪像的。（回头见同样带面具的春花）那你们是……哦，来修煤气的对不对？

〔春花慌张，不停向宝财打手势。

傅老　（向宝财）她怎么光比划？

宝财　她……她是个哑巴。俺们煤气公司最近新招收了一批残疾人。

傅老　哦，好嘛，残疾人也应该……怎么都这副嘴脸呢？

宝财　俺们是，俺们是修煤气……煤气是有害气体不是？俺们这是最新型的防毒面具。

傅老　跟我给圆圆买那俩差不多……对呀，安全第一嘛！最近我们家的煤气经常出现泄露现象，虽不严重但终是个隐患。今天早晨我还跟和平念叨这个事儿呢——是她把你们领来的？

宝财　不是，俺们是……俺们是按照地址找来的。她正好在家。

傅老　哦，她都回来了？人呢？

宝财　人……

〔春花一劲儿朝宝财打手势。

傅老　（看着春花）哦，回来又出去了？……骑自行车出去的？……哈哈，给你们买茶叶去了？和平可是个热心肠啊，就爱帮人忙前跑后的！

宝财　是是是，和平老大妈腿脚还很利索，就这么会儿工夫跑出去好几趟了。

傅老　老大妈？她还不能算老吧？

宝财　是不算老——比您大不了多少！

傅老　我哪里有那么年轻啊？真会开玩笑。你们还没修理完呢吧？

宝财　是，根本就没有修……春花！俺现在派你去检修一下管道！

〔春花向饭厅下。

傅老　现在这个建筑质量真是成问题。该漏的地方不漏——你像那个下水道就老堵着。不该漏的地方全都漏——什么自来水管子也漏……（被饭厅喷

第23集 双鬼拍门（上）

出的水溅了一身）哎呀呀……你看，又漏了吧？（向饭厅看）哎，你干嘛拧那个暖气管子啊？

〔傅老欲上前，宝财拦住。

宝财　俺来说，俺来说……（向饭厅）你个傻姑娘！煤气管道在厨房！（向傅老）老人家，老人家，俺来说……（推傅老坐在沙发上）春花姑娘是个热心肠，她听您说"什么东西都漏"，她就要从煤气管道、暖气管道开始统统检查一遍。

傅老　真是"革命工作不管分内分外"呀！你们把煤气修好了就成了，其他的事情就不麻烦二位了。一个残疾女同志，能够自强自立也不容易呀！我给你们泡茶喝……（找）茶叶桶呢？

宝财　（紧张望厨房）在俺们那里……

傅老　啊？

宝财　不是，在……和平老大妈弄出去打茶叶了！

傅老　打茶叶？光听说过打酱油，没听说过打茶叶……再说，我昨天刚"打"了四两啊！（发现茶壶不见了）这茶壶呢？

宝财　也在俺们那里……

傅老　啊？

宝财　啊不是……也是俺们那里有规定：对于用户不能够"吃拿卡要"！

傅老　怎么是"吃拿卡要"呢？"清茶一杯"嘛……哎，这茶杯怎么也没了？冰箱里有现成的饮料……（欲进饭厅）

宝财　（拦）俺们全喝了……俺们全喝过了……来的！您放心，春花姑娘她肯定会把您的煤气管道给修好！

傅老　春花师傅一个残疾人，身残志不残哪！经她这么一修，我们这个煤气……怎么这味儿越来越大了？

〔春花摇晃着自饭厅上。

傅老　春花师傅，你这是怎么了？

春花　（掀开面具）关……关不上咧……（昏倒在地）

傅老　啊？！（跑向厨房）

宝财　你怎么搞的！（跟向厨房）

〔时接前场，傅家饭厅。

〔傅老由厨房上，不住咳嗽。宝财跟在傅老身后上，冲到傅老前面，拦住桌上的一片狼藉。

傅老　……刚进门儿我就看出来了：你们这个春花姑娘，不光是残疾，还是弱智！这连哪边儿开哪边儿关都搞不清楚嘛！你们煤气公司找这种人来当修理工，这符合国家政策么这！（难受，坐）哎哟……

宝财　那您老给关上了没有？

傅老　再不关就成了炸药库了！（看见餐桌上的情况，警觉）啊？你们是哪个煤气公司的？有工作证么？！

宝财　俺……俺们……（向客厅喊）春花快逃命吧！春花……（跑向客厅）

傅老　给我站住……（晕倒在椅子上）

〔时接前场，傅家客厅。

〔宝财自饭厅跑上。春花还在地上躺着。

宝财　俺们暴露身份了！

春花　（艰难挣扎，站不起来）不行，宝财哥，俺头晕……

宝财　唉呀，坚持就是胜利！困难像弹簧，你弱它就强，你强它就弱……

〔开门声响。

宝财　哎哟不好！这边也有敌情！快躲……

〔宝财拉春花躲进饭厅。志国醉醺醺地上。

志国　和平！和平……哦对，上单位了。哼，不知道怎么美好了你呀！不就陪个臭豆腐厂厂长么？跟我哪儿比去呀你……

〔志国醉倒在沙发上，睡着。

〔时接前场，傅家饭厅。

〔宝财、春花贴在门上偷听。

宝财　没有什么，他没有发现俺们——俺发现他……喝多了！你怎么样？

春花　好多了……（瘫坐在地，宝财拉起）

宝财　俺跟你说：万一再出现什么意外，还是俺先撤退你掩护！

春花　（急）咋又是俺掩护呢……

宝财　（捂住春花的嘴）你嚷什么！嚷什么……

春花　（委屈）咱俩说话就成夫妻了，你老……（哭）

宝财　你懂什么？夫妻好比同命鸟，大难当头各自飞！必要的时候就得牺牲一个保住一个……

〔傅老苏醒，趴在桌上痛苦呻吟。

宝财　这边也有敌情！（向傅老）老人家，感觉怎么样？（扶起傅老，靠在椅子上）你哼哼什么？有什么不舒服？要你哼哼……

傅老　（神志不清）志国回来了吧……志国……志国……

〔宝财捂住傅老的嘴，拿过抹布塞进傅老嘴里，又拿绳将他捆在椅子上。

宝财　老人家，你不要嚷！不要出声！俺们来你家的时候，房门没有锁。俺们只是吃你一点剩饭，后来想顺便顺点儿东西，现在东西俺们也不准备顺了。俺们等外面那个哥哥一走，俺们也马上就撤退……看着你老人家这样遭罪，俺们心里头也不落忍！（用力捆紧）

〔时接前场，傅家客厅。

志国　（睡醒，看表，自语）哎哟！我是喝醉了，回家里干嘛呀？下午还上班儿呢……（无意拿起宝财的包，起身下）

〔时接前场，傅家饭厅。

〔春花透过门缝观察客厅情形。

春花　（急）拿错了！那是俺们的……（欲追）

宝财　（拉回）你嚷什么！你嚷什么……

春花　他把你的包包拿走咧！

宝财　让他拿走，包包里面反正也没有钱。他走了，俺们也准备撤退吧！

〔春花慌忙跑向客厅。

宝财　（回头向被捆且昏迷中的傅老）老人家，实在对不住了……（鞠一躬）

〔春花跑回。

宝财　俺们先走一步。这桌上的东西……（向春花）俺们还是拿上一两件吧？

春花　（慌张焦急）别拿了吧，俺害怕！（向傅老）老大爷，您原谅俺们吧，俺们再也不敢了……俺们什么也没拿，什么也没拿！

宝财　你客气什么！俗话说"贼不走空"！（拎起一个大包，突然醒悟）糟糕！俺们两个人的身份证，搁在那个包包里边，被那个醉鬼弄走了！（把大包地上一掼）

【上集完】

第 24 集　双鬼拍门（下）

编　　剧：英　壮

客座明星：谢　园　李　梅　金雅琴

〔日，傅家饭厅。

〔傅老已经醒过来，还被捆着。宝财、春花跪地道歉。

宝财　……老人家，俺们的确是头一回，俺们……再也不敢了！

春花　老大爷，您就原谅俺们吧……

傅老　原谅……还是不原谅呢？不原谅！

宝财　俺们也没有对您怎么着，就是到您家在桌桌上吃了几口剩饭……原本想顺点儿东西现在也不顺了——有什么不原谅！

春花　对，怎么就不原谅呢？

傅老　唉，首恶必办，胁从不问。罢了罢了，这个姑娘就起来吧——看你是个姑娘家，脑子又慢点儿，原谅你了吧！

春花　谢谢老大爷！（拍宝财头）你咋还不起来给老大爷鞠躬呢？

〔宝财起身。

傅老　慢着！我可没原谅他！

宝财　她是俺对象又不是外人。原谅她不原谅俺，在俺们俩之间制造矛盾，挑

　　　　拨俺们的男女关系！

傅老　这就叫作"分化敌人、瓦解敌人"嘛！

春花　您老就积点德，别"瓦解"俺俩咧，您就原谅了他吧？

傅老　那他……也总得有个态度吧？

宝财　有有……（给傅老捶背）有态度有态度……俺今天反复想过了，的确是主要责任在俺，通过您老人家的批评教育，俺深刻地认识到：年轻人要学好，不能专往邪道儿上跑——以后您就是再请俺，俺都不来了！

傅老　我请你，你还是可以来的嘛！赶快给我解开，完了你们可以走了，啊？

春花　老大爷，您受委屈咧！（欲解）

宝财　（拦）哎哎……不中！俺们的身份证还在他家那个哥哥手上，俺们头脚放了他，他后脚把身份证往公安局一交，俺们还是跑不了……

傅老　我谅你们也跑不了！

宝财　俺就知道你个老奸巨滑的东西，是在给俺们下套！俺今天就要绑死你在这里！给他堵上！（拿抹布欲堵傅老的嘴）

傅老　你敢！……你们先把我放了，其他的事儿都好说嘛！

〔春花欲解，宝财拦。

宝财　不能放！身份证不到手不能放了他！不但不能放了他，今天是进来一个绑一个，进来两个绑一双！关起门来打狗，堵住笼子抓鸡，直到身份证到手才算拉倒！到时候管他原谅不原谅，俺们立马就走人！

傅老　还反了你了呢？哼！

宝财　你听听你听听：他现在是个什么态度？是个什么态度？还说原谅俺们……

春花　老大爷，您把态度放端正点儿！俺也好为你说好话……

傅老　我用不着！

春花　宝财哥，你看这怎么办呢？

· 284 ·

宝财　怎么办？把那个布布给他堵上，省得他……

〔春花拿抹布欲堵傅老嘴。

傅老　不是这块，是那块白的！

春花　（慌）老大爷，那您张大嘴，俺慢慢给您塞，您可别咬俺呀……（将抹布塞进傅老嘴里）

宝财　春花，咱们还得给他提高待遇，把他绑到外面的沙发上去！

春花　心咋这好呢？

宝财　俺们光顾着在这儿照顾他，一会儿外边来人俺们都听不见啊！走！

〔日，傅家客厅。

〔傅老嘴里塞着抹布，双手被绑在身后，坐在沙发上。宝财、春花一左一右躲在角落。门铃响。

余大妈　（画外音）唉呀，怎么又不锁门哪？说多少回了不改……老傅在家么？

　　　　（上，余光扫了一眼傅老）哟，老傅你在这儿坐着呢……

〔傅老用力发出声音。

余大妈　吃什么呢嘴里塞这么满啊？（自说自话地）老傅啊，今天街道上通知下午进行防盗演习，也就是说练习怎么抓坏人——

〔宝财、春花在余大妈身后悄悄靠近。

余大妈　上级有三种方法：第一种就是用面口袋把脑袋这么一罩……

〔春花拿面口袋，准备。

余大妈　哎，这个罩啊可有个讲究——先把口袋撑开了，照着脑袋呀，比划好了……

〔春花按余大妈说的步骤准备。

余大妈　心不要跳，手不要抖，就这么一下子，走！

〔春花依"指示"罩住余大妈，宝财将其捆绑。余大妈哈哈大笑。春花取下面口袋。

余大妈　哎哟，是志新哪还是和平啊？年轻人学得还真快，罩得还真好！快给大妈解开吧！我教你们第二种方法……（回头见是宝财）哎！

宝财　坐稳当，不准动！（拿抹布堵住余大妈嘴）

〔余大妈环顾四周，恍然大悟。傅老频向春花示意欲说话。春花取下傅老嘴中的抹布。

春花　老大爷，有什么话你就说吧？

傅老　她不是我们家人！我再说一遍：她不是我们家人！请你们立即无条件放人！

宝财　俺就不爱听你说这种话——好像我到你家来是专绑你家人？今天爱谁谁，谁上你家谁算倒了霉了！俺们是见一个绑一个，绑住他还就不放了！

傅老　……那起码也应该让她跟我享受同等的待遇吧？先把大妈嘴里那块抹布给她拿下来呀！

宝财　……中！（取下余大妈嘴里的抹布，向余大妈）一会儿你要是再乱号叫就还给你塞上！

余大妈　呸！呸呸！……我说老傅啊，你们那擦桌子布几天没洗了呀？你还想不想得卫生红旗了？

傅老　小余啊，你是怎么搞的嘛……

余大妈　啊？我怎么搞的？我还想问你是怎么搞的呢！我来通知你防盗演习的事儿，可没想到……起初啊，我还以为这两位同志是为练习来假装坏人的呢，可谁承想……（转头向春花）哎，你们真不是区里派下来的？要是的话赶紧告诉大妈，别让大妈着急呀……

春花　大妈，俺俩真想是……可俺俩真不是。

余大妈　唉，你看这姑娘说话倒挺和气的，越看越不像坏人。完了完了完了，我算彻底栽喽！

傅老　小余呀，你不总说"群众联防抓坏人"吗？如今这坏人真来了，你怎么反倒让坏人给抓住了？

余大妈　唉，玩了一辈子鹰，让鹰扦了眼了……

傅老　事情不是偶然的！我早就批评过你：什么事情都要实事求是。就你们街道的那帮老太太都多大岁数了？平均年龄七十六！就这么大的岁数，那还能抓住坏人么？那坏人要是让你们给抓住了，那坏人得多大岁数？那么大岁数的坏人要是给抓住了，那还能改造得好吗？就是改造好了，那还有什么用啊？你说你们闲着没事儿抓他干嘛……

余大妈　唉，像他们这年轻人我们也抓不住不是……哎老傅，你可别净说风凉话儿啊！哼，平常没事儿你就吹，什么打鬼子、打汉奸，"飞毛腿"啦、"一阵风儿"啦，日本人悬赏三百块大洋都抓不住你……那今天怎么让俩小毛贼一抓就抓住了？

傅老　这不是丧失了革命警惕性，麻痹大意嘛……

余大妈　唉，你不但害了自己，也连累了别人——你说我招谁惹谁了，跟你一块儿绑着？

〔宝财、春花七手八脚从里屋往外搬东西。

傅老　小余啊，你放心，待会儿要杀要剐让他们冲着我来，绝不拖累你！

余大妈　不不不！老傅啊，我是居委会主任，是联防队的队长，是这小区主要负责人之一呀！我还得上！干部嘛，就应该冲锋在前，不能让群众吃了亏呀！

傅老　什么？你是干部我是群众？一九四五年，当时我……嘻，咱俩还争着送死干什么呀？（悄声）孙子曰："不战而屈人之兵，善之善者也。"毛主席说："帝国主义和一切反动派都是纸老虎。"邓小平同志说……

余大妈　唉呀老傅，你就别跩了！你的意思是不是咱们给他来个"攻心战"？

傅老　思想政治工作那可是咱们的传家宝啊！当年我们就是靠强大的政治攻势

瓦解了几十万国军嘛！连老郑那种顽固分子后来不也起义了吗？这两个毛贼岂在话下？

余大妈　对！（朝宝财、春花喊）哎！你们两个过来，过来！让老傅同志给你们讲话啊！现在我两只手都绑着呢，也不能鼓掌是不是？你们俩自己鼓掌吧！

〔春花鼓掌，宝财拦。

傅老　（清嗓，教训地）你们两个年纪都不大嘛！年轻人不学着走正道，竟敢在光天化日之下，入室……偷吃我家剩饭，还公然地绑架公民、扣为人质、图谋不轨，这是什么样性质的问题嘛！

宝财　（向春花）是……是什么样性质的问题？

春花　听大爷怎么说……

傅老　这是破坏安定团结，把矛头直接指向"四个现代化"嘛！

春花　啊？！

宝财　不要听他反动宣传！这个老头子现在说话是越来越不着调了——把他嘴堵上……

春花　别，我还想听听他说我俩该当何罪呢！

傅老　该当何罪嘛？……还是应该按人民内部矛盾处理嘛。还应当是帮教为主、惩办为辅。年轻人应该自强自立，不义之财拿不得，不劳而获要不得！当年"打土豪、分田地、吃大户"的那一套做法，现在已经行不通喽！

宝财　行不通？地主老财剥削贫下中农，怎么行得通？俺们的钱财是被别人骗跑了，你知道么？！

傅老　哦，他骗你的，你就该抢我的啦？有人民政府在，坏人绝没有好果子吃！哎，这话今天我好像说过一次——跟谁说的来着？哦，跟包工队的宝财同志。

〔宝财、春花一惊。

· 288 ·

傅老　宝财同志的血汗钱也是让一个包工头儿给骗走的嘛！我知道了以后特地让我们家小张替我去向他表示慰问，还给他捎了二十块钱，以表示我的心意……

春花　老大爷……您跟宝财非亲非故的，您图的什么？

傅老　先天下之忧而忧，后天下之乐而乐嘛！什么叫共产党啊？就是为人民服务嘛！人民的困难就是我们的困难，所以帮助宝财同志我是义不容辞的！

春花　那，老大爷，要是宝财……他辜负了您的希望呢？

宝财　不要听他胡说八道！

春花　宝财！你对不起他老人家！（向里屋跑下）

宝财　俺叫你反动宣传！俺叫你反动宣传！（将傅老嘴堵上）

余大妈　哎，我说啊……

宝财　（将余大妈嘴堵上）俺叫你也反动宣传！（追下）

〔时接前场，志国和平卧室。

〔春花跑上，扑到床上哭。宝财跟上。

宝财　春花，你这是怎么啦？

春花　俺越寻思……俺俩干的这越不像人事！

宝财　怎么不像人事？

春花　你瞅人家老大爷，跟你非亲非故的，听说你这遭了难，又带人捎信儿又给你带钱。人家怎么对你，你怎么对人家……

宝财　春花，你不知道！像俺们这个问题的性质，是"入室抢劫"！捉住了就得判上三年，弄不好拉出去就直接枪毙了！

春花　挨枪子儿俺也认咧！俺可不愿意再干这伤天害理的事！俺现在正式宣布：辞职不干咧，俺要跟你划清界限！（欲下）

宝财　（拦）春花春花，火烧眉毛的时候，俺没时间哄你！

春花　谁稀罕你哄俺？姑奶奶说一是一，说二是二！

宝财　那你说怎么办？

春花　怎么办？把二老给松咧，让他们把俺们给绑上，是打是罚由他们发落——挨枪子俺们也认咧。有妹子陪你一块儿死，你还怕什么？（抱住宝财胳膊）

宝财　不管谁陪俺一块儿死……俺都不乐意！好死不如赖活着！就昧一回良心不成么？

春花　不成！我这辈子就没干过昧良心的事！

宝财　没有干过？刚才是什么人拿着个布口袋朝人家老太太脑袋上罩？

春花　那也比绑老头子强！

宝财　俺们两个人是拴在一条绳上的……

〔开门声响。

宝财　又有人来了！

〔时接前场，傅家客厅。

〔小张上。

小张　爷爷！余奶奶！

〔小张欲进里屋。二老急忙大声示意。

小张　啊？你们俩怎么啦？！

〔小张急忙取下二老嘴中的抹布。二老抢着描述，嚷作一团。

小张　莫慌啰！莫慌！一个一个讲，一个一个讲噢！

〔二老对视一眼，又嚷作一团。

小张　哎哟！你们急死我喽！

傅老　先赶快把我解开，快点儿……

〔小张正在解傅老身上的绳子，宝财偷偷从里屋上，手拿绳子欲偷袭小张。余大妈发现。

余大妈　小张！快起来！

〔小张灵巧躲开，宝财扑空。

小张　啊？宝财哥是你？！

宝财　（假笑）凤姑妹妹你听俺说……你听俺说……（边说边接近小张，欲用绳子套住小张）

小张　（频频躲闪，回头见春花）春花姐，你也是跟他一伙的？！

春花　是……啊不是！现在不是了！宝财，你站下，有话好说！

宝财　抓住她，不抓住她我们全都没命了！

〔宝财冲向小张，被春花拦住。小张跑开。

宝财　你做什么？你做什么？！

〔宝财挣脱，向小张扑。傅老向小张使眼色，小张会意。

小张　（假装羞涩温柔）宝财哥，我不跑！春花姐不跟你一伙，我跟你一伙！

宝财　嘿嘿，俺早就看出你看上俺……俺不带她走，俺带你走！

春花　（急）凤姑，你可不该动那心思！甭管怎么着，宝财也是俺的人！

小张　（也急）不是……（见宝财靠近，又装作温柔）不！我是……

〔宝财走近小张。傅老早已解脱绳子，拿着布口袋悄悄跟在宝财身后。

余大妈　撑开了！撑开了，照他脑袋——一二三！走！

〔傅老一把套住宝财。小张上前帮忙扭住宝财胳脖。

傅老　走！把他送到街道上！这个东西……（与小张押宝财下）

春花　宝财！宝财！……（哭喊，跟下）

余大妈　（双手依然被捆，洋洋得意）怎么样，抓住了吧？嘿嘿！上级这个办法就是好！

【本集完】

第25集　爱你再商量

编　　剧：梁　左

客座明星：刘　威

〔晚，傅家饭厅。

〔全家人晚饭快要吃完，小凡哼歌上。

圆圆　小姑回来了？吃饭去吧！（下）

小凡　好哇——吃饺子不等我！

和平　怎么这么晚才回来呀？干嘛去了你？

小凡　系里要出一本书，是关于中国当代热点问题的透视，每人分了一个题目。下午指导老师找我谈话来着。

志国　出什么书啊？还不是为了赚钱！分你什么题目啊？

小凡　"第三者插足"问题。我的指导老师姓孟，长得特别帅！真是我的运气……

志新　我对你们学校这种安排有意见——这恐怕不太合适吧？

小凡　怎么啦？老师长得帅还不许啦？看着也舒心呀！

志新　你做学问图舒心成吗？再说你们那题目——你说你大姑娘家家年轻轻的，正经连个"第二者"还没捞上呢，你还研究"第三者"……什么学校哇！（下）

第25集　爱你再商量

傅老　我看你们学校给未婚女青年安排这种题目也是欠妥！小凡啊，是不是让他们给你换一个题目啊？

小凡　也行，反正其他题目还……（找出小本，念）"人工流产大家谈，少女失身面面观，小秘为何傍大款，留守男士和女士，单身贵族生活圈，精神病院的精神病，少管所里的少年犯……"您看我选哪个合适呢？

傅老　……算了算了，你还是来"第三者"吧！

〔晚，傅家客厅。

〔傅老、志国、志新、圆圆看电视。小凡自饭厅上，走向里屋。

傅老　（盯着电视）啧啧啧，清清白白的一个女子，甘心当第三者——小凡啊，你要写文章好好批判她们！

小凡　我们孟老师说呀，像这种类型的女孩其实属于最不幸的！她没有现在，因为她孤独地站在世界上；也没有过去，因为她的过去还没有到来；也没有未来，因为她的未来已经过去；她不可能变老，因为她从来没有年轻过；她也不可能年轻，因为她已经老了；她不可能死，因为她从来没有生活过；她也不可能生，因为她已经死了……

志新　我说——你这绕来绕去说的是人话么？

小凡　你才不说人话呢！这是我们孟老师说的。你们看电视吧，我得构思我的文章去了。（下）

傅老　好好好，做学问就得有这种刻苦钻研的精神嘛！圆圆，好好向小姑学，啊？

志新　还学哪？你们是真看不出来是假看不出来呀？她还研究第三者哪？她已经快成第三者了！

傅老　（警觉）什么意思？

志新　她要不是喜欢上那什么姓孟那老师——八成儿还是个已婚男子——就算我走了眼！别看我眼睛小，我看这事儿一看一准儿——

〔和平、小张自饭厅上。

志新　小张跟小刘那事儿就是我先发现的呀！

小张　志新哥，你别再说那件事了！

志国　不会吧？咱们小凡可是个明白人……

和平　现在那些姑娘，一个个儿的机灵着呢，一遇这事儿有几个明白的呀？

傅老　我说呢！好端端的研究什么第三者嘛？这是给自己做舆论准备——她自己就先当上了！这可不行，我得亲自审问！带贾小凡……

志新　别！爸，您甭着急！您问也问不出来，她也不会跟您说。依我那意思，咱给她来一诱敌深入、引蛇出洞——咱给她下一套儿，我就不信她不钻！

傅老　这是阳谋！不是阴谋嘛……

〔众人聚一起商量。

〔时接前场，傅家客厅。

〔里屋传来志新和小凡说话的声音，众人赶忙"进入角色"。志新拉小凡上。

志新　……一礼拜才回来一回，你不想我们，我们大家伙儿还想你呢！

众人　对……就是嘛……

志新　歇会儿，歇会儿，劳逸结合！坐这儿坐这儿……（推小凡坐）

志国　（假惺惺地）小凡啊，文章写得怎么样啦？还顺利吧？

小凡　正搜集材料，还没有形成观点。

志新　这观点还用形成吗？一句话，第三者——还甭管他第几者，就是第八者也是正当的！爱情嘛，还分已婚未婚？人生就爱这一回，爱完再说！我用青春赌明天……（向小张）下边什么来着？

小张　何不潇洒走一回！

志新　对对对！爸您说是吧？当然，您的这个思想比较封建，是不是不太同意我的观点呀？

第 25 集 爱你再商量

傅老　谁说的？我封建？我比谁不解放嘛！我看这个第三者的问题就不能一概否定！恋爱自由、婚姻自主这是我们一贯的政策。有爱的自由，也有不爱的自由；有爱你的自由，也有爱他的自由；有过去爱你现在不爱你的自由，也有过去不爱你现在又爱上你的自由嘛……一切事情都不是一成不变的，宇宙万物都是在运动、在发展、在变化嘛——辩证法嘛！

小凡　爸，您的观点对我很有启发。您能不能说得再具体点儿？

傅老　（怒）还很有启发，我早就看出……

志新　（拍傅老）哎哎……爸！您这儿有根白头发……

傅老　（领会，向小凡）我早就看出这个问题啦！可惜年事已高，没有亲身实践的机会啦，就看你们年轻人啦！比如你吧，现在研究第三者的问题，没有实际经验，怎么可以研究得透彻呢？要想知道梨子的滋味，必须要亲口尝一尝……我听说英国有一个姑娘，为了研究动物，还亲自跑到原始森林里边去，跟黑猩猩一块儿生活了十几年，精神十分可嘉，值得学习啊！

小凡　哎哟，爸，没想到您思想那么激进！那我要是研究卖淫嫖娼的问题，您是不是也主张我去亲身体验一下啊？

傅老　（急）胡说！你还想干什么……（见志新志国频打手势，忍住）我的意思是说，这不是一回事嘛……（向众人）你们也都说一说嘛！

〔志新示意小张。

小张　其实，对待第三者的问题，我是最有发言权的了。当初，我和小刘哥那事儿……

小凡　小张小张！你就先别提你跟小刘哥那事儿成不成？你还没到那个档次。

圆圆　小张阿姨，你算什么第三者啊？像我跟阿荣那才真是……啊？

小凡　哟，圆圆！就算你爱上他了，他不是还没结婚吗？那你也不能算第三者啊！

圆圆　那我等到二十岁他还不结婚啊？我现在就做好了当第三者的充分准备！就算个"候补第三者"吧？

小凡　什么好事儿啊你们这么争！噢，一个曾经当过，一个准备候补，够热闹的！我还到外面去搞什么社会调查呀？咱们家全包括了——只可惜没有现任的。

志新　这好办，明儿我领一小寡妇进门儿就全齐了！

小凡　小寡妇改嫁……好像不算第三者吧？

志新　我还没说完呢！我要不把那男的给宰喽她能成寡妇么？

傅老　（怒）越说越不像话了！我干脆挑明了……（欲站起，被志新按住）

志新　爸，爸！您别着急，您别怕咱们家跟不上时代的潮流，咱家肯定能找出一第三者！咱们家属于知识分子的也只有小凡一人儿，她应该属于文明进步的代表。我相信她敢于以身试法，冲破旧观念，也让咱们群众学有目标，赶有方向！

小凡　既然群众们对我的期望值这么高，我也就不瞒着大伙儿了——其实吧……我挺喜欢孟老师的……（羞涩）

傅老　（发火）什么？你简直是……（众人拦）还是……很有勇气的嘛！

志国　他是不是属于三十多岁没结婚，一心扑在事业上的那种类型啊？

傅老　哦，还没有结婚啊？这还差不多……（见志新打手势）是啊！这怎么能算第三者呢？这简直是偷工减料瓜菜代嘛！

小凡　谁说他没结婚呀？他没结婚我能算第三者么？人家孩子都快上小学了。

志新　怎么样怎么样，有点儿意思吧？

傅老　（愤慨）有什么意思？！……（见志新打手势，忍）还是真的有一点意思。

志国　不过也就是个眉来眼去吧？你敢往前……我看你没那胆儿！

小凡　谁说的，我……

第25集　爱你再商量

志新　你要真有这胆儿，你敢把他领咱家来让我们瞅瞅吗？怎么样？不行了吧？

小凡　那有什么不行的啊？他明天给我上辅导课，我通知他把地点改在咱家不就行啦？

傅老　（怒起）什么你这简……（众人使眼色，强压）家里又没有什么准备，怎么好接待客人呢？

小凡　爸，也不是外人，干嘛还用准备呀？你们要是不愿意见都可以不见——我把他领到我的房间里，我们单独在一起……

傅老　美死你！还单独在一起……（压下）我是说，带来咱们大家都见见嘛！

志新　我说我说，甭跟她兜这圈子了！小凡，说说吧，你跟那姓孟的是怎么档子事儿啊？

小凡　怎么了？你这什么意思啊？

傅老　什么意思？我们这叫引蛇出洞、诱敌深入！

小凡　好哇！（起身向众人）你们串通一气！这年头儿还让我相信谁呀？小张，你也参加啦？

小张　小凡姐，我……我是怕你重犯我和小刘的错误！

小凡　圆圆你呢？你这个候补的也跟他们一起来算计我？

圆圆　我想先让你为我杀出一条血路，将来我也好前赴后继！

小凡　嫂子还有你！……真是天下人都负我！

和平　小凡，我们都是为你好……你跟那孟老师到什么程度了？

小凡　你们根本无法理解！

志新　怎么着？都到了"让人无法理解"的程度啦？这不是欺负我妹吗？那兔崽子跟哪儿呢？嘿！我找他去我！（从沙发上抄起棉垫子向外冲，被志国拦下）今儿谁也别拦着我！我要不给他脑袋开了瓢儿，我姓他那姓……

和平　你给我回来！叫你回来你就回来——你拿一棉垫子开谁的瓢儿啊？给人

掸土还差不多！

志新　我拿错了不是……（欲换一垫子）

傅老　坐下坐下坐下！有问题还是要向组织反映嘛！到他们学校去反映情况！

志新　对！那个缺德的孟老师叫什么？！教什么的他是？你们是如何相识、如何相逢、又如何串通一气狼狈为奸的？如实招来！

小凡　你们要实在想知道，等他来了你们自己问吧！我这就给他打电话，约他明天到咱家来！

〔晨，傅家客厅。

〔志新刚起床，和平为其收拾折叠床。傅老上。

傅老　小凡这个不肖之女到哪里去啦？

〔志国自饭厅上。

和平　上车站接她那老师去了。

志国　不是九点才到呢吗？现在刚八点。

志新　这你就不懂啦！爱情嘛，你得分接谁！要接我，别说八点，十点她也不去！你要说接她们那位，甭说今儿早上八点，就是头天晚上八点，让她跟外面冻一宿，她也美得屁颠儿屁颠儿的！

傅老　不像话！那待会儿人要来了，怎么办嘛？

志新　什么怎么办？有我呀！待会儿那姓孟的一进门儿，咱先是批评教育，他若是改邪归正，咱饶过他这回，他要敢从牙缝儿里蹦出半个"不"字儿，嘿！今儿就算他挨上了！（比划动作）

和平　嘿嘿嘿！做广播体操到阳台上做去！

志新　这叫武术！

〔门铃响。

志新　哎，来了！那什么……我先到里面再练会儿啊！（向饭厅溜下）

第25集 爱你再商量

和平　来了来了……谁呀？（开门，画外音）哎哟——孟昭晖！

　　〔和平引知识分子模样的孟昭晖上，二人热情握手，激动寒暄。

和平　哎哟怎么是你啊？多少年没见啦……（与孟昭晖拥抱）

志国　（急）哎！小凡那事儿还没完呢，你又来事儿了？！（向孟昭晖）这位同志，你当我面儿就敢抱我老婆，你背后……我找你们单位领导……

傅老　和平，和平！给大家引见引见吧？

和平　我给介绍介绍啊——这是我中学同学孟昭晖！（向孟昭晖）这是我公公，这是我先生。

昭晖　伯父好！妹夫好！（鞠躬）

和平　赶紧坐会儿吧！哎哟，你怎么找到这儿来了？

昭晖　我呀，是找我们系一学生——贾小凡……

和平　啊？

昭晖　哎对，你跟她是什么关系？我没走错吧？

和平　你就是那孟老师啊？哎哟喂！孟昭晖，瞅你干的这好事哎！

　　〔志新大吼一声，拉着架势自饭厅出，冲向孟昭晖。孟昭晖也打开架势，二人对峙。

和平　别打！别打，志新！孟昭晖是全国少年武术冠军……

　　〔志新闻言转身离开。

昭晖　对！少儿组的冠军……

　　〔时接前场，傅家客厅。

　　〔傅老、志国、和平、志新在审孟昭晖。

傅老　……这么说，你是无辜的啦？

志国　我妹妹是单相思？

昭晖　我对天发誓！和平，你是了解我的呀——当然，我也承认，我这个人在

　　　　各方面确实比较优秀，容易招女孩子喜欢，她们往往都把我当成她们心中的偶像……

和平　这我可以证明啊！当时我们班好多女孩子追他！（向孟昭晖）我还给你递过仨纸条儿呢……

志国　（急）哎哎？这点儿历史问题，你当初怎么没跟我交代过啊？！你……

傅老　志国，陈年老账就不要算了，向前看嘛！现在的问题是——小凡的事情怎么办？

和平　现在小凡看上这孟昭晖吧，还真有眼力！（向孟昭晖）干脆，你们俩呀……

昭晖　别别别！和平，今非昔比啦！再说我也是有了家室的人了，而且我跟我们那位……怎么跟你们说呢？那就是一个字儿——恩爱！

志新　（撇嘴）哎孟老师——这是俩字儿啊！

昭晖　我就是说那意思……和平，你可是不能招我犯错误啊！这两年，人到中年了，意志渐渐薄弱，我怕这一天再给我来仨纸条儿，我就未必能扛得住了。既然贾小凡图谋不轨，要不趁她不在我先撤吧……（欲逃）

和平　哎别价，别走哇！

傅老　不行不行不行，你走了，小凡的思想还是没有通嘛！

志国　剩下一烂摊子，我们怎么处理呀？

昭晖　那好，那就随你们便……你们可以把我骂得一钱不值……

和平　打破偶像？这倒是一招儿！那我们就当着她的面儿把你大骂一顿……

　　〔众人开始商量。

　　〔时接前场，傅家客厅。

　　〔众人在座。志国急上。

志国　小凡来了！小凡来了……（示意众人）

和平　（拍案而起）姓孟的！你今天算是自投罗网！

〔小凡上。

小凡　孟老师……

　　　〔孟昭晖低头佯装被动，示意小凡不要说话。

和平　（痛斥）这几年我找你找不到，原来你又混进了知识分子队伍啊！在改革开放形势一片大好的今天，你按捺不住反革命野心，公然从阴暗的角落里跳了出来！煽阴风，点鬼火，或造谣于街头，或策划于密室，唯恐天下不乱，企图乱中夺权……姓孟的你站起来！低头认罪！

　　　〔众人厉声附和，孟昭晖起身低头。

小凡　嫂子，你这是唱的哪一出啊？

和平　你甭管！他是我中学一同学……这个人一贯思想反动、作风散漫、语多放肆、行为不轨！（向孟昭晖）你都有什么坏事儿？你自个儿坦白！

　　　〔众人厉声附和。

昭晖　我坦白！我在上中学的时候……我就不尊重老师、不团结同学、不认真听讲、不完成作业。我直说了吧——我整个儿中学那就算白念！

众人　（向小凡）听听，听听，他白念！……多坏呀这人……

小凡　哎哟，孟老师，你真棒！中学都白念了你现在还这么了不起？（向和平）他可是我们学校唯一破格提拔的正教授！（向孟昭晖）那你要再好好念中学，你得什么样儿啊？

和平　姓孟的！不许避重就轻！交代要害问题！

昭晖　哦，要害问题……（低声）和平，你想一中学生，能有什么要害问题？要不你给我提个醒？

和平　你干的坏事儿忒多了你！我一时都想不起来了……

志国　（提醒）和平，你说过你们上学的时候教室里有一条儿反动标语？

和平　对呀！

昭晖　不！这可是冤枉！我当时还是"三结合破案小组"的成员呢，我怎么能呢……

和平　嗯？你还不老实？！（向孟昭晖递眼色）

昭晖　对，我想起来了，确实是我写的呀！我乘人不备，拿了粉笔偷偷地写在了黑板上，然后我把那粉笔头儿扔出了窗外，企图销毁罪证，嫁祸于人……没想到革命师生的眼睛那是雪亮的，一下儿就把我给揪出来了！然后把我扭送到了公安机关，对我实行了无产阶级专政——我那"反标"写的什么来着？

和平　好像是……"打倒四人帮"？

小凡　他们还没倒，孟老师就敢写这标语？哎哟，孟老师，我原来光以为你人好学问好，没想到你在思想解放方面也是先驱！

昭晖　不，我那是凭着朴素的无产阶级感情……瞎蒙的！

小凡　哎哟那就更了不起啦！蒙都能蒙成这样儿，那要是不蒙，您得成什么样儿啊？

和平　你们要这么一唱一和的，咱这揭发会可就改表扬会了啊！

昭晖　不，和平，这可是绝非出于我的本意啊……

傅老　继续深入揭发！

志新　我来！你上中学的时候不光思想有问题，作风还有问题！我听我嫂子说，你流氓成性，打架斗殴！

昭晖　对，对。当我是高年级的同学的时候呢，我就欺负低年级的同学……

和平　从头儿交代！

昭晖　当我是低年级同学的时候……我就只有欺负女同学了。

志国　还有打架斗殴方面！

昭晖　这可绝对没有！（向和平）这你知道啊——我当时是全国少儿组武打冠军哪！谁敢打我？我找人家打我人都不敢——没人爱找这份儿死啊！

小凡　孟老师，真的啊？您可太全面了——简直是汲日月之精华，集古今之

· 302 ·

大成……

和平　姓孟的！你老实坦白，不要往自己脸上贴金！打架斗殴你没有，小偷小摸你总有吧？

傅老　这可是道德品质问题！

昭晖　这可绝对没有！（向和平）这你应该知道啊，当时在咱们班我们家那生活条件应该算最好的吧？

和平　那绝对！他……（自觉失言）

昭晖　而且我当时是在体校训练，每天有五毛钱生活补助！就他们——那都跟傍大款似的傍着我，撵都撵不走！我还偷你们东西？我这人还乐善好施，经常帮助困难的同学，有点儿好东西都大伙儿分——对了和平，你忘了？我还送你一日记本儿呢……

小凡　哪儿去啦？

和平　我一直都带在身边儿……（改口）我早扔了我！

志国　（又急了）扔了？不对吧！你好好想想吧——你藏哪儿了？这事儿不行……

傅老　志国志国！不要转移斗争的大方向嘛！要围绕小偷小摸的问题继续深入揭发！

志国　对……和平！你跟我说过：你们学农的时候你们房东丢了一只大绵羊？

昭晖　不对不对不对！不是她们房东，那是我们房东！我们房东有一大绵羊——对了，我还喝过那绵羊的奶呢……

小凡　好喝么？

昭晖　哎哟，别提多膻了！从喝完羊奶之后我都不吃羊肉了——到现在都不吃……

志国　你别打岔！后来那羊怎么没了？

昭晖　对，对对……我把大绵羊偷来之后就给宰了！宰了之后呢，我自己……

　　　　我来一烤全羊！

小凡　一顿饭吃了一只羊？

昭晖　不是，我分好儿顿吃的，分好儿……（想起来）和平，我刚才好像说：我喝完了羊奶之后，就不吃羊肉了？

和平　那你就在喝羊奶之前吃的那只羊！

昭晖　那羊都给吃了，上哪儿喝奶去啊？

和平　那你就是……先挤了羊奶之后再烤的羊！或者你是边烤羊边挤羊奶……（向小凡）要不说这人残忍呢！（向志新志国）他还有什么问题来着？

志国　……你说过，你上中学的时候丢了一辆自行车？

和平　对呀，我们老师还丢了一块表！

昭晖　这跟我有什么关系呀？

和平　校长室被盗是怎么回事啊？校办工厂车间着火又是怎么回事啊？咱们班黎明同学怎么就从单杠上摔下来，摔成一个粉碎性骨折呀？一定有人背后给他下了毒手哇！咱们班管京京同学怎么就会半路晕倒在马路上？经查明是食物中毒，一定有人给她下了毒药哇！还有，咱们学校东面儿那条胡同——高台阶那院儿，归国华侨张老太太家财被盗，本人被杀，一定有人给犯罪团伙踩点观风传送情报——而那条胡同正是你每天上学的必经之路！咱们学校西面儿那胡同——大门楼儿那院儿，有一个从小凉药吃多了的傻小子，天天站在胡同儿里从来不动唤，那天怎么就突然蹿到胡同中间儿被迎面来的车给撞伤了？一定有人故意害他呀——而那条胡同正是你每天放学的必经之路……

昭晖　停！和平，我上学从东边来，放学往西边走——我怎么回家啊？

和平　（词穷）……那我就不管了！

昭晖　这不合理呀……

和平　还有！咱们教语文的王老师，上班的路上为什么被小流氓围攻？教数学

第 25 集　爱你再商量

　　　的李老师，下班的路上为什么被小流氓暴打？教地理的彭老师，为什么他大儿子长得一点儿都不像他？而且在彭老师支援西藏一年半以后，彭师母怎么又怀上啦？……

昭晖　（听不下去，以包遮面）再见了各位！

　　〔孟昭晖逃下，小凡追下。

【本集完】

第26集　电视采访

编　　剧：英　壮

客座明星：马　羚　金雅琴

〔日，傅家客厅。

〔和平收拾屋子，傅老上。

和平　爸，您不是下楼遛弯儿去了么？怎么这么快回来了？

傅老　我一下楼，正好赶上居委会组织打扫院子里的卫生——一户一个人，咱们家负责洒水，我一听就赶紧跑回来了……

和平　哦，您要找草帽儿换雨鞋哈？我给您拿去啊……

傅老　我的意思是说呀：咱们家就派圆圆去吧——从小养成爱好劳动的习惯嘛！

和平　哎……哟！圆圆出去过队日去了，晚上才回来呢。

傅老　那就……让志新去，正好抻抻他那身懒筋！

和平　吃完中午饭就出门儿钓鱼了。

傅老　嗯……小凡呢？现在这个大学生啊，就应该补上劳动这一课！

和平　小凡人家挨屋里头脑力劳动呢，快期末考试了这……

傅老　那就……只好把这个机会让给志国了……

和平　志国出去买菜去了。

傅老　那怎么办呢？和平你看是不是……

和平　爸！按说您也是劳动人民出身，您怎么……我也走不开呀，是不是？志新出去钓鱼，回头拿鱼回来，我还得帮着他拾掇鱼呢！

傅老　找借口！志新上哪儿钓鱼去了？

和平　就在咱家边儿上那公园里头。说不为钓鱼，就为休息休息。

傅老　那正好，等他回来让他去干——劳逸结合嘛！

〔志新上，脏兮兮落汤鸡模样，狼狈不堪。

和平　哟！志新……你不是钓鱼去了吗？……正好，楼底下让咱家劳动——洒水，你就甭换衣裳了！

志新　我还洒水？我刚从水里上来！

傅老　这个钓鱼……好像一般都是在岸上啊？

志新　我开头儿是跟岸上呢！旁边那孩子忒可气——所有的鱼都是冲我的面子来的，最后都让他给钓走了！我跟他商量，我说换换地儿，换换地儿……死活不干！文的不行我跟他来武的，我们俩这一掰扯……就一块儿下去了。

和平　就你这游泳技术……你还不被鱼给吃喽啊？

志新　这不后来赶过来一个武警和一外地民工，这才算把我给钓上来……不是，嗐！（下）

和平　嗐！

〔时接前场，傅家客厅。

〔志新换好干净衣服，闲坐。傅老引电视台几人上，为首的是年轻貌美的主持人马羚。

傅老　志新！有电视台同志找你——你干了什么坏事人家要给你曝光啊？

志新　（慌）哎哎……不是我，不是我！确实不是我干的……

马羚　贾志新同志，您不用谦虚了！我一闻就知道是您！

志新　您怎么还带用鼻子认人儿的？

马羚　您那满身的臭河泥味儿，说明您就是见义勇为救儿童的那一位。

志新　我三遍还没洗干……您说什么？见义勇为？！这性质这么给我确定的？

马羚　对！

志新　嘿嘿，没错儿！那就是我，就是我……

马羚　您好！我们是电视台《京华纵横》栏目的工作人员，我是主持人，我叫马羚。

志新　对对对……您好……（握手）

马羚　（指摄影师）您好！这位是我们的摄影师英宁。

志新　哎您好您好……（与英宁握手）

马羚　我们是专门来采访您的英雄事迹的。

志新　您等会儿！我现在脑子有点儿乱，这一时半会儿我还转不过来……英雄……（激动，向傅老）哎爸！爸！您听见了吧？我当英雄啦！

马羚　（向傅老）对了！老人家，恭喜您了！（与傅老握手）您有这么一位好儿子——您一定要好好向他学习！

傅老　什么？向他学习？有没有搞错啊？

马羚　没错没错！我们刚才采访了现场的许多群众，都这么说——当时救人的有三位，一位是武警战士，还有一位是外地民工，那两位都没有留下姓名就走了，只有贾志新同志被赶过来的儿童家长揪住不放，才被迫留下的姓名。

傅老　那是人家怕孩子将来有什么后遗症，好找他算账！

志新　（急拦）哎哎哎……马小姐，我强烈要求单独接受采访。我换衣服去啊……（向里屋下）

〔时接前场，傅家客厅。

〔志新穿着焕然一新，微笑端坐，接受采访。

马羚　准备好了吧？（见志新点头，向镜头）观众朋友们，你们好！

〔志新矜持地向镜头挥手。

马羚　《京华纵横》栏目又和大家见面了。今天我们要向大家介绍一位非常有意思的人物。阳光雨露育青松，改革时代出英雄，我们现在向大家介绍的是今天下午见义勇为，不顾自己的生命安危而抢救儿童的贾志新同志！

〔志新鼓掌。

马羚　贾志新同志，你好！（握手）

志新　你好！

马羚　你好！

志新　你好！您真是太好了……您都有男朋友了吧？

马羚　有了！

志新　您怎么也不跟我商量一下儿啊？

马羚　这事儿吧……哎！（向工作人员）停！（向志新）咱们不能谈这个问题……咱们得围绕提纲来谈，好吗？（示意摄影师重拍）可以吗？

志新　马小姐，您什么时候开始主持这栏目的？

马羚　嗯，时间不长……

志新　万事儿开头儿难嘛，有个适应过程！

马羚　对对对……

志新　现在适应了吗？

马羚　嗯……还好吧……

志新　那您能谈谈您主持这栏目的体会么？

马羚　（向镜头）我主持这栏目体会主要有……（向志新）哎！（向摄影师）

停！对不起……（向志新）咱们俩谁采访谁啊？！

志新　有点儿乱……

马羚　行，咱们从头再来啊……不用着急，贾志新同志，（向摄影师）可以了吧？（向志新）贾志新同志，您能谈谈今天下午您是怎么发现落水儿童的么？

志新　这还用发现？我们俩是一块儿……对，是我一人儿发现的！我下午啊，我说到公园钓……那地方好像不许钓鱼哈？

马羚　对对对……那个地方是禁止钓鱼、禁止游泳——我们去的时候还有一帮"红领巾"在做宣传呢。

志新　对对对……那我就不是去钓鱼，我去公园……我背英语！A、B、C、D……我正背得高兴，突然间听见有人喊："河里面小孩大大地有……"

马羚　日本人？！

志新　我管他哪儿的人呢？喊声就是命令！我冲到河边儿往下一看——哎呀呀！情况是万分紧急，小孩生命垂危！怎么办？向组织请示？来不及了！跟领导汇报？等不了了！我教孩子游泳？不赶趟儿了！我自己下去？我就上不来了……

马羚　唉呀，您不会游泳啊？

志新　这……狗刨儿我会两下儿，我坚持不了多一会儿啊……怎么办？（站起，表演）怎么办？袖手旁观？孩子就完啦！我下水救人？自己就悬啦！就在这万分危急的时刻，我脑海中"唰唰唰……"闪出了很多英雄人物！

马羚　哎，您都想起谁来了？

志新　（加身段和手势）我想起了董存瑞炸碉堡——就像冬天里的一把火！邱少云焚烈火——熊熊火光照亮了我！黄继光堵枪眼——我用青春赌明天！欧阳海拦惊马，咳——你用真情换此生……

马羚　对不起……停一下！我怎么觉着这……哪儿都不挨哪儿啊？

志新　那我再想点儿挨着的……

第 26 集　电视采访

马羚　行，挨着的……哎！别想了！再想孩子该淹死了！

志新　对对对！孩子还在水里呢！就听见我大吼一声！助跑、起跳、加速、再起跳，嗖——一个漂亮的转体三周半加屈体后空翻……

马羚　您不会游泳，倒会跳水哈？

志新　跟电视里高敏学的……我下水以后，先是仰泳，再是蛙泳，再是蝶泳，最后我是自由泳！

〔志新不停比划，但摄影师已经放弃录制。

马羚　哎！别动！您怎么又会游泳了？

志新　实践中学习呀！嘟嘟嘟嘟……

马羚　汽艇来了？

志新　我游泳就这声儿……我迅速接近这目标！一个金蛇缠身，把孩子锁住！乘风破浪！游向对岸！不光救起了落水儿童，捎带脚儿我把全国纪录也给破了！（坐）累死我了……

马羚　贾志新同志，怎么成您一个人救儿童了？

志新　啊？是，后面还有俩——他们追不上我。

英宁　（拉过马羚）马主持马主持——这人有病啊？

马羚　没事儿，没事儿……我听说吧，人被水淹了以后，会出现暂时的智力低下状况……（向志新）贾志新同志，我们能采访一下您的家人么？

志新　哎！……哎？我还没开始说呢！

〔时接前场，傅家客厅。

〔马羚采访傅老。

傅老　……英雄不是容易当的，不是随便当的，不是什么人都能当的！要不然我们十多亿人干嘛要向英雄学习呢？我们相互学习不就完了吗？

马羚　老人家，是这样的：今天请您具体谈谈您的儿子贾志新的英雄道路……

· 311 ·

傅老　嗯，好。志新能够有今天，除了社会的培养，当然跟我们家长的教育也是分不开的！我记得他三岁那年……是五岁吧……

马羚　老人家，这样吧，这个年龄无关紧要，谈点儿具体的吧？

傅老　怎么无关紧要呢？我在想他那时候脱没脱开裆裤……对了，十五岁！十五岁那年，他们学校下乡去参加学农劳动的时候，他把他一个同学给推进了粪坑，弄得人家好几年吃饭都不香！所以今天他把人家孩子推下水也不是偶然的！

马羚　哎错了！老人家，不是他把人家推下水，是他把人家救上来！

傅老　他把人家救上来？（笑）他怎么会把人家救上来？你就是打死我我都不信！哈哈……（起身走开）

马羚　（向摄影师）这头脑有毛病是不是有遗传哪？咱们……换人吧！

〔时接前场，傅家客厅。

〔马羚采访志国。

志国　……说到我弟弟吧，就不能不先说到我——不管怎么说也是先有我后有的他嘛！

马羚　贾志国同志，今天咱们只是重点谈谈您的弟弟，好么？

志国　那不成！说来话长啊，我今年四十二岁，一岁那年的事儿我就不说了，我从两岁说起吧……

马羚　贾志国同志！这样，以后等您当英雄的时候，咱们再慢慢地谈您，今天咱们就说说您弟弟，好吗？

志国　我弟弟？那还不都是因为受了我的熏陶？我打小儿教他学英雄啊——刘胡兰的故事，我一天给他讲八遍！我还教他唱那歌剧——（假声唱）"数九那个寒天下大雪，天气那个虽……"是这味儿吧？

马羚　（躲）是……

第 26 集　电视采访

志国　唱得不好您见笑了！我们还在家排戏，我演刘胡兰，他演大胡子匪连长——哎哟，拿起菜刀照我脖子上就砍哪！（扒开领子展示）现在还有印儿呢！您瞧……（向摄影师）能给个特写么？

马羚　哎……贾志国同志，谢谢您了！

志国　啊？完啦？

〔时接前场，傅家客厅。

〔马羚采访小凡。

小凡　……其次应该考虑到我二哥下水救人的文化背景——对，（起身）我二哥他是没有文化，可是它架不住——我有文化呀！我在这方面对我二哥的影响啊……（扶起马羚已放松的话筒）不可谓不大！具体来说分为三点：第一就是偶像效应或者是……（再扶起话筒）英雄崇拜；第二呢……

马羚　贾小凡同志！这样吧：这些问题咱们留到下次再谈……（转身欲走）

小凡　哎——（拉回话筒）这儿童落水的问题可不是经常能遇到的，再说下次您能来么？我是难得有机会向全国观众发表这样的谈话，您就让我说个痛快吧……（自顾自地说起来）

马羚　唉呀您倒痛快了，我们全国观众受得了吗？！

〔时接前场，傅家客厅。

〔栏目组几人在讨论，和平一身演出装扮，手持大鼓、鼓架、鼓槌等上。

和平　马主持！您好。（握手）听了贾志新的英雄事迹以后，我是心潮起伏热浪翻！作为一名文艺工作者，我们有责任歌颂英雄！我现编了一段儿京韵大鼓，麻烦您给录下来，晚上一块儿播。

马羚　和平同志！实在对不起，我们这是专题栏目，不是文艺部……

和平　没关系，您搁文艺栏目里也成！您体谅我二十多年了没上过电视，好容

· 313 ·

易有这么一次机会，您说我能轻易错过吗？这样，我就算半拉清唱了。麻烦您回头帮着喊声好儿。（向摄影师）您照着——（摆开架势，向马羚）录音！

马羚　哎哎哎……（无奈举起话筒）

和平　（击鼓开唱）"有……"高点儿！（清嗓重来）"有一位青年——名字叫，——叫什么？贾志新……"

〔栏目组几人趁和平投入表演欲偷偷溜走。刚到门口处，被小张堵个正着。

小张　哪里跑？！

马羚　（吓一跳）啊！怎么回事……

小张　导演！你为啥子瞧不起我们家庭服务员？

马羚　我，没，没有……

小张　全家人都上了电视，为啥子没得我嘛？

马羚　啊没……嘻！这跟你有什么关系呀？

小张　怎么没得关系嘛！志新哥，要不是我天天炒菜做饭，给他喂得饱饱的，他能有力气下河救小娃子么？连他自己都淹死喽！来，快！（拉马羚）给我补拍一个炒菜做饭的镜头。

马羚　不行！我们这……哎……（被强行拉向厨房）

〔傍晚，楼下小花园。

〔栏目组几人上，边聊边走。

栏目组几人：哎哟真受不了……这哪是采访呀，整个儿拍武打片哪！……比那还厉害……

〔余大妈迎面上。

余大妈　站住！你们是电视台的同志吧？哎哟！（拉马羚坐下）早就听说你们要来采访我们先进的居委会，哈哈……今天一天都打扫卫生，也没腾出工夫来迎接你们——就这儿谈谈吧？

马羚　谈什么？

余大妈　瞧瞧：我们这儿的环境卫生搞得多好啊！（见手边桌上有树叶，赶紧划拉下去）你看，这都是居委会领导大家伙儿，义务劳动打扫的。当然，也有个别的居民逃避劳动！比如说吧，老傅全家！嘿！特别是那贾志新，一提起来，就叫我恨得牙根儿痒痒……

马羚　大妈呀，今儿我们就是来采访贾志新同志的英雄事迹的。（起身，招呼同事）走吧……（欲下）

余大妈　哎哟！（急忙拉回马羚）什么？志新当英雄了？

马羚　对，当英雄了……

〔栏目组另外几人悄悄下，马羚被余大妈拉住不能脱身，不停朝同事张望。

余大妈　（笑）我说什么来着？早就看出来了么！这也多亏了我们居委会的教育……同志啊，可别以为我们居委会就是发耗子药啊，收点儿卫生费的，我们还肩负着教育下一辈儿呢！提起如今这年轻人，像志新那好样儿的能有几个？……

马羚　大妈呀，咱们这些都以后再聊，完了我再跟您约时间。再见啊大妈！再见啊……（急忙逃下）

余大妈　哎哎……改在哪一天啊？（追下）

〔晚，傅家客厅。

〔除圆圆外，一家人齐聚电视机前等待。

众人　七点七点……肯定的吗？……我调好台了已经……

志国　（向里屋喊）圆圆！快点儿，要不看不上了！

和平　我得好好瞅瞅我这扮相儿——照到电视里不定多漂亮呢……

志新　估计我的形象还可以。（向小张）昨儿让你通知的人都通知了么？

小张　你放心吧志新哥，我连算命的瞎子老孙都通知到了！

傅老　啊？瞎子看电视？

志国　看不见能听，一样受教育！

小张　对！可惜呀，来不及通知我老家的父母，看不着我掌勺的镜头喽……

〔众人七嘴八舌间，电视里传出栏目开始的声音。

小凡　（示意大家安静）哎哎……（指电视）马羚！昨天我还跟她握过手呢！

马羚　（画外音）欢迎您收看这一期的《京华纵横》栏目。昨天下午，在本市青年湖公园内，小学生刘某与男青年贾某在钓鱼时发生争执，互相拉扯双双落水，幸被及时赶到的一名武警战士和一名外地民工相救……

〔众人看向志新。

马羚　（画外音）为此我们采访了本市园林局的负责人，他希望广大游人在旅游旺季……

〔志新失望又尴尬，垂头丧气下。圆圆上。

马羚　（画外音）……特别要遵守公园里的各项规定，尤其不要私自钓鱼和下河游泳，以免发生意外。该公园一直是钓鱼和游泳的禁区，附近小学的师生们常年坚持在园内外宣传安全知识。记者在现场采访了和平里四小的五年级学生贾圆圆同学，她说……

〔众人惊讶，看向圆圆。电视里传出圆圆的声音："其实很多大人不是不识字，而是不自觉！等真出事儿就晚了……"

圆圆　（故作轻松地）我也不想讲，非让我讲两句……

【本集完】

第27集　健康老人（上）

编　　剧：英　壮

客座明星：张　瞳　蔡　明　金雅琴

〔日，傅家饭厅。

〔众人吃完饭。余大妈上。

余大妈　唉呀你们家又没锁门，又没锁门……

和平　余大妈坐下吃点儿啊？

〔众人寒暄。

余大妈　接着吃接着吃！我来通知个事儿。咱们区老龄委决定：下月举行一次全区"十佳健康老人"评比活动！办事处给了咱们居委会一个参加预赛的指标。老傅你看这事儿……

和平　余大妈，我可得给您提意见了啊，您这得罪人的事儿怎么老找我爸呀？不是让他给您去收钱，要不就让他给您去当评委……您说那些老头儿老太太都挺在乎这个的，评谁不评谁呀？万一有几个没评上，再闹出个三长两短的来……（下）

余大妈　嘻，你这话说哪去了！不是让你们老爷子当评委——他是候选人！

傅老　（惊喜）哦？这个这个……（坐到余大妈旁边）我能成吗？

余大妈　当然成了！

志国　咱们居委会管着好几百家，哪家没个老人哪？哪儿就轮到我爸了？

余大妈　老人是不少哇，可是要论素质呢？政治素质啦，文化素质啦，思想素质啦，那还没有一个能超过老傅的呢！大伙儿同意我这观点吧？

〔志新点头。志国下。

傅老　您那是说的评选优秀党员吧？我在单位倒是一次都没有落过。这个评选健康老人……最重要的恐怕还得是身体素质吧？

余大妈　身体？论身体您也是数一数二的呀！（向志新）活了六十多岁了，愣不知道医院大门儿冲哪边儿开，从打生下来就没见过大夫什么样儿……

志新　余大妈！您说的那是缺医少药的贫穷山区，要不然就是愚昧落后，信鬼信神，有病找巫婆儿那种农村老年妇女——我爸不属于这种情况。

傅老　对对对，这几年我的身体是不行了。就说看书学习吧，我还没有志国坚持的时间长呢——顶多熬上十六个小时也就挺不住了；要说锻炼身体呢，我也没有志新跑得快，不要说世界纪录，距亚洲纪录都有一定的距离！再论唱歌儿，我也没有和平的嗓子好，论跳高儿我都没有圆圆跳得高啊……惭愧呀，说起来都觉得烫嘴！

志新　大妈您听听：我爸平常都用什么标准要求自己？（下）

傅老　而且，我还很年轻啊——还不到七十岁嘛！要是你们评选健美小姐、健康男子什么的我倒可以试一试，评选健康老人……我看我这刚过中年的同志就不必参加了吧？

余大妈　这话可不能这么说呀！咱们这片儿比您岁数大的倒是还有，可是都不如您身体好啊！

傅老　不会吧？五单元的马老，那身体就恢复得很好嘛——已经能够自己摇着轮椅上街啦！还有前楼的杨老——虽然那个手还有点儿"弹棉花"的意思，可是已经看不出半身不遂的后遗症了！还有后楼的李老——那个老年痴呆症已经好多了，昨天居然能够叫出他孙子的名字啦！还有孙老嘛——他现在虽然住在医院里，可是体温已经下降到三十八度点二十了，已经不咳嗽了……我看是不是优先考虑这些同志啊？

余大妈　老傅啊，比比他们，再看看你，这个名额你说给谁合适啊？

傅老　这个……我就不好说啦，我就随时准备接受街道组织的安排吧！

余大妈　哎行！（起身）那就这样儿：你准备准备，明天咱们在"老年之家"开个动员会，你跟老郑俩人儿都发表个竞选纲领，到时候群众投票也好有个依据啊……

傅老　（明白过来）哎，怎么回事儿？老郑他也参加？

余大妈　组织上决定：这次是群众推荐、民主评选——那老郑还不就是个摆设嘛！他各方面条件跟你哪儿比去呀？你先忙着啊，我去跟他通知一声儿！（下）

傅老　（急）怎么又搞起资产阶级竞选那一套嘛！这，这个不是挑动群众斗群众嘛？小余……（追下）

〔日，居委会"老年之家"活动室。

〔余大妈主持，傅老、郑老分坐台上两旁。台下数位居民在座，志新、燕红、和平、志国坐第一排。

余大妈　……居民同志们！关于健康老人的评比标准我就先说到这儿，下面大家酝酿一下咱们这片儿的候选人名单——下个礼拜就要正式投票选举了！（下台）

燕红　（起身）余大妈，您把这套形式主义免了好不好？还有什么可酝酿的？咱们这片儿，合乎评选标准的还能有谁呀？（看郑老）

志新　（起身）我看压根儿就不用酝酿，大伙儿也知道该评谁！

余大妈　谁呀？

志新　那还用问么？就是大家伙儿无限敬仰无比爱戴的我……

众人　啊？

志新　（一指傅老）……爸！

燕红　什么？你爸？那我爸往哪儿搁啊？！我就不信这么标准的一个健康老人天天在楼下晃悠，左邻右舍的能熟视无睹？你们瞧瞧这位郑老人：气色、体质、举止、风度，哪样儿不在咱们本地区拔头份呢？我怀疑这份儿评选标准压根儿就是参考他的条件制定的！

志新　没错儿没错儿！我一看这标准就是参照你爸制定的——要如果参照我爸，这标准不能定这么低！照我爸的条件，这标准就是残疾老人的标准……

余大妈　哎——你们说可是说啊，对这标准可不能怀疑呀！这就等于是攻击街道的正确领导……

志新　余大妈，余大妈！对不起，我说走嘴了！我那意思就是我爸条件好……

燕红　你爸条件是不错！你们家要是搬别地儿去他也许能选上，谁让他偏偏跟我爸住在一块儿啊？咱要不把最好的拿出去，全区人民也不答应啊！对不对，余大妈？

余大妈　老傅、老郑的条件都不错，我看可以平等竞争嘛！

志新　竞争也得有对手啊！你让我爸跟郑伯伯竞争——这不明摆着欺负他么？

燕红　哎！你要话这么说……（向傅老）傅伯伯我也欺负您一回吧！（招呼志新）来呀！谁怕谁呀？

志新　嘿！叫板是吧？来！

〔二人站到台上。

志新　咱先说政治上——我爸十七岁投身革命！

燕红　那不错——我爸十六岁参加抗日！

志新　我爸一开头儿就参加了共产党！

第 27 集　健康老人（上）

燕红　我爸……后来也参加共产党啦！

志新　开始呢？开始你爸加入的是国民党。

燕红　对呀对呀，没错！国民党给吃给喝，高官厚禄都没能收买我爸，他老人家在紧急关头毅然起义、弃暗投明、反戈一击——英雄啊，老郑！

志新　那还不是我爸深入虎穴策反你爸？要不然你爸能有今天？

燕红　那要不是我爸深明大义从善如流，恐怕你爸也是有去无回！你爸能有今天？

志新　评选健康老人，身体是第一位的！我爸身体好——浑身上下没毛病！

燕红　我爸筋骨硬——从里到外都正常！

志新　我爸牙口儿好——六十多岁了，没事儿就好嚼个铁蚕豆什么的！好几个牙膏厂都想拿他这牙做广告，使几个濒临破产的企业起死回生！

燕红　我爸快七十的人了眼睛还这么亮——蚊子打眼前一过，能分得出公母儿！研究所儿回想拿他搞科研，彻底扭转我国人体科学的落后局面！

志新　我要是不解释，别人老拿我爸当我哥……

傅老　志国……有我这么老么？

志新　（背躬）我不是形容您年轻么！

燕红　我要是不说明，别人老以为我爸是我男朋友……

郑老　你要是敢找我这么大岁数的男朋友，我就不让你进家门儿！

燕红　（也背躬）我这不夸您长得少相呢嘛！

志新　我爸老有所为，各种组织没少参加。

燕红　我爸老有所用，政协里数他提案最多。

志新　我爸……我爸比你爸高！

燕红　我爸比你爸瘦！

志新　我爸……（向傅老）爸，您还有什么优点来着？

傅老　不能够只讲优点，缺点也要讲嘛！（起身上台，手里夹着一支烟）来来来，

· 321 ·

你们二位先坐下……

〔志新、燕红坐回原位。

傅老　说到缺点，我的缺点还是比较严重的！比如说在体育锻炼方面，我就光顾自己锻炼，很少想到要去帮助别人，模范带头作用起得就很不够。每一次约郑千里同志去打球下棋，他都百般地推托，而我又没有能很好地坚持，不应该呀……

郑老　（起身向观众）哪回他都耍赖……（向傅老）谁愿意跟你玩儿啊？

傅老　还有，在培养良好生活习惯方面，我对老郑关怀爱护得也很不够！大家都知道，老年人应该早睡早起，而有一次，深夜五点钟我还看见郑千里同志一个人在大街上溜溜达达！我只是轻描淡写地说了他几句，没有狠狠地批评他，不应该呀……

郑老　谁夜里出来溜达？我那是早晨起来锻炼哪！

傅老　特别是在克服不良嗜好方面——大家请看这个评选标准的第九条，（读）"健康老人须在日常生活中无不良嗜好。"而郑千里同志呢，嗜酒成瘾、酗酒成性，这个大家都知道吧？

〔志新、和平附和。

傅老　从而使他自动地就丧失了这次竞选健康老人的资格，而我又没有及时地教育他挽救他——痛心哪，同志们！

郑老　（急忙上台解释）我是喜欢喝两口儿，可是这酒要喝得适量的话，还能够起到活血化瘀的作用——这嗜好也还是有利有弊吧？总比傅明同志那个有百害而无一利的嗜好要强多了吧？嘿，那才叫不良嗜好哪！

傅老　我有什么不良嗜好？你在大家面前说清楚！

郑老　大家有目共睹啊——（指着傅老手中的烟）抽烟！而且是嗜烟如命，嘿嘿……

〔傅老无言以对，默默掐掉香烟。燕红故意咳嗽不止。

第27集 健康老人（上）

〔晚，傅家客厅。

〔傅老坐沙发生闷气。志国、志新、和平坐在旁唉声叹气。

傅老 ……这个老郑！解放战争时期就跟我作对，到现在还是贼心不死——关键的时候又在背后捅了我一刀！没有想到小余也是如此立场不坚定，可以说根本就没有立场嘛！抽烟怎么能算不良嗜好呢？这不是等于让我自动地丧失了竞选的资格嘛？！

和平 爸，您也甭这么自暴自弃！我倒是有个主意能让您顺利当选，可我就是害怕吧……

傅老 有什么可怕的？只要能够选上，为区里争光，再苦再累我都受得了。

和平 很简单，您把烟戒了不就结了么？

傅老 戒烟？

和平 嗯！抽烟是您通往健康老人之路的唯一障碍。咱不怕抽烟，就怕不改！您要是把烟戒喽，您就能够轻易地击败郑伯伯，也了却了我们做儿女的多年的心愿哪……（捅正打哈欠的志国）

志国 啊？……就是就是！抽烟有什么好处啊？损人不利己、花钱买病、慢性自杀——早就该戒！

傅老 唉呀……这个问题就要慎重喽。你们都知道，我十七岁就参加革命了，在严酷的对敌斗争中学会了抽烟……那时候的条件、环境都很恶劣，经常连饭都吃不上，搞烟就更困难了——真可以说是"少年壮志无烟抽"啊！

志新 那您正好戒了不就齐了？

傅老 怎么着？向困难低头吗？不！我们是用特殊材料制成的人，就能抽用特殊材料制成的烟！这么讲吧，凡是点着了能冒烟儿的，除了导火索以外我都抽过。

和平　您抽那样的烟,还能打胜仗吗?

傅老　怎么不能啊?我们就是靠小米加步枪——再加上烟袋锅子打败了八百万国军嘛,呵呵……

志国　那解放以后您总该把烟戒了吧?

傅老　那就更不能啦——人民都当家做主了那还不抽它个够?

和平　爸,您真不知道吸烟的危害呀?

傅老　怎么不知道?客观条件不允许我戒嘛!官复原职以后我拼命地工作,得抽烟吧?现在退居二线,整天在家里闲得没事儿干更得抽啦——上贼船容易下贼船难啊……(点烟)

和平　照您这么说,这"健康老人"的称号就不是给您预备的!

志国　我看也对!咱爸是人不是神,抽了这么多年烟,一时半会儿戒不了也正常。

志新　那是那是!什么"为全区增光"啊?说破大天儿,像咱爸这种思想动摇意志薄弱的同志也不具备戒烟的条件……

傅老　笑话!大风大浪我都闯过来了,这小小的香烟怎么戒不了呢?以前我那是不想戒!如果要是真想戒的话……志新,(把烟拍给志新)你把这包"云烟"拿走……

志新　哎好好……(往兜里装)

傅老　把你那包洋烟给我拿来——趁明天正式戒烟之前,我再尝尝这个洋烟的味道!

〔晨,傅家客厅。

〔和平干家务,傅老一手拿铁球一手夹烟上。

和平　爸,您那手里头拿的什么呀?

傅老　这个叫保定铁球。这个东西好啊,舒筋活络、滋肝养肾,老年人玩儿着最好……

第27集　健康老人（上）

和平　没问您那手——左手？

傅老　这个……志新给我那个洋烟哪。说实话，这洋烟的味道还是没有国产的好抽。

和平　您就这么个戒烟法儿啊？

傅老　戒烟？谁戒烟？

和平　啊？昨天晚上聊了一晚上，今儿一早上全忘了？

傅老　昨天晚上……哦对了，想起来了！在戒烟这个问题上志新的态度是很顽固的，我们应该做过细的思想工作。你看是不是这两天我再找他谈一谈……

和平　不是志新戒烟！是您，您戒烟！

傅老　我戒烟的事你们就不要操心了……

和平　您还是让我们操一回心吧！（夺过傅老手中的烟）

傅老　好好……那你们就成立一个"戒烟办"。先搞一点调查，再开一个研讨会，拿出几个切实可行的方案来。再搞一个试点，以点带面。这个……（掏兜拿烟）如果抓得紧的话，我看有半年的时间就可以全面铺开了——不要拖，什么事情都最怕拖……（又叼一支烟）

和平　半年还不拖呀？戒烟工作打今儿开始，拿您开刀！（夺过傅老嘴里的烟）

傅老　这么快？可以谈一谈你们的想法嘛！

和平　根据您的烟龄、烟史、烟瘾、烟量，我们准备给您采取"阶段戒烟法"——就是通过控制您每天吸烟的数量，来逐步达到彻底戒烟的目的。比方说，第一天您抽五根儿，第二天……

傅老　抽六根儿？这个方法好！第三天就可以抽七根儿了……

和平　第一天抽五根儿，第二天抽四根儿！

傅老　哦？这个想法很古怪嘛。如果要是这样的话，那就要积极稳妥一些，比如说下降的速度要慢一些，一开始的指标也不要定得过低——我看起码

·325·

第一天应该是四十根吧……（又掏出烟盒准备抽）

和平　四十根儿？（一把夺过傅老手中的烟盒）还八十根儿呢！

傅老　也行啊……

和平　什么叫"也行"啊？

傅老　一天抽八十根难度是比较大的，不过我有决心努力完成任务！

和平　您想什么美事儿呢？第一天顶多八根儿，往后每天减一根儿，不许讨价还价！

傅老　这个样子……如果花色品种对路的话，我看问题不大嘛！

和平　（喜）哟？爸！您同意啦？

傅老　我听说有一种雪茄烟——（比划）这么粗这么长，抽一根差不多得两个小时！这要是一天抽八根的话，任务还是蛮艰巨的哩！

和平　您那说的是擀面杖！我们给您预备的是普通型香烟。

傅老　这个这个，这个从明年开始的戒烟活动还是很困难的嘛……

和平　什么明年哪？"阶段戒烟法"即日生效！

傅老　啊？……很好很好，我这个人一贯讲究工作效率，反对拖拉作风，今日事今日毕，今朝不戒更待何时嘛！咱们说干就干！和平你快一点——

和平　哎！干嘛呀？

傅老　赶快把今天的八支烟发给我。

〔日，傅家客厅。

〔傅老闭目躺在沙发上。志国看书，和平在念稿。

和平　（读）"……所以，我们决定采取一系列的有效的措施……"爸，爸！嘿，这传达"戒烟办"会议精神呢，您怎么睡着了？

傅老　（坐起）已经过十二点了吧？快把明天那八支烟发给我！

和平　想什么呢您？晚饭还没吃呢！

第27集　健康老人（上）

傅老　唉，这个烟瘾一上来就犯困。你们说这要是耽误了学习"戒烟办"会议的精神可怎么好呢？着急呀心里头……

和平　那您就抽一根儿？

傅老　今天发给我那八支烟不到中午就抽完了。你说这事儿怎么办啊和平？我倒没有什么，就是耽误了这么重要的学习……

和平　（起身，向柜子里取烟）谁让您抽这么快呀！就给您最后一根儿了啊，不许再要了！

傅老　（急忙接过，颤抖地点着，狠吸一口，立刻精神焕发）不占明天的指标吧？

和平　爸，您怎么老惦记着抽不惦记着戒呀？就照您这样儿，您怎么能跟人家郑伯伯竞争啊？我看人家宁愿选那喝酒的，也不会选您这抽烟的！

志国　我看也是。

傅老　那怎么办嘛……

〔志新上。

志新　还这儿"阶段戒烟"哪？我看算了吧爸，您也别戒了！

傅老　你看群众既然有这样的想法……

和平　哎志新！你别挨这儿捣乱啊！我们这儿好不容易……

志新　不是！你们自己出去看看去：人家燕红她爸已经彻底把酒给戒了！

傅老　（惊起）他不想活了他？！

志新　人家豁出去了！还跟楼道那儿贴了一个什么"戒酒宣言"（掏兜拿出一张纸），明显是跟您争夺选票！

傅老　快念念，他怎么说的？

志新　（读）"为了扬我国威、壮我国魂、兴我国运、育我国人，一展中华老人健康体魄血染风采，把东亚病夫的帽子解自己头上摘下来，戴到外国人头上去，本人从即日起永远戒酒！如有违戒，一经抓获，重奖抓获者人民币五十元！"我趁他没注意给撕下来了……

傅老　（愤然起身）好你个郑千里！你级别压我、名气盖我、打球胜我、下棋赢我，评选个健康老人你也跳出来跟我争！我这刚琢磨着戒烟，他就把酒给戒了！今天我傅某人还就奉陪到底了！你们谁都别拦着我。什么"阶段戒烟法"，我从今天起一根都不抽了！谁劝我我跟谁急！

〔众人拍手叫好。

傅老　志新，他不是有个"戒酒宣言"吗？你帮我起草一个"戒烟公告"！

〔志新急忙找笔。

傅老　要比他说得更慷慨！更激昂！更具体……更邪乎！他不是不喝了吗？我连闻都不闻了！他奖励五十，我悬赏一百！

志新　爸，您够有气魄的啊！我写完了就给贴他们家对过儿……

傅老　贴对过儿？贴对过儿那能造成什么声势嘛！要贴，我们就把它给贴到——先贴到自己家里内部监督吧！

【上集完】

第28集　健康老人（下）

编　　剧：英　壮
客座明星：张　瞳　蔡　明　金雅琴

〔日，傅家客厅。

〔客厅左边贴着一张硕大的"戒"字，右边贴着"坚持就是胜利，距投票日只剩6天"。和平在收拾屋子，傅老上。

傅老　和平啊！你们怎么没跟我商量一下就把我那个"戒烟公告"给贴到院子里去了嘛？这样搞得我很被动——刚才在街上，我刚在烟摊儿旁边转了转，就差点儿让你余大妈给抓住！

和平　这就对了！没有群众监督您还不得犯错误啊？

傅老　我用不着！在戒烟这个大是大非的问题面前，我是绝对的……快禁不住考验了……

和平　这刚儿……爸，昨儿晚上咱们定的方案您都忘啦？

傅老　没有啊！不就是那个"户外流动戒烟法"嘛？一大早我就出去了——街上转，胡同儿串，逛市场，进商店，泡澡堂子上影院，实在没事儿干哪……盯着行人看！

和平　这就是为了分散您的注意力……

傅老　那能分散得了吗？那马路上到处都是抽烟的——我总不能老在加油站里面待着吧？当时我看见那些麻木不仁的烟民，自己残害自己，我恨不得就把他们手中那个香烟夺下来……

和平　嗯！好好批评他们几句！

傅老　……我先嘬它两口！

和平　爸，看样子这"户外流动戒烟法"对您不大合适，您干脆回家来，咱自个儿内部监督得了！

傅老　回家？不抽烟我都不知道回家来干什么……

和平　把您那些爱好都捡起来呀！上午糟贱琴棋书画，下午残害花鸟鱼虫，吃完晚饭您再荒腔走板地唱几句京剧——闲不住您！

〔门铃响，和平开门。

傅老　没有意思，不让我抽烟我觉得干什么都没意思……

和平　（画外音）哟，余大妈！

余大妈　（画外音）哎！……（上，向傅老）老傅啊，怎么刚才在烟摊儿旁边一看见我扭头儿就跑啊？我还能吃了你呀？

傅老　戒烟啦！实在憋得难受，就在那烟摊儿旁边儿转一转，怕你笑话呀小余！

余大妈　好事儿嘛！你戒烟，老郑戒酒，你们俩这对台戏唱得好！

和平　余大妈，您还嫌咱这楼道里头不够乱？

余大妈　乱？乱了敌人，锻炼了群众！老郑和老傅是带了个好头儿，掀起了老同志戒除不良嗜好的运动，形势喜人哪！……

傅老　小余呀，事情闹到这种地步，特别是志新他们背着我把那个"戒烟公告"给贴到群众面前以后，让我搞得非常被动啊！还真有点儿下不来台了……

余大妈　老傅啊，你可不能打退堂鼓啊！

第28集 健康老人（下）

傅老　这个我知道！现在不是……难度比较大嘛！（压低声音）老郑那边有什么动静没有？

余大妈　老郑这回可下了狠心啦！把一柜子酒都批发给燕红了——连那酒精炉子都卖啦！

傅老　这个老郑，专门跟我作对！早知道这样，当初我就不应该策反他，干脆让他跑到台湾去算了！

和平　爸，我瞅着郑伯伯这次是要下狠心戒酒了，您呢？

傅老　那有什么了不起的？他能戒我就能戒，他不能戒我也能戒！这个健康老人我还就是当定了！

余大妈　好！

傅老　唉呀，还有六天……我能熬得过去吗？

余大妈　老傅啊！想当初，枪林弹雨你都过来了，这小小的戒烟关你能闯不过去？别的话咱不说，"将革命进行到底"对你来说那就跟玩儿似的……（下）

〔日，傅家客厅。

〔傅老猛嗑瓜子，面前瓜子皮堆成小山。志新拿一杯茶自里屋上。

志新　爸您悠着点儿嗑成么？

傅老　这不是你嫂子教给我的那个"连续进食戒烟法"嘛……

志新　您这一下午嗑这么些瓜子儿……您不怕咸着啊？

傅老　抽烟不咸你们让我抽么？（转念，满面堆笑）志新啊，你那还有没有富余的香烟哪？上次我给你的那包云烟……你看现在趁家里没有人在，天知、地知、你知、我知……

志新　破坏您戒烟这责任我可担当不起！这么着，爸，您喝点儿茶，喝点儿茶就好了……（递茶）

傅老　（喝一口，赶紧吐）什么茶这个怪味儿？！
志新　戒烟茶。（溜下）

〔晚，傅家饭厅。

〔傅老端大碗猛吃，众人看呆。

志新　哎哎爸……您怎么跟刚放出来似的？
傅老　刚放出来？我这会儿的感觉就跟没放出来差不多……（起身盛饭）
和平　戒烟期间食量增大是正常现象……
志国　唉，可看着咱爸这么暴饮暴食，不由得让人想起三十年前。
傅老　（直接将电饭锅端到面前）怎么能跟三十年前相比嘛？那时候好歹还有烟抽呢！当然了，那个烟的质量是差了一些——人称"紧嘬"牌儿，"迎着风，就着灯，儿子叫爹不敢应"……可也聊胜于无嘛。
和平　爸，咱非常时期，不老谈香烟方面的问题成么？
傅老　那谈什么？那还有什么可谈的？（转念，满面堆笑）和平，这个……这几天在你们"戒烟办"大力地配合下，我个人的戒烟工作还是初见成效嘛……当然喽，我个人的精神上、肉体上也受到了很大的摧残，所以，这个这个……我有一个，小小的请求——
和平　呵呵，没问题！您什么请求我们都答应您——只要不是抽烟。
傅老　（笑容顿敛）没有啦！（起身，下）

〔日，傅家客厅。

〔傅老正在漱口，圆圆暗上。

圆圆　（突然地）爷爷！

〔傅老一惊，把水咽了。

圆圆　您怎么给咽了？我妈说这水是戒烟用的，漱口的！

· 332 ·

傅老　都是你突然叫我一下！吓我这一跳！

圆圆　没做贼您心就不虚！我妈让我随时监督您，怕您偷着抽烟。

傅老　抽烟？抽什么烟还！戒烟茶戒烟水儿的，把我这个嗅觉全都给搞毁了，现在闻什么都是臭的！唉，现在要是能有一根儿烟抽，兴许还能好一些呀……

圆圆　哎爷爷！您猜我给您买什么了？您可别跟别人说啊，这我用自个儿零花钱给您买的……

傅老　（兴奋）唉呀圆圆！好圆圆，快把烟给爷爷拿出来，爷爷憋得实在是……

圆圆　（掏出）我没给您买烟，我给您买的是糖——您吃一块儿糖，压压，嗯！

　　　（把糖拍到傅老手上）

傅老　（失望）爷爷刚才是跟你闹着玩儿呢，就真的有烟爷爷也不抽……（吃糖）我说什么来着，连这糖都是一股臭味儿！

圆圆　那就对了！这是戒烟糖啊……

傅老　啊？（赶紧吐出糖）完了完了，我这点儿味觉也都让你给毁了！（怒下）

〔日，傅家客厅。

〔傅老独坐。

郑老　（画外音）老傅哇，老傅！

傅老　来了来了！

〔傅老起身迎上，郑老上。

郑老　老傅啊……

傅老　唉呀！这位……是老郑吗？怎么两天不见瘦成这个样子啊？！

郑老　您是老傅的什么人哪？长得倒挺像的，就是比他老了一轮！

傅老　严肃点儿！老郑啊，我们俩虽说在战场上是对手，（两人落座）场下还是同志加兄弟嘛，有什么困难应该互相帮助！以后在家里喝酒要是不方便的话，可以到我这儿来嘛！（拿出一瓶茅台酒）真正的茅台，粉碎"四人帮"的时候我都没有舍得喝，给！

郑老　巧了，老傅啊，（掏烟）我也是给你送烟来了。哎，真正的云烟哪！这是从燕红那咖啡屋顺出来的——来，抽一支，过过瘾吧？

〔二人把烟和酒放在茶几上。

傅老　（看烟，欲拿又止）……你不会是别有用心地考验我吧？

郑老　哪能呢？我还怕你是故意地考验我呢！

傅老　那咱老哥儿俩就痛快一回？

郑老　好，痛快一回！

〔两人交换烟酒，都兴奋不已，爱不释手。

傅老　我可真是好几天都没沾着烟味儿了！不像你，老谋深算，躲在家里偷着喝了那么多的酒都没让人把你给抓着……

郑老　谁呀？！那燕红看我看得那叫一个紧！嘿嘿，还是你有办法，躲在家里头一通足抽，还弄得一点儿烟味儿都没有……

傅老　你讲话可要负责任啊！（起身）你说我偷着抽烟，有何证据？

郑老　嘿！你戒了三天烟，还能站着跟我说话，这就是证据！

傅老　你戒了三天酒，还能够自己走到我家里来，也根本不可能！把你的破烟拿走！（把烟拍桌上）告诉你，老子今天还就不破这个戒了！想让我上钩？没门儿！

郑老　把这个破酒也给你搁这儿！（放下酒）哼！想动摇我的军心哪？休想！

（欲下，回头拿起烟冲傅老晃几下，下。）

〔日，傅家客厅。

〔傅老举着"模型烟"抽。郑老暗上。

郑老　哈哈！这回我可逮着你了吧？！

第 28 集　健康老人（下）

傅老　你们家的猫没跑到我这儿来呀……

郑老　你别装蒜！拿着手里那烟，不许动！（跑到门口）燕红！小余！同志们，都来看哪……

傅老　不要叫啦！这叫模型烟——塑料的！

郑老　（拿过模型烟仔细检查后，扔下）嘿嘿……老傅啊，你没有犯错误，我就放心啦！（掏出小酒瓶喝一口，欲下）

傅老　（起身）哎，你站住！当着我的面你好大的胆哪！和平！小余！同志们快来呀……

郑老　这个啊，一天喝个十斤八斤的也没事儿——嘿，糖水儿！

傅老　（接过小酒瓶，闻，塞给郑老）搞什么名堂嘛！老郑啊，这我可要狠狠地批评你了……过来！你说你这样整天撑着，你看你把你的身体都搞成什么样子了嘛——面黄肌瘦、无精打采的，这样下去你危险了！

郑老　嘿嘿，我可不能跟你比呀！这几天你是越来越精神啦。你瞧，这嘴唇儿乌黑，脑门儿翠绿，眼睛发蓝，面色苍白——我这越看越像我家的那个波斯猫，跟乌鸦杂交的品种……

傅老　说点儿正经的！你看咱们这样下去，身体恐怕就吃不消了！受多大的罪，你我心里面都明白……

郑老　太明白了！哎哟，从戒酒开始，我哪天不是咬着牙过来的？那酒瘾上来不能喝呀，真是撕心裂肺地那么难受啊！我真恨你当初……你对我策什么反哪？你干脆让我全军覆没，把我打死就完啦！

傅老　我这个烟瘾上来不能抽，也没出息着哪！一把鼻涕一把眼泪地躺在床上打滚儿……我真恨你当年干嘛那么深明大义？你要是顽固不化，一枪把我给崩了，省得我今天受这份儿罪嘛！

郑老　我每天就怕吃饭哪！没有酒就着，我连粥都喝不下去！

傅老　我每天就盼着吃饭哪！不抽烟我这嘴一会儿都不能闲着！

郑老　我整宿地失眠哪，吃十几片儿安眠药都睡不着啊！

傅老　我整天地犯困哪，一连睡十几个小时我都睡不醒！

郑老　我是头昏眼花忘性大呀！一上街就认不得道儿，回到家就找不着门儿，有点儿什么事转眼就忘啊！我跟人说着说着话儿啊，怎么也想不起来他是谁了——哎哟，圆圆，我说的这些事儿你千万可别告诉你爷爷啊……

傅老　谁是圆圆哪？……老郑啊，你不要再说下去了啊，听着都让人心酸啊！你说你我活到这把年纪图个什么呢？还不就图有个好身体，好为国家建设发点儿余光献点儿余热吗？戒烟本身不是目的，目的是要有一个健康的身体，是不是呀？像你我现在这样，那还有什么意义嘛！（凑近，握住郑老双手）你我都是老同志喽，不要在一些小事情上争来斗去的，搞得两败俱伤嘛！所以，经过激烈的思想斗争，我考虑这次评选健康老人的活动……你就不要参加了吧？

郑老　什么？我不参加？！那你呢？

傅老　我参加革命比你早，关键的时候要冲在前面哪！我是革命一块砖，东南西北任党搬；我是革命的螺丝钉，哪里需要哪里拧；革命工作无贵贱，脏活累活我来干！

郑老　这费力不讨好的事儿怎么都让你干哪？那不像话！好在我觉悟也不低，交给我了，你甭管！（欲下）

傅老　（跟上）不行，还是我上！前面危险！

郑老　请组织放心，上刀山下火海，我郑某人绝不含糊！

傅老　为了胜利向我开炮！

郑老　不要管我，请老傅同志先走！

傅老　人生自古谁无死！

郑老　壮志未酬誓不休！

傅老　你……可气死我了你！（气极，抱头坐回沙发）

第28集 健康老人（下）

〔晨，傅家客厅。

〔墙上的倒计时牌显示离投票只剩一天。和平、志国各忙各的。志新自饭厅上，傅老拄拐杖自里屋上。

志新　哎爸，您怎么这么早起来了？才睡了……十二个小时。

傅老　你们"戒烟办"能不能发扬一点儿救死扶伤的革命人道主义精神？高抬贵手，提前把我给释放了，行不行啊？（躺倒沙发上）

和平　爸，您这种渴望自由的心情，我们是可以理解的，可您怎么也得挺过明儿个吧？

傅老　明天问题不大……就是今天挺不过去了！

志国　爸，您这不是前功尽弃了么？

傅老　弃就弃吧，为了保存革命的火种，必要时就得放弃一部分胜利果实……

志新　那您这一星期的成绩可就付诸东流了？

傅老　流就流吧——我这口水都流了好几天了！

和平　一夜之间，就被人对门儿给劝降了吧？

傅老　他们劝不劝也是那么回事！我就是拼着老命把烟戒了也斗不过老郑那个东西……

志新　我看也是，人家燕红她爸这回是软硬不吃一根儿筋了！

〔燕红气喘吁吁跑上。

燕红　哎！志新！我爸……

志新　怎么刚说你爸你就听见了？

燕红　唉呀……我爸那心脏，心脏病……（急得语无伦次，不住比划）

和平　没事儿！戒了酒就好了。

燕红　什么好了！我爸……我爸心脏病犯啦！

众人　啊？！

傅老　（跳起）什么？！你看我说的么……人哪？

燕红　躺在床上直哼哼……都快把我给急死了！

和平　赶紧送医院去呀！真是的！赶紧打120急救中心！（向志国、志新）你们哥儿俩别戳着了，赶紧到门口儿等车去……

〔志国、志新跑下。

和平　（向燕红）你赶紧去呀！

燕红　哦！我也得去……（跑下）

傅老　（精神抖擞，活动臂膀）老郑啊老郑，你绝对不会白白地倒下去！你放心吧——你的健康老人大业由我来承担！

〔日，居委会"老年之家"活动室。

〔余大妈在台上讲话。众人在座鼓掌，郑老缺席。

余大妈　……大家静一静，静一静。我宣布一下投票的结果。经过民主选举，一致通过：傅明同志代表我们街道，参加我区"十佳健康老人"评比活动！下面，我们请老傅同志谈一谈他当选后的体会！请——

〔傅老高举双手，兴奋小跑上台。

傅老　同志们朋友们你们好！你们好不好啊？

志新　好……（环视四周，无人喝彩）

傅老　（沉痛地）首先，在这里，我要向前两天因病退出竞选的，我楼著名的健康老人、光荣的戒酒战士郑千里同志，表示深切的怀念，向他的家属表示衷心的慰问……

〔燕红扭头不快，志新伸双手欲握，被燕红打回。

傅老　……并祝老郑同志早日康复，重返后方！（拿起稿，清嗓，戴眼镜，边读边比划）戒烟美名传四方！健康老人我来当！齐心协力搞绿化！深化改革奔——小——康！

338

第 28 集　健康老人（下）

志新/和平　好！好！……（鼓掌）

傅老　（气喘）有人问我："傅明同志，你六十多了开始戒烟，靠的是什么呢？"（喘气愈急）我说：靠的是理想，靠的信念，靠的精神，靠的勇气……（有气无力，坐）当然喽，一个老年人突然改变他的生活习惯，也是要付出一定代价的，有时候是很痛苦的……在整个戒烟期间，我经常感到四肢无力，头昏眼花……头昏……就像现在这种头昏……

〔傅老倒在椅子上。众人大笑。

余大妈　老傅同志！你就不要现场表演了啊！（上前）老傅！老傅！你怎么了？哎哟！快快快……志国、志新，不好！你们爸爸……脑溢血了！

〔众人急冲上前，乱作一团。

〔日，傅家客厅。

〔傅老躺沙发上，和平在旁伺候。

傅老　和平……把药给我拿来。

和平　哟，您不刚吃过么？

傅老　那个，那个药！（比划）

和平　哦，这个，这个！（拿出烟，点上）

傅老　快一点！

和平　这个——大夫说也不能跟原先似的一个劲儿猛抽……

傅老　这个我知道。（接过烟，猛吸两口，感慨）欲速则不达，好事变坏事哟……哎，你郑伯伯那边怎么样啦？

和平　好多了，也挨家喝呢——改喝啤酒了……（门铃响，起身）谁呀？来了来了！（画外音）哟，余大妈！

余大妈　（画外音）哎！（手拿鲜花和礼物上）唉呀老傅啊！你看这些天我净瞎忙啦，到现在才来看你……怎么样？身体好多了吧？

· 339 ·

傅老　问题不大啦……我没有完成组织上交给我的任务，在街道人民最需要我的时候，我却倒下了，心里很不好过……

余大妈　放心吧！老傅，倒下你两个，自有后来人——新一代健康老人已经诞生了！

傅老　（坐起）啊？怎么这么快就有人抢……能行吗？

余大妈　当然行了，已经参加复赛啦！

傅老　这么有能耐？谁呀？

余大妈　那还能有谁呀？当然是……（不好意思）我呗！

傅老　（不能相信地）这个……

【本集完】

第29集　202动态

编　　剧：梁　左

〔晚，傅家饭厅。

〔傅老、圆圆、小张在座。晚饭即将结束，和平收拾碗筷。

和平　小张儿！你今儿这排骨可又烧糊了！干活儿再这么不经心，你瞅我不揍你……（伸手比划）

小张　是爷爷看着的，你打爷爷好喽！（逃下）

〔和平转身向傅老比划。

傅老　嗯？

和平　（急忙收手）……挺好吃！呵呵，这糊有糊的味儿，一般人还烧不出这味儿呢！（下）

傅老　也不能全怪我嘛，后来我又上老郑家去串了个门儿，临走的时候我还特地写了个纸条儿留着，让你们谁先回来把火拧小一点儿，后来谁先回来的？

圆圆　嗯……可能是我，我五点到的家——可我没看见您写的纸条啊？

傅老　就在桌子上放着呢！小孩子家也不长眼。

圆圆　谁不长眼啊？哦，我放学回家不做功课，满屋子找纸条？那我还算好孩

　　　　子么？（和平由厨房上）

和平　您二位就甭吵啦……

　　〔志新哼歌上，看见空空如也的饭桌愣住。

和平　哟……

志新　就说我现在跟外面儿混得惨点儿，家里也不能不让我吃饭哪！

傅老　谁不让你吃饭啦？坐下来吃……（指空空的饭桌）

和平　怨我，我不知道你几点回来……我给你准备去！（向厨房下）

志新　我不是给你留条儿了嘛！我写那水电费本儿上了——今儿不该算水电费么？是圆圆算吧？

圆圆　嘿嘿，我昨天就算完了。也别说，等下月再算水电费兴许能看见您那纸条儿。

志新　哼，我就知道，你心里没有我——这大侄女儿我算是白养活了！

圆圆　是我爸我妈养活的我，又不用你养活！……妈！我爸怎么没回来呀？赶紧找找有没有纸条儿，省着到时候连女儿都白养活了！（下）

傅老　这样下去可不成！看样子咱们家得设置一个留言板！这个事儿明天我就去办……（下）

　　〔日，傅家客厅。

　　〔志国、和平闲坐看报。

和平　我觉着能成。

志国　我觉着不成。

和平　（放低报纸）我就觉着能成！

志国　（放低报纸）我就觉着不成！

和平　（扔下报纸）嘿！你怎么知道不成啊？

志国　（扔下报纸）那你怎么知道能成啊？

和平　哟！你这人怎么这么较真儿啊！

志国　你这人怎么……

〔傅老抱一大块黑板上，二人惊，连忙上前接。

和平　哟哟……爸，爸！您这要干嘛呀？您要给我们开课呀？

〔和平与志国将黑板抬到写字台上放好。

傅老　留言嘛——以后有什么事情都可以写在黑板上啦！

志国　您买块儿小黑板儿不得了么？买这么大的……

傅老　大的小的价钱都差不多，我何必不买大的呢？

志国　爸，您这不是财迷嘛？好比您穿41号鞋，到商店一打听，61号也这价钱，您来双61号的？穆铁柱穿着倒合适了，您穿得了么？

和平　嘿嘿嘿！有你这么说咱爸的么？鞋跟黑板是一回事儿吗？

志国　那怎么不是一回事儿？

和平　黑板大的就是好！

志国　怎么好啊？

和平　哎，大有大的用处！

志国　什么用处啊？

和平　……（向傅老）什么用处啊？

傅老　可以多写字嘛！

和平　（和志国）哎！可以多写字嘛！

志国　那写什么呀？回来不回来，等我不等我……写一黑板？

和平　（向傅老）写一黑板？

傅老　……可以写一些别的事情嘛！比如说天气预报啊，重要新闻啊，写在黑板上，大家心中都有数，呵呵……

和平　（向志国）哎！心中有数……（向傅老）爸，有广播有电视用您写呀还？

傅老　这个……可以加深印象嘛！

和平　您干脆挨咱们家办个黑板报得了！（下）

傅老　你这个话倒是提醒了我！这么大一块黑板，闲着也是闲着，我们干脆就办它一个黑板报！表扬好人好事，批评坏人坏事！舆论导向是很重要的……

志国　您跟自己家办黑板报……不是吃多了您就是喝多了！（下）

〔日，傅家客厅。

〔傅老端详着满是字迹图案的黑板报。圆圆背书包上。

圆圆　爷爷！……哟？您这黑板报还真办起来啦？（读）"202动态"。

傅老　咱们家住在202单元，反映的是咱们家的动态——来，给爷爷念念！

圆圆　（读）"今天夜间，晴转多云。风向南转北，风力二三级。最低气温二十五度。"

傅老　瞧瞧，这多方便哪！今天晚上要是出去的话，就可以多穿衣裳啦，呵呵……

圆圆　爷爷，您忘了我妈晚上从来不让我出门儿了？（读）"最新消息：前南斯拉夫国际会议两主席欧文和斯托尔腾格在萨拉热窝机场会见了波黑冲突三方领导人。这次会见事先未经宣布……"爷爷，您写的这……满不挨着呀！

傅老　你继续往向下念，下面就挨着了。

圆圆　哦。（读）"202单元负责人傅明同志今天在寓所亲切会见了该小区家属委员会负责人余大妈同志，双方进行了亲切友好的谈话。这次会见事先未经宣布。"爷爷，您是没宣布，您宣布也得有人听啊？

傅老　你继续往下念，下面你们都听了。

圆圆　（读）"贾圆圆同志，天天早起早睡按时上学，特提出表扬一次。"（得意羞涩）爷爷，您看您，还表扬什么呀？这都是我应该做的呀，小意思。

（读）"贾志新，今天上完厕所又不冲水！再提出警告一次！"

〔志新暗上。

圆圆　该！就该狠狠批评他……

志新　哎怎么茬儿怎么茬儿？看我好欺负是吧？（看黑板）谁吃饱了撑得写这乱七八糟的？圆圆，给我擦喽！要不然我跟你急啊！

圆圆　这是爷爷写的！你干嘛冲我来呀？

傅老　看，击中要害了吧？黑板报，威力大，人民拥护敌人怕！

志新　您那么大岁数，怎么敌我不分啊？我给擦了……（欲擦）

傅老　你敢！你敢破坏我的劳动成果？！

志新　这要来一串门儿的一看，这叫怎么档子事儿啊？

傅老　就是要在群众面前给你曝曝光！

圆圆　爷爷，要不然这样吧，二叔已经承认错误了，咱给他换一条？

〔志新附和。

傅老　要换你换吧！我再也想不出别的了……就这点儿东西我都写了一天！领导这样一个家庭容易吗？得管你们吃，管你们喝，还得给你们弄黑板报——抓两个文明，我容易么我？（下）

志新　圆圆，给我换了，快点儿！

圆圆　你……你说我写吧？

志新　你就写："贾志新同志今天亲切会见了……"我今儿谁也没见着啊……对，刚我跟大门口儿碰见燕红了。就这么写："贾志新同志今天在大门口亲切会见了郑燕红同志。双方点头示意，互相问候。这次会见事先未经宣布。据消息灵通人士透露，贾郑二人关系非同寻常。郑燕红这丫头片子刚才走的时候儿白了我一眼！打小儿她就欺负我，我跟丫没完！……"

圆圆　（扔下粉笔）二叔，没法儿给你写了！什么乱七八糟的！（向里屋下）

志新　我自己来！

〔日，傅家客厅。

〔和平、志国手拿球拍上。

和平　……哎哟，你这份儿臭讹，我受不了……风往你那边儿刮！

志国　谁讹呀……赢不了赖风，哼！

和平　顺风儿……搁谁谁不赢啊？（回身见黑板报）哟嗬！新黑板报出来了嘿！瞅瞅瞅瞅：今儿有什么动态呀？（读）"和平同志昨日切菜时不真将手切……"

志国　不慎、不慎、不慎……

和平　你烫着了？说一遍就成了。（读）"……不慎将手切破。特代表全家表示慰问，衷心希望早日康复……"爸还挺关心我，一点儿小伤！（读）"……重返厨房前线。"还惦记让我做饭哪？

志国　你甭看了！那是咱爸吃饱了没事儿写着玩儿的！

和平　（读）"傅明同志今天在家中亲切会见了郑千里同志。双方切磋棋艺三局。第一局我没赢，第二局他没输，第三局我要和棋他不干……"连输三盘儿？

志国　别看了！有什么意思啊……

和平　（读）"贾圆圆同志今天下午在家中，亲切会见了刘宇航同志，双方亲切交谈，并互赠了礼物。这次会见事先未经宣布。据消息灵通人士透露，贾刘二人关系非同寻常。"有点儿意思——这刘宇航是谁呀？我怎么没听说过呀？（向饭厅喊）小张！小张！过来过来过来，问你点儿事儿！

〔小张自饭厅跑上。

小张　大姐回来喽？饭马上就做好了哦……

和平　还有什么心思吃饭哪？坐下，我得问问你！

346

小张　我没得干啥子嘛！

和平　就是因为你没干什么。大姐平常让你看着圆圆，今天谁来找圆圆啦？

小张　圆圆的同学。

和平　男的女的呀？

小张　我在厨房里做饭，没得看见……反正两个人在屋子里嘀咕了半天才走的。

和平　哎哟，贾志国！你听听你这闺女，这就是你闺女干的事儿！

志国　怎么啦？人家来个同学都不许啦？

和平　嘀嘀咕咕，互赠礼品，自个儿写了："关系非同寻常。"——很明显，早恋哪！

志国　神经过敏了吧你？这些东西不能完全说明问题。谈恋爱是有很多迹象的，比如说神经很兴奋、话多、爱唱歌儿……有时候身体也不大协调……

〔门外传来圆圆的歌声。

和平　唱着呢吧？

〔开门声、撞到东西的声音。圆圆一个趔趄，上。

和平　身体也不大协调！

圆圆　爸爸好，妈妈好，小张阿姨好，你们大家好！（下）

和平　瞅这话多不多？

志国　圆圆！圆圆！

〔圆圆闻声回到客厅。

志国　……晚报拿了么？

圆圆　哎哟，我……我忘了，我这就去！

志国　圆圆，圆圆！（掏兜拿钱）再买一份儿……《电视节目报》！

〔圆圆接钱，跑下。

和平　你还有心思让她干这个哪？

志国　（压低声音）我是把她支远点儿，咱们好赶紧商量个对策呀！我的意

　　　　思是：咱们赶紧来个突击大搜查！

和平　嗯！嗯！……赶紧的吧？

　　〔两人向里屋跑下。

　　〔时接前场，圆圆卧室。
　　〔和平、志国翻箱倒柜，一通翻找。

　　〔夜，傅家客厅。
　　〔志国、和平在座，手中传递着一个笔记本。傅老背手溜达。志新自里屋上。

志新　您又要干嘛呀？

傅老　都来齐了，咱们开个碰头会。

和平　（向志新）赶紧坐下！

傅老　这个动态是非抓不行啦！（向和平）圆圆安排好了么？

和平　跟小张儿睡觉呢！

傅老　关于圆圆的早恋问题！幸亏我办了这个黑板报——你们看，（指着黑板报上的"动态"）她这是不打自招啊！今天趁她不在，他们两口子又在她屋里搜集了一些证据。（向和平）来，念念……等一下！志国，先去把我的硝酸甘油给我准备好——

和平　（翻开笔记本）我先朗诵一下她写的情诗……

傅老　（捂着胸口）什么？她，她都写情诗了？这个孩子，这……（向志新）快，把那个药瓶盖儿给我打开！

和平　（读）"爱过就不要说抱歉，毕竟我们走过这一回。从来我就不曾后悔……"

傅老　什么？她，她还不后悔？！这真是……（向志新）上药！

志新　等会儿！我怎么听着这么耳熟啊？这叫什么名儿来着？

· 348 ·

和平　这诗的题目就是《爱上一个不回家的人》——你说这刘宇航！他还不回家……

志新　满大街都唱这歌儿！你说这是咱圆圆写的？

和平　我，我也闹不清楚啊？这后面还一首呢，这叫《其实你不懂我的心》。你说你那么点儿孩子，你有什么心哪……

志新　哎！这是童安格写的！别说是圆圆写的——回头人家童安格跟你打官司！

志国　甭管怎么说，她小小年纪唱这种歌儿也不合适嘛！

志新　谁说不是？问题是有合适她唱的歌儿么？

志国　那……（向和平）有么？

和平　啊？（向傅老）

傅老　怎么没有啊？多得很嘛！就像这个这个……什么来着……对啦！（唱）"吹起小喇叭，嗒嘀嗒嘀嗒。敲起小铜鼓，得儿隆得儿隆咚。（和平、志国合唱）手拿小刀枪，冲锋到战场，一刀斩汉奸！一枪打东洋……"

志新　哎哎哎……别又是刀又是枪的，"世界和平年"刚过完！

傅老　那倒也是，我们小时候的歌儿她唱是不合适。和平啊，这都要怪你们文艺工作者，心里没有孩子们嘛！还有别的没有？

和平　别的……当时时间比较紧迫，圆圆拿报纸一会儿就回来，我们又不免有点儿做贼心虚……

志国　对……

和平　我心什么虚呀我？我当妈的管孩子，我心什么虚呀我？查！明儿个接着查！

〔日，傅家客厅。

〔和平在打电话。

和平　（向电话）……赵老师，跟我们圆圆关系密切这同学叫刘宇航……落后生吧！我就说……啊？您让圆圆帮助他呀？别价呀！那不把我们圆圆带坏了吗？我跟您说呀，男孩子淘气一点儿不要紧，关键他跟我们圆圆这关系呀……女孩儿？女孩儿也不成啊……女孩儿成！啊，对对对，是得帮助她！一人红红一点，大家红红一片，全球红才能红满园嘛……哎哎哎！得嘞得嘞，那谢谢您啊！（挂电话，自语）你说这家长，给一女孩子起一名儿叫"刘宇航"，这没文化劲儿的！（看黑板报，读）"贾圆圆同志今天下午在家中亲切会见了张欣来同学……"张欣来？哎哟，怎么又出一张欣来呀？（拨电话）

〔傅老上。

和平　（向电话）喂！喂，赵老师啊？我还是圆圆家长，我跟您打听一下张欣来同学的情况……您不用给我全面介绍了，您就告诉我他是男的是女的就成……啊，哦，谢谢。（挂电话）

傅老　怎么着，又有什么新动态？

和平　动态？动态？不是您吃多了就是我吃多了……（悻悻下）

〔日，傅家客厅。

〔傅老擦干净黑板，写上五个大字"今日无动态"。

【本集完】

第30集　再也不能这样活

编　　剧：英　壮

客座明星：张　瞳　金雅琴

〔晚，傅家客厅。

〔和平、圆圆、小张在看电视。靠在沙发上昏睡的傅老突然惊醒。

傅老　（看着电视）唉呀，这种毫无意义的节目看它有什么意思嘛？（向圆圆）来来来，换一个频道！

圆圆　（无精打采）换过了，都没劲……

傅老　把遥控器给我。（接过遥控器换了几个频道，众人都觉无聊）还是刚才这个差不多，还能凑合看。

〔傅老又昏睡过去。和平见状，故意大声叫圆圆。

和平　圆圆！

〔傅老惊醒。

和平　睡觉回屋睡去啊，别回头着凉了……

圆圆　我不困！刚几点就睡觉啊？把大好青春都给睡过去了。

傅老　刚才吃饭的时候怎么没有看见志国嘛？

和平　人家又有饭局今儿。

傅老　唉呀，这个公款吃喝的歪风什么时候才能刹住！

和平　今儿不是公款，是几个老朋友老同学在一块儿聚会，哥儿几个凑的份子。

〔开门声响。

和平　哟，回来了！

〔志国醉醺醺地上，脚步摇晃。

志国　哈哈哈……（挥手）诸位，晚上好！我走在路上就想，你们这帮人现在在干什么呢？准是在看电视！怎么样，让我一猜就猜中了吧？啊？哈哈……

和平　咱家吃完了晚饭，除了看电视，还有什么别的项目啊？这还难猜呀？

志国　重要的是我下面要阐明的观点！（搬过椅子，坐）不错，我们是天天看电视，但是我们并没有看……没有……我们是天天看电视，但是电视里边儿……是我们天天看电视，不是电视……我要说什么来着？

和平　你想说看电视不如看录像？看录像不如玩游戏机？你想安一个收卫星的锅？咱家还没到那消费水准……

志国　对了！我要阐明的观点是……（起，搬走凳子）你们怎么能够就这样看着这空洞无聊的电视节目，年复一年，日复一日，白白地耗费自己这宝贵的生命呢？怎么可以呢？！难道我们真的就没有一点儿有意义的、值得我们做的事情么？！（关电视，指圆圆）你！（指和平）你！（指傅老）还有你！

傅老　（不悦）与民同乐，用得着你教训么？没有量就不要喝那么多！（起身愤愤下）

志国　不能不喝呀！（晃晃悠悠坐下）一千五百块一瓶儿的 XO 啊……

和平　你们疯了呀！谁掏的钱哪？

志国　老二啊！记得吧？我跟你说起过那老二……

和平　哦……就是给红星电影院画广告牌子那个？

第30集 再也不能这样活

志国　唉，要不说这世界变化快呢！现在人家出头了，大画家了！上了去年的《环球名人录》，世界大出风头啦！作品今年起就要在香港索思比拍卖了，大名上了海关的黑名单儿！谁要是敢往外带他的画，抓住就按倒卖文物论罪——逮着就枪毙！咔！

和平　哟！今儿还谁去了？

志国　还……老三！嘿，你猜怎么着？那小子现在成了著名书法家了！不是旗人么？二话不说给归到皇族里头了，字儿值大价钱了！据说他给儿子签字那作业本儿，回回交上去都要不回来了……

和平　还有谁呀今儿？

志国　今儿去得齐！我们少年宫一块儿学画儿的老四、老五、老六、老七、老八、老九……反正都去了！老四……老四现在在美国做买卖呢，看那样子也是大发特发了！

和平　今儿还有谁去了？别避重就轻啊！

志国　还……还谁呀？

和平　张申燕呀！她能没去？

志国　当然去了！我去她能不去？我下午一电话，颠儿颠儿地打着"的"接我去了！

和平　哟，没把你直接接她们家去呀——你这初恋的情人儿？

志国　那倒没有！今儿她老公在家，我怕一不留神撞上那老东西……

和平　没借着那酒兴叙叙旧啊？

志国　我现在没有这等闲工夫儿啦，我就准备着干大事啦！这种事儿都往后先放一放。成名之后什么没有啊？地位、金钱、美女、房子……

圆圆　越说越不像话了——当着孩子呢啊！（下）

和平　看样子你们这哥儿几个，就属你这老大混得惨……（欲起身，被志国拉住）

志国　那也只能说他们醒悟得比我早——我现在也不算晚嘛！我今年才，

· 353 ·

才……

和平　芳龄四十有二。（欲起身，又被志国拉住）

志国　对了！正是一个出成就的年龄。从现在开始我也要崛起了，我也要腾飞了，我贾志国从此站立起来了！（站，又一屁股跌坐下）

〔志新领一姑娘上，见状急忙上前搀扶。

志新　哎哎哎……怎么了我哥这是？

和平　嘻！喝高了呗！

志新　又逮着哪儿的饭这么撮呀？又搞财务大检查啦？

和平　少年宫几个朋友……（看见姑娘，起身）哟！（向志新）不给介绍介绍啊？

志新　没带来过么？

和平　没有啊。

志新　哦对对对……没带来过，我们也刚认识！（向女孩，指和平）这是我嫂子，（指志国）这是我哥。

志国　（握住女孩的手）就叫我志国吧！一个非常普通……（死握女孩的手不放，志新上前掰）但以后会经常在报刊上读到的名字——贾志国！

〔志新使劲掰开志国握住女孩的手。

志新　那以后咱们就多留神那个寻人启事栏目……

和平　你们聊吧，我……（下）

志新　（向女孩）你坐你坐。我哥其实特别可怜，他属于长期受环境压制的典型抑郁型病例，偶尔狂躁一回不易！怎么说来着？那叫……是火山迟早要爆发……

志国　不！是金子迟早要发光！志新，你看看你嫂子，还有你领来这位，那都是心无大志胸无点墨之辈！当然了，这也不能怨她们，女人嘛！可咱们就不一样了，男子汉大丈夫，这辈子要不干出点儿惊天地泣鬼神的壮举来，那还不如……还不如她们女人哪！

志新　看来不光是这点儿酒闹的——饭桌儿上是不是还受点儿什么刺激啊？

志国　就是我那帮老同学呀！老二，记得吧？老二……

志新　哦哦……我知道，就那会儿隔三岔五跟咱家蹭饭——是吧？渴了就水管子接点儿凉水喝，待晚了就跟阳台忍一宿那个……是那瘦子吧？

志国　对！就是他！他现在胖得像口肥猪啊！他还老在咱家画画儿你记得吧？

志新　对对对，我小时候上学那课本，都是他那画儿给我包的书皮儿！是吧？

志国　对！你要留一张那书皮儿，现在就发财！人家现在画出来了，人称大师！那画儿都论尺卖呀！甭管多烂的涂鸦，只要按上他的印章，那就算国宝啊！要说当年他画得可不如我呀！在我们美术班，谁把他放眼角儿啊？我要是一直坚持下来，现在……啊？

志新　您的画儿得一寸一寸地卖！

志国　哼！他现在那套房子，那满堂的硬木家具，那汽车，那电器……还有那身肥肉，那……那本应该属于我的呀！志新呀，你说我现在要重新拣起我的专业来，我还成不成？

志新　要搁他们别人，像你这岁数就歇菜了……可您是谁呀？您不光脑瓜子比别人转速快，功力也比他们深哪！你的起飞，也就是个时间早晚问题！

志国　好，就借你的吉言！那好吧，事情如果是这样的话，我就不留你们了，二位走好啊！（撸胳膊）我得现在开始工作！

志新　您要刷碗哪？

志国　我要先恢复我的强项——泼墨山水！

志新　那我们就擎好儿了啊！（向女孩）走，静，还不如看国产电影去呢！

〔二人下。志国醉倒在沙发上睡着。和平穿睡衣上。

和平　睡觉睡觉……回屋睡觉去！

志国　（醒）嗯？睡觉？我已经昏睡百年了……不！我已经睡够了！我已经提

前把这辈子的觉全都睡完了！去！把我的画笔，我的武器——我当年刷大字报的全套家什都给我拿来！从我开始，从现在开始……（挣扎站起）

〔和平下。

志国　……我要献身艺术啦！

〔当天深夜，傅家饭厅。

〔餐桌上摆满画具。志国趴在一幅黑乎乎的画上睡着。和平上。

和平　志国志国……回屋睡觉去！

志国　（醒）嗯？……没事儿！头一宿挺过去，第二宿就好熬了……（欲继续作画）

和平　啊？你还要熬几宿啊？！志国，我不是拦着你玩儿命，你要想干成大事儿，起码得先有个好身体呀，是不是？（搀起志国）你要万一有个三长两短的，我跟圆圆娘儿俩靠谁呀？

志国　也好也好……文武之道，一张一弛嘛！要不，今天就战斗到这里？一夜出两幅好作品也不大现实是吧……

〔和平连声附和，架志国下。

〔翌日晨，傅家饭厅。

〔全家人在品评志国的画。

和平　这是三座山哪？

圆圆　不是，这是叶子！

和平　什么叶子？你跟你爸好好学学！这孩子一点儿没继承她爸那天才……

傅老　和平啊？这个真是志国画的么？

和平　哟！我能画得出来么？

傅老　他是没有你画得好……既非人物，又非山水——这是不是还没有画完啊？

第30集 再也不能这样活

和平　再画？再画就一整张黑纸啦！（将画挂在厨房的窗户上）

志新　我是看出来了：我哥这画儿深了去了！他不光是要画儿幅有国际影响的作品，关键是要开创一新的画派！

傅老　志国这个岁数能够认识到虚度光阴的可悲，想重新干一番事业，应该说还是难能可贵的嘛……

圆圆　只要不影响工作，培养个把业余爱好总比学坏强嘛！

〔志国暗上。

和平　问题他是那块料么？这不就昨天晚上那瓶儿XO闹的么？

志国　你们要这么说可就错了！你们以为我昨天晚上说的都是酒后狂言么？

和平　志国，我给你拿中午带的饭啊——现在上班儿还来得及……

志国　上班？我已经上够了！我给别人上了十几年的班，耗尽了我的才华和生命！现在，该轮到我夺回自己失去的青春了！小张！

小张　（自厨房上）哦！牛奶马上就热好了噢……

志国　我一大老爷们儿喝什么奶呀？从今天开始，我断奶了！我问你：咱们家剁排骨那斧子呢？

小张　大概在厨房外边。

志国　拿来！再找一口袋——要大的啊！

小张　哦。（下）

志国　我告诉你们：我贾志国再也不能浑浑噩噩地下去了！画画儿……我是画不出来了！你们不要以为我只能在画画儿这棵树上吊死……

〔小张上，把斧子和布口袋递给志国。

志国　（握斧子，恶狠狠地）我就不信我发不了！（下）

傅老　（惊）和平！他……他这要去干什么？

〔圆圆追下。

志新　估计是想发财想疯了——直接去抢银行了！你说好容易抢一回也是抢，

·357·

拿一面口袋能装多少钱哪？早知道把我那旅行袋儿也给他拿上……

傅老　唉呀不行！快点儿去把他给追回来……

和平　没事儿，他没那胆儿。他还抢银行哪？他平常上银行存钱都怕——怕让人抢喽！（进厨房）

〔和平进厨房。小张端菜上。志国上，将沉甸甸的布口袋"咚"地往桌上一墩。

志新　（赔笑）哥，这里不是一人头吧？

志国　这是我的下一个目标……（从口袋里抖出一截树根）根雕艺术！

余大妈　（画外音）贾志国！（上）贾志国！

志国　余大妈。

余大妈　哎！有群众揭发你乱砍滥伐国家的树木……（见桌上树根）哈哈！你看看，人赃俱在！根据有关条例：罚款五元，树木归公！

〔余大妈欲没收树根，被志国奋力保护。

志国　（急）不许碰它！这是艺术的胚胎！

和平　（自厨房上）余大妈，给您十块钱——这烂树根子就归我们了。

余大妈　十块钱？……我那儿还有好几个，你还要不要了？

和平　不要啦……（送余大妈下）

〔日，傅家饭厅。

〔和平坐在餐桌旁，对着桌上一堆木条托腮发愣。志国在旁惭愧无言。小张上。

小张　哎哟大哥，你太了不起喽！

和平　啊？

志国　（兴奋）瞧见没有？有懂行的！说说吧小张：你从这里面看到了什么？

小张　看出你的手艺喽！我在家乡劈了好几年的柴，都没你劈得好呢！（拿起一块）瞧这碴口，多整齐！

志国　什么？你说这是什么？

小张　劈柴嘛，还能是啥子？

和平　听听，听听！真有懂行儿的！

志国　对对对！是劈柴，拿去送给胡同口儿炸油条的小刘儿……物尽其用吧！

和平　（帮小张收）别忘了告诉小刘儿，这是大姐花十块钱买的。

〔小张抱木条下。

志国　（醒悟）对呀，对呀！我干嘛非得死钻这牛角尖儿啊？艺术的品种和门类本来就很多嘛！

和平　你又想出什么幺蛾子来了你？

志国　烹调！烹调也是一门儿艺术，懂吗？

和平　咱家有小张儿啊！不过你要把小张儿辞了呢，倒能为咱家省不少钱……

志国　你胡说！我怎么能给你们当保姆呢？我要当烹饪大师！知道老四么？原来连方便面都泡不熟！现在居然在唐人街开起餐馆儿来了，赚了大钱了！还准备把中西部的快餐全部包下来！他能行我就不能行？说干我还就干！时间耽误不起呀同志！今天晚上，本大师就要推出我的第一号产品！

和平　哎哟，那真是我们的口福啊大师！

志国　去年我上扬州出差的时候，看他们的小笼汤包不错……哎？干脆咱们的第一号新产品，就来它个小笼汤包！

和平　你有把握吗？需要不需要什么参考资料、指导老师五的？

志国　不用！我吃的时候就跟那卖包子的打听清楚了。我准备一面抓继承，一面抓创新，一手抓经营，一手抓研究，既注重经济效益又注重社会效益，冲出亚洲，走向世界……哎？咱家冰箱里有肉么？

和平　连皮带骨头还有那么七八斤儿吧。

志国　（递上斧子）剁！

和平　（接过）哎……

〔深夜，傅家饭厅。

〔桌上、椅子上满是包好的包子，志国、和平还在包，二人疲乏不堪，同时打了个哈欠。

志国　还有多少馅儿啊？

和平　一大盆呢——都是你老让少放馅儿！

志国　少放馅儿才能多挣钱，一点儿经营之道都不懂。面呢？

和平　也一大盆呢！

志国　要不我给你擀儿个大皮儿，你把那点儿馅儿都胡噜进去算了？

和平　那还叫"小"笼汤包儿啊？

志国　要想走向世界，就得有点儿创新——将就外国人的饮食习惯，往匹萨饼方向靠拢……唉呀你就包吧，听我的没错儿……

〔翌日晚，傅家饭厅。

〔傅老、圆圆在座。和平自厨房端包子上。

和平　赶紧赶紧，爸……趁热吃个新鲜！

傅老　（嫌弃）新鲜什么新鲜！都吃了一整天了……

圆圆　妈，你们包的这什么包子呀？甜不甜咸不咸的，还有一股烤死猪味儿，难吃死了！

和平　你爸说了：正宗的扬州汤包儿都这么难吃……都这风味儿！

傅老　哎？志国和小张怎么还没有回来呀？这一大早就上街去卖包子了嘛！

和平　我这儿也纳闷儿呢，要不然就是生意特别好？他们一路就直接卖到天津小吃节去了？（门铃响）哟，回来了……

〔圆圆跑去开门。

圆圆　（画外音）郑爷爷！

郑老　（画外音）哎！

傅老　来呀老郑……

〔郑老手提两大袋包子上。

郑老　哟！也吃着哪？你们家志国还真实在，今儿大中午的砸我们家门，非让我尝尝他的手艺，一送还就这么两大袋子。我哪儿吃得了这么多包子啊？

和平　嗐，您甭客气，您留着慢慢儿吃吧！您怎么也得留一袋子啊……

郑老　不瞒你说啊，我本来想两袋儿都留下，可一尝这味儿啊……哎哟，还是你们家留着自个儿吃吧啊？（放下包子，下）

傅老　慢走啊老郑……哎？志新怎么也没有回来啊？

和平　刚才来个电话说是有饭局——估计也躲这顿包子呢！（关门声）

圆圆　回来了回来了……

和平　（向外）哟？回来了？怎么样啊？

〔小张端一锅包子上，沮丧无语，进厨房。志国端一盆包子上，强作欢颜。

志国　哈哈……怎么样同志们？包子的味道不错吧？

〔众人都扭头沉默。

志国　我跟小张儿一块儿卖了一天的包子——那真是供不应求啊！那种深受群众欢迎的场面谁看了谁都感动啊！

〔余大妈端脸盆上，盆中有两个西瓜大的大包子。

余大妈　我说志国呀！上次大妈罚了你十块钱，你是不是怀恨在心啦？你送给大妈这大包子里头是不是下了什么药啊？哎哟，要多难吃有多难吃啊！这还半生不熟的……大妈今后要有个三长两短的我可要找你算账啊！（将盆往桌上一墩，下）

〔晨，傅家饭厅。

〔除志国外，全家人吃早饭。

傅老　呵呵……什么事情都是一样，贵在坚持！这么些包子，我们把它都给消灭了嘛……

志新　别惹我啊——我现在一听包子就头晕！

圆圆　我们班同学都说我一身包子味儿！

和平　你们别老"包子包子"的成不成啊？到时候弄得你爸不定又想出什么新幺蛾子来呢……

〔志国夹公文包上，恢复往日平和神情。

志国　我今天得到班上去看一看。好几天没去，单位里一定积压了很多工作等着我去处理。（走到桌边拿起牛奶，一饮而尽）经过这两天的反思，我悟出了一个道理——人的一生应该追求的最大的成就是什么？

和平　什么呀？

志国　安贫乐道，荣辱不惊，淡泊明志，宁静致远。这才是我们中国知识分子一贯追求的，精神上所能达到的最高境界……我得走了啊。（欲下）对了和平，我带的午饭你准备好了么？

和平　嗯，准备好了！（从冰箱拿出饭盒，递给志国）拿着……

志国　（打开饭盒看，崩溃）哎哟，又是包子呀！……这好东西应该留给大家分着吃嘛！来来……（将包子递给众人，众人嫌弃躲避）

【本集完】

第 21 集　女儿要远航

志国："我们支持你是有前提的。前提就是不但学习要好，期末考试成绩要好，而且要掌握一定的航海知识！"

小凡："今天我要给你讲的是鱼类部分的第三小节，着重介绍一下热带海域中的热带鱼。"

圆圆熟练背诵"海上救生艇应该配备的器具清单"。

第22集 原则问题

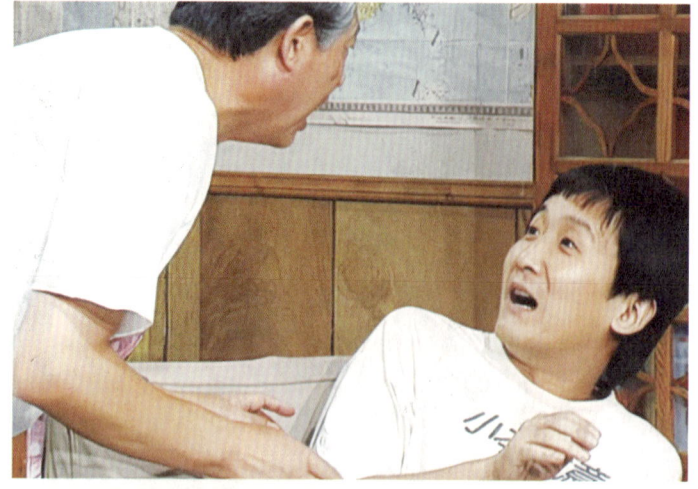

傅老："你说什么？文怡？她现在在哪里？！"

志新："您要咬我呀？您再吓着圆圆……"

傅老："文怡呀……你都老成这个样子啦？"

文怡："我们两个……恐怕也不仅仅是恋爱关系吧……"

第 23 集　双鬼拍门（上）

宝财："俺不是准备朝她借点盘缠就走嘛！要不然俺绝对不会来找她。"

宝财："说你傻你立刻就流鼻涕！"

春花："咋又是俺掩护呢……咱俩说话就成夫妻了，你老……"
宝财："你懂什么？夫妻好比同命鸟，大难当头各自飞。必要的时候就得牺牲一个保住一个！"

第24集　双鬼拍门（下）

宝财："通过您老人家的批评教育，俺深刻地认识到——年轻人要学好，不能专往邪道儿上跑。以后您就是再请俺，俺都不来了。"

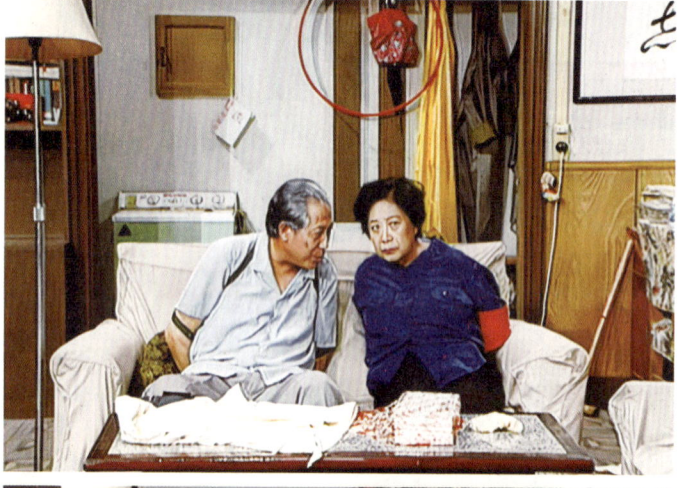

余大妈："你的意思是不是咱们给他来个'攻心战'？"
傅老："思想政治工作那可是咱们的传家宝啊！"

小张回家，见傅老和余大妈被绑，急问情况。二老抢着描述，嚷作一团。

第 25 集　爱你再商量

小凡："我们孟老师说呀，像这种类型的女孩其实属于最不幸的。她没有现在，因为她孤独地站在世界上；也没有过去，因为她的过去还没有到来……"

和平："别打！别打，志新！孟昭晖是全国少年武术冠军……"

孟昭晖："那羊都给吃了，上哪儿喝奶去啊？"

第26集　电视采访

志新："我还洒水？我刚从水里上来！"

志新："我想起了董存瑞炸碉堡——就像冬天里的一把火！邱少云焚烈火——熊熊火光照亮了我！黄继光堵枪眼——我用青春赌明天！欧阳海拦惊马，咳——你用真情换此生……"

全家人齐聚电视机前等候自己上电视的镜头。

第27集 健康老人（上）

志新："咱先说政治上——我爸十七岁投身革命！"

傅老："我有什么不良嗜好？你在大家面前说清楚！"
郑老："大家有目共睹啊——抽烟！而且是嗜烟如命,嘿嘿……"
傅老无言以对,默默掐掉香烟。

被烟瘾折磨的傅老颤抖地点着香烟,狠吸一口,立刻精神焕发："不占明天的指标吧？"

第28集　健康老人（下）

傅老："志新啊，你那还有没有富余的香烟哪？上次我给你的那包'云烟'……你看现在趁家里没有人在，天知、地知、你知、我知……"

傅老："人生自古谁无死！"
郑老："壮志未酬誓不休！"
傅老："你……可气死我了你！"

傅老倒在椅子上，余大妈上前察看，大叫："志国、志新，不好！你们爸爸……脑溢血了！"

第29集　202动态

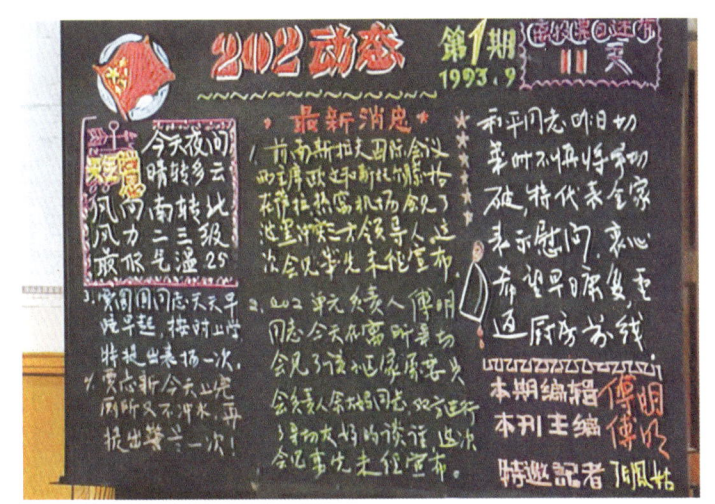

傅老在家办的黑板报"202动态"。

和平读黑板报:"和平同志昨日切菜时不真将手切破……"
志国:"不慎、不慎、不慎……"
和平:"你烫着了?说一遍就成了。"

傅老唱:"吹起小喇叭,嗒嘀嗒嘀嗒。敲起小铜鼓,得儿隆得儿隆咚……"

第30集 再也不能这样活

志国:"咳,要不说这世界变化快呢!现在人家出头了,大画家了!上了去年的《环球名人录》,世界大出风头啦!"

志国:"要不,今天就战斗到这里?一夜出两幅好作品也不大现实是吧……"

余大妈:"送给大妈这大包子里头是不是下了什么药啊?哎哟,要多难吃有多难吃啊!"

第31集　在那遥远的地方（上）

编　　剧：梁　左

〔日，傅家客厅。

和平　（画外音，大鼓唱腔）"明明白白我的心，渴望一份真感情——楞个儿里个儿隆，咚……"

〔和平自饭厅端水果上。开门声响。

和平　（放下水果）谁呀？

〔志国带着大包小包上。

和平　哟哟哟……志国回来了！

志国　你们都好吧？

和平　都好，就是想你！（亲志国脸）

志国　（尴尬，低声）你让人看见……

和平　怕什么的呀？新婚不如远别！（向里屋喊）爸！志国回来了！

傅老　（画外音）哎！志国回来啦？（自里屋上）

志国　爸！

傅老　回来啦？

和平　（掂起志国的包）买什么啦？这么沉。

志新　（自里屋上）哟，回来啦？

小张　（自饭厅上）大哥回来喽！

志国　（打开包，一样一样往外拿）爸，这是给您带的酒、茶叶。志新，你的烟！小张，你和圆圆的好吃的……（零食掉在地上）

和平　哎哟嗬，你慌什么呀……

小张　谢谢大哥。

志国　（向和平）这是你和小凡的裙子——一人一条啊……

傅老　志国啊，这次外出学习，收获不小吧？

和平　嘻，什么学习呀？等于在江南水乡疗养一个月……（拿起另一个包）

志国　收获还是有的嘛！你想，那么多大单位的劳资干部全都集中在一起……（见和平欲打开包，急忙一把抢过）哎你别动！

和平　怎么着啊？

志国　没什么，是我们发的学习材料！

和平　还保密？

志国　不保密，就是关于社会主义市场经济呀、劳动工资制度改革呀……你要是看你先拿去看去……（递上又拿回）估计你也看不懂！我，我一会儿再自己收拾吧……（放在身旁）

和平　行了吧！出去一个多月，跟爸多聊聊！今儿给你做的都是你爱吃的菜……（再拿起包）我先放书架上去……

志国　（拽住包）我自己来吧！

和平　（起疑）什么宝贝呀就那么怕我瞅？

志国　（松手）没什么宝贝，没什么宝贝！那……那你先收到屋子里？

〔和平拿包向里屋下。

志国　我一会儿自己收！（不安地起身，向里屋喊）你别给我弄乱喽……

傅老　志国啊，关于劳动工资改革的问题有什么新精神吗？

第31集　在那遥远的地方（上）

志国　（看向里屋，心不在焉）哦，都是新精神……爸，我这体会……您先……我一会儿向您汇报啊！你们先聊着，我帮她收拾收拾……

和平　（拿一照片，气冲冲上）贾志国！我还真瞅不懂你这学习材料了嘿！你可得好好给我解释解释：这大姑娘她是谁？！（将照片拍沙发上）

志新　（拿过）我瞅瞅——哟，这是谁呀？挺漂亮的！不是你们单位那小护士吧？她不是一圆脸儿么？怎么一个月工夫改长脸儿了？

〔傅老接过看。

志国　志新你别开玩笑！那是一块儿学习的同学临别送个纪念，一般同志关系。我也不想要，她死乞白赖塞给我，当面又不好拒绝，一会儿你随便扔哪儿就行了……

傅老　根本就不该要嘛！行了，回头扔了就算了……和平啊，你也别往心里去，志国这孩子从小就不会处事！

和平　（拿起照片，看到反面有字）嗯嗯嗯……他可是够会处的——您瞅他刚儿天啊就处这么个大姑娘！您瞅瞅这后面的字儿！

志新　我来。（接过，读）"恨不相逢未嫁时，花开花落两由之……"写这诗的人还活着么？

志国　是啊！也不知道是哪位古人写的，跟她跟我都没关系……那什么，爸，刚才您说那改革啊我是深有体会……

傅老　（怒）你体会个鬼！（拿起照片）这就是你一个月的学习成果？！你要老实地坦白，认真地检查，深刻地反省——来取得和平的谅解！

和平　小张，给我上里屋拿酒精去！

志新　嫂子，别想不开，我哥他也是一时糊涂……

傅老　和平啊，咱们闷了喝酒，渴了喝水——酒精就不要喝了嘛？

和平　我漱口！我擦嘴！我消毒！我刚才亲了这王八蛋一口……

〔晚，志国和平卧室。

〔和平在床边端坐，一脸怒气。志国坐沙发一角。

志国　……我由于放松了思想改造，又一时地糊涂，在资产阶级糖衣炮弹面前打了败仗，没有认清……这条化成美女的毒蛇！我对不起党的教育，辜负了你的信任。我痛定思痛，悔恨交加，我……我干脆一头撞死得了……（撞向席梦思床角）

和平　嘿嘿嘿……这玩意儿撞不死人，要撞撞墙——南墙在那儿呢！（指身后）

志国　（欲撞，见和平不阻拦只好收住）其实，我要不是看着爸爸又老,圆圆又小，志新和小凡都没有工作，你又年轻，我真的就一头撞死了不是……

〔志国挨和平坐下，和平挪开。

志国　和平，你就原谅我这一回，我永不再犯、我永不改悔……我是说我永不翻案，我给你写一保证书还不行吗？

〔志国凑近和平，和平再躲。

和平　你说吧：咱什么时候办手续去呀？

志国　办手……哦，你是说保证书还得公证是吧？咱什么时候办都行啊！（挪向和平）

和平　谁跟你公证啊？我跟你办离婚！（起身坐上沙发）

志国　和平，你说……咱也是十几年的夫妻了，我有错误我改还不行么？那皇帝都能改好，我就改不好？

和平　那女的她不是"恨不相逢未嫁时"吗？那你一定是"恨不相逢未娶时"了？还"思悠悠，恨悠悠，恨到何时方始休？"——何时方始休啊？！离婚才到头，对不对？！

志国　这，这都是她说的！她不能代表我，她只能代表她自己。总而言之，她只能代表她自己！我从一开始就不同意她这么说呀！

和平　那后来呢？

志国　后来……后来我就批评她：什么叫"恨不相逢未嫁时"啊？你见一个爱一个，见异思迁，杯水主义——亏了你还是国家干部！你简直把自己混同于一个普通的老百姓嘛……

和平　嘿！老百姓怎么了？老百姓哪点儿不如你们呀？你们要真像老百姓倒好啦！

志国　（模仿）你们要真像老百姓倒好啦！我也说她呀……中国传统文化当中有多少忠贞不二、从一而终的优美动人的传说呀？那孟姜女哭长城，是吧？就像你这种思想，你什么时候把长城才能哭倒啊？你丈夫死了，你还不赶紧麻利儿找一个？你还有心思哭啊你！

和平　再后来呢？

志国　再后来她就幡然悔悟、痛改前非呀！（靠近和平坐下）我们是洒泪而别，互相勉励，我们决心以更饱满的热情，投入到改革开放的伟大事业当中去！我们要在各自的岗位上发光发热……

和平　贾志国！你交代实质性问题！你跟她——（哭腔）都干什么了……

志国　我什么也没干呀！她是落花有意，我是流水无情。我能跟她干什么呀？我就是批评了她、教育了她，从而避免了一场阴阳大裂变，使两个家庭幸福美满大团圆啊……

和平　噢，合着你还净干好事儿了你？

志国　这也跟你平时对我的严格要求分不开，使我在关键时刻能够经受住考验……

和平　贾志国！你要是这种态度咱们可就没必要再谈下去了！

志国　当然了，在事情的进行当中，我也有犹豫动摇、立场不坚定之处嘛……人非圣贤，孰能无过呀？但是我一想到了你，我一想到孩子，我就战胜了我自己，我为我最终的胜利而感到骄傲！

和平　你们俩人儿，就真的没出什么事儿？

志国　你想到哪儿去了？我也是受党教育多年啊，我能够做出那种对不起祖国人民，对不起妻子儿女的事儿么？我们俩人——身体方面没有任何接触！连手都没拉过……

和平　哎哟得了吧你，我听着就恶心！你说吧：以后你打算怎么办？你还去见她吗？

志国　我还见她？喊，我好不容易逃出了虎口，我自己往回折呀？我有病啊我？甭说我去见她，就是今天晚上她翻了墙头儿来见我，她怎么进来的我怎么给她扔出去！

和平　哼，咱家可是二楼，你舍得扔么你？

志国　二楼？八楼我都敢扔！在家我怕谁呀？

和平　（揶揄）贾志国呀，我现在可真替那姑娘抱屈呀，怎么瞅上你这么个没骨气的呀？男子汉敢做敢当！你在外头沾花惹草跟人家眉来眼去的，回到家里一见老婆就筛糠啊？把自个儿推得一干二净，把人家骂得狗血喷头？你说说你这人，你有劲吗？

志国　不是，你……啊，没劲！

和平　得了！为了这个家，这回我原谅你……回头你把那姑娘姓名、地址、电话、单位都给我写下来。

志国　（犹豫）有这个必要么？

和平　你放心，我不会去为难她什么，我就是想看看你说的是不是实话！（下）

〔日，傅家客厅。

〔志国独自打电话。

志国　（向电话）喂，我要杭州啊……喂！我北京长途，请接财务科，我找方科长，方副……小方是你呀？我是志国！你好，我也很想念你……小方，你好么？你别这么说，是我对不起你……小方，我跟你说，你给我的相片儿让我爱人看见了，她说要给你打电话……哦，这期间你出差了？那好那好！她要是给你打电话，你千万别生气啊……你出差期间抽屉被人撬了？损失大么？破案没有？是顾科长带人撬的？凭什么呀？……哦，找公章，那也不应……什么？！我给你的信全都在抽屉里？！唉呀我不是跟你说过么？让你阅后销毁，阅后销毁，你为……你舍不得？你舍不得……你赶紧销毁，赶紧销毁！不是我胆儿小……不是怕担责任！我是说这种无谓的牺牲你没有必要……喂？喂喂？

〔和平不知何时暗上，听了很长时间，然后咳嗽一声，志国大惊，手中电话掉在桌上。

和平　打电话呢志国？断啦？

志国　没有……回来了和平？

和平　啊！

志国　你什么时候回来的？

和平　刚回来，呵呵。给谁打电话呢？

志国　一个同学，一块儿学习的。就是跟他讨论一下学习体会。关于建立社会主义市场经济，我还有些模糊观念，这一讨论我就明白了。这中央精神就是好，它英明啊！

和平　是。跟谁讨论呢——小方吧？

志国　啊……不！你不是说你要给她打个电话吗？

和平　这事儿你甭操心了，我在我们团给她打了一个。

志国　怎么样？

和平　啊？出差了！没在，呵呵……我把我们团电话留给她了，让她回来往我们团打个电话……

志国　（急）你干嘛留单位的电话呀？咱那是人民内部的矛盾，你何苦闹单位去呀？

和平　你这意思是说：让我把咱家里电话留给她？你说这合适么？咱家老的老小的小，你让我怎么跟咱们的父亲交代呀？怎么跟咱们的孩子交代呀？怎么跟咱们的弟弟妹妹们交代呀？这话说出来可不好听了——你有脸做，我还没脸说呢！

志国　我做什么了我做？我不就是……完了完了，我这辈子的把柄算让你给攥死了……（绝望下）

〔晚，志国和平卧室。
〔和平坐在梳妆台前，背对着坐在床边的志国。

和平　……本来这事儿过去好儿天了，我也不想再提了，可是今儿我在单位接了个电话，我不得不告诉你，希望你听了以后呢千万别紧张！

志国　我……我不紧张，我一点儿都不紧张，你看我的手都不发抖……（手抬起来，克制不住地发抖，急忙用另一只手按下）你说吧。

和平　是一个从浙江打来的长途，一个女人的声音……

志国　小方？

和平　嗯嗯嗯，不是您那小方！她跟我说："喂，您是和平同志吗？哦，从声音里我就听出来了，您是贾志国先生的夫人吧？我不能透露我的姓名，我是出于一个女人的同情心给您打这电话。我这儿有您丈夫给我们单位方小姐写的一封信，我在这电话里给您念一下。"她就给我念了一遍——至于这封信的内容，当然你都清楚……

志国　（抱头）完了完了，怕什么来什么……

和平　贾志国，怎么回事儿啊？

志国　……是这样：在小方出差期间，她的办公桌被一个顾科长给撬了——是为了找公章。这个顾科长跟她之间有矛盾，所以他完全有可能已经看了这些信件，并且完全有时间把它复印下来，以此达到他个人的目的——

所以你千万不要上当受骗……

和平　我不会那么轻易上当受骗,我对他们单位什么乱七八糟顾科长我也不感兴趣,我就只关心你为什么要给她写那样的信!

志国　我……我那是因为想你呀!我想你,你又不在我身边儿,我就把她当成你了——瞅我这眼神儿!

和平　行,今儿我算你看错人了。现在当着本主,你把那信一五一十地给我叙述一遍吧?

志国　(慌)别价呀!我都犯过一回错误了,你还让我犯二回么?

和平　不行,今儿你必须说!

志国　我怎么张得开嘴……(抽自己)当时你怎么好意思说来着?!那好,我交代,我……她给你念的是哪封信啊?

和平　(急)你给她写过多少封信啊你?!

志国　有好几封呢……我不知道她电话里给您念的是哪封信呀!

和平　你一封一封给我念!你每一封都得给我念喽!我告诉你贾志国,今儿我是到了最后极限了,给你最后一次机会,我就看你表现如何了!

志国　那,那我就坦白从宽了?

和平　嗯,你念!

志国　我从第一封信开始说起?

和平　第一封!

志国　第一封信,是我跟她第一次散步归来之后写的,那酸劲儿就甭提了——开头称呼她"方"……

和平　方什么呀?

志国　没有了,就一个"方"字儿。我这人用词简练,在单位锻炼这么多年了,你又不是不知道……

和平　嘿嘿嘿!我跟你过十几年了,你冲我简练过一回没有啊?你叫过我一个

"平"字儿没有啊？凭什么她一上来就能享受这待遇啊？

志国　你要愿意我也可以让你享受一回——平！

和平　（恶心）哎哟！我听着浑身跟过电似的……

志国　你激动了嘛！信是这样写的：散步归来，心潮起伏，浮想联翩，夜不能寐。遥望南窗，欣然命笔，遂成小诗一首，诗曰：西湖风光好所在，学习之余信步来。新长征路上手牵手，改革路上朝前迈……

和平　啊呸！不会写诗就别写啊，甭到外面儿给我丢人现眼去！

志国　你不懂，高明就高明在这儿！她要是有意——"手拉手，朝前迈"她就明白是什么意思；她若无情，这封信拿给谁看也挑不出毛病来，谁也抓不住……

和平　贾志国呀贾志国呀，你可真是虚伪到家了你！在外头嗅个小蜜还使这么些鬼心眼儿……第二封呢？接着说！

志国　第……她到底给你念的是哪封啊？

和平　你哪一封都得给我说！

志国　我，我说实话吧：我前前后后大约一共给她写了有……二十多封信呢！最密的时候一天有三封！我要是全都交代了，就是你不跟我离婚我也没脸跟你一块儿过了我……（抽自己，一头扎在沙发上）

〔日，傅家客厅。

〔志国独自打电话。

志国　（向电话）……对，我爱人说给她打电话的是个女的，我怀疑是你们那顾科长指使什么人干的，说不定就是他老婆……我不知道她念的是哪封信，所以我一口气儿交代了十几封呢！我觉着这事儿挺没意思的，我对不起你，也对不起我自己……谢谢你的理解……我今后再也没有脸面见你了，我觉得我的所作所为，我不像个男人！……不不不，你没有必要

第31集 在那遥远的地方（上）

去向那个顾科长暗示什么，且看他下面如何动作吧！我现在……我现在还能够控制家里的局势……要知道发展到今天这个局面，还不如当初我就和你……省得枉担个虚名儿啊！唉，此生得一知己足矣，斯世当以同怀视之啊！（听见门响）对不起来人了！我得挂电话了，祝你幸福！（挂电话）

〔和平手拿呼啦圈上。

和平　嗯嗯嗯……这月电话费又得好几百——净打长途！

志国　是的，刚才我是给小方打了个电话。我想问问她：她们顾科长这么做的目的是什么。

和平　目的是什么呀？

志国　在这次机构改革当中，他和小方两个人当中将要有一个被提升为副处长。小方比他年轻，又有学历，所以竞争力一定很强，再加上这次干部培训班，又只安排了小方一个人参加，所以顾科长怀恨在心，想通过这件事儿把小方整下去！

和平　那他可以把你写的那些个信复印下来，给他们单位领导寄去，小方不就完了？

志国　不，那样做不行！现在单位里开明一点儿的领导，对这种事出有因查无实据的事儿一般不予理睬，还会怀疑寄信人的动机，小方的抽屉又让人给撬过，很快就会怀疑到顾科长身上，弄不好小方没完他先完了！所以，他用的是"借刀杀人计"——借你的刀，去杀小方！

和平　哦，让我做他想做而不敢做的事儿，起他想起而起不到的作用？

志国　对！而他自己还不公开露面，却指使另外一个女人——很可能就是他的老婆——以同情的口吻打电话给你，透露信的内容，试图激怒你呀！如果你能够站出来，给他们单位写信来揭发她，或者跑到杭州，直接去面对小方去质问，那小方就完了，就在这个单位再也混不下去了，他的个人目的就达到了。狼子野心，何其毒也！

和平　太残酷了……

志国　为了个人的一点儿私利不惜牺牲两个家庭的幸福，这样的人你能跟他站在一起么？

和平　我不能跟他站在一起……我没跟他站在一起呀！恰恰相反，他在破坏两个家庭，我在挽救两个家庭。我只要求你把你跟小方通的那些信件的内容，和你们俩的关系，原原本本、认认真真地跟我老实交代，这样呢，那个女人再来电话，我就会非常自豪地跟她说："对不起女士，您讲的这些个事儿我丈夫都已经跟我坦白过了，并且得到了我的原谅，请您以后不要再来电话了，感谢您的关心，谢谢您，再见！"——（作挂电话状）嘎嘚儿！

志国　对！就跟她这么说！气死她！咱们国共两党共赴国难，专门打击日本鬼子！

和平　可惜呀，我不能这么说呀——今儿我又接到了第二个电话……

志国　她又给您读信了？那些破信的内容我不都跟你交代了么？

和平　这封信你可没交代呀——比哪封都严重！

志国　（痛苦）是的，我是有这样儿的信……我因为怕你受不了，我没敢跟你说呀，我现在跟你彻底坦……只是坦白之后你也不会原谅我！我一边儿是老虎凳，一边儿是电椅子——我横竖是个死啊！（爆发）姓顾的！老子跟你有什么仇啊？！老子家破人亡对你有什么好啊……

【上集完】

第32集　在那遥远的地方（下）

编　　剧：梁　左

客座明星：刘　威

〔夜，志国和平卧室。

〔和平在床上打坐练功，志国上。

志国　早点儿睡吧，明天还上班儿呢——平？

和平　（收势）少这么叫我啊！我听着恶心——留着叫你那方小姐吧！

志国　你瞧你瞧，事情都过去半个多月了，我也坦白了，你也交代了……

和平　嗯？

志国　……你也原谅了，就别老没结没完了？

和平　你完了？你知道我这纯洁的心灵受了多大创伤啊？

志国　这话也得分怎么说。好容易夫妻一场，总是风平浪静的也没什么意思，有点儿小波小澜的，坏事儿变好事儿，我觉着咱的感情还经受了考验呢！那列宁是怎么说的？"让革命的航船迎着风浪前进。"那高尔基怎么说的？"让暴风雨来得更猛烈些吧！"……

和平　少跟我耍贫嘴啊！毛主席怎么说的？"扫帚不到，灰尘照例不会自己个儿跑掉。"我倒想原谅你呢，你老不跟我说实话，你让我怎么原谅你呀？

志国　我还不跟你说实话呀？我真恨不得把心掏出来给你看看！

和平　就你那黑心，还好意思往外掏？今天我可接着第三个电话了……

志国　又给你读信了？

和平　你怎么解释啊？

志国　这说明阶级敌人"人还在心不死"，你应该大声地痛斥她——让她见鬼去吧！

和平　我倒是想这么说呢，可又都是我闻所未闻、骇我听闻哪！贾志国，你到底给那方小姐写了多少封信？你都写什么内容了你？不管你干了什么、做了什么我都原谅你，行不行？哪怕你们俩个人都……都那样了，我都原谅你，我不生气，行不行？！（爆发，顿足捶胸）

志国　（胆怯）你这模样儿像不生气的么？我可以说，可我说了以后对咱俩人儿的感情实在没什么好处，过去的事儿就让它一阵风过去得了……

和平　我过不去！人家说了，以后隔三岔五地老要给我来电话，还要把那信都复印下来给我寄来！与其从她嘴里听着，还不如你现在告诉我，兴许我受的刺激还小点儿……

志国　能说的我都说了，有些我实在想不起来了……你说这么些日子，我没事儿老记着它干嘛呀！要不您费心给我提个醒儿？

和平　就……关于感情方面的——"你想她她想你"的那个！

志国　劳驾您能再说得具体点儿么？

和平　你套我？贾志国！你以为我真不知道哇？我是给你一次机会，说不说可全看你了！

志国　好，我说我说，我说了你可别生气啊……

和平　说！

志国　（背诵）月朦胧，鸟朦胧。月明星稀，乌鹊南飞。独处一室，披衣望月。既想家，又想你……

〔志国回头看和平,和平作轻松状。

志国 (背诵)……家很远,你很近。但想家犹可止,想你不可止。因家常在而你不常在,因家易得而你不易得,因家有归期……

和平 (气极)贾志国!你瞅瞅你说的这都是人话么?

志国 (委屈)我说我不说你非让我说,可我一说了你又生气,何苦来呢?

和平 你怎么能把我跟她一块儿相提并论呢你?我是你什么人哪?她算你什么人哪?还……还想我犹可止,想她还不可止?还我易得她不易得?她怎么不易得呀她?像她那种没自尊没自爱的大姑娘,那不满大街都是啊?!我易得么我?当初你怎么追我来着你?你追得我没处躲没处藏地满街乱跑!你就差给我跪下磕头了你——就那样儿,我都不怎么爱理你!

志国 我有错误我承认,可要说到这个问题……和平,你也得实事求是嘛——当初那明明是你追我么……

和平 你少跟我废话啊!你有什么可值得我追的?你就现在你还不老实点儿,谦虚点儿!

志国 好好好……所有的错都是我的错,当初是我追你,现在是我变心行了吧?您老人家宰相肚里能骑自行车,您念我初犯,饶我一回,如何?

和平 你真的都说了?你没落下的你?

志国 绝对没有了。要再有你罚我,你罚我……我给你跳段儿新疆舞?(起身跳舞)亚克西,亚克西……来来来来……

和平 (破涕为笑)得了吧你……

〔晚,傅家饭厅。

〔全家人围坐吃饭。小张端菜上,志国立刻端起给和平往碗里拨。

志国 和平,你吃菜——这两天脸色不太好,增加点儿营养!

志新　这两天我哥对我嫂子是特别地热情啊！

傅老　这就好嘛，"五好家庭"最主要的就是夫妻团结好。

　　　〔志新欲夹菜，菜被志国端起，给和平拨。

志国　再来点儿……

和平　你就省点儿劲儿，待会儿等着跳新疆舞吧！

志国　啊？！

圆圆　（惊喜）哟，爸爸会跳新疆舞？

志国　你是说第四个又……

傅老　什么第四个？

志国　没什么没什么……我是说，"四号文件"又下来了？

傅老　四号文件？什么精神？

和平　关于男女关系问题。

傅老　八二年倒是为了计划生育工作下过文件，后来又为大龄青年的婚姻问题发过文件，你看，这回又为正确处理男女关系问题发了文件……瞧瞧你们现在这些年轻人多幸福啊！你们一定要好好学，把文件的精神吃透。

和平　您放心，待会儿我就组织志国单独学习——吃透为止！

　　　〔晚，傅家客厅。

　　　〔全家人看电视。志国殷勤地端水递给和平，和平不接。

志国　和平，你要不愿意看这台，我给你换一台？

　　　〔志国连连换台，供和平选择。

志新　哎哎，差不多行了啊！（向傅老）一阵儿一阵儿的，这几天我哥对嫂子又格外热乎了……

傅老　估计是学了文件有所提高！

和平　您说得对，待会儿我还得组织他学习呢。

志国　（惊）啊？五号文件又下来了？

和平　（话里有话地）全是新内容啊！

志国　那我还看什么电视？咱现在就学去得了——早死早托生。

和平　得嘞，学去！（二人向里屋下）

〔日，傅家客厅。

〔傅老、志国、志新、小凡在开小会。

志国　……情况就是这些。反正，我现在也没什么办法了。如果有一天和平提出离婚，希望你们大家有个思想准备吧……

傅老　（气愤）我早就看出来了！当然喽，这件事情上我也是有责任的——养子不教、教子不严、纵子犯法……

志新　哎哎爸，我哥还没让人开公判大会呢，您这些话留到会上再说也不晚。

小凡　就是，爸，您待会儿再打官腔，先帮大哥拿一主意，您总不能看着他从此一蹶不振吧？再说了，圆圆也不能没有妈呀……

傅老　我看还没有那么严重吧？志国也没有干什么嘛，无非就是跟别的女同志拉拉手、散散步、送送相片、写写信嘛！有什么了不得的呢……

小凡 / 志新　啊？

傅老　战争年代在老乡家，我们和女同志一个炕头都睡过嘛！条件艰苦嘛，革命需要嘛，无可指责嘛！

小凡　爸，现在也没人指责您。大哥这事儿跟您的性质……它好像不一样吧？

傅老　好啦好啦！看样子非得我亲自出面去跟和平谈一谈了，我想这个面子她还会给我的……不过志国啊，你也要认真地总结教训，以后不要再惹这种麻烦了，不要总让我来给你收拾那种烂摊子……

志国　爸，您还是没弄明白。要说做思想工作，我不在您以下，现在的问题是：

　　　　我坦白一回，她原谅一回，那电话就又来一回，一切都得从头开始！我现在一见和平浑身就哆嗦，这么下去我非得神经病不可！

小凡　大哥，长痛不如短痛，你就下决心吧！

志国　你是说干脆离了她？我倒是也这么想过……

小凡　啊呸！我是说你干脆彻底坦白交代！这样那匿名电话不就不起作用了？

志国　问题是你不知道我那些信写的……有些内容绝对不能坦白，一坦白就非离婚不可了！我现在只能寄希望于那个姓顾的他没有掌握全部材料，否则的话我只有死路一条了！

傅老　都在一块儿学习，写的什么信哪？怎么能让文字的东西落到人家手里去呢？以后再有这种情况，要和她当面锣对面鼓……当然以后也不要有这种情况了！

志国　您瞧您说的，我还敢有么？您瞧我回来这一个多月，哪儿有女的我躲着哪儿走——刚才我下班回来碰上余大妈，她刚要跟我打招呼，"嗞溜"我就钻胡同儿了！

傅老　余大妈你就不要躲了嘛！要躲也应该是我去躲嘛！

志国　就说这意思，我都快吓出毛病来了……

志新　大哥呀，要我说你这事儿也没什么大不了的——说破了大天儿，不就是上错了床么？这都九十年代了，这有什么呀？再说你也没这胆儿。嫂子对你不依不饶也在情理之中，女人嘛！我觉得这里头最关键的是那姓顾的小子在搅和。这么着，你们谁给我出趟路费，我豁出去生意不做，我奔趟杭州——我亲手把那姓顾的小子废了不就结了？

傅老　荒唐！有组织有领导嘛，何必动武呢？

志新　这事儿有跟领导说的么？躲还躲不及呢！怎么越老越回去了……

小凡　哎？大哥！我倒有一主意：我请一高手帮你们调解一下如何？要说也不是外人，嫂子中学的同学，我现在的老师——孟昭晖！

志新　你歇菜啊，你就别搅和啦！怎么又把他抬出来啦……

傅老　家丑不可外扬嘛……

小凡　孟老师对第三者的问题是素有研究，而且他是一个非常聪明的人，根本不会有什么问题能难倒他。他肯定有办法让你们破镜重圆！

志国　……不行，和平回来了！我先躲躲吧，说不定六号文件又下来了。（向饭厅溜下）

〔开门声。

〔日，志国和平卧室。

〔志国在床上躺着，小凡敲门，上。

小凡　（小声）快起来，起来……孟老师来了！

志国　我昨天没同意，你怎么……

〔孟昭晖上。

志国　孟老师是吧？客厅坐，客厅坐……

昭晖　贾先生，你好！

小凡　客厅坐吧？

昭晖　贾先生，我能跟您单独谈谈么？

小凡　单独谈好，单独谈好——嫂子啊正好买菜去了。

志国　……那，那您坐！

小凡　你们谈吧，谈吧。（下）

昭晖　谢谢。贾先生，贾小凡同学昨天上我们家去了，把您府上最近发生的事情，都详细跟我说了。她现在也正在写一篇有关第三者方面的文章，我又是她的指导老师，对这个问题也不能不产生兴趣……

志国　孟老师，您要是搜集素材您找别人，我这儿焦头烂额我没这兴趣……

昭晖　您别误会，我不会从您这儿搜集什么素材的，我只是想尽我的能力来帮助您。您看，您既是我现在学生的哥哥，又是我过去同学的丈夫，我不知道您是不是想听一下我对这件事情的分析？

志国　分析好，大有益——您请吧！

昭晖　恕我直言，首先，我怀疑杭州是不是真的有这么一位顾科长。

志国　是，顾科长确有其人。

昭晖　那好，那咱们现在就站在这个顾科长的角度来考虑一下。这个顾科长和方小姐有矛盾，他无意当中或者有意当中又发现了您的那些信件，那他该怎样利用这些材料来毁了方小姐呢？把它交给领导这个当然是愚蠢的，他要是散布给群众这就是最聪明的！

志国　（点头）可是他并没有这样做呀——也许是怕暴露自己？

昭晖　那他的第二选择就应该是把这些信件的内容透露给方小姐的丈夫啊，可是据您所知，方小姐家的后院儿并没有着火。

志国　对对对，前几天我跟她通电话，她说她丈夫至今还蒙在鼓里……

昭晖　那好，就算这个顾科长他选择了一个最不聪明的方式，他要通过您的妻子达到诋毁方小姐的目的，那他怎么能那么有耐心一个电话一个电话慢慢儿地打，又怎么那么有耐心一封信一封信地宣读呢？再说我们知道，这个顾科长和方小姐的矛盾主要是为了争夺一个副处长的职位。这种人事变化的事情咱们都知道，这是瞬息万变的，更要分秒必争——当然了，钝刀剌肉对你们是痛苦的，那对他有什么好处啊？

志国　损人不利己，这种人也是常有的……

昭晖　不过损人利己的人更多呀！咱们设想一下，如果您真的离了婚，这对谁有好处？

志国　谁？

昭晖　很明显，方小姐。

志国　不不不，不可能！你完全不了解……

第32集　在那遥远的地方（下）

昭晖　我非常了解！如果一个女人她真的是爱上了一个男人，她往往会不计后果，而且不择手段！

志国　那你是说，这一切……

昭晖　对！这一切，都是这方小姐精心设计的！当然，如果您不是同谋的话……

志国　我怎么会是同谋呢？

昭晖　不过如果您不是同谋，这有一个问题就很难解释了——这方小姐怎么能够对您妻子的感情脉搏把握得那样准确？每当她情绪好转的时候，"啪"就一个电话——要说有这么准确判断力的女人那真是太少了。

志国　那你是说，我……我要离婚我早离了，和平发现这件事儿的第一反应就是提出离婚，是我委曲求全才维持到今天，那我何至于费这么大劲儿啊……

昭晖　唉呀，这些已婚的妇女都差不多，一怒之下嚷嚷着离婚，可是你要真让她下决心那就没那么容易了，除非你反复地不断地用同一件事情来打击她——就像您妻子现在所遭遇的一样。作为她的丈夫，您还可以不露任何痕迹……

志国　你是说我跟方小姐合伙……简直荒唐！

昭晖　当然，也不能排除您单独作案的可能。你看那些长途电话不一定非要跑到杭州去打呀，随便找个什么人在北京照样可以打嘛！

志国　您这才能窝在大学里教书可是可惜了！您应该到安全部去，兴许能为保卫国家安全做点儿贡献！

昭晖　贾先生您别急，除了上述的那些可能以外呢，还有一种可能——我能够单独和您妻子谈谈么？

志国　请便！但希望您不要对我造谣中伤。

昭晖　放心！我是受人之托来调解纠纷的，不是来制造矛盾的。

〔时接前场，傅家饭厅。

〔孟昭晖与和平对坐。

昭晖　……专家们认为：对于所谓"第三者"大概有以下四种情况。第一种呢，是属于叫婚外异性交往，这是值得提倡的；第二是婚外感情，这也值得珍惜；第三是婚外恋情，嗯，这个应该慎重对待；第四是属于婚外性……当然这个也要针对各种不同的情况。至于您先生和方小姐之间的感情，本人认为是应该属于第二和第三……也就是说属于婚外感情和婚外恋情之间的一种感情。这种感情呢，你拉一拉就可以回来，你推一推他就完全可能出去。可是你现在所采取的方式是把他们两个人往一起推的方式——怎么着，你已经下了决心想促成他们的好事了是吧？

和平　你说什么哪？我吃饱了撑的，我促成他们？！

昭晖　那你为什么不断地用匿名电话折磨你丈夫啊？

和平　是匿名电话在折磨我！

昭晖　咱俩是老同学了，下面的这种情况是完全可能发生的：某日，你忽然听说方小姐的办公桌被撬了，里面的信被人动过——比如什么顾科长之类——于是你就精心设计了一个圈套，说是把单位里的电话号码给了方小姐的同事，这样，你就可以不断地接到匿名电话了……

和平　（不安地）你这说什么呢你？

昭晖　你允许我说完！你开始的企图只是想通过这种方式诱你的丈夫说出事情的全部内容，可是随着游戏的深入，你丈夫那种狼狈不堪使你产生了一种报复的快感和心理上的满足，这个时候你越发觉得欲罢不能了。只要你高兴，你就可以随时声称接到了匿名电话，使你的丈夫狼狈不堪，使他心惊胆颤。这个时候，你可以高高在上地俯视着他，把他和那位可怜的方小姐玩弄于股掌之中……

和平　（打断）孟昭晖呀，你可真够富有想象力的你！

昭晖　但是这种可能是完全存在的！不过，还有一种可能——这个我已经跟您丈夫谈过了……不过我相信，今后匿名电话的事情再也不会发生了。

和平　（心虚）怎么呢？

昭晖　因为戏法一旦被人识破，再变下去也就没劲了……

〔数日后，和平、志国在公园并肩谈笑，亲密温存。圆圆跑来，三人欢快愉悦，其乐融融。

【本集完】

第33集　近亲（上）

编　　剧：梁　左

客座明星：陶慧敏

〔日，傅家客厅。

〔和平与志新在议事。

志新　……嫂子，你千万别客气，还是你去吧！（将一封信推到和平面前）

和平　志新，我真不是客气，还是你去吧！（推回）

志新　你去比较合适。

和平　你比我合适，比我合适……

〔傅老自里屋上。

傅老　商量好了没有？明天到底谁去？

志新　我看根本就没必要去！她一个因公出差，咱们凭什么又管接站，又管联系旅馆？该她欠她的？咱家又不是旅行社！

傅老　人家一个女孩子，又是头一次出远门儿——不管怎么说，也算是亲戚嘛！怎么一点亲情观念都没有呢？整个儿一个六亲不认！

志新　这年头儿我认谁呀我认？也不知什么八竿子打不着的亲戚！

傅老　怎么打不着嘛？还是打得着的！她爸爸和你妈妈那是隔了一层的姑表姐

第 33 集　近亲（上）

　　　　弟，论起来你们该管她爸叫表舅，她也算是你们的表妹嘛！

志新　什么表姐表妹一大堆的！既然是我母亲她们娘家亲戚，现在我母亲又不在了，俗话说"长嫂比母"，我看就让我嫂子代表一下吧？（向和平）嫂子，你可千万别辜负了我们全家人的希望！（又把信推到和平面前）

和平　嘿，志新……

傅老　是啊是啊，和平，你就辛苦一趟吧？

和平　谈不上辛苦，这是我应该做的……爸，她那车明天早上五点多到，天还没亮呢，深更半夜的我一小媳妇儿家家的满大街溜达，万一要遇上个流氓劫我，您能放心么？噢，您就光心疼表妹，您就不心疼心疼我？

傅老　对呀对呀，那就还是志新，麻烦你跑一趟吧？

〔和平连连附和，将信推给志新。

志新　爸，您怎么这么偏心呀？这平常家里有点儿好事儿，您老想着别人，这半夜三更接人送人的苦差事，想起我来了？噢，我嫂子怕坏人劫她？我还怕女流氓劫我呢！

和平　劫你？那女流氓眼神儿也差点儿……

傅老　好啦好啦！这样吧，一分为二。和平啊，你今天去联系旅馆，志新呢，明天早上去车站接人——接来了就直接带到旅馆去，不要再弄到家里来了——乱，太乱……（向里屋下）

〔翌日晨，傅家客厅。
〔志新提包，引美丽的小晴表妹上。

志新　（分外热情，各种张罗）来来来！哪边儿来着……这儿这儿……来来！小晴表妹，快请坐，快坐快坐！知道你要来吧，全家人都特别高兴。昨天我跟我嫂子抢着要去接你！后来我没让她去，她到现在还不乐意呢——我管她乐意不乐意呢！小晴表妹，先喝点儿水！一路上累

· 397 ·

了吧？

小晴　不累，净麻烦你和表姑父，还有大表哥大表嫂他们，真不好意思……志新哥哥，你也坐呀？哦，不知道旅馆联系好没有，我想……

志新　（急忙打断）都到家了还提什么旅馆哪？我跟你说，表妹，可别怨你哥哥我一见面儿就批评你——你要是这么见外，让我们全家人听见得多伤心哪！知道的，是你嫌我们家条件差，不爱在这儿住，不知道的还以为我们慢待了你呢！这要传到咱老家，让你爸爸我舅舅他老人家听见，他还不得埋怨死我？

小晴　这你放心，他绝对不会埋怨你的——他已经去世了。

志新　这是怎么话儿说的！表舅他老人家好好儿的……他别去世啊！那我就更应该照顾你啦！

小晴　谢谢你，志新哥哥，难得你这么热情。今天我们虽然是初次见面，但我心里觉得，我们很早就认识了，倒像故友重逢的样子哎！

志新　（喜）对对对……俗话不是说么：姑表亲，辈辈亲，砸了骨头都连着筋。我也是越看你越眼熟啊……要不咱俩是梦里见过？

小晴　也许吧？我不知道……（痴痴地注视着志新）

志新　（有点毛）那什么，你先洗洗脸啊！我去给你做点儿早点……你这回是干什么来了？哦对，是联系业务对吧？没问题，包在我身上，一准儿让你超额完成任务！

小晴　志新哥哥，你真好。（依然痴痴地注视）

志新　……你别老这么看着我呀！知道我意志薄弱你还考验我……（下）

〔时接前场，傅家饭厅。

〔傅老、小晴、志新吃早点。

傅老　……小晴，多吃一点啊！志新这个早点做得还是不错嘛。志新平时难得

第 33 集　近亲（上）

　　　　下厨房，好不容易勤快一回还让你给赶上了。

小晴　真的？那我真是运气好哎！

志新　什么叫运气好啊？那只要我妹在这儿，我天天都可以这样嘛——我天生就是勤快人嘛！

小晴　表姑父，我吃好了，你慢慢吃。我先回自己的房间去收拾一下东西。

傅老　啊好好……

　　　〔小晴表妹下，志新欲跟下。

傅老　志新啊，你嫂子不是已经把旅馆联系好了么？怎么又把她给弄到家里来了？还"自己的房间"——哪个是她自己的房间啊？

志新　就是我那屋啊！我在客厅搭床啊……（严肃地）爸，昨天您批评完我以后，我思想斗争了一夜！为什么我的亲情观念如此地淡薄？为什么我几乎滑向了六亲不认的边缘？归了包堆就是受了西方资产阶级那一套的影响！幸亏您及时地提醒了我、挽救了我，否则任由我发展下去，后果不堪设想啊！我决心用实际行动改正错误，克服怕麻烦的思想，宁肯自己多受委屈，也坚决招待好从老家来的同志！今儿给小晴表妹做点儿早点，这算不得什么，明儿有别的活儿我还抢着干！

傅老　真是难以想象啊，一个人一夜之间，思想就能转变得这么彻底！我们家志新能够变得这么热情、这么懂事、这么勤快……你是不是吃完饭以后把这碗也给刷一下啊？

志新　（叫起来）我凭什么……（听见客厅里小晴跟和平说话的声音，改口故意大声）啊对，没错儿！刷完碗以后我还准备把全家的卫生都打扫一遍！大扫除！（下）

　　　〔一组镜头：志新与小晴在公园徜徉，在树下谈天，在咖啡屋畅聊，在街头闲逛。情意缠绵，亲密无间。

〔晚，小公园。

〔路灯下一条长椅。志新、小晴上。

小晴　……真好，就像到了家一样！

志新　（逗）不能吧？你们家连房子都没有，就住公园里？

小晴　（笑）讨厌！志新哥哥，你总和我开玩笑……我是说这里的空气和我们家乡一样新鲜。（坐）

志新　你们家乡？你这不把我给撂外头了么？不拿我当亲人是不是？应该说"咱们家乡"。

小晴　志新哥哥，你能算南方人么？

志新　那是啊！我随我妈呀……（坐）我告诉你啊，这三十年来，我跟他们这北方人一块儿生活，受这委屈受大发了！见着你就跟见着亲人一样！（学南方口音）这二年咱们家乡建设得怎么样？改革开放以来变化很大吧？再回去恐怕就认不出来喽！……

小晴　（笑）你不是从来没去过吗？变化不变化反正你也认不出来呀！

志新　这么说不是显得近乎嘛？

小晴　哦，用你们北京话，这就叫"套瓷"吧？

志新　咱俩还用"套"啊？咱俩本来就"瓷"啊！我这么跟你说啊，打火车站一见着你，我就认为我这三十年是白活——没有你我活什么大劲儿？（见小晴有些尴尬）……我不是那意思啊，我就是说这事儿要怨就怨我妈！

小晴　表姑都去世好几年了，你怨她做什么？

志新　……我就是说她老人家找对象那会儿，你说咱家乡那么些好小伙子她不找，非远远儿地找一我爸！害得我也跟着背井离乡。要不然咱俩不是从小儿就在一块么？一个小城里住着，两小无猜，又是亲戚，一起长大——还用我今儿费这么大事儿?

小晴　志新哥哥，你真的不知道么？你妈妈是我爸爸的表姐，他们……曾经相爱过。

志新　（大感兴趣）是吗？那后来呢？怎么没成啊？

小晴　我也不清楚。听他们大人闲谈的时候讲，好像是因为我祖母和你的外婆脾气不和，所以不愿意做这门亲。后来一解放，你妈妈就参军……跟着你爸爸跑了。

志新　这不耽误事儿么！你们老姐儿俩不对脾气，人家小姐弟儿俩对脾气不就得了嘛！包办婚姻它就是害死人，要不咱不早成一家子了么？

小晴　所以，我在心里总把你当哥哥看待。

志新　不不不……别，你千万别这么想！他们俩没成有没成的好处。他们俩没成，到咱俩这儿发展余地可就大了——你想这理儿啊：他们要是成了，你顶多就是小凡——我妹妹，正因为他们俩没成……你才有可能成为小凡她二嫂……

小晴　唉呀，你瞎说什么呀！（羞涩转身）

志新　我还真不是瞎说！现在可不是旧社会了，他们老两口没成，我就不信咱俩也成不了——我还非争这口气不行！要不咱来个继承遗志，把老一辈开创的反封建斗争进行到底怎么样？

〔晚，傅家客厅。

〔傅老、和平、圆圆看电视。志国自饭厅上。

傅老　哎，志新哪？怎么这几天一直没见着他？

和平　嘻，天天跟着小晴往外跑，说是联系业务去了——听说小晴好像答应给他百分之五提成？

傅老　哼，我说他怎么对人家小晴那么热乎呢，原来是别有用心。

圆圆　（调皮）爷爷，我看二叔不是一般的别有用心，而是特别的别有用心……

〔众人好奇。

圆圆　您没发现他看小晴姑姑那眼神儿就特别么？估计是特别的爱早就给特别的她了……

傅老　不会吧？小晴，一个小城市的女孩子……志新的眼光不是很高吗？

圆圆　（唱）"小城故事多……"

和平　去去去！大人说话别跟这儿裹乱！爸，我瞅这事儿悬——当初我婆婆不也是那小城里的人么？您不就看上了么？哦，就许您看上，不许人志新看上？哪儿说理去呀？再者说了，我看人小晴姑娘不错，文文静静的，弄不好还看不上咱志新呢……

傅老　志新也不错嘛！

和平　哟，您瞅那长相，那眼睛……（做鬼脸模仿）

傅老　还是能够配得上的……

和平　哎哟，实在不……

傅老　不是那个问题！主要现在志新自己就没有职业，再找个外地的，将来这户口啊、工作啊……怎么办嘛！

圆圆　只要有爱情，这些都算不了什么……

和平　哎，圆圆说得对……啊去！大人说话别这儿插嘴！

圆圆　我不插嘴你们怎么知道我说得对？

志国　爸，现在问题的关键在于：志新是不是真心和小晴好？他们俩真好，咱们也没有什么理由反对哈？我就怕志新又犯他那老毛病，今儿一个明儿一个，回头三天新鲜劲儿一过，又把人小晴给甩了——这可是咱们自己家的亲戚！

傅老　是啊是啊，所以说这个问题要特别地慎重！回头我跟志新亲自地谈一谈……

〔开门声。

和平　哟，回来了……

〔志新与小晴上。

志新　哟，都在呢哈？看电视呢哈？

小晴　表姑父好，大表哥好，大表嫂好，圆圆好！

傅老　小晴回来啦？这一整天都在外面忙什么哪？

〔小晴羞涩地看一眼志新。

志新　啊啊，联系点儿业务——工作第一……

傅老　（向小晴）一定很累了吧？早点休息，啊？

小晴　好的。表姑父再见，大表哥再见，大表嫂再见，圆圆再见！

〔小晴下，志新欲跟下。

傅老　志新呀！人家小晴回屋休息，你后面跟着干什么呀？

志新　那什么，我……我琢磨着，给她关关窗户，铺铺床什么的——您不是教我做勤快人么？

志国　你也忒勤快了吧？用得着你么？坐坐坐，有话问你……圆圆！你回屋睡觉去！

圆圆　（起身，回头）哎，谁给我铺床？二叔不再勤快一回啦？

〔志新作势欲打，圆圆跑下。

傅老　志新啊，你觉得——小晴这姑娘怎么样啊？

志新　好啊！又聪明又美丽，又能干又大方，优点是真不少！缺点呢……我还一条没找着呢。

傅老　那你打算怎么办呢？

志新　您这话问的！我还能怎么办呀？就是向她学习呗……

傅老　除了学习，你还有没有什么别的打算？

志新　没有，也就是学习学习再学习呗……反正为了更好地向她学习吧，我打算……初步计划啊……我准备是这样……我先——唉呀，你们都明白了吧？

和平　你说什么了我们就都明白了？爸那意思是说：你是不是打算把小晴娶到咱家来，以便……更好地向她学习？

志新　爸，您这话说的……哦，为了学习就得娶家来？那全国那么些先进人物，我都娶家来……那国家也不允许呀！原谅您这是头一回啊，非让娶就娶吧，下回可不许了！

傅老　谁非让你娶了？我是问你自己乐意不乐意！

志新　我乐意不乐意管什么呀——谁知道人家乐意不乐意呀……

〔夜，小公园。

〔小晴坐在长椅上低头不语。志新站于一旁。

志新　……说了半天你倒是乐意不乐意呀？（见小晴一直沉默）哎哟我的姑奶奶，我跟别人搞对象没费过这么大劲，怎么到你这儿这么特殊啊？成不成你倒给个话儿啊——要不咱们摇头不算点头算怎么样？

〔小晴抬头，默默地看着志新。

志新　你别老这么看着我呀！就说我长得好看也经不住你这么看哪……你非要看，我就把你娶到我们家，让你看一够——反正我这人也禁看，成么？

小晴　志新哥哥，我真的很喜欢你……

志新　瞧瞧，这就对了！（坐）说说吧，喜欢我什么？我都有什么优点？——我爱听这个！

小晴　通过这段接触，我发现……其实你也没什么优点。

志新　哎？怎么说话哪？人能没优点吗？没优点我妹能喜欢我？

小晴　正因为我是你妹我才喜欢你，这是命里注定别无选择啊……

志新　那既然是别无选择，咱们就再往一块儿凑凑，这也算是亲上加亲嘛，总

· 404 ·

比你找个外人强。那什么……我这笨嘴拙舌的也不会说个话儿，要不咱们简单拥抱一下？（欲抱小晴）

小晴　（躲）志新哥哥，你真的一点都不知道吗？我们可能是……近亲。

志新　瞧瞧，不学习不是？近亲……近亲那是指三代以内的旁系血亲——父母是一代，儿女是第二代，再往下边的姑表姐弟，那算是第三代，这一代不许结婚。那我妈跟你爸那是隔了一层的姑表姐弟，那都已然算第四代了，到咱俩这儿就第五代了，咱怕什么？再说这五代当中再出个过继的、抱养的，咱俩一点儿血缘关系都没有啊……

小晴　不是，我爸爸临终以前对我说："你有个哥哥在北京，叫志新。"

志新　对呀，表舅他老人家说的就是我呀！他那意思就是把你托付给我——这都听不出来啊？

小晴　我想了很久，越想越觉得我爸爸这句话说得非常奇怪。他为什么不说我表姑家在北京？为什么不说我有两个表哥和一个表妹在北京？"你有个哥哥在北京，叫志新。"——你不觉得这话中有话吗？

志新　（不明所以）什么话？

小晴　我怀疑：你妈妈和我爸爸在六十年代初期，曾有过一次短暂的重逢。

志新　你是说又续上了？续就续吧，咱俩就别操心他们俩那事儿了！咱就说咱俩的……

小晴　咱俩不操心不行啊！志新哥哥，你明白我说的"近亲"是什么意思么？你是六几年生的？

志新　六三年呀……啊？！你是说……不可能不可能！绝对不可能……

小晴　你再想想我爸爸这句话："你有个哥哥在北京，叫志新。"……

志新　没有！没有没有……哎，你扶我一下，我这脚跟子有点儿发软。

〔小晴扶志新坐。

志新　我想想啊……对呀，我也纳闷儿啊：怎么我们这一家子就我长得难看啊？

　　　　（看小晴）可咱俩也不像啊——你长这么漂亮……

小晴　我随我妈。

志新　哦，你随你妈……难道我随你爸？你爸也长我这模样？

小晴　真有点像哎！也许你该说"咱爸"……

志新　（跳起）"咱爸"？！（情绪激动）哎哟我的妈哎，您老人家积德行好吧您哪！您怎么给我惹出这么档子事儿？您这不是毁我么……您可真不给我作脸哪……（慌乱逃下）

【上集完】

第34集　近亲（下）

编　　剧：梁　左

客座明星：陶慧敏

〔晚，傅家饭厅。

〔和平、志国、圆圆、小晴吃饭。傅老上。

傅老　（四顾）志新怎么不来吃饭啊？

和平　嗐，又不想吃了……

傅老　中午饭就没有吃嘛！小晴，昨天晚上你们到底干什么去了？怎么志新一回来就病病殃殃的——这都一整天了，水米不沾牙嘛？

小晴　（掩饰地）表姑父，我真的不知道呀！我们就是一道出去走了走……哦，想必是晚上公园里露水重，二表哥偶感风寒也未可知。

和平　嗯？病了？不可能啊！他病了什么样儿我知道啊——那得不停嘴儿地要吃要喝呀！哪儿有这么不吃不喝躺上一天的呀？

小张　（端菜上）上次二哥胃疼，还是我买了两只烤鸭才治好的。

志国　我看志新这回的症状，跟失恋那回差不多——只不过不用轮椅，能自己走道儿了。

傅老　既然不用轮椅——小张啊！那就让他过来坐坐，我问问怎么回事，也好对症下药嘛!

〔小张下。

和平　小晴啊,要是我们志新真对你有那意思,你也别跟他真较真儿!同意不同意的,你就假装同意了也没什么……

圆圆　没错儿,一般来说我二叔他不出一礼拜就会变心的!

志国　去!胡说什么?什么一礼拜?——顶多三天!

〔志新精神恍惚,脸色憔悴,拄拐杖,由小张扶着步履蹒跚上。惊得和平、小晴连忙站起。

傅老　(不满地)怎么这个样子啊?这还不如坐轮椅嘛!

〔小晴等扶志新坐。

傅老　志新啊,到底是怎么回事啊?

志新　(虚弱,眼神空洞)没什么,想我妈……

圆圆　我发现我二叔这些天变得特别地多愁善感!

傅老　是啊是啊!这一晃,你妈离开我们都好几年了……说起来,她当年也是有名的江南才女呀,那真是琴棋书画无所不通!要不然当时那么多的女同志,我怎么单单就看上她了呢……

志新　您是看上她了,她看上您了么?

傅老　(警惕地)嗯?什么意思?她看不上我——怎么会成为你们的妈妈嘛!我们是革命的伴侣,一起并肩战斗了好几十年……哎,你这个情绪不对头啊!小晴,你是不是跟他说什么了?

小晴　表姑父,我真的不知道什么呀!二表哥,你不好乱讲的噢!

志新　再不讲我就憋死了!爸,我就问您一句话:我妈到底跟您……

〔小晴拉志新,打断。

傅老　哦,到底跟我怎么样——是不是?你这好像话里有话嘛!

小晴　是这样的:表姑父,在家里听大人们闲谈的时候讲起来啊,都说志新的

第34集　近亲（下）

妈妈很有才气的，跟您相比……正好般配！

傅老　（喜）哦？乡亲们也是这个意见啊？

志新　我可没看出您有什么才气……

傅老　胡说！我怎么没有才气呀？我现在是老了，想当年我才华横溢，也不亚于……志国嘛！

志国　爸，您跟我比……您这不是放松对自己的要求么？

志新　就算您跟志国似的，也无非凑合着找个和平这样儿的就完了，怎么能找着我妈呢？

和平　嘿嘿嘿！我凭什么就不如别人哪？怎么找我就是凑合呀？

小晴　二表哥，你可能又发烧了，我扶你回去休息吧！（扶志新起）

和平　我看是发烧——你烧得不轻你！

傅老　我看也是，满嘴胡话！

〔志新回头凄然一笑，被小晴搀扶下。

傅老　这个小子，现在也学会了拿老子开涮了！

〔夜，傅家客厅。
〔志新躺行军床上，小晴穿睡衣陪在旁边。

小晴　……天不早了，志新哥哥，你早些睡吧！我还是回屋休息去吧……（起身欲下，被志新拉住）

志新　哎别价！再陪哥哥待会儿……

小晴　（坐回志新床头）志新哥哥，你不好这样拉拉扯扯的！你对我……只能和对小凡一样。

志新　凭什么呀？她哪儿跟你比去呀？我跟你说啊，从今天开始，我就不算他们家人了——我算你们家人。

小晴　不好这样算的！就算这件事是真的，你跟她也是同母异父的兄妹……

· 409 ·

小晴　（接过）肯定是写给我爸爸的，他们是从小产生的感情。可这最后一句不大好懂啊，谁叫阿非理桐？谁叫阿丝达黛呀？听起来好像《一千零一夜》中的阿拉伯人……

志新　嗯？你是说我妈后来又看上一阿拉伯人？这不可能，不可能！阿拉伯那边儿全是回民——我妈从来不吃牛羊肉！

小晴　我是说，你妈妈和我爸爸就像他们俩一样……他们俩又是什么样呢？志新哥哥，你哪天问问小凡妹妹，她不是学中文的么？

志新　嗯对！要不说这书到用时它方恨少啊……这诗是哪年写的？

小晴　不知道，反正是写在六二年的日记本上。

志新　还行，那没我什么事儿。六二年……六三年我才出生嘛！

小晴　对呀，你妈妈和我爸爸六二年重续前情，六三年……你就出生啦！

志新　啊？（夺过日记本）嘿！这……哎哟，妈哎！我不反对您老人家追求爱情，可您怎么单单挑这么一时候啊？你说你往前一点儿吧，让志国摊上，往后一点儿让小凡赶上，没我什么事儿啊！我顶多就是跟中间儿看看热闹，劝两句——你说你单挑个六二年……（摔日记本，下）

小晴　这也不能全怪志新的妈妈。爸爸，你也有责任！唉，你让女儿好为难哦……（收拾起日记本，提箱下）

〔日，傅家饭厅。

〔志新与小晴坐，小凡站在一旁。

小凡　……看不出来，二哥，你还挺有学问的——连阿非理桐和阿丝达黛的故事你都知道！

志新　（低声向小晴）这不也刚知道嘛……（向小凡）我这不是考考你嘛——这故事说的是什么呀？

小凡　昨天问了我们学校的孟老师，他说这个故事出自《波斯人信札》，作者

第34集 近亲（下）

是十八世纪伟大的启蒙运动思想家，法国的孟德斯鸠，孟德……

志新　（意外）法国？咱妈在法国也有相好儿的？

小凡　这跟咱妈有什么关系呀？

小晴　（急忙）志新哥哥你不要乱说！小凡妹妹，你快说吧。

小凡　阿丝达黛和阿非理桐是姐弟两个，他们是波斯人，信奉拜火教——拜火教懂么？拜火教是波斯最古老的一种宗教，它规定了兄弟和姊妹之间的通婚制度。但社会在进步，他们的爱情不再为他们家庭和当时的社会所接受。他们历经坎坷，最后终成眷属。

小晴　终成眷属？果然和我想的一样……

志新　完了完了完了……全完了！

小凡　你们怎么了？阿非理桐和阿丝达黛跟你们有什么关系呀？

志新　（语无伦次）这里边关系可大了！关系到我、你、她、她们家、咱们家……这里边儿关系全乱了！不行我得找我爸……

〔志新下，小晴跟下，留下莫名其妙的小凡。

〔时接前场，傅家客厅。

〔志新，小晴在座。

小晴　……志新哥哥，你还是不要问吧？你爸爸要知道了，他能好受么？

志新　我还管他好受不好受？你怎么不问我好受不好受啊？

小晴　你一定要问，也得慢慢地问，别气着他老人家啊……

志新　我倒不怕气着他，我怕气着我自己个儿！

〔傅老扛门球棍自里屋上。

傅老　哟？（故作风趣地）你们聊着你们聊着！我马上就走……（欲下）

小晴　（起身拦）您说什么呢？您坐这儿，我们有话对您说——

志新　对，有话对你说！

傅老　都要对我说了？说什么呀？是不是……（笑）我没有意见，双手赞成！

志新　不会吧？您没意见，还双手赞成？傅老，我问你：我妈妈跟小晴他爸爸，是不是……关系不错呀？

傅老　他们表姐弟之间，倒没有听说有什么矛盾——就是有什么矛盾跟你们也没有关系嘛！你们该怎么样还怎么样，我们不干涉……（笑）

志新　不是那个意思！我就是说：他们俩人儿啊……就是……有没有爱情什么的？

傅老　哎，长辈的私生活恐怕不应该是你们过问的吧？况且人已经不在了，你们自己有爱情就可以了嘛！不要管他们有没有……

志新　他们有，我们就不能有！他们要没有……他们到底有没有啊？（激将）是不是人家背着您，您压根儿就不知道啊？

傅老　（不服地）我怎么不知道？我当然知道了！这个表兄弟姐妹之间的通婚，是中国传统的陋习，你妈妈就是因为对这种封建婚姻不满意，才断然地离开了封建家庭，投身到革命队伍中来的！后来就遇上了我，当然这就更是锦上添花了——把她给乐得呀，一夜醒了好几回，都不知道怎么着好了！

志新　嘻！没问您这个，我就是问我妈跟表舅……她是不是还有点儿藕断丝连什么的？

傅老　连什么？都遇上了我，他们还有什么可连的？我们那个时候，不像你们现在的年轻人，主要的精力都放在学习和工作上，很少有时间来考虑自己的问题……怎么好好地忽然想起问这个了？哦，我明白了：是想向老一辈学习，怎样来正确处理好爱情和工作的关系，对不对呀？这个好办，（起身喝水）你妈妈虽然不在了，我还健在嘛！可以跟你们谈一谈……

〔志新和小晴趁傅老不注意，悄悄溜下。

傅老　……早就想跟你们谈一谈，一直没有机会嘛……（回头，发现二人不见了）

〔晚，小公园。

〔志新、小晴上。

志新　……明天一定要走啊？

小晴　车票都买好了。

志新　事情还没弄清楚你怎么能走呢？你还不如当初别来呢！你说你走了，留我一人儿算怎么档子事儿？我还算不算他们家人？还怎么跟他们一块儿生活呀？

小晴　志新哥哥，你千万不要这样想！你总归是在这个家里长大的，你以前怎么过现在还怎么过——行不行？

志新　以前我吃家里喝家里理直气壮呀，现在……多少有点儿含糊。我爸也是！你说你一问他这事儿吧，他跟你打岔——纯粹一老糊涂！

小晴　也许他是装糊涂，心里比我们都明白……

志新　不可能！我爸心里明白，能眼看着咱往一块儿凑，他不拦着咱们？眼看着咱俩犯错误？我爸还不至于那么心狠手毒，而且这关系到下一代的优生优育问题……我爸跟你爸还是一个血型，从血型上你还看不出来！我听说公安局可以做亲子鉴定，要不哪天我把老头儿骗出去，我骗他做一个？

小晴　有这个必要么？鉴定出来又怎么样？他该是你爸还是你爸。

志新　是啊，你说我妈追求爱情，这可以理解，我爸在这件事儿上也没什么错儿——闹不好还得戴一绿帽子，那我还绕在这里边干嘛呀？……哦，当初不是为了咱俩好嘛？

小晴　你现在还想跟我好么？

志新　想啊……你想么？

小晴　……我觉得很奇怪，咱们俩没有什么感情方面的基础，唯一有的可能是血缘上我们可能是兄妹——但如果是兄妹我们就不可能结婚，如果不是兄妹，你只是我远房一个表哥……我为什么要嫁给你呢？我们那儿喜欢我的男孩子可多呢……

志新　（强作轻松）说得是啊，我们这儿喜欢我的女孩儿也挺多的……回头我挑了半天我再挑一外地的，我图什么呀？

小晴　所以，我明天就想走。你把我忘掉，把这件事忘掉，就当什么也没发生，好不好？

志新　好吧。就是……临别之前咱们是不是应该……简单拥抱一下？

小晴　（迟疑）可以，只是……你找着感觉了么？是像兄妹，还是像情人？

志新　走着瞧吧……（一咬牙）哎呀我他妈就不要感觉了！

〔两人紧紧相拥。

【本集完】

第35集　潇洒走一回（上）

编　　剧：梁　左

〔晚，傅家饭厅。

〔小张自厨房端菜上。

小张　（喊）哟嗬，吃饭啰！

志新　（画外音）哎，来喽！（上，审视餐桌）怎么今儿晚上这饭又是见不着荤腥儿啊？

〔傅老、圆圆上。

志新　爸，咱家这伙食可是越来越差了啊，再这么下去没法儿吃了——快赶上忆苦饭了！

傅老　就你们每月交那点儿钱，还想吃什么？……你还经常不交！

志新　现在谁还靠工资过日子啊？也就咱们家！

傅老　不靠工资靠什么？靠抢银行？逮着就枪毙！

圆圆　哎？要是逮不着呢？

傅老　胡说！哼，这么点儿的孩子，不想着将来怎么去为国家做贡献，倒想着去抢国家银行？

圆圆　（嘟囔）是您说的又不是我说的……

〔志国上。

志国　爸，我瞧咱伙食挺好。鱼生火肉生痰，白菜豆腐保平安嘛……

傅老　不思进取，小富即安——典型的小农意识！亏你还是国家干部呢。

志国　（冤）我向着您说，怎么冲我来了？

〔和平上。

志国　（赌气地）和平！把你那事儿跟爸说说！

和平　（得意，港台腔）一点点小事，洒洒水啦……

傅老　什么事儿还瞒着家里啊？

和平　嘻，没什么！就是以后，我每月额外向家里多交五百块钱——就贴伙食费里吧！

傅老　五百块？哪儿来这么多钱？

圆圆　是不是还没等我动手，您已经先把银行给抢了？

和平　不许胡说！本来我不想说——从明儿开始，我就要走穴了！

傅老　走穴？是不是就是背着领导去私下演出？

和平　反正是面向基层，为广大工农兵服务嘛！昨儿有穴头到我们团来"瞳"这事儿，想让我们出个"底包儿"，看了我的大鼓说我这活儿还能单"挡杵"。每场"置"点儿黑"杵"总比干拿份子强啊，虽然没"蔓儿"那么"嗨"吧，可也"念"不到哪儿去……

傅老　说了半天，我怎么听着像日本话？

志国　爸，这都是他们演员的行话，说了您也听不懂！（向和平）你就跟爸说你一晚上能挣多少钱吧！

和平　（得意）嘻，"厥杵"，说了也"伤蔓儿"，一晚上……才一百块钱！

傅老　一晚上……这一个月就是三千哪！这你可比国家主席挣得还多呀？

志国　不是天天晚上都有演出……弄好了一个月也就挣一两千吧！是吧和平？

和平　……也不光为钱，为人民服务嘛！

〔晚，傅家客厅。

〔志国、志新、圆圆在座，傅老来回溜达。

傅老　（自语）这和平演出怎么还不回来？这和平演出怎么还不回来？哎，你说这和平演出……

志新　哎哎……至于吗？这一百块钱就把您烧成这样？见过钱么？

志国　（教训）一百块钱还少啊？你一晚上挣一百块钱我看看啊！

志新　（不服）怎么着，我没挣过是怎么着？我现在手底下有三个公司，成千上万的现款打我手里过，我含糊过么？前天，你问圆圆，我一个电话——五十万！（向圆圆）对不对？

圆圆　没错，听见了！后来你说跑业务，跟我借五毛钱坐公共汽车，到现在还没还我呢！

志新　别提这事儿啊！提这事儿干嘛呀……

圆圆　你还别不承认，那是爷爷给我买冰棍儿的钱！这儿还有你给我写的借条儿呢……（掏出一张纸条）

志国　（笑）五毛钱还让二叔写借条儿啊？（凑上，读）"兹有甲方贾志新，为联系业务，特向乙方贾圆圆暂借交通费人民币五毛。言明三日内归还，每日利息五分。空口无凭，立此为据……"圆圆你怎么向二叔放高利贷呀？

〔和平暗上。

圆圆　亲是亲，财是财——他说三天以后还我六毛五我才借的他！

和平　得，我替二叔还你！（将钱拍在桌上）

众人　哟，回来啦！……累了吧？……

和平　不累，还行！就是观众忒热情，老鼓掌让我返场我受不了——阿敏才返一回，我返三回！（向志国）麻烦你给我倒杯水。

〔志国忙去倒水。

圆圆　妈，今天演出都谁去了？全是"大蔓儿"吧？

和平　（故作轻松地）也就那么回事儿！也就是阿敏阿玉阿英，阿东阿欢阿庆，说相声的阿昆阿巩阿侯……不是，阿文，演小品的阿宏阿山阿丹！说大鼓的（接水）"蔓儿"最大的就是你妈了——哎哟，这水怎么那么烫啊？给我兑点儿凉的！

圆圆　妈！那您现在跟他们都认识了？

和平　反正他们让我签字我都给签了——你妈这人，从来没架子！尤其是跟阿巩说相声那阿群还集邮，弄二十多个首日封让我签！嘚，累得我这腰酸手疼的……讨厌！

志国　都"置"下来了？

和平　哦，（掏兜）拿去！（拍出一百块钱）"念杵"，留着给家里花吧！哦对了，我那包儿里有发的夜宵……

　　〔圆圆忙拿包细看。

和平　拿出来搁冰箱里，别弄坏了——早上给大伙儿当早点吧！

圆圆　哎哟！可乐、面包、香肠、牛肉……你们夜宵可真高级哎！

和平　这是双份儿！阿敏那份儿没要，也让我拿回来了……以后兹晚上有演出，咱家这早点算省了。

志国　不止早点，这钱买肉能买好几十斤呢！爸，您先拿着花去……（递给傅老）

傅老　（接钱，喜笑颜开）和平，辛苦了啊！（向志新）你看看你嫂子！既丰富了首都的文艺舞台，又贴补了家用！你再看看你：一天到晚不干正事儿，吃饱了什么事儿都不干——这差距有多大呀！你得好好对照检查……

和平　爸！您就甭老说志新啦，有我们吃的能没他吃的？就是以后我常有演出，家里的事儿还得您老多担待着点儿。

傅老　没问题没问题，保证给你搞好后勤！

和平　（向志国）你还干看着干嘛呀？续水呀！

〔夜，志国和平卧室。
〔和平趴在床上，志国为其捶背。

和平　这儿，这儿……哎哟，你没吃饭哪？……哎哟！你要捶死我呀？轻点儿！

志国　你走了两天穴，钱没挣多少，脾气倒见长啊……

和平　你少废话啊！哦对了，明天晚上我还有演出呢，告诉你爸，五点半提前给我一人儿先开饭。让小张去买点儿排骨红烧了。再做个鲫鱼汤——人家说鱼汤对嗓子好，好些演员演出之前都喝鱼汤。弄个素菜——别忘了放香菇啊，要不没法儿吃！（因志国捶其后背，发出颤音）饭——后——甜——点——就来个"八喜"冰激凌吧……再来个巧克力奶油蛋糕也就行了。

志国　你这么老多，我拿笔记下来吧……你明天自己跟爸和小张说不行么？

和平　我明儿想多睡会儿，再说我起来也不一定有时间跟他们谈。明天阿英过生日，我也得出席，阿昆他爱人上香港，我还得到机场去送——都是朋友，不去不合适！志新那工作问题，你就安排在晚饭时间我跟他谈，还有圆圆有什么事儿也安排在那时间。你爸跟小张的事儿就往后排排吧……

志国　我的天，你比我们部长还忙呢！

和平　那是！部长挣多少，我挣多少啊……

〔傍晚，傅家客厅。
〔和平、傅老谈话。志新在打电话。

傅老　咱们家这个味精下去得太快。我已经跟小张说了，不要什么菜都往里放味精……

和平　（掏出钱）爸，瞧这点儿小事儿……给您二十块，（将钱拍在沙发上）拿着买它两大袋儿味精让她搁去！

傅老　（拿起钱）倒不是钱的问题，主要是小张这个大手大脚的作风……

和平　您哪，有那工夫儿多休息休息，还能延年益寿呢！志新，你那电话打完没有？我这儿可等着呢。

志新　给找人去了，马上就来。我有急事儿……

和平　（笑）你那事儿再急能有我急？

志新　公用电话，马上就来了……

〔傅老上前，一把将电话按断。志新急。

傅老　你先让和平打嘛！她吃了饭还要去演出嘛！（下）

和平　（拿过电话）对不起啊……（打电话）喂，昆儿哥吗？昆儿哥！我是平妹呀……我没事儿！哦，您有事儿啊？您有事儿您忙您的去！我没关系，我不挂啊，我等着……

志新　哎嫂子！你没事儿你不挂电话？我这儿有正经事儿，你不让我打？

和平　你能有什么正经事儿……

志新　你那事儿正经！你不也跟人聊天儿么——人家还不爱跟你聊。我这跟人谈生意去！

和平　（掏钱）给你二十！打个"的"找真人儿谈去！

志新　（拿过钱，喜，欲下，又回身）回来呢？

和平　再加十块！票儿留着啊，回头让我们穴头给报销。

志新　哟嫂子，我这儿可好多"的票"呢，您要能报全拿走！这电话你爱打多久打多久，我绝不催您，等您打完了我再打——这三十我就算落下了……

〔圆圆上。

圆圆　妈，我在学校讲演比赛得奖了！

第35集 潇洒走一回（上）

和平　（敷衍地）好！好……

圆圆　明天开发奖大会，妈妈您能去么？

和平　你瞅瞅妈忙成什么样儿了！说什么呢这孩子……得！妈给点儿钱，去买点儿吃的去！（递钱）

圆圆　我不要钱，我要妈妈去看我领奖！

和平　这孩子！你……（向电话）喂喂……昆儿哥！没有，我跟您说啊……我没什么别的事儿……

〔圆圆向里屋下。小张自饭厅上。

小张　大姐，大姐！……

和平　（塞钱给小张）唉呀拿走拿走……（向电话）喂，昆儿哥……

小张　我叫你吃饭，你给我钱干啥子嘛！（把钱放桌上，向志新）她是不是病啰？（下）

志新　没错儿！是病得不轻。（回手把桌上钱揣起，向饭厅下）

和平　（向电话）……斗哥那场穴那确实叫"泥"了，前儿天……

傅老　（上）对了和平，我还忘了告诉你了……和平，和平？

和平　爸，缺多少钱您说话！（把钱拍桌子上）

傅老　（不高兴）天气预报今天晚上有雨，我是让你想着带雨衣！你说你给我钱干什么呀？真是莫名其妙！（下）

〔夜，傅家客厅。

〔傅老、志国在座。

傅老　……志国啊，和平这几天到底是怎么回事儿啊？见了我都爱搭不理的，弄得我都不敢跟她说话，我一说她就往我手里塞钱！

〔志新上。

傅老　她老给我钱干什么呢？

志新　钱多烧的呗!

傅老　她烧你行!烧我呀——她那钱还少点儿!

志国　爸,她这几场演出是挺受观众欢迎,现在她的出场费已经涨到每场两百了……

傅老　(讥讽地)嗬,挣大钱了啊?你告诉她:钱再多她也是咱们这个家里的儿媳妇!她也得管我叫爸爸呀,总不能让我管她叫妈嘛!

志国　爸,谁也没这意思啊……

傅老　咱们是革命家庭,不吃那一套!前一个阶段,我是从支持她的工作出发,才去给她当的后勤,不要以为我是见钱眼开嘛!我都六十多岁的人了,什么没有见过?一九四五年抗日战争,日本人出三百块大洋来买我的脑袋——得合多少人民币?一万多块吧?我心动了吗?

志新　那是那是!您是不能动心——您一动心,脑袋没了!

傅老　你少跟我耍贫嘴!待会儿咱们再谈你的问题!志国,你告诉和平,以后她挣的钱,随她怎么用,不要再往家里贴,咱们家的伙食标准还照以前一样——什么红烧排骨鲫鱼汤,一概没有!这又不是坐月子嘛,吃那些东西干什么呢?

志新　别价呀爸!这段伙食好容易有点儿改善,怎么又回去了?我跟您说,我这人吃惯了好的,再吃差的我受不了这个……

傅老　没出息!什么叫"不食周粟"?什么叫"不吃嗟来之食"?什么叫……

志国　哎爸爸爸……好好儿的一家子您给说成什么啦?

〔和平暗上。

志国　和平有缺点您指出来,我狠狠地批评她!不就完了嘛……

和平　嘿嘿嘿!我有什么缺点哪?说我什么呢?少在爸跟前给我扎针儿!

傅老　(冷笑)唉呀,这挣大钱的回来了啊?听说你现在一场演出,比我半个月的工资还挣得多?我这解放前革命的,倒不如你这解放后唱戏的……

和平　爸，您瞅您说的哪儿的话呀……哦对了，爸！今儿我们去羊毛衫厂演出，（从带回来的袋子里掏出围巾）人家让我们一人儿挑一条围巾，我给您挑了一条。您瞅瞅……试试！（三两下给傅老围上）可心不可心？满意不满意？好看嘿！配套的这个……

志国　爸，您瞧和平——什么好事儿都先想着您！

志新　那是！这么孝顺的儿媳妇，可着咱北京可不多了！哎，嫂子，明儿再有送皮帽子的想着点儿我……

傅老　和平啊，替我去谢谢工人同志们！他们对你的演出评价如何呀？

和平　啊……太好啦！那儿的工人师傅，还就喜欢看大鼓！我的那一段《风雨归舟》七个满堂彩！返了两回场谢了三回幕啊！那帮歌星那可惨喽！扭腰扭屁股的，人家工人师傅不吃这套啊，差点儿没让人轰下来！

傅老　好！还是工人阶级觉悟高……

和平　那是！"穴头"说了：我这个绝对是挑大梁的路子啊！甭说"倒二"，"攒底"都行！他打算明儿就单独为我组场"穴"，先在北京唱响了"蔓儿"，再到外地去"跑码头"，一场就照着一两"吨"那么"嗨置"啊，把那帮歌星笑星全"淤"喽！这"穴头"可不是"空码"，我"攒儿亮"着哪，知道他真"把"上我啦……

傅老　说得好好的，怎么这日本话又出来了？

〔时接前场，志国和平卧室。
〔志国、和平准备休息。

和平　……我知道，你爸爸在单位里头当领导当惯了，冷不丁这一"落汆儿"心里肯定不平衡！唉，本来那围巾是我给你带回来的，看他那一脸的不高兴，只好给他了……

· 425 ·

志国　行了行了！我也不争那个……其实你给我爸比给我还强呢，省着我两头儿受气！

和平　我可告诉你：现在可是我事业的关键时刻，家里可别给我乱了营！缺多少钱就说话，我有！我花钱买个清静……

志国　你看你又提钱，我爸……都是你那钱闹的！

和平　明白了，我明白了！我没钱！没钱还不行吗？装穷谁不会呀？

〔翌日傍晚，傅家客厅。

〔傅老看报，和平上。

和平　（可怜兮兮）爸爸，您忙着吧，我走了……

傅老　你看你也没事先说一声，这晚饭还没做好嘛……

和平　唉，随便到街上买个煎饼吃就行了……爸爸，您有钱么？

傅老　你怎么倒朝我要上钱了？你现在不是每场二百都……"嗨置"了吗？

和平　唉，哪儿真有那事儿啊？就为了说出来让您高兴呗！演员得交税，团里得提成儿，交通费场租费再这么一交，剩下的让志国都拿走了，说给圆圆攒着上中学时候交赞助；今儿早晨赶上我妈也病了，又打针又吃药……您瞅瞅，我现在兜里就剩这点儿毛票儿了，买个煎饼都不准能够啊！

傅老　一个煎饼也吃不饱嘛！你再多拿上些，再去买碗馄饨喝……（掏钱欲给）

和平　（伸手要接）谢谢爸爸……

傅老　（又缩回去）唉，现在这年轻人，有了钱就胡花，没了钱就干着急！该省则省该花则花——这个道理我跟你们说了多少次了？就像今天，你要是提前说一声让小张早点儿把饭做好，这个煎饼钱也可以省了嘛！现在煎饼也很贵，一个就是一块多钱两块钱，再加上馄饨，一顿饭就是三四块——还吃不上什么！以后像这种钱，能省就省，积少成多！十块钱，不算什么，一出手就没了，可要是十块十块地攒起来，还是有大用处的嘛！今天你管我要十块，明天志新管我要十块，后天小凡又管我要十块——这么要下去我怎么受得了啊？你们年纪都不小了，应该自立了，总靠在我们这老一辈人身上，什么时候到个头啊？（几次伸手递钱，又缩回手）可以给你这十块钱，但是我的话，你要听……

和平　（数次伸手没拿到钱，忍无可忍）我不听！您这钱您留着——我倒找您一百！（将钱拍在茶几上）行了么？（下）

【上集完】

第36集 潇洒走一回（下）

编　　剧：梁　左

客座明星：秦　焰　林　丛

〔日，傅家客厅。

〔傅老独坐，电话铃响。

傅老　（接电话）喂？和小姐？什么和小姐……哦，和平啊！她不在，出去了……我哪知道她上哪去了？我呀？我是谁你管不着！你是谁？……你不告诉我你是谁，我也不告诉你我是谁！你先告诉我你是谁，我再告诉你我是谁……你是她大哥？我是她爸爸！谁跟你开玩笑了……什么？她爸爸早死了？你爸爸才早死了呢！我是她爱人的爸爸——反正她得管我叫爸爸！你说吧，什么事儿……嗯，嗯，知道了。（挂电话，记录，自语）接电话，记电话，行，她还找个局级干部给她当秘书！（欲坐，电话铃响，接）喂？和小姐她不在，出去了……把你们处长的指示跟她传达一下？……让我给传达？我凭什么给你传达呀？……处长？哼！连局长都是老子当剩下的！（挂电话，记录，自语）岂有此理！她倒会享福，让我在这儿给她挡驾。（欲坐，电话铃响，接）喂，和小姐她出去了！……谁和小姐出去了？……哦，老郑啊！呵呵，开玩笑开玩笑——我能和小姐出去吗？怎么样？过来杀两盘？……哦，服啦？呵呵……唉呀，我现在过不去，家里这一摊子事儿！你看这退了退了倒比上班儿还忙……好好好，改日吧，再见！（挂电话，欲记录）老郑的电话我记它个鬼呀！

〔门铃响，小张开门。东北穴头闯上。

小张　爷爷，找大姐的！告诉他不在，还非要在这儿等……

穴头　（冲到傅老跟前，东北口音）老爷子，身体好哇？（用力握手套近乎）我是打东北来的，来找和小姐！我跟您说啊，这一趟我要是见不着和小姐，我回去就没法儿向父老乡亲交代！老爷子，抽烟！（递烟）

傅老　不抽，谢谢……你就说你来找她干什么吧？

穴头　上俺们那旮演两场！"杵头子"自个儿定，绝不还价！

傅老　哦，演出啊？这事儿你得通过她们组织上跟她谈……

穴头　别呀！这点儿小事儿还麻烦组织干啥呀？打听一下：您老是和小姐啥人哪？

傅老　我是她公公。

穴头　哎呀妈呀，老公公啊！我说看着咋长得这么像呢！一看您就是和小姐的"经纪银（人）"吧？

傅老　经纪银？

穴头　我跟您说：我们这趟"穴"绝对是个"火穴"——是"杵也尖窑也尖"，一日三餐"有安有搬"，飞机去软卧还，又玩水又游山，您老人家要是愿意去，一块儿把光沾！……

傅老　（不屑）我沾她的光干什么？

〔门铃响，小张开门。

傅老　我告诉你：她的事儿我做不了主，等她回来你自个儿跟她谈吧！小张，送客！

〔小张引一位"眼镜女"上。

傅老　唉呀，这叫你送客怎么又送进来一个呀？

小张　她在咱家门口就是不肯走，非要见大姐一面。

傅老　（问眼镜女）你什么事儿？

眼镜女　（口齿不清）俺要跟和平大姐学唱大鼓！

傅老　你看你这个样子！你这话都说不利落，还学唱大鼓哪？

眼镜女　就因为话说不清楚，我才学嘛！我总不能一棵树上吊死吧？老爷爷，您收下我，我给您交学费，要不我给您当老妈子抵学费——总行了吧？

小张　哎，你骂谁？！

眼镜女　没骂你，我说给你们家当老妈子……

小张　那不叫"老妈子"！那叫"家庭服务员"！

〔门铃响，小张开门。

眼镜女　那不是换汤不换药么？（向穴头）大哥，你说是不？

穴头　没错儿！你看就说现在这些词哈，什么"小蜜""小情儿""第三者"，啰里巴嗦的，搁早先多简单呀，俩字儿——"破鞋"！完了。

眼镜女　唉呀大哥！这么说你对语言还是真有研究啊！（凑近坐下）咱俩得探讨探讨……

穴头　探讨探讨？探讨探讨！我跟你说……

傅老　要探讨你们俩到外面儿去探讨！这是我的家！二位，请请请……

〔又几个人闯上。

小张　（抵挡不住，向傅老）他们说都是大姐的崇拜者！不见一面不肯走！

〔众人七嘴八舌乱作一团。

傅老　快去把和平叫起来！都什么时候了还睡不醒……

〔时接前场，傅家客厅。

· 430 ·

第36集 潇洒走一回（下）

〔众人列队等候。傅老闷坐抽烟。小张引衣着华丽、慵懒从容的和平上。

和平　爸呗！您老人家下午好啊？

傅老　下午？你看看都什么时候了？太阳都快落山了！

和平　我又不是农民，日出而作日落而息……

〔志国上。

和平　赶明儿我睡觉的时候请勿打扰，啊？

志国　和平，你怎么这样儿跟爸说话呀？

和平　爸，我不是冲您，我心里烦！晚上睡不好觉，白天又被吵醒……

傅老　你看看这一屋子人，我能不把你叫醒吗？你赶快该怎么着怎么着吧！哦对了，（把记录本递给和平）从早上到现在，电话记录——一共二十三个！

和平　（向众人）对不住了，各位，我这还有几个重要的电话得回。

志国　和平你看这么多人都等着，你……

和平　让他们等着吧，反正他们也没事儿。（向众人）你们是不是没事儿啊？

众人　没事儿……一点儿事儿没有……

傅老　不行！他们没事儿我有事儿！和平啊，你这个电话先不要回，你先把他们打发走，我看着眼晕！

和平　行，行。志国，上咱那屋把我那签过名的照片儿都拿过来，一人儿发他们一张。（向众人）回头你们把地址、电话、姓名都留下，咱通讯联络吧。

〔众人抢着上前，乱成一团。

小张　（高喊）呦吼！请各位跟我到楼下来填表，将来我们成立"和平大鼓迷协会"的时候，各位都将是第一批会员！机会难得，名额有限，报名从速……

〔小张下，众人蜂拥跟下。

傅老　唉，你看这一天一天的日子是怎么过呀……

和平　我也烦哪！我何尝不愿意过那种普通人、平常人、一般人的日子啊——就像您这样。

傅老　我是普通人平常人一般人吗？……也别说，我现在够一般的了。

和平　志国！给我把外头那东北穴头儿找回来。

志国　哎！（欲下）……这好不容易刚对付出去，怎么又往回请啊？

和平　我咽不下这口气！凭什么我一场撑死了给二百呀？那帮歌星动不动就成千上万的！我就不信！这回我跟他一块儿组场"穴"——我当次"穴头"！我就不信我挣不来钱！……你快去呀！

〔晚，傅家客厅。

〔全家人看电视。和平在打电话。

和平　（向电话）喂，咱昨儿下午不是刚"疃"完么？你也甭跟我谈"挡杵"的事儿，这"穴"就算咱俩一块组的，好不好？北京的"蔓儿"归我找，东北的"地"归你打，咱俩就二一添作五，是赔是赚咱俩共同承担了，好不好？……你说找谁我找谁——我都熟啊！阿敏阿玉阿英，阿东阿欢阿庆，"尖杵尖窑"还愁他们不来么？……哎，咱可得先说下啊：我得比他们多拿！哪怕多拿一块钱呢，我争这口气我……

傅老　和平你的电话打得快一点，都一个小时了……

和平　爸呗，我这是工作。（向电话）啊去！谁管你叫爸爸了？你占我便宜是不是？讨厌……得，那你拉单子吧！哎，（找笔）好嘞，（挑了几支，都不能用）嘿！（向圆圆）圆圆，圆圆！上你那屋给我拿杆笔去！咱家这笔没一个出水儿的！什么呀这是……

〔圆圆下。

和平　（向电话）喂！礼拜六是几号啊？礼拜……你等会儿！（向志新）志新，志新！上你那屋把你那光屁股大美人儿挂历拿来，我查查日子，啊？

〔志新下。

和平　（向电话）……我觉得坐火车可以呀，可以！火车……哦……（向小张）小张，小张！去给我拿趟火车时刻表儿来！

〔小张下。

和平　（向电话）我告诉你呀：阿欢绝对在北京，我一个电话准……嗐，你这……好吧好吧！（向志国）志国，志国！上咱那屋把我那通讯录拿来，在咱那屋桌儿上！

〔志国下。

和平　（向电话）……我绝对一个电话，阿欢准到！那我们都……对，对……

傅老　（见众人都被和平支使离开，赌气上前）您看看我再给您干点儿什么？

和平　（随口而出）倒杯水！一点眼力价儿都没……（抬眼见是傅老）爸爸……

〔傅老扭头向里屋下。

和平　爸爸您歇着……（向电话）啊去！谁让你歇着了？你再占我便宜我跟你没完啊！讨厌……

〔夜，志国和平卧室。

〔志国帮和平收拾行李。

和平　……衣服给我多带几件儿，到时候省得没的换！反正我往返都有车送，有人帮着提，带少了麻烦，我到时候到那儿也没工夫洗衣裳。西洋参，西洋参！回头给我放上头，万一路上要吃呢……洗漱用具就甭带了，反正我们都是住宾馆……哎哎——别折，别折！平放！演出服平放……回头从那相册里头找一张你跟圆圆的照片我得带着……（心虚忐忑）头一回出去"跑码头"，那些歌星又都不肯捧场，万一……你们保佑我吧！

志国　和平，你还是考虑一下吧？这次你不光走穴，而且还当穴头，又没有一个"大蔓儿"，你自己挑大梁，万一要演砸了，可怎么办哪！（挨和平

　　　　坐下）唉，风萧萧兮易水寒，壮士一去兮不复还哪！

和平　怀疑？动摇？红旗到底能打多久？（哭腔）我也怀疑……（又打起精神）哎？谁说没大蔓儿啊？我不就是大蔓儿吗？！赶紧给我拿相册去，我这忙着好几个电话得打呢！我是大蔓儿我怕谁呀我？

　　〔外景：深夜，单元楼外一片漆黑。摩托车声响起。画外音："202贾志国电报！"傅家灯亮。

　　〔时接前场，傅家客厅。
　　〔一片漆黑，志国开灯。傅老手拿电报。二人身穿睡衣。
傅老　（读电报）"不惜任何代价速寄一万元，和平。"——这到底是怎么回事？
志国　具体情况我也不清楚，和平肯定是遇上大麻烦了！
　　〔志新着睡衣自里屋上，看电报。
傅老　大麻烦？冉冉旭日，朗朗乾坤，有政府有警察嘛，她能遇到什么大麻烦哪？
志新　嫂子不是走穴去了么？顶多不挣钱，怎么还往里赔呀？
志国　这次不光是走穴，她还当"穴头"——就是组织演出。
　　〔小张着睡衣上。
志国　比方说吧，每场票房收入是两万，场租交五千，演员分一万，那剩下五千就是穴头的。
志新　行啊！那嫂子不就更发了么？
志国　你是光看贼吃肉，没看贼挨打！哪儿那么容易那么多票都卖出去了？万一，一张票卖不出去呢？那穴头就得倒赔一万五！
志新　既然这样，嫂子光演出不就完了？旱涝保收，组的哪门子穴呀？
志国　她不是不甘心嘛！老觉着每场演出人家给她的少，想多要又没人给，干脆自己组穴，自己给自己开高价儿——可问题是谁肯花二十块钱买张票听她唱大鼓啊？这不有病么！

傅老　既然你知道得这么清楚，当初就不应该让她去嘛！

志国　我拦得住么？只能让事实教育她了……

志新　这回事实倒教育她了，一万块钱没了！这怎么算呀？

志国　这一万块钱还是便宜的呢，我估计这仅仅是欠人家的场租钱，不交足这一万块钱根本甭想回来……至于欠演员多少钱，回来以后怎么还……那还难说呢！

傅老　这个……能不能向有关的领导反映一下呀？

志国　爸！什么叫走穴呀？本来就是背着领导的事儿，只能自负盈亏——哦，你赔钱了知道找领导反映了？你赚钱怎么不找领导反映啊？

傅老　当初我就说嘛……

志新　哎哎哎……您就别"当初说"了！当初和平头一回挣回那一百块钱，您瞧您那叫一个兴奋！哎哟，她那是正道儿吧，我那是邪门儿啊，还什么让我（夸张模仿傅老）"对照检查找差距"！这回差距找着了吧？就说我不挣钱可我没往外赔呀！

志国　志新，你那风凉话儿少说点儿吧——和平挣的钱你也没少花！现在的问题是：先把人弄回来是真的！和平平常挣的钱加上我们俩人儿的存款，大概能凑个七八千吧，剩下的两三千，就只有向你们各位暂借了……

志新　什么借不借的？这不救人要紧嘛！爸，您说呢？

小张　我每月挣一百二十元钱，这一次我拿出一百元！剩下二十作零花……

志新　小张，嫂子平时对你可不薄啊，这都生死关头还留什么零花儿啊？大哥！（掏兜）兜里的钱全拿走！一分我不剩！（数）这是二十一块……三毛……八……

傅老　算了算了算了！有整有零的还好意思往外拿？暂借暂借，向谁暂借呀？

　　　　小张一个保姆，志新一个穷鬼！还不是想着向我借呀？……（起身）我回屋去给你拿存折——差多差少，你自己看着取吧！（下）

〔晚，傅家客厅。
〔全家人在座。和平向全家诉说遭遇。

和平　……其实，观众对像我这样的大蔓儿能够亲自来为他们演出，还是非常地……欢欣鼓舞的！男女老少，奔走相告，虽不说万人空巷……

志国　（打断）都什么时候了你还吹哪！那一万块钱怎么赔进去的？

和平　主要是因为宣传不够，加上票价太高——十块钱一张——所以上座率不太理想……

志国　有几成观众啊？

和平　那就不好算了……反正是一千多人的场子，第一场卖出去四张票……

志国　才四……

和平　你可别小看这四张票！这就是革命的火种——星星之火可以燎原哪！说明我的大鼓在当地是有观众的！第二场，就加强了宣传，调整了票价，上座率呼悠一下子增加了二十二倍！

傅老　这也很可观嘛……

志国　那还不到一百来人儿呢，上座率不够一成儿！

和平　加上票价又偏低——两毛钱一张票——所以使得我们……

志国　才两毛钱啊？你这不是赔本赚吆喝吗！

和平　所以第三场我们果断地——取消了演出！把损失压到了最低限度！

志新　（嘲笑地）就赔了一万多块钱！

和平　也没都赔！我这儿还有五六块钱儿呢……

志国　和平！你到现在还没有点儿自我批评精神？你知道一万块钱全家怎么给你凑上的？这里有爸爸的存款，有志新的钱，有圆圆的零花，还有小张的工资！为了节约，咱们家这几天连一顿肉都没敢吃！

志新　唉呀，给我们饿得哎……真是辛辛苦苦三十年，一夜就回到了解放前！

傅老　这些都没有什么，你能平安回来就好。

志新　是，嫂子你说得也挺累的了，回屋歇着吧！

小张　大姐，别想不开，我的钱就不用还了！

圆圆　我的钱当然也不用还了，只是……妈妈你以后别出去给我惹事儿了！

和平　你怎么……（欲发作，转而百感交集）哎！妈妈以后再也不出去惹事儿了！我算明白了：我算什么大蔓儿啊？完全是"癞蛤蟆上公路——冒充中吉普"！像我这种人，吃亏就吃亏在不老实。在这个世界上要想办成几件事儿，没有老老实实的态度那是绝对不成！以后我一定在台上认认真真演戏，在台底下老老实实做人……（电话响，接）喂？我是和平……嘻，"水穴""马前翘""念瞳"吧……啊？（兴奋）"官穴私穴"？绝对"火"就成啊！我告诉你，这穴头咱俩当了，好不好？北京的蔓儿归我找，东北的地归你打，咱俩二一添作五……我都熟啊——阿敏阿玉阿英，阿东阿欢阿庆，绝对……哎，咱这样儿行不行？我现在马上找你去，咱俩好面谈，好不好？我马上到啊，你等着啊！（挂电话，向众人摆手，飞奔而下）

〔众人面面相觑。志国气愤。

傅老　（感叹）还是毛主席说得好啊：机会主义头子——改也难！

【本集完】

第37集　死去活来（上）

编　　剧：梁　左

客座明星：蔡　明

〔日，傅家客厅。

〔和平手捧一本厚厚的医书边看边琢磨。志国暗上，走近和平。

志国　怎么样？

和平　（吓一跳）啊！

志国　今天好点儿了吧？

和平　（虚弱地）浑身没劲儿，胸口堵得慌——你说我得的是不是这胸膜炎哪？

志国　（安慰）你别疑神疑鬼的啊！上医院查好几回了，没什么大毛病，头疼脑热的，歇两天就好。

和平　（不快）你说什么哪？那我这右半拉身子怎么直发麻呀？我告诉你：解这胳膊根儿一直麻到胸口！你说是不是有点儿像中风的先兆哇？我们家可有这遗传病史——我爸爸当初就是脑溢血死的！你瞅这医书上说啊……

志国　行了行了！你别看那医书了啊，越看毛病越多！

和平　你总得相信科学吧？对了，今儿中午我肚子还有点儿疼，这好像有点儿腹膜结核的症状嘿……（翻书）

第 37 集　死去活来（上）

志国　你老这么疑神疑鬼的，我跟你说——你，你到更年期了你！

和平　你才更年期呢！你对我一点儿也不关心！（委屈）你是不是就巴不得我早死啊你……

圆圆　（画外音）妈！妈！（跑上）我要养狗，扣子家养了只狗！

和平　去去去！人都养不活还养狗呢？

圆圆　我就养！扣子家怎么就养了？

和平　你这孩子怎么那么不懂事儿啊？你妈都要死了……

圆圆　谁要死了？这不活得好好的吗？

和平　志国你管管这孩子成不成啊？你让我少费点儿心成不成啊？这孩子！

志国　圆圆！城市不让养狗嘛，到时候传染上狂犬病是要死人的！知道什么叫狂犬病吗？就是被狗咬了以后啊……当然了，也不一定马上就发病，是有一段儿潜伏期的，最长能潜伏十八年——你妈插队那会儿就让狗咬过，她能活到现在那算她命大！

和平　（恐惧地）当年咬我那狗是疯狗哇？

志国　（为了吓唬圆圆）估计得是吧！要不能随便咬人吗？（向圆圆）狂犬病的死亡率几乎是百分之百。先是怕光，然后是怕声，最后就怕水，所以又叫"恐水症"……

和平　（大叫起来）我知道啦！我得的就是这狂犬症！潜伏期马上就要到了！

志国　你这不是听风就是雨么……

和平　没错儿！正好潜伏十八年——今儿几号啊？

圆圆　九月十六号。

和平　九一八……对！那年就是"九一八"纪念日，我去公社开会的路上让疯狗咬的！九月十六，九月十八——（声音颤抖）我就能活两天了？

志国　和平啊，你这不是自己吓唬自己吗……

和平　你甭安慰我！我自己的身体我自个儿知道！怨不得大夫查不出来呢，我

· 439 ·

　　　　　知道啦——得亏你今儿提醒了我了！

志国　你瞧我多这句嘴！圆圆，这都怪你！没事儿好好的养什么狗哇你！……

圆圆　那怎么能怪我呀？噢，我那狗还没养呢就咬着我妈啦？（下）

和平　你别委屈孩子成不成啊？（悲伤）我死了以后你对圆圆好点儿，我也就放心了。

志国　这不没影儿的事儿么！（递过一杯水）和平啊，你冷静冷静，喝点儿水……

和平　（见水跳起）啊！我恐水症……（扔下书，向里屋逃下）

　　〔日，傅家客厅。
　　〔傅老、志国在座。

傅老　……和平这一段儿身体不好是事实，可总不至于一下子就要死要活吧？我看主要的毛病还是出在这里（指脑袋）。今天上医院医生怎么说的？

志国　从检查结果上看，也就是血压低点儿、心跳快点儿，没什么大毛病。

傅老　那个什么狂犬病应该排除了吧？

志国　完全可以排除了！医生说要能够潜伏十八年那简直是世界之最，一万个患者里边也找不出一个来。

傅老　要是这样的话，和平总该把心给放下来啦。

　　〔志新上。

志国　可她还是不相信啊，她非说我和大夫串通好了一起安慰她，还说她最多也活不过明天晚上啦！

志新　嫂子这几天闹腾什么呢这是？待会儿我抽空跟她谈谈！

傅老　还是群策群力嘛，我们大家一起跟她谈！志国啊，让和平过来坐坐，她都躺一天啦……

　　〔小张自饭厅上。

小张　我要做饭喽……问问大姐想吃啥子？我给她单做。

· 440 ·

第37集 死去活来（上）

〔志国摆手，下。

志新　别别！免了……听说过这句话吗——凡是病人没救了，大夫总爱说这句："他想吃点儿什么，就给做点儿什么。"你这不是咒人家吗？

〔小张下。圆圆放学上，见志国搀扶和平从里屋上。和平头裹毛巾手拄拐杖，病病歪歪。

圆圆　妈！您好点儿了吗？

和平　（有气无力）妈要不是舍不得你呀，妈也熬不到明儿个呀……

圆圆　说什么呢？真不吉利！（下）

傅老　和平啊，你这个情绪可是不对头啊！这样下去怎么能行啊？唯物主义者嘛，生不带来死不带去！无数革命的先烈，在我们前头英勇地牺牲了，让我们这些活着的人想起他们，心里就觉得难过……

和平　您也甭难过了！我这就找他们去……您有什么话儿我保证给您带到了。

志国　（强笑）这都哪儿跟哪儿啊！和平离牺牲啊还早着哪，起码还能为党工作四十年！

志新　不止……

志国　是不是和平？

和平　四十年？我四十个钟头都熬不过来了！过来，我把我后事儿料理料理……

傅老　这就越说越不像话了嘛！这就叫作疑心生暗鬼……你看我这么大岁数都没有想到后事的问题，你还年纪轻轻的，哪就轮到你了？真是……

和平　爸呗，我不是非得要走到您前头，我这也是身不由己……（倒在沙发，众人忙上前）……哎哟！这谁掉一毛钱哪？（捡起装兜里）

〔小凡上。

志国　和平，你说你这何苦来的呢？好端端的搅得一家子都不得安生，你这也太过分了吧？

和平　过分？我过分？我怎么过分了我？啊？反正我也快断气儿了，我……我干脆把心里话都说出来吧！我也不怕得罪谁了……贾志国，你拍着心口说：自打我进你们贾家门儿，十来多年了，我干过一件对不起你们贾家的事儿没有？

志国　这，这倒没有吧……

和平　没有"吧"？当然没有啦！我替你们家养老的生小的，缝新的补旧的，熬稀的煮干的呀——我容易吗我？！

志国　那是那是，要不然街道怎么给你评上"五好儿媳"了呢？是吧……

和平　可你们家有一个算一个——连圆圆都算上——有一个真正看得起我的没有？嫌我们娘家穷，没文化，小市民，就跟我们图你们家什么似的——是不是？

志国　谁也没这么说你呀……

和平　可你们谁没这么想啊？我挨你们家这地位，也就是个使唤丫头兼老妈子——我还混得不如小张呢！小张好歹每个月还挣工资，我一分不挣还往里倒贴呀！

志国　你看你这是怎么说话呢？咱不是两口子嘛……

和平　什么两口子呀！我顶多也就是个通房大丫头！白天里里外外忙活了一天，（委屈）晚上我还得陪主人睡觉！我这一肚子委屈我朝谁说呀……

志国　你……当着孩子呢啊！你胡说什么呀！（拉圆圆向饭厅下）

傅老　和平啊，我说两句好不好？我知道你一直对我都是很尊敬的，我的话你一定会听……

和平　爸呗，我反正也就这一两天了，有些话我也就不背着您啦——您坐下！我挨您家十来多年了，说句心里话：我从来就没有尊敬过您，充其量我也就是哄着您玩儿……

傅老　（惊怒）什么？这个……（佯笑）这孩子一定是发烧了，满嘴的胡话啊，呵呵……

志国　你看你，你又来了！

和平　志国，你刚四十出头，以后怎么也得往前走——可这后妈要找不好哇，圆圆将来就成了"小白菜"喽！在我咽气之前就把这事儿办喽，我也就闭眼啦……

志国　把哪事儿办了？办什么事儿啊？

和平　你就甭不好意思啦！今儿早上起来燕红来了，我瞅这孩子条件不错！知根知底儿的，最难得的呢，打小儿就喜欢圆圆……我想你干脆把她娶过来，反正不是外人！

志国　我把她娶过来？一人儿娶俩？……那不犯法吗？

和平　谁让你娶俩呀？那时候就没我啦！你说句老实话：你想过燕红没有？

志国　她是志新的同学！我比她大十二岁三个月零八天呢……

和平　瞅瞅，还是想过吧？燕红说啦，她和志新那叫彻底没戏！她就想找一个忠厚老实的，踏踏实实跟她一块儿过日子的——我瞅你这条件正合适！

志国　（陷入遐想，突然醒悟）……我明白啦！闹了半天你装病完全是为了考验我呀？这你一百个放心，我对你那是百分之一百一！……

〔燕红暗上。

志国　什么燕红燕绿的？让她见鬼去吧！

燕红　哟，大哥，我可没招你！你让我见谁去呀？

志国　（慌）燕红来啦……（向和平）那什么，咱们，咱们回家吧……

和平　行啦行啦，就甭藏着掖着的啦，燕红妹妹是我今儿请来的！你们俩当面锣对面鼓地把这事儿定下来，等办完我的丧事，你们赶紧办喜事儿，也算对圆圆有个交代。

志国　这都什么事儿啊！你……

和平　你不为自己你也得为圆圆……你非让我死了闭不上眼哪？（向燕红）燕红妹妹，赶紧坐这儿。大姐今儿上午跟你说的话，你都想了没有啊？

燕红　嫂子你别老瞎想了！你好好养病是真的，啊。

和平　病有养好的，也有养不好的……万一呢？万一大姐要有个三长两短的，你答应不答应啊？

燕红　答应什么呀？

和平　那事儿——（凑近，低声）做圆圆的妈。

燕红　嘻！你瞅你……到时候我们会照顾圆圆的！

和平　那总得有个名分哪！你瞅不上你大哥，对不对？

燕红　没有没有！我……（难为情）嫂子您不带这样儿的，人……人家都不好意思了！

志国　哎哎，燕红你该干嘛干嘛去啊！你嫂子这儿因为生病，她是说胡话！你别理她……

和平　行！就算我说胡话，你们先答应我成不成啊？万一我一高兴，心一宽，我病好了；我要是不好呢，也就闭上眼了！（越说越激动）你们答应我就怎么了？我一个快死的人了，求你们这么点事儿，你们就答应我了就怎么了？……

燕红　嫂子！嫂子！别着急别着急！那……那成，我答应你！（向志国）你甭往歪了想啊——我这哄嫂子玩儿呢！

和平　（向志国）人家燕红都答应了，你怎么不答应啊？人家燕红哪点儿比不上你啊？

志国　我不是那意思，我……那成，我也答应你了！（向燕红）我这也哄她玩儿呢啊！

和平　都答应啦？

志国／燕红　（对视）嗯！（扭头）

和平　心里早乐不得儿了吧？

446

第37集 死去活来（上）

〔当天深夜，傅家客厅。

〔接近零点，和平衣着齐整端坐等死。全家人在其背后侍立。

志国　……得啦和平！折腾一天了，早点儿休息，让大家也都睡吧……

和平　（一声尖叫）不！你们都送送我，我一会儿就走——现在几点了？

志国　十一点五十。

和平　也就十来多分钟啦——我知道我熬不过十二点去。圆圆，来，妈死了以后哇……

圆圆　哎哟妈！你怎么整天喊死喊活？烦死我了！（下）

傅老　就是嘛！好好的一个大活人，自己说死就死了？这也不合乎科学嘛！（笑）

和平　爸呗，我以后孝敬不了您啦！我给您织的毛衣还差一领口，您找别人帮着织吧……志新！来，往后你多照顾照顾家，啊？

志新　哎！……嫂子，您这不活得好好的吗？怎么能说过去就过去，不带含糊的呀？

和平　小凡，来，我第一放心不下圆圆，第二就放心不下你——虽说你是妹妹，可跟我闺女差不多。往后你要好自为之，啊？

小凡　说得跟真事儿似的……

和平　志国，来，圆圆我就交给你了！记住喽，给我办完丧事儿赶紧办喜事儿，越快越好，免得夜长梦多！平时我老不让你看的那个小匣子里有我多年来积攒下的私房钱，零零碎碎加一块儿有个三四千块，留着办喜事吧……

志国　这都哪儿的事儿啊？

和平　瞅瞅到点没有？差不多了吧？我就要上那边儿报到去啦……

志新　这种事儿，怎么还有时有点的啊？

和平　（起身）我心里有数……（回头看表，大叫）永别了同志们！（直挺挺跌倒在沙发上）

· 447 ·

〔众人哄笑。

志国　开什么玩笑！睡觉，睡觉去……（拉和平的手，发觉没有脉搏，大惊）哎？！爸！真死……过去了！

志新　不可能！这演员她有时候……（试探鼻息，吓坏）啊！真嗝儿屁啦！

傅老　（上前）我看看，我看看……（翻看和平的瞳孔，也被吓到）啊……的确是去世了！

小凡　（大喊）圆圆！圆圆！你妈真死了！圆圆……

圆圆　（自里屋冲上，大叫）啊！妈！妈！（扑到和平身上）妈！

【上集完】

第38集　死去活来（下）

编　　剧：梁　左

客座明星：蔡　明　英　壮　李成儒　张世瑞

〔翌日上午，傅家客厅。

〔客厅已临时改为和平的灵堂。和平停灵在右侧行军床上，身盖雪白的床单。

〔圆圆伏在和平身边痛哭。志国、小凡掩面哭泣。志新低头抽烟。傅老自里屋上。众人皆臂缠黑纱。

傅老　（指挥若定）和平的母亲怎么还没有到啊？

志国　（泣不成声）打过电话了，老太太一听这消息立马就……晕菜了……现在正在医院抢救呢……

傅老　看这事儿搞的……和平单位通知了没有啊？

志国　也通知了……他们说马上就来人……

傅老　死亡证开出来没有？

志新　哦，跟派出所那小许说了。他说死亡证跟销户口都由他去办，就是还要一张医院证明。

傅老　医院方面是谁负责的？

小凡　（泣不成声）我今天一早就去了……按照嫂子的遗嘱，遗体先供医院解剖，

・449・

　　　　查明病因，然后……火化……他们也一会儿就到……

傅老　还有治丧委员会的名单、追悼会的日期……

志国　爸，您从昨天晚上忙到现在，就睡了两个多钟头，您还是歇会儿去吧您？

傅老　我不困。和平是个好同志啊……白发人送黑发人哪……（一路打着哈欠下）

燕红　（画外音）嫂子——（奔上，扑到和平身边，哭）嫂子啊……你怎么这么狠心就走啦……你扔下圆圆和大哥可怎么过哟……

志国　（扶起燕红）燕红啊……燕红……

燕红　（抽泣）大哥！大哥大哥……（扑到志国身上）大哥，嫂子临走的时候嘱咐我……照顾你和圆圆，任重而……道远……我既然答应了她，就一定要做到……先把她的事儿忙完了……赶快忙咱俩的事儿……我也好早点儿过来呀……

志国　燕红妹妹，成，那……那就这么着吧……

〔两人抱头痛哭。

圆圆　（突然）哎！我妈动了一下儿！动了一下！

〔众人大惊。

燕红　（上前试和平鼻息，哭喊）哎哟！嫂子……你怎么就活不过来了呀……那什么，你在天有灵把我也带了去吧……

〔和平的手缓缓伸出，抚摸燕红脑袋。

燕红　（大惊）啊！我先不去啦！……（晕倒在沙发上）

众人　（急忙冲上前）和平！……嘿，嫂子！……

〔和平在众人的呼唤中迷迷糊糊地坐起。小张自饭厅冲上。

和平　我这是挨哪儿啊？你们挨这儿干嘛呢？

志国　你还不知道啊？你昨儿晚上死过去啦！我们这儿正……正给你料理后事呢！

和平　我真死过去啦？我就觉着我睡了一觉……（打哈欠）你们早上吃什么呀？我饿着呢！

志国　刚活过来就饿啦？

〔傅老闻声上。

志国　小张，快快……给你嫂子熬点儿粥去！

〔小张应声向饭厅下，小凡跟下。

傅老　和平啊，又活过来啦？活了就好嘛！

和平　爸！把你们都吓着了吧？

志新　我们倒没什么，就是怕把您给吓着……

燕红　（苏醒）嫂子，你活了……那我可怎么办哪！（哭着跑下）

志国　燕红妹妹，燕红妹妹……（追下）

和平　嘿，我死了她哭，我活了她怎么还哭啊？

圆圆　这回燕红阿姨她当不成后妈了呀！……

〔志国返回。

圆圆　……刚才她还跟爸爸说要快点儿办事儿呢！两人抱在一块儿可亲热啦！

志国　（惊）圆圆你怎么给我扎针儿啊！

志新　那是，没错儿！

和平　啊？我这儿尸骨未寒，你就等不及了呀你？！

志国　不是，你让我们俩……嘻，算了！我看粥熟了没有，我给你端过来吧……（向饭厅下）

和平　得了吧，我还是自个儿去吧。

〔和平麻利地下地，一溜小跑奔向饭厅。圆圆跟下。

志新　怎么说起来就起来啦？知道的是您活过来了，不知道的以为这儿诈尸呢！

〔时接前场，傅家饭厅。

〔和平狼吞虎咽吃早点，志国陪伴在侧。

志国　……哎哟，真是虚惊一场啊！

和平　（满嘴食物，含糊不清地）嗯……志新和爸他们呢？怎么还不来吃早饭啊？

志国　睡觉去啦！昨天晚上一直忙活到现在，就给你忙后事儿来着！我陪你待会儿啊，我也得躺会儿去我……（哈欠打了一半）不行！我还不能睡去，我还得给你料理后事……

和平　我都活过来了，还料理什么后事啊？

志国　你活过来比你死的后事还多——我得赶紧着打电话呀！什么医院、街道、派出所，还有你们单位……

小张　（上）大哥，有人给咱家送花圈来喽！

志国　你看看！事儿来了吧？（欲下）

和平　没事儿没事儿，我跟他们解释解释……

志国　哎哟别价，你再吓着人家！……不行，你赶紧还是回那儿躺着去吧！

〔时接前场，傅家客厅。

〔志国拉和平到客厅。和平单位工会主席老赵持花圈上。志国连忙用身体挡住和平。

〔老赵神色庄严地直奔灵桌而去，献过花圈，向遗像三鞠躬后，回头见志国，上前握手。和平在身后几番想溜向灵床未遂。

老赵　您是贾志国同志吧？我是和平她们单位的工会主席老赵……

志国　您好，老赵同志！

老赵　事情来得太突然了！大家都没什么思想准备，您务必节哀顺变！

志国　老赵同志，您听我跟您说，这事儿……

第38集 死去活来（下）

老赵　（打断）老贾！有什么事情尽管提，组织上一定给考虑！（哽咽地）和平同志是个好同志啊！我们团里同志听说她去世了，心里都非常难过……（语气一转）这不——团长和书记让我先来一下，他们一会儿就来！另外呢，根据和平同志生前的艺术成就，团里刚刚决定授予她"优秀艺术家"和国家二级演员职称！

志国　老赵同志，这就不必了吧？……

老赵　不不，和平同志艺术成就早就达到这样的水准了，只恨我们给她这荣誉太晚了！（回头看见和平）对吧，和平？

和平　对对对……

老赵　（惊）不对呀！你怎么又活过来了？！

志国　老赵同志，您听我跟您解释……

〔志新自里屋上。

老赵　你们这不是胡闹么？这是跟组织开什么玩笑啊？和平，你要是对评定职称有意见，你可以提意见哪！你可以跟上级反映啊！你这么闹……闻所未闻么这不是？简直……（转身欲下）

志国　你看这事儿闹的……

〔老赵转身回来，抄起他送来的花圈。

老赵　不行！我告诉你，和平，现在我去退花圈！这花圈要退不了，钱得你出！

〔老赵下。和平追下。

志新　我跟您说，退不了您拿回来——等我嫂子真死了，省得再买啦！

和平　（返回）赶紧的，志新你赶紧帮我拦拦他去！往后我在单位还怎么见人哪！真急死我了……

〔志新欲下，迎面见片儿警小许上。

志新　许师傅……

小许　志新啊，医院证明呢？死亡证我已经给你开出来了，户口也帮你销了，

· 453 ·

省你跑一趟了！

志新　您怎么这么积极呀……

小许　为群众服务嘛！（环顾四周）哦，都在啊？你们要节哀顺变啊！（与志国握手）志国同志，注意身体啊。（回身向和平）大姐啊，你也得想开点儿，您一着急病倒了，这后事……（抬头看见遗像）哎？那死的不是你吗？

志新　（胡乱解释）它是这么回事儿：她确实是死了，后来这屋人多，沾点儿热乎气儿，她又缓过来啦。

小许　啊？没听说过！沾点儿热气儿又缓过来了？那火葬场的大炉子不比你们家里热？怎么一个也没缓过来呀？贾志新！你拿我开涮？

志新　不是！我哪敢拿您开涮？她确实是活过来啦……这么着，死亡证我留下，那个户口麻烦您再给上上……

小许　一会儿上上，一会儿销了？拿我们派出所跟你这儿玩儿过家家儿哪？那是国家的户籍管理部门！昨儿死了，今儿又缓过来了？你跟我这么说行了，那我跟领导能这么说吗？

志新　那您受累，受累……

小许　好吧，你们先写个材料，先申报个临时户口吧！这理由嘛——说"婴儿出生"？……

众人　啊？

小许　不合适哈？就算"外地民工进京"吧！（自语）没听说过！刚死又活了……

〔小许下。两个担架工上。

工人　谁刚死又活了？谁呀？

和平　是我。

工人　就这位大姐刚死又活了？

〔医生上。

第38集　死去活来（下）

工人　快躺下，快躺下，躺下再商量！说一千道一万，咱得听大夫的——（向医生）大夫您看这个……是抬还是不抬？

医生　抬什么呀抬还！（向和平）我跟您说呀，像您这种假死的情况在医学上也是常见的，但是，您现在又活过来了，还得抬出去进行人体解剖……

和平　啊！别……别价……

医生　当然呢，也不太合适。

和平　不合适，不合适……

医生　可是您也得替我们着想啊！现在，这尸体来源特别困难！今儿早晨，听说您要到我们那儿来，同志们是奔走相告啊！我们下属那医学院还临时调了课——仨班的学生啊，都集中到一块堆儿，准备今天改上人体解剖课了——现在这拨儿人还等在解剖室里盼着您哪！您这么一来，您让我怎么跟大伙儿解释？……

和平　大夫，怨我，我对不起您，对不起同学们。我也不是成心要活过来的……

医生　您听我说啊——现在既然事情已经这样了，我们也就不再追究责任了……下回注意啊！

志新　怎么说话哪？什么叫"下回"？您还盼着下回呀？

和平　（拦）志新！志新！（向医生）大夫，我一定听您的话，下回注意！下回我要死就死，来干脆的，绝不让您跑二回！

医生　这呀，还差不多。走吧小张儿！

〔三人下。

〔晚，傅家饭厅。

〔全家人吃晚饭。和平无精打采上。

志国　和平回来啦！怎么样？单位怎么样？

和平　我没脸见人了！

志国　怎么啦？

和平　甭管谁，见着我跟我打招呼都说："哟，你没死啊？"

小凡　这话听着够别扭的！（下）

傅老　不光她别扭，现在连我出门儿都别扭！身后面老跟着一帮人指指点点的，说："他们家的事儿都新鲜——人刚死完，又活了！"（下）

圆圆　我在学校也别扭啊！今天我们班老师还问我："说真的，你妈到底死没死？"（下）

志新　那我呢？现在外边可盛传咱家有"起死回生丹"！我们那帮哥们儿都憋着找我要呢！（下）

和平　……志国，你还好吧？

志国　我好什么好啊我？我比你们的麻烦事儿都多！（下）

〔晚，楼下小花园。

〔燕红坐在石桌旁发呆叹气。志国上。

志国　燕红妹妹，我来了……

燕红　（欣喜，起身）志国哥哥……

〔两人紧张扭捏，背靠背，双手悄悄握在一起。

志国　（猛然醒悟，丢开燕红的手）别别别……燕红妹妹，你嫂子她已然活过来了，咱俩这事儿……那就算没有了啊！

燕红　不带这样儿的！你们这不是耍着我玩儿呢吗？本来人家纯情少女根本就没有这方面的心思，都是嫂子逼的我！好不容易对你产生感情了，谁知道她又活了……

志国　是啊是啊，要不……要不等下回吧啊？

燕红　哪儿还有下回呀？再说，凭什么就该我等啊？是嫂子她不守信用，要等也该她等！让她等第二拨儿吧！

志国　那我跟你嫂子……毕竟是合法夫妻呀！

燕红　什么合法夫妻呀？（凑近，志国步步后退）她户口也销了，死亡证明都开了，你们的婚姻关系早就自动解除了！你就是想跟她结婚也得重新办理结婚手续——你还不如跟我先办了呢！

志国　（推开燕红）不不……不行……（按住燕红双手）燕红妹妹，这次实在是我们做得不对，你就原谅我们这回吧，行吧？

燕红　那不行！凭什么就该我受委屈呀！再说了，志国哥哥，你看——我哪点儿不如嫂子？

志国　要说实话吧，你各方面的条件都比你嫂子强……

燕红　嗯？

志国　（连忙）我的意思是说啊：你将来肯定能找一个特别好的！

燕红　嗯……（摇头）

志国　那我……我干脆抽自己俩嘴巴成不成？（举手，被燕红抓住）

燕红　不成——我还心疼呢！

志国　哎哟，我的妈哎……（逃下）

〔日，傅家客厅。

〔傅老、志新、小凡在座。和平质问志国。

和平　……当着全家的面儿，你把话说清楚！甭以为谁是傻子，我活过来的这两天，你跟燕红那儿勾勾搭搭，以为我不知道？哼！

志国　这怎么能叫勾搭呢？我得做一些……做点儿解释工作吧？

和平　解释什么呀解释？让她该干嘛干嘛去！

志国　你话可不能这么说！当初也是你先提出来的，那你现在……你这不是出尔反尔吗？

和平　嘿！你让我怎么着啊？我不该活过来？我活过来再一头撞死？

志国　（嘟囔）这可是你自己说的，我可没说啊……

和平　哎！（向傅老）爸爸爸！您瞅志国呀，这两天他还跟燕红那儿拉拉扯扯的——您说说他！

傅老　（酸溜溜地）我说他？我说他能管用吗？谁听我的呀？谁尊敬我呀？谁拿我当回事啊？"辛亥革命"我也没有赶上，"五四运动"我也没参加，我现在还不就跟那个家庭妇女差不多嘛？

和平　爸爸爸！您看我那是生病呢，我说的胡话，您就……

傅老　（尖锐地）那不是胡话！那是真话、实话、心里的话！（气呼呼下）

和平　志国，志国！你赶紧帮我跟爸解释解释去，快着……

志国　我现在可没时间——我跟燕红约好了陪她买衣服去。

和平　啊？什么……你们都急着办嫁妆了？

志国　那倒没有。可她让我陪她逛逛商店散散心，我也不好推辞啊！本来在感情方面让人家受了损失，在别的方面就得尽力补偿人家——我这算跟您告假了啊！（下）

和平　志新，你看看你哥……

志新　别让我看呀！这家里哪有我说话的份儿啊？我呀，我还得回屋补袜子去呢！（下）

和平　我给你补……小凡，你听听……

小凡　甭让我听！像我这么不知天高地厚的，我听什么呀我？（下）

和平　嘿！我还活个什么大劲儿啊我……

〔晚，楼下小花园。

〔和平坐石桌旁发呆。志国拿和平外套跑上。

志国　和平，这深更半夜你不睡觉，你跑这儿来干嘛呀你？（为和平披上外套）

和平　（悲伤地）心里头乱，出来坐坐……

458

第 38 集 死去活来（下）

志国　赶紧回去吧，回头再着了凉！（拉和平）

和平　着凉？我死都不怕，我还怕什么着凉啊？志国，我死了以后你一定对圆圆好点儿，赶紧就跟燕红把你们的喜事给办了吧……

志国　唉呀，你怎么又来啦？和平，这我可得批评你：咱们年轻人……

和平　你也甭批评我啦！我全想明白了：死就死吧，把悲痛留给人间多好啊！我干嘛要活过来呀？我这不是成心跟大伙儿过不去吗？

志国　这可没有，谁也没说你什么……

和平　没说？你们谁没这么想过呀？我要真死了，追悼会也开啦，"优秀艺术家"也追认啦，医学院的解剖课也上啦，你和燕红也结婚啦——岂不是皆大欢喜呀？都是我害了你们……我错啦，我全错啦！

志国　知道错就好，你就别再来第二回啦！

和平　无论如何我不能原谅我自个儿！为了彻底改正我的错误，我决定……我已经把咱家床底下那大半瓶儿敌敌畏给喝了！

志国　（大惊）啊！什么？那现在你——

和平　我现在是出来透透风儿，以便药性发作……

志国　啊！你……和平！（四处惊呼）来人哪！不好啦！和平又要死啦！来人哪！……不用来人啦！和平死不了啦！……

和平　你这瞎嚷嚷什么呀？

志国　你是死不了了！咱家床底下那整瓶儿的是敌敌畏，那多半瓶儿的是咳嗽糖浆！

和平　嘿，我说怎么喝着甜不叽儿的，我一着急喝错啦……

【本集完】

第39集　都不容易（上）

编　　剧：英　壮

客座明星：杨　青

〔日，傅家客厅。

〔小张在拖地，邻家保姆小翠坐在沙发上看电视。

小翠　（乡音）歇会吧小张？

小张　我这地还没拖干净呢……

小翠　地拖干净了也是人家的，累坏了身体是你自己的。

小张　（一想）这倒也是哦！（放下拖把，坐下看电视）

小翠　我可真是看不惯你们家这个老破电视，怎么也不换个"画王"？

小张　"画王"？就是有四个画面那种？那种我们家还看不惯呢……

小翠　（冷笑）看不惯？是买不起吧！（四顾）哎呀呀，说出去也是做过局长的哦？这家具、这电器、这装修，用不了几年直接就可以改成博物馆啦。

小张　你懂得啥子？人家这叫廉政！

小翠　廉什么政啊？也就在你身上廉政……一月给你多少钱啊？

小张　一百元……还有奖金哪！其实我也不是为了钱，我是图他家的人好。（拿过拖把接着干活）

第 39 集　都不容易（上）

小翠　人好管什么！人好让你白干你干吗？再说人哪点好？大星期天全家都出去游山玩水，把你一个人放在家里干活！（夺过拖把）我真是——哀其不幸，怒其不争！

小张　我是隔一周休息一天，不休息的那天还有两份工资呢……

小翠　两份工资怎么啦？说你不懂法吧！我跟你说：劳动者有休息的权利！你看我在他们老马家，不要说给我两份工资，他就是给我八份工资——

小张　（睁大眼睛）啊？

小翠　当然他也不给我啦……我就是说这个意思！现在还有几个像你这么傻干的？人家劳改犯逢年过节还放假休息，开展各种各样丰富多彩的文体活动，我们乡下人还不如劳改犯？

小张　可我们吃人家的饭，住人家的房，拿人家的钱……（再拿起拖把）

小翠　到底谁养活谁呀？（再抢过）一点阶级觉悟都没有！买菜、做饭、收拾厨房、打扫卫生……一大家子活让你一个人干，他们这是剥削你的……剩余价值！唉，可惜你中学也没有好好念，一点马列主义也不懂，思想水平亟待提高。幸亏我今天给你点燃了革命的火种……

小张　算喽算喽！"不劳动者不得食。"——这也是那大胡子说的吧？小翠呀，你还是回家做饭吧，我还得赶快把这地拖完。（起身欲拿拖把，不慎闪腰）哎哟！……

小翠　（拍手称快）怎么啦？腰闪了吧？正好休息两天！（夺下拖把，扶小张坐下）

小张　不行不行，一大家子人，我怎么休息得住哦……

〔和平上。

小翠　多好的一个机会……（见和平，故意高声）唉呀！大姐回来喽！哎呀呀……大姐，大姐！你看看你们家小张哦——她病成这个样子还非要干重活，幸亏让我及时发现了，不然的话……非出人命不可！

· 461 ·

和平　哎哟，您是那"三八"服务公司的领导吧？您来我们家视察工作，我们都不知道！您赶紧坐……

小张　她是马老家新来的小翠哦。

和平　噢……久闻大名了！都说您能说会道，满嘴里头跑航天飞机——哟，真是名不虚传啊！我们走的时候小张还好好的呢，怎么这么会儿就要出人命啊？

小翠　唉呀，大姐你还蒙在鼓里呀！小张这个病怕是没救啦，她刚才跟我讲噢，她这里痛，这里痛，这里痛，还有这，这，这……（在小张身上一通乱指）

和平　哎哎……你就告诉我她哪儿不疼！我瞅这意思是癌症晚期——有点儿全身扩散的意思？

小张　大姐，你别听她瞎说！我现在哪儿都不疼啰。

和平　大姐先给你倒杯水喝……

小翠　唉呀，那更坏啦，离植物人不远了呀！（低声向小张）你就说疼不还能歇两天嘛！（暗中掐小张的腰）

小张　哎哟！

和平　哟！怎么啦？怎么啦？

小张　我的腰……我就是腰痛。

小翠　对，最重的就是她这个腰，基本上就算残废啦！这样吧，小张，我这就去给你父母发电报，让他们赶快接你回家——我让他们带副担架来，直接抬你上火车……（欲下）

和平　哎哎……别价别价！我们这儿还能照顾小张，这北京看病又方便……（向小张）你赶紧先躺下，赶紧躺下！你慢着啊……这孩子，你说你干活儿怎么不小心点儿……

小翠　大姐呀，伤筋动骨一百天哪！这三个多月您能坚持得下来吗？我看还是

第39集 都不容易（上）

一脚把她踢出去算了！就像过去地主资本家对待穷人那样，是死是活由她去吧！

和平　嘿！

〔当晚，傅家客厅。

〔志国、和平、志新在座，听傅老训话。

傅老　……怎么可以这样嘛！小张生了病就不管人家，一脚把她给踢出去啦？人家小张一个四川人在北京，不是北京人在纽约嘛！所以我号召：全家紧急动员起来，一定要把小张给照顾好，让她充分能够感受到我们这个社会主义大家庭的温暖！天涯何处无芳草，祖国处处有亲人嘛！和平啊，你明天就带小张去看病，医药费由我来负责！

和平　小张这病我插队时候也得过，看不看不要紧，关键得养。

志国　那就让她好好养病，咱们自己做饭不得了么？死了张屠户，咱们也不吃带毛的猪——不就买菜做饭这点儿事吗？你今儿晚上包那饺子挺好，比小张强多了，正好咱改改口味儿吧……

和平：敢情！今儿晚上那饺子是速冻三鲜馅儿的老边饺子，十多块钱一斤哪！一顿饭就得好几十块钱，你掏得起呀？

志国　那咱们先试几天不得了么？……

〔和平、志国二人争执起来。

傅老　好啦好啦……从明天起，大家都要把小张的工作分担一些，主要是轮流做饭。和平和志新经常在家，我看就以他们俩为主吧！

志国　（指志新）以他为主？……哈，我坚决拥护，我坚决拥护！人尽其才物尽其用。（溜走）

志新　嗨嗨嗨……凭什么呀？我招谁惹谁啦？这小张腰疼又不是我弄的，我凭什么替她分担呀？真是……要这么着我天天外边吃去！

傅老　你总得回家里住吧？这方面的工作也不少嘛！你每天可以拖拖地，倒倒土，扫扫厕所通通堵，收拾屋子擦擦土……

志新　我整个儿一个二百五！爸，我这么一大小伙子你让我跟家干这个？你就不怕埋没人才？这么着得了，我还是参加做饭吧！（下）

〔圆圆拿两个空盘子由客厅经过。

和平　圆圆，圆圆，让你陪小张阿姨吃饭，她吃了没有啊？

圆圆　她不光把她那份吃了，把我那份也给吃了，她还让我看看厨房有没有，她还能吃……

和平　嗯，赶紧再看看去！

〔圆圆向饭厅下。

和平　嘿！这孩子，床上一躺，饭量见长。（下）

〔傍晚，傅家饭厅。

〔从厨房往外冒浓烟，志新围着围裙从厨房冲出，咳嗽不止。和平上。

和平　嚯！这一屋子烟！赶紧扇扇吧！……知道的是我弟弟挨这儿做饭呢，不知道的还以为张思德挨这儿烧炭呢！

志新　我那不是老没干了，手有点儿生嘛！要不这么着，嫂子，你来吧……（解下围裙递给和平）

和平　（接过围裙）得，那咱俩换！

志新　哎，还得说我嫂子心疼我……

和平　吃完饭你刷碗啊？

志新　（抢过围裙）哎别价！你拿过来吧……我这都做了一多半儿了，凭什么我还刷碗哪？

和平　什么一多半儿啊？你这顿晚饭，要晚上头十点钟之前能做好了，就算不错！还一多半儿呢……

·464·

第39集 都不容易(上)

〔志国上。

志国 哎哟我说,这饭还没做完哪?《新闻联播》可快开始了啊!

〔圆圆上。

圆圆 妈妈妈!我饿着哪!

和平 问你二叔!

志新 (招手叫过圆圆,低声)你要答应吃完饭刷碗,咱这饭马上就得——让你妈接着做!

圆圆 行!我就怕我刷不干净……

志新 年轻人总有个成长过程。

圆圆 而且越刷越脏……

志新 没事儿!一回生两回熟。

圆圆 而且越刷越少……等刷完了也就不剩什么了。

和平 (向志新)得了啊,还是你做饭我刷碗吧!

〔和平、圆圆下。

志新 (绝望地)这熬到哪天算到头儿哇……(进厨房)

〔日,傅家客厅。

〔傅老与和平、志新谈话。

傅老 ……现在的当务之急,就是要加强对小张的护理工作,让她早日康复,重新组织我们家的日常工作,从而彻底地扭转我们家目前这种被动的局面!因此我决定:从即日要起派专人伺候小张同志,这个光荣而艰巨的任务我看就交给——(指志新)你吧!

志新 什么?!我一堂堂总经理跟家专门儿伺候一保姆?这传出去不让人笑话吗!

傅老 革命工作不分贵贱!你生病的时候,人家小张怎么伺候你来着?

和平　（乐）真是！我告诉你志新：其实照顾病人也没什么大不了的，无非也就是帮着刷刷牙，漱漱口，洗洗脸，洗洗脚，按按摩，读读报，喂水喂饭，按时吃药，不离左右，随叫随到，和颜悦色，不急不躁……

志新　我整个儿一碎催呀！爸，我一个男同志，又正当年，小张儿偏偏又是个女的，你说要给她洗脸洗脚，按摩搓澡什么的——这些我倒不是干不了……

傅老　告诉你：那些活儿你想干，我也不给你！那都是圆圆的任务……

志新　那您呢？合着您就没事儿啦？

傅老　我怎么没事儿啦？早上买油条，晚上取晚报，没有事儿还得帮助和平去买买菜——担子很重嘛！

志新　合着就志国落一身轻省！

和平　嘿，什么叫轻省啊？归置屋子打扫卫生都是他的事儿啊！……

志新　也就是小凡跟学校里躲清静！

傅老　小凡另有安排——星期六回来的时候全家好几百件衣服等着她洗哪！

志新　我就纳了闷儿了：这么些活儿平常小张一人儿是怎么干下来的……

〔小张拄着拐杖自里屋暗上。

小张　（谦虚地）一咬牙也就干下来啰！

〔众人连忙起身迎上。

和平　哎哟小张，你说让你在屋躺着，你怎么又出来了？赶紧坐这儿……（扶小张坐）

志新　我跟你说啊：打今儿起，我全面负责你的日常生活事务！你要再这么乱跑不休息，我可不答应啊！我要对你的身体负责，也就是对我们全家负责！

小张　（老气横秋地）我躺不住啊！（躺在沙发上）离开了工作岗位我心里难受哇……

第 39 集　都不容易（上）

志新　我们走上你的工作岗位心里更难受哇……

小张　把工作交给你们，我不放心呀！

傅老　跟我刚退下来的时候那毛病差不多啊……小张啊，这样吧：你手动不了可以动动嘴——指点指点工作？他们有什么地方做得不好你尽管说！

志新　我爸要是哪儿做得不对，你就狠狠地批评他！

和平　也就是说呢，我们大伙儿都听您的，您就是我们的领导！

小张　哦？那我就不客气喽！哎……（招手让和平、志新扶自己坐起）听说领导都是有专车的啊？小贾啊，把你的轮椅推出来，以后我就在你们家当个巡视员吧！

〔众人连声答应。

〔日，傅家客厅。

〔志新凄惨地哼着歌，自里屋用轮椅推小张上。小张悠然端坐，四处巡视。

小张　……好，别唱了！这花都几天没浇了噢！

志新　哎哎哎，回头我说他们！

小张　这个茶具也该洗洗了噢，记下来噢……还有这个茶杯噢！

志新　哎……茶杯。

小张　书架！

志新　嗯，书架。

小张　书架要经常清理！我都说过多少次了？就是不听！小贾呀，推我到厨房检查一下卫生情况，看看你哥哥打扫得怎么样了……

志新　（累极，坐）咱们歇会儿成吗？解上午推到这会儿了——这可不是电动的！

小张　你忘了？你生病那会儿我还推你去过长安街呢！我说过啥子没得？

志新　得得得，我错了，张姑奶奶，您接着查……（起身继续推轮椅）

〔和平提菜上。

和平　小张好点儿了吧？志新，还推哪？（笑，欲下）

小张　哎！慢点走！把你买的菜给我看一看——

和平　（上前把买的菜给小张看）您尽管巡视！您瞅这是冬瓜、油菜、肉馅儿。打算炒个油菜，做个冬瓜丸子汤——都是您爱吃的！（欲下）

小张　哪个让你买肉末的？嗯？（学和平腔）"我跟你说过多少次！这都是些乱七八糟的肉绞的。咱家不是有绞肉机吗？应该买肉自己绞！"嘿嘿，这是你跟我说的吧？

和平　呵呵，我嫌那玩意儿忒费事儿！（向志新）洗那机器麻烦着哪……

志新　哦，你嫌费事儿，我们小张就不嫌费事啦？你怕麻烦，我们小张就不怕麻烦啦？什么思想啊！张姑奶奶您别生气，我推您到里屋再转转去……

小张　等会儿！吃冬瓜丸子汤怎么没买香菜嘛？

和平　哟！巧了，今儿楼底下那自由市场一根儿香菜都没卖的……

小张　楼下没有卖的不要紧，往西坐三站地，再往北走五百米，往南一拐往东一绕，还有一个大的农贸市场，肯定有！

志新　肯定有！

小张　为啥子没去？

志新　为什么没去呀？

小张　还是懒！

志新　还是懒！

和平　（急，要瞪眼）嘿！这孩子，你怎么敢……

小张　（瞪眼）嗯？

和平　（软）我以后改还不成吗？

志新　她以后改。

· 468 ·

小张　（挥挥手）去吧去吧……唉！我现在也忙，没工夫跟你多说，下次注意啊！先去做饭吧，到时候跟我报账啊——以前你总说我报的贵，这次我倒要看看你买的有多便宜？

〔和平走向饭厅，志国精疲力竭地拿着拖把从饭厅上，与和平撞个满怀。和平下。

志国　小张儿……我的妈呀！您这病什么时候好？我等着您这轮椅呢！

小张　厨房打扫完啦？那个地是不是拖得能照见人影了？

志国　还见人影儿啊？您瞅我这模样还像人吗？我照出来也是个鬼影儿！

小张　好啦好啦，你再把那个锅台碗柜啥子的擦一擦！其实也没啥子费事的——先用去油剂，再用去污粉，然后再用一遍凉水，一遍热水，一遍碱水，一遍清水，一遍肥皂水，一遍洗涤灵，一遍凉水，一遍热……

志国　得得得……咱明儿见吧！不行了我……（抱头逃下）

小张　（招呼志新）哎？哎哎……

志新　怎么着？您说！

小张　爷爷是怎么回事啊？我叫他把被子、褥子搬出去晒晒，把过冬的衣服拿出来晾晾，把所有的皮鞋都擦一擦，把所有的布鞋都洗一洗，捎带着把那几个大立柜整理一遍——这么点活，都快一个钟头了怎么还没干完？

志新　张姑奶奶您别生气啊，我这就去呲噔他去！（向里屋）老傅！（闻到呛鼻的灰尘，捂鼻）老傅你怎么回事儿你……（下）

〔日，傅家饭厅。

〔小张坐轮椅上择菜。小翠在翻冰箱。

小翠　……你就这么把他们家支使得团团乱转啊？

小张　嗯，也让他们知道知道：我早先一个人干了多少活儿哟！

小翠　（翻出一盒冰激凌吃起来）看不出你觉悟提高得很快嘛！

小张　姐妹们心里都闷得很，为谁辛苦为谁忙啊？

小翠　你出头的日子不会太远啦！（见小张在择菜）哎，你干什么？你怎么又干上活了？

小张　我的腰早好啰！（站起）老这么装着我心里不落忍啊！俗话说得好：假的就是假的，总有一天会暴露的。

小翠　这工作刚展开几天你就坚持不下去了？你比当年的地下党可是差远啦！人家敌营十八年都不带暴露身份的！要装病就给它装到底，干脆让他们家给你养老送终算啦！

小张　小翠，你是不知道，这装病比得真病还难受……（也去翻冰箱拿冰激凌）

小翠　我怎么能不知道呢？我打小学一年级开始就装病，我都装到现在啦！

〔小翠坐上轮椅。志新暗上。

小翠　这装病有几个窍门我得教给你：装病——首先要假装疼得满地乱打滚……

志新　（拍小翠肩膀）别装啦！一会儿我就让你满地打滚儿！

〔小翠回头见是志新，惊慌大叫，跳下轮椅逃开。志新抄起笤帚追打小翠。

小翠　唉呀！小张……快……快拦着他……

志新　我们家小张都是你给教坏的！我让你教坏！我让你教坏……

〔志新上前打小翠，小张拦，挨了一笤帚。

小张　哎哟！志新哥，你打的是我……

志新　对不起我打错人了……没错儿，我打的就是你！你这儿没病装病，害我拿个破轮椅推你每屋乱转悠！我丢多大人不说，我现多大眼呀！（作势欲打）

小翠　哎！他打人他还有理啦？小张！我们不在这做了，我们去找别的工作去……

·470·

〔志新欲上前，小翠逃下。

小张　算啰！小贾啊，念你初犯，这次就饶了你吧！

志新　哎得，谢谢张姑奶奶……你原谅我？我还没原谅你哪！坐下！写检查，深刻地检查！写完以后，你把它交给……你先抄二十遍再说！（下）

【上集完】

第40集　都不容易（下）

编　　剧：英　壮

客座明星：杨　青

〔晚，傅家客厅。

〔傅老、志国、和平、志新在座。

傅老　（念小张的检讨）"……因而具有很大的欺骗性，使大家没有识破我这只披着羊皮的狼，装成美女的蛇，吃不着葡萄的狐狸，混进羊群里的骆驼"？

和平　（笑）妈爷子，您瞅这几样儿动物！

傅老　（念）"大家对我的批评，为我敲响了警钟，拉起了警报，当头一棒，迎头一击，大喝一声，猛击一掌，飞起一脚，照胸一拳……"

志新　还真有点儿武打片儿的意思啊……

傅老　（念）"从今后我一定老老实实，绝不乱说乱动；一定规规矩矩，绝不造谣惑众；用劳动的汗水洗刷自己的污点，用勤劳的双手创造自己的未来。幡然悔悟，痛改前非，重塑自我，再度辉煌……"

志国　小张还有点儿文采嘛！

傅老　（念）"我一定牢记两个字，一是'忍'，一是'熬'。'忍'字倒比'熬'字高，'熬'字下面四点水，'忍'字心头一把刀……"这个——

有点儿"变天账"的味道嘛!

和平　我瞅瞅,我瞅瞅……(接过检讨,念)"张凤姑口述,贾圆圆整理。"嘿!这圆圆别的本事没有,干这个她能耐大着呢!

志新　(得意)我已经让小张抄写了二十份儿,准备分送给各有关单位——"三八"服务公司、街道办事处、派出所、居委会,以及她们老家的大队、公社、县政府!

傅老　我看这就不必了吧?小张还很年轻,应该给她一次机会嘛!当然,以后也要对她从严要求,我看就先按照……全国劳模的标准吧!

志新　也不用那么高!就像个五星级宾馆的服务员小姐就差不多啦……

和平　再加个特级厨师!

志国　在打扫卫生方面要达到国家环保部门班组长一级的水平!

和平　照顾咱爸得像特级护士,照顾圆圆得像特级教师,照顾我得像著名的理发师、美容师、按摩师……

〔志国、志新也七嘴八舌地提要求。

傅老　好啦好啦,总之是一专多能……(向志新)好,去把她叫来!我们现在就跟她谈谈。

志新　哎,好嘞!(起身,向里屋带犯人般高喊)有请张凤姑——小张,出来!

〔日,傅家饭厅。

〔志新坐在轮椅上看小人书。厨房传来炒菜做饭声。

志新　哎?这轮椅怎么不动弹啦?(喊)小张儿!小张儿,推我转两圈儿!

小张　(自厨房跑上,一副焦头烂额的样子)二哥,我在这做饭哪!大姐就给我五元钱,让我按照国宴的标准准备晚饭,真急死我啰!(欲回厨房)

志新　那我管不着!

小张　你自己在这儿玩儿一会儿好不好?乖,一会儿我再来哄你噢!

志新　（撒娇）一会儿得给我唱一摇滚的歌儿！

〔傅老拿抹布上。

小张　（无可奈何）啊，好好……

傅老　小张，我下去拿晚报。给你这块抹布，去把我的房间收拾一下——拖拖地，扫扫房，擦擦玻璃，床单也换一下……一会儿我回来的时候一定要有一个焕然一新的面貌啊！（下）

小张　哎哎！拿晚报……这才多长时间，就焕然一新？

〔志国拿衣服上。

志国　小张儿，把我这衣服赶紧给我熨熨！我晚上得穿……你快点儿啊！（把衣服塞给小张，下）

和平　（画外音）小张儿！小张儿，赶紧赶紧，赶紧别做饭啦！（上，把一堆洗头染发用具丢给小张）赶紧先给我洗头做头！我等你半天，赶紧的……

〔小张怀抱一大堆东西跟和平下。

志新　嘿！怎么茬儿啊——把我一人儿撂这儿是吧？

〔小张回来，吃力地拉着轮椅下。

〔日，傅家客厅。

〔傅老、志新闲坐。志国、和平上。

志国　小张儿！把我这皮包拿屋去！

和平　小张儿！给我把拖鞋找出来嘿！

志新　小张儿，就手儿给我倒杯水！

傅老　把我的茶也给我续上！

〔圆圆架着小张自里屋上。小张手扶腰部，痛苦虚弱。

和平　哎哟，妈爷子！这孩子怎么刚好两天……怎么了？（朝众人挤眼笑）又病啦？

圆圆　（气愤地）她根本就没好！她天天晚上躺在床上哼哼，今天是我把她硬拉到医院去的！（递给和平一本病历）大夫的诊断证明！

和平　什么病呀这是？（读）"腰肌……脑膜炎"？

志新　（笑）腰上得脑膜炎啦？我看这大夫得过大脑炎吧？后遗症还不轻哪！

圆圆　腰肌肋膜炎！属于腰肌劳损，是因为腰扭伤以后没好好休息才得的！你们还说人家装病！

〔众人面面相觑。

志新　（推诿）也不是我们说的，她自己都承认了嘛！

和平　是啊……

小张　（委屈）我也不知道哦！那儿天腰不怎么疼了，我想装痛，再歇两天，就被你们给发现啰！这两天腰又疼了，我也不敢说啰……

众人　那……你这事儿……

小张　（决然）放心！我绝不拖累你们——我今天就正式辞职！

〔小张扭身欲下，圆圆拦住。

和平　别价，有病咱该歇就歇……

小张　还歇啥子哟？这两天我也看出来了，大姐，你们家里人是一个个都恨不能把我生吞活剥啰！我要是再这么待下去，不是病死也得活活地被你们给折磨死！

志新　你这怎么话儿说的！那你折磨我们的时候你就不说啦？

小张　反正咱们是合不来啦！你们再找一个吧！

〔圆圆附和。

傅老　小张同志啊，是不是这个问题……我们再从长计议嘛！

志国　小张儿，咱们大家有事儿好说好商量嘛！是不是……

小张　没啥子好商量的！你们要是开恩，就让我在这住一夜，明早走人，若不然就今天晚上把我轰出去，露宿街头……全凭你们一句话啰！

和平　这怎么说话呢？当然让你住这啦！赶紧，圆圆，陪小张阿姨回去睡觉去！好好歇着，啊？

〔圆圆扶小张向里屋下。众人沉默。圆圆突然返回。

圆圆　（高声）我先说好了！小张阿姨要走，我也和她一块儿走！

和平　你干嘛去啊？你也不在我们家干啦？

圆圆　我想就着这乱乎劲儿，和小张阿姨一起——流落街头，浪迹天涯，结束童年欢笑，开始严酷人生——像高尔基那样念念社会大学。

和平　嘿！这孩子，你跟里头瞎掺和什么呀！

志国　圆圆你别搅和啊！赶紧陪小张儿休息去！

〔圆圆下。众人唉声叹气。傅老掏出一支烟，志国随手拿过叼在嘴里。和平见状夺下，递给志新。

志新　其实也没什么大不了的，不就是一保姆吗？咱们再找一更好的去。

傅老　小张也是人才难得呀，要想找比她更好的也不太容易啦！我看是不是发挥一下我们家的政治优势，做做她的思想工作？吃完饭以后，我们大家都跟她谈一谈，看看谁能谈好，把她说服了留下……

和平　对，咱们轮流上阵，看看谁把她留下来！

志新　我不参加啊——瞎耽误工夫！

志国　我晚上有事儿……

傅老　我们不管谁，只要能够谈好了让她留下，我这里都有重赏——（掏钱）奖金一百块！

和平　哎哟爸，您看什么钱不钱的，您就留着花得啦！您说您又给我……（伸手）

志新　（拦住和平，向傅老）我先跟她谈谈去呀？（伸手）

志国　（拦住志新）我晚上那事儿也可以放一放……

傅老　我先谈，谈不成你们再谈！（将钱放回口袋）

第40集　都不容易（下）

〔晚，傅家客厅。

〔小张闭着眼睛懒懒地靠在沙发上，傅老在侧。

傅老　（笑容慈祥）……小张同志啊，你来我们家……有一年多了吧？成绩还是主要的！有了错误不要紧，可以改嘛！有了疾病不要紧，可以治嘛！这里头就有一个辩证法喽！辩证法是个好东西，一定要把它学好用好……（见小张闭目不理）你是听着呢还是睡着呢？

小张　我睡着呢。

傅老　（不满）你这个……当然喽，你实在不愿意我们也不能勉强，牛不喝水强按头也是不行的！党的政策一贯是"坦白从宽，抗拒从严"……错了！不是这一条儿。是"来去自由，既往不咎"……不对！也不是这一条……

小张　我已经下定决心，爷爷，您就别再费心了噢！

傅老　（气）你这个……这个孩子……（向里屋喊）志国！志国呀！

〔志国应声上。

傅老　（凑到志国跟前）我已经做得差不多啦，你再趁热打铁一下就行啦——奖金我们俩一人一半！

〔傅老向里屋下，志国坐到小张跟前。

志国　（笑容亲切）小张儿？答应不走啦？

小张　没有。我就是告诉爷爷：别再费心了哦！

志国　（笑容顿收）哦，这个……小张，你看啊：咱们现在是市场经济，以经济效益为中心……（小张打哈欠）我的意思是这样：你看你在工资待遇方面有什么要求都可以提出来，对吧？每个月给你加个十块八块的，也不成问……

小张　别说十块八块，就是十万八万……

志国　（难以置信地）你也不干？

477

小张　我当然干了！你干吗？

志国　我……我当然不干啦！一个月有个十万八万，我住宾馆吃饭店，用得着你吗？你这不抬杠吗？（向饭厅喊）和平！和平！

〔和平自饭厅上。

和平　哎！怎么样啊？

志国　（佯笑）谈得差不多了！就是提高工资的问题，具体数字还没有商量好，你接着跟她谈一谈——奖金咱俩一人一半儿啊！（下）

和平　（朝他背影）吹牛去吧你！我在这屋都听见了！（凑到小张跟前，笑容亲密）小张啊，你看你这会儿病还没好，你就这么走了姐姐我也不放心啊！什么事儿等病好了再说——成不成？

小张　大姐你放心！我们穷人家的孩子，没这么娇贵！

和平　哦……那你从这儿走了打算上哪儿去呀？你能告诉大姐吗？

小张　我和小翠早就商量好了：闯世界呗！她去特区建筑队，我去深圳打工妹，活着就要拼命干，小车不倒只管推！

和平　（乐不可支）嘿，这孩子！她还一套一套的……（见小张一脸冷漠，收敛笑容）你瞅大姐家呀，是真离不开人儿……

小张　离不开人，你们家有钱再请嘛！

和平　（拉起小张的手）这一年多呀，跟你是真处出感情来啦……

小张　（把手抽回）我不能在你们家待一辈子吧？早晚是要分开的嘛！

和平　不是，我不放心你走哇……

小张　你还是少操点儿心，多想想自己吧啊！

和平　嗯……怎么说呢……

小张　不知道怎么说就不要说了嘛！

〔志新夹皮包上。

和平　（怒）嘿！这孩子今儿吃枪药了你？我说一句你十句这儿等着我呢你？

　　　　（起身，向志新）你来！你来！这孩子……（气冲冲下）

志新　怎么样？不行了吧？（走近小张，阿谀赔笑，敬烟）小张儿……

小张　严肃点！

志新　（严肃地）张小姐，我们能不能心平气和地坐下来谈一谈？（坐到小张旁边）你老在家待着，并不了解外面的情况。现在国内形势是这样的：宏观调控，银根紧缩……这他妈工作可不好找啦！我跟家闲了三年你又不是没看见……

小张　对于个别水平比较低、能力比较差的人，工作当然不好找啦——要是换了我，大家抢着要！

志新　（欲怒，又止）当然当然，它这……我还不是吓唬谁啊！像你这十七八正当年，长得跟朵花儿似的，你敢一人儿出去闯世界？你就不怕遇着个人贩子，三下儿两下儿把你弄到一贫困山区，让你嫁给一个歪瓜裂枣儿的糟老头子，让你跟他过一辈子——你说你可怎么弄！你急死我……

小张　你放心！真要遇上人贩子，还不知道谁卖谁呢！

志新　当然……就是现在社会治安也成问题！你遇着人贩子算是轻的，你要是遇上几个流氓团伙儿，你这小命儿可就难保——现在后悔还来得及？

小张　我还就听天由命不后悔了。志新哥，你看怎么办？

志新　（泄气）你该怎么办就怎么办吧……明儿早上给你开欢送会！

〔晨，傅家客厅。

〔小张和小翠带着大包小包自里屋上，欲往外走。

小翠　唉呀，快点嘛！

〔小张情绪低落，依依不舍。

小翠　走吧小张，没有什么好留恋的啦！

小张　这毕竟是我长期生活战斗过的地方，让我再看一眼嘛！（走向沙发，坐）

小翠　同志！你彷徨了？你犹豫了？你动摇了？你后悔了？

小张　不不不！我只是突然一下子离开，有点依依不舍……

小翠　你的眼光不要总向着过去，应当放眼未来嘛！我们受剥削受压迫的日子一去不复返啦！

小张　小翠，瞧你说的，现在又不是旧社会……

小翠　旧社会什么样子你知道吧？一位有名的诗人说过，那是"劳动者出卖劳动，青年出卖前途，少女出卖童贞"。我们这可倒好，又要出卖劳动，又要出卖前途，搞不好还要出卖童贞啊——整个儿一个"三合一"嘛！

小张　别瞎说！小心警察抓你。我这就跟你走就是啰！

小翠　这就对啦，咱们姐妹也来它个潇洒走一回！

小张　过把瘾就死！

小翠　迎着风浪前进！

小张　摸着石头过河！

小翠　那咱们就迎着朝霞，上路吧！

〔二人往外走。到门口小张又返回。

小张　莫慌啰！让我再看一眼……（信步走向书架，发现一张纸条）这是圆圆写的纸条：（念）"这里面有很多书，你说你想看又没时间看，我真后悔以前没有多帮助你干些事情，好让你腾出时间来。以后还有机会吗？"唉，圆圆这孩子……

小翠　不要太缠绵啦，同志！

小张　（走到柜子旁边，又发现一张纸条）这还有一张——（念）"我每天放学回家，都习惯在这儿喝一杯凉开水，这样的日子，今后也将是一去不复返了吗？"我走了谁给你烧哟！

小翠　不要再操心啦！

小张　（走到电视机旁又发现一张纸条，念）"我们以后还能一起看电视吗？"

· 480 ·

第40集 都不容易（下）

又是她写的……一年多我们俩硬是产生了感情啊！

小翠　伤心总是难免的，你又何必一往情深？

小张　（走到书桌旁，又见一张纸条，念）"小张阿姨，在这张书桌上你曾辅导过我学习，我也曾辅导过你学习。聚散两依依，心有千千结，多少风和雨，几度夕阳红。你不会忘记它，也不会忘记我，是不是？何日君再来，何时再相见？"

小翠　唉呀！（一把夺过纸条，丢开）

小张　（急）哎！

〔全家人悄然上，一字排开。

小张　爷爷！大哥！大姐！二哥！小凡！圆圆！

圆圆　小张……（与小张拥抱哭泣）

傅老　（伤感地）小张，你真的要走了？一会儿让志新他们送送你……以后有机会常来玩儿——咱们还是同志嘛！

志新　怎么能说是"同志"呢？应该是亲戚！小张就是跟我亲妹妹一样……凤姑妹妹，今儿你哥哥我送你！

和平　我也得送去！我妹妹挨这儿一年半了，我怎么也得送到火车站吧？

小凡　小张，我可是特意从学校赶回来送你的……

志国　我跟单位也请了假了，我也送送！

圆圆　小张阿姨，我也送你！

小张　（感动）你们都别送了……（一咬牙）我不走喽！

〔众人欢呼，簇拥小张坐下。

小翠　（急）你这不是把我给坑了吗？……我应该马上回老马家看看哦，说不定他们也正想挽留我呢……（下）

志新　你做梦去吧你！

傅老　呵呵……咱们家最后还是圆圆把小张给留下来了！

· 481 ·

圆圆　爷爷，拿来吧！（伸手）

〔众人催促傅老掏钱，全家一片欢声笑语。

【本集完】

第31集　在那遥远的地方（上）

傅老："你体会个鬼！这就是你一个月的学习成果？！你要老实地坦白，认真地检查，深刻地反省——来取得和平的谅解！"

志国："我给你的信全都在抽屉里？！唉呀我不是跟你说过么？让你阅后销毁，阅后销毁，你为……你舍不得？"

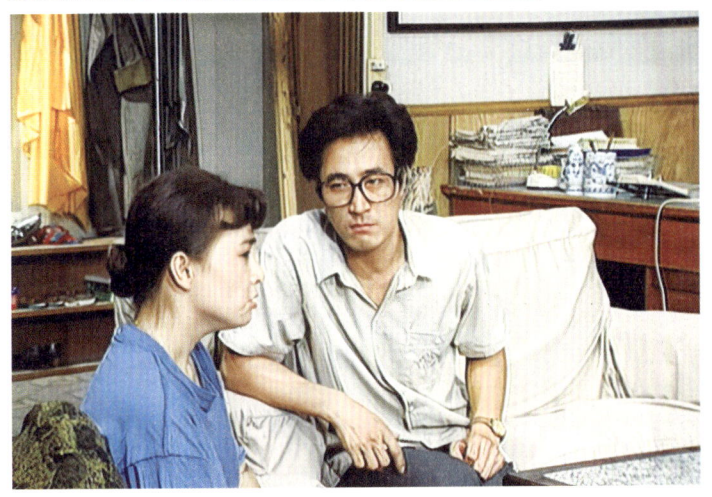

志国："狼子野心，何其毒也！"

第32集　在那遥远的地方（下）

志国："我给你跳段儿新疆舞？亚克西，亚克西……来来来来……"

志新："大哥呀，要我说你这事儿也没什么大不了的——说破了大天儿，不就是上错了床么？"

和平、志国在公园并肩谈笑，亲密温存。

第 33 集　近亲（上）

志新："我也是越看你越眼熟啊……要不咱俩是梦里见过？"
小晴："也许吧？我不知道……"
而后痴痴地注视志新。

志新："我这么跟你说啊，打火车站一见着你，我就认为我这三十年是白活——没有你我活什么大劲儿？"

小晴："你再想想我爸爸这句话——'你有个哥哥在北京，叫志新。'"

第34集 近亲（下）

傅老："志新啊，到底是怎么回事啊？"
志新："没什么，想我妈……"

小晴："谁叫阿非理桐？谁叫阿丝达黛呀？"

小晴表妹决定离开。临别前，志新与她紧紧相拥。

第 35 集　潇洒走一回（上）

和平："也就是阿敏阿玉阿英，阿东阿欢阿庆，说相声的阿昆阿巩阿侯……不是，阿文，演小品的阿宏阿山阿丹！"

和平："得！妈给点儿钱，去买点儿吃的去！"

傅老："唉，现在这年轻人，有了钱就胡花，没了钱就干着急！该省则省该花则花——这个道理我跟你们说了多少次了？"

第36集　潇洒走一回（下）

东北穴头："我是打东北来的，来找和小姐！"

傅老赌气上前："您看看我再给您干点儿什么？"
和平随口而出："倒杯水！一点眼力价儿都没……"

和平："星星之火可以燎原哪，说明我的大鼓在当地是有观众的！"

第 37 集　死去活来（上）

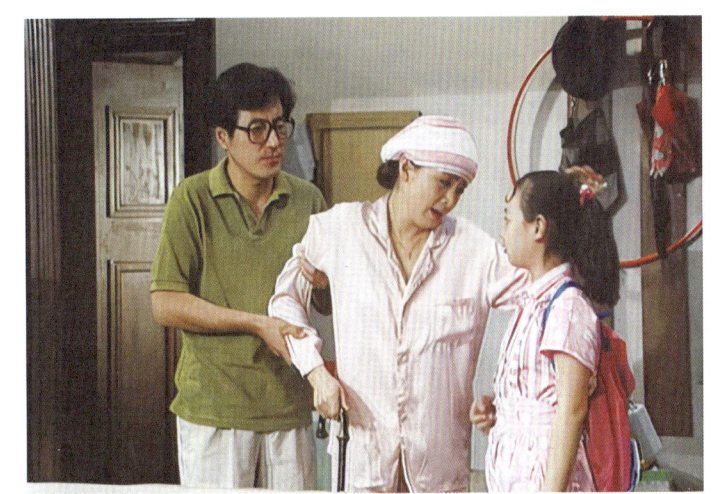

和平："妈要不是舍不得你呀，妈也熬不到明儿个呀……"

和平："说您水平高能力强——您从局里退下来，您那局里头工作照常运行呢吧？我也没瞅着谁特别怀念您哪？"

和平："心里早乐不得儿了吧？"

第38集　死去活来（下）

燕红："大哥，嫂子临走的时候嘱咐我……照顾你和圆圆，任重而……道远……"

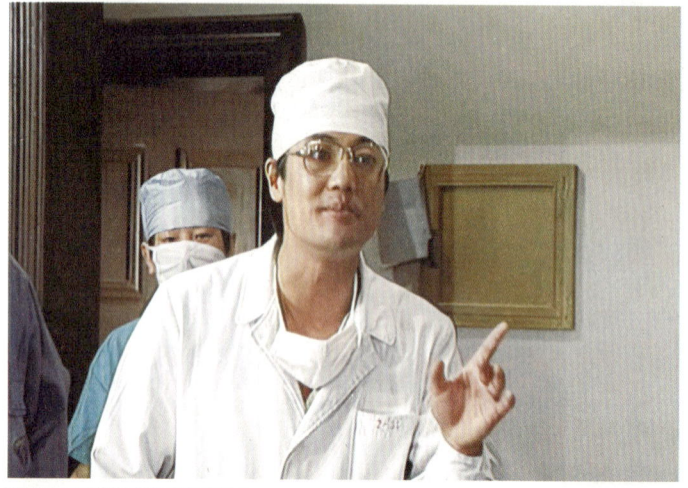

杨大夫："现在，这尸体来源特别困难！今儿早晨，听说您要到我们那儿来，同志们是奔走相告啊！"

和平："心里头乱，出来坐坐……"

第 39 集　都不容易（上）

小翠："看不惯？是买不起吧！（四顾）哎呀呀，说出去也是做过局长的哦？这家具、这电器、这装修，用不了几年直接就可以改成博物馆啦。"

和平："知道的是我弟弟挨这儿做饭呢，不知道的还以为张思德挨这儿烧炭呢！"

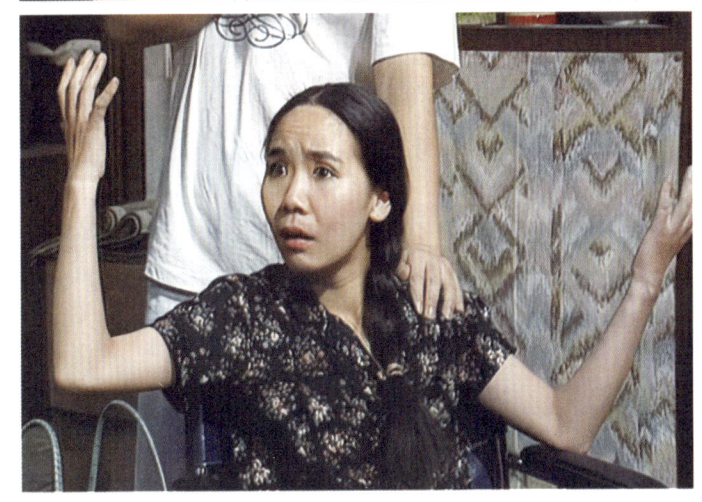

志新（拍小翠肩膀）："别装啦！一会儿我就让你满地打滚儿！"

第 40 集 都不容易（下）

小张："你自己在这儿玩儿一会儿好不好？乖，一会儿我再来哄你噢！"

傅老："你是听着呢还是睡着呢？"
小张："我睡着呢。"

圆圆用数张纸条串连起和小张的段段温暖回忆，小张深受感动，决定不走了，众人欢呼。